ro
ro
ro

rororo

Beat Glogger (geboren 1960) studierte Biologie und Biochemie in Zürich. Er arbeitete im Anschluss daran 14 Jahre lang als Journalist, Moderator und Redaktionsleiter für das Wissenschaftsmagazin des Schweizer Fernsehens. Danach lebte er ein paar Jahre in Zentralamerika, von wo aus er diverse Zeitungen, Zeitschriften und Fernsehstationen in Deutschland, Österreich und der Schweiz mit Reportagen belieferte. Heute ist er mit seiner Familie wieder zurück in der Schweiz und arbeitet als freischaffender Wissenschaftsjournalist für Hochschulen, wissenschaftliche Institutionen und verschiedene Print-Titel. Beat Glogger hat bereits mehrere populärwissenschaftliche Sachbücher veröffentlicht. «Xenesis» ist sein erster Roman.

Beat Glogger **Xenesis** Thriller

Rowohlt Taschenbuch Verlag

Originalausgabe | Veröffentlicht im Rowohlt Taschenbuch Verlag, Reinbek bei Hamburg, Oktober 2004 | Umschlaggestaltung any.way, Barbara Hanke/Cordula Schmidt (Foto: zefa/Louis Moses) | Satz Minion PostScript bei Pinkuin Satz und Datentechnik, Berlin | Druck und Bindung Clausen & Bosse, Leck | Printed in Germany ISBN 3 499 23613 3

Die Geschehnisse, die in diesem Buch beschrieben werden, sind der Phantasie des Autors entsprungen. Ähnlichkeiten und Parallelen zu tatsächlichen Begebenheiten sind aber beabsichtigt, denn sämtliche medizinischen Fakten und biologischen Ausführungen entsprechen dem aktuellen Stand der Wissenschaft. Eine Epidemie wie die geschilderte hat noch nie stattgefunden, doch sie ist absolut möglich.

Die medizinische Wissenschaft hatte endlich einen Weg gefunden, um den akuten Mangel an Organspenden zu beheben. Tiere wurden genetisch so verändert, dass der Mensch ihre Organe nicht mehr als Fremdkörper abstieß. Die so genannte Xenotransplantation hatte vielen tausend Menschen das Leben gerettet. Die Methode galt als sicher. Viele Jahre lang ...

Prolog

Singapur, Hotel Sheraton

19.30 Uhr

Endlich! Mit einem tiefen Seufzer ließ er sich rücklings aufs Bett fallen. Er schloss die Augen und wünschte, das sanfte Wippen der Matratze würde nie mehr aufhören.
Natürlich hörte es auf.
Trotzdem blieb er noch einige Atemzüge lang liegen, Arme und Beine weit von sich gestreckt. Als er schließlich die Augen wieder öffnete, füllte die Zimmerdecke sein Blickfeld. Sie war weder weiß noch grau, noch gelb, sondern ein Gemisch aus diesen Farben. Hotelzimmerdecken waren überall gleich. Man gewöhnte sich schnell daran. Er überlegte, ob das vielleicht Absicht war, um Menschen wie ihm den Blick ins Leere zu erleichtern.
Mit einem tiefen Seufzer drehte er sich auf den Bauch. Der Boden war mit einem beigefarbenen Velourssteppich belegt. Hochflorig, um jedes Geräusch sogleich zu schlucken. Beige waren auch die Wände, wie in unzähligen anderen Hotels auf der Welt. In solchen Zimmern fühlte er sich wohl. Dass ihm dadurch manchmal nicht mehr präsent war, in welcher Stadt er sich gerade aufs Bett hatte fallen lassen, war ihm ganz recht. Er schaffte es ohnehin nicht, sich auf all die Orte einzulassen. Zu oft wechselte er die Städte.
Er hob den Kopf und erblickte auf der Ablage an der gegenüberliegenden Wand seinen abgewetzten Aktenkoffer. Der Anblick holte ihn wieder in die Realität zurück. Träge erhob er sich vom Bett und ging zum Fenster.
Er öffnete es.
Und stieß jäh einen kehligen Schrei aus, zog instinktiv den

Kopf ein und erwartete den Schlag. Doch der Schatten, der ihn erschreckt hatte, flatterte in den Abendhimmel hinaus. Nur langsam ebbte das Adrenalin in seinem Körper wieder ab. Sein Blick fiel auf den Sims vor dem Fenster – er war von weißem Vogelkot überzogen, genauso wie die Mauervorsprünge zwischen den Stockwerken. Tausende von Tauben hatten sich darauf eingenistet.
Während sein Herzschlag sich langsam beruhigte, lauschte er dem Brummen, das aus der Straßenschlucht zu ihm heraufdrang. Akzente im monotonen Lebensgeräusch der Metropole setzten nur ab und zu eine etwas lautere Hupe oder die Sirene einer Ambulanz oder der Polizei. Lauschend glitt er in jene meditative Ruhe, die er brauchte, um seine Gedanken zu ordnen. Oft fielen ihm abends Lösungen für Probleme ein, bei denen er tagsüber nicht weitergekommen war.
Unten auf der Straße war ein Wagen stehen geblieben. Innerhalb von Sekunden füllte sich die Kreuzung mit Autos; nichts ging mehr, Hupkonzert. Er betrachtete die Szene unbeteiligt. Dann zog er eine Grimasse und hielt sich mit Daumen und Zeigefinger die Nase zu, um einen lästigen Juckreiz loszuwerden. Direkt vor seinem Gesicht schwebten flaumige Taubenfedern durch die Luft. Sie tanzten sanft im Wind, der an der noch warmen Fassade aufstieg. Plötzlich löste sich der Juckreiz in einem heftigen Niesen.
Und einem zweiten Niesen.
Daraufhin schloss er das Fenster und suchte nach einem Papiertaschentuch. Geräuschvoll schnäuzte er sich, doch der Juckreiz war wieder stärker, prustete laut aus ihm heraus. Die Nase begann zu tropfen. Er riss zwei kleine Stücke von dem Papiertaschentuch ab und stopfte sie sich in die Nasenlöcher. So hatte er es schon als Junge gemacht, wenn ihn im Frühjahr die Birke im Garten mit ihrem gelben Blütenstaub gepeinigt hatte. Auch gegen Nasenbluten half diese Methode.

Er ging ins Bad. Das grelle Licht der Halogenspots an der Decke blendete ihn. Er stützte sich auf die Marmoreinfassung des Waschbeckens und sah im Spiegel die lächerlichen Papierstopfen aus den Nasenlöchern herausstehen. Das Gesicht, das ihm entgegenblickte, wirkte müde. Er hasste diese Deckenleuchten; ihr gebündeltes Licht machte jede Falte zum tiefschwarzen Krater. Die Tränensäcke quollen ihm förmlich aus dem Gesicht. Wie er aussah, so fühlte er sich auch: erledigt. Erst als in der Dusche das warme Wasser auf seine Kopfhaut prasselte und an seinem Körper hinunterrann, entspannte er sich etwas.

08.00 Uhr

Er hatte geschlafen wie ein Stein, und noch immer fühlte er sich erschöpft. Die Sonne schien bereits zum Fenster herein. Im Bad schauten ihm aus dem Spiegel zwei wässrige Augen entgegen. Das Gesicht war gerötet, die Stirn feucht. Ellbogen und Kniegelenke schmerzten, als hätte ihn jemand mit dem Baseballschläger traktiert.

Er beschloss, nicht zur Arbeit zu gehen, und ließ sich vom Room Service eine Kanne heißen Tee bringen. Kurz darauf sprang er zum ersten Mal in höchster Not vom Bett auf und rannte zur Toilette.

14.45 Uhr

Seit dem Vormittag hatten sich seine Gedärme in immer kürzeren Abständen schmerzhaft zuckend zusammengezogen. Die Eingeweide hatten längst hergegeben, was sie herzugeben hatten. Doch der Darm pumpte weiter. Die nächste Krampfwelle durchfuhr seinen Körper. Er biss sich auf die Unterlippe und hielt sich an einem Griff an der Wand fest, um nicht vom Schmerz von der Schüssel geworfen zu werden. Gerade als er meinte das Bewusstsein zu verlieren, war mit einem Schlag

Ruhe. Er stützte die Ellbogen auf die Oberschenkel und ließ erschöpft den Kopf hängen. Dann erhob er sich schwerfällig, klatschte kaltes Wasser in sein rot geschwollenes Gesicht und warf zwei Tabletten ein.

Stöhnend wankte er aus dem Badezimmer zum Fenster. Draußen herrschte strahlendes Wetter. Hunger hatte er keinen, trotzdem ließ er sich vom Room Service ein Schinken-Sandwich bringen. Während er das Brot kaute, schaltete er den Fernseher ein. Später würde er sich an kein einziges der Bilder mehr erinnern, die an ihm vorbeizogen.

20.10 Uhr

Wie ein Dolchstoß fuhr der nächste Krampf in seinen Bauch. Er schrie laut auf und war schlagartig wach. Auf CNN flimmerte die Zusammenfassung irgendeines Football-Spiels über den Bildschirm; die Stimme des Reporters überschlug sich vor Begeisterung. Vor Schmerz gekrümmt lag er im Bett. Erst jetzt bemerkte er, dass das Kissen nicht vom Schweiß nass war. Direkt vor seinem Gesicht schwamm der halb verdaute Schinken in einer grün-gelblichen Lache. Angewidert hob er den Kopf. Die stinkende Schmiere lief ihm über die Wangen. Er setzte sich an den Bettrand und senkte den Oberkörper vornüber auf die Oberschenkel. Das Erbrochene tropfte auf den Teppich, der es sofort aufsog.

Der Radiowecker zeigte 20.13. Das hieß, er hatte in seiner Erschöpfung doch ein paar Stunden geschlafen. Er schrie laut auf, als eine weitere Krampfwelle seinen Unterleib umklammerte, um sogleich einer rasselnden Hustenattacke Platz zu machen. Mit letzter Kraft ertastete er das Telefon und drückte *Reception.*

«Einen Arzt, schnell», stöhnte er in den Hörer. Dann verschwammen vor seinen Augen die Leuchtziffern des Weckers.

Der Mann, der wenig später auf einer Bahre aus dem Hotel getragen und notfallmäßig ins nächstgelegene Krankenhaus eingeliefert wurde, hörte nicht, dass der Notarzt einen Kollaps des Immunsystems als Folge einer allergischen Reaktion diagnostizierte. Auch ahnte er nichts davon, dass dabei in seinem Körper ein biologischer Prozess in Gang gesetzt worden war, der ihn zu einer Art Beweisstück machte. Zum Beweis für einen tödlichen Irrtum der modernen Medizin. Aber der Mann würde dahinter kommen – sehr viel später.

1. TAG

London, St. James Hospital

Mit Tränen in den Augen betrachtete Ellen Livingston ihre Tochter.

Sie fuhr mit dem Zeigefinger zögernd über die blanke Plexiglasscheibe. Darin spiegelte sich ihr bleiches, vom bläulichen Nachtlicht beschienenes Gesicht. Ihr Blick hing an Laura.

Ein Pflaster über der Oberlippe des Babys hielt einen durchsichtigen Silikonschlauch fest, damit es sich die Magensonde, durch die es ernährt wurde, nicht aus dem Nasenloch riss. Das Neugeborene trug einen blütenweißen Strampelanzug, aus dem Kabel in verschiedenen Farben hervorstaken und über das Laken zum Kontrolltableau am Kopfende des Bettchens führten. Auf einem der Bildschirme der Überwachungskonsole zog sich monoton die Leuchtspur des Elektrokardiogramms, das den Herzschlag aufzeichnete. Weitere Monitore zeigten den Blutdruck und den Sauerstoffgehalt des Blutes an. Der Herzmonitor piepste regelmäßig, wenigstens das.

Längst hatte Ellen nicht mehr damit gerechnet, noch einmal Mutter zu werden. Gewünscht hatte sie es sich jahrelang. Doch die Ärzte hatten ihnen mitgeteilt, dass Brian zu wenig aktive Spermien produziere. Ein überraschender Befund für das Ehepaar, das immerhin schon ein Kind gezeugt hatte. Die abnehmende Qualität der Spermien, so hatte man ihnen erklärt, sei bei immer mehr Männern ein Problem, wahrscheinlich aufgrund von Umwelteinflüssen. Schließlich hatten sie sich damit abgefunden, weil sie mit Allanah ja glücklich waren.

Wider Erwarten war Ellen dann doch noch einmal schwanger geworden. Im Gegensatz zu Brian hatte sie sich von Anfang

an darüber gefreut. Er hatte einige Zeit gebraucht, um sich mit der Tatsache anzufreunden, mit über vierzig Jahren noch einmal Vater zu werden.
Jetzt war sie da: Laura.
Und Ellen war verzweifelt.
Eigentlich hätte die Kleine erst in zwei Monaten zur Welt kommen sollen, doch die Wehen hatten viel zu früh eingesetzt. Ellen hatte das Gefühl, ein kleines Nichts zur Welt gebracht zu haben. Lauras Ärmchen waren so dünn wie einer von Ellens Fingern, und sie lag im Brutkasten. Am Anfang durfte Ellen das Kleine ab und zu aus diesem Kasten herausnehmen. Doch dann wurde Laura krank. Sie bekam Fieber. Eine Infektion, sagte der Doktor, aber sicher nichts Schlimmes. Danach war Laura von Tag zu Tag kränker geworden. Ellen hatte Angst um ihr Baby. Laura sah so klein, so zerbrechlich aus in diesem sterilen Kasten. Und sie konnte das Mädchen nicht einmal zum Trösten in die Arme nehmen.
Das Baby wimmerte leise und bewegte sich unruhig. Ellens sorgenvoller Blick wich nicht von ihm.
«Mrs. Livingston.»
Sie reagierte nicht.
«Mrs. Livingston.»
Ellen schreckte auf. Vor ihr stand ein Arzt, der einer Fernsehserie entstiegen schien: groß gewachsen, braun gebrannt, markant geschnittene Gesichtszüge. Michael McAvoy war Chefarzt der Kinderklinik und einer der Besten seines Faches.
«Das Kind hatte bei der letzten Messung eine Temperatur von 39,7 Grad», sagte McAvoy.
Ellen schaute ihn stumm an.
«Wir haben uns deshalb entschlossen, ihm zu dem Paracetamol zusätzlich noch Amantadin zu verabreichen.»
«Ja», flüsterte Ellen und nickte teilnahmslos, während der Arzt weitere medizinische Details zu Lauras Zustand herun-

terspulte, die sie nicht verstand. Sämtliche Regungen, zu denen sie einmal fähig gewesen war, hatten die Tränen der letzten Tage aus ihr herausgewaschen. Jedes Mal, wenn der Arzt mit ihr gesprochen hatte, war es Laura danach noch schlechter gegangen. Darum war in Ellen eine böse Ahnung gewachsen: Doktor McAvoy sagte ihr nicht alles, was er wusste.

Eine Frauenstimme drang durch Ellens Schmerzpanzer. «Mrs. Livingston. Das bedeutet, dass bei Laura das fiebersenkende Medikament leider noch nicht gewirkt hat.» Erst jetzt bemerkte Ellen eine hübsche Frau neben Doktor McAvoy. Sie trug ebenfalls einen Arztkittel. Ihr schmales Gesicht lächelte. Ein Paar tiefschwarzer Augen sahen sie begütigend an. «Mein Name ist Narcy Perez Corrales, ich bin Infektiologin», stellte sie sich vor. «Ich möchte mir Laura gerne auch noch anschauen.»

Ellen reichte der Ärztin kraftlos die Hand und fragte: «Warum haben die Medikamente ihr nicht geholfen? Doktor McAvoy hat doch gesagt, sie würden in ein paar Stunden helfen. Laura liegt jetzt schon sechs Tage da drin.»

«Ich beziehe mich selbstverständlich nur auf statistische Durchschnittswerte», bemerkte McAvoy trocken, ohne der jungen Kollegin Gelegenheit zum Antworten zu geben.

Narcy Perez Corrales betrachtete mit konzentriertem Gesicht das Kind im Brutkasten. Es hielt die Augen geschlossen und bewegte sich immer wieder unruhig. Narcy fragte sich, was sie daran zweifeln ließ, dass das Baby an einer normalen Grippe litt. Dann hob sie den Blick und sagte zur Mutter: «Laura scheint ein bisschen länger zu brauchen. Sie ist sehr klein und schwach.»

Ellen schüttelte verständnislos den Kopf. «Können Sie denn nichts weiter tun?»

«Genau das wollen wir jetzt herausfinden. Ich arbeite hier, wie gesagt, als Infektiologin», erklärte Doktor Perez Corrales.

«Das heißt, ich berate meine Kollegen bei Fällen mit etwas komplizierteren Infektionen.»
McAvoy presste ein kurzes Lachen zwischen seinen perfekt renovierten Zähnen hervor. «Doktor Perez Corrales ist die krankenhauseigene Gesundheitspolizei, gewissermaßen.»
Narcy ignorierte ihn. Sie spürte, dass McAvoy sie nur äußerst widerwillig auf diese Visite mitgenommen hatte. Doch es war nun mal ihre Pflicht als Krankenhaushygienikerin, sich in Fällen von rätselhaften Infektionen einzuschalten. Und Lauras Infektion war rätselhaft. Das wusste auch McAvoy. Trotzdem passte es ihm aus irgendeinem Grund nicht, dass sie sich einmischte. Narcy schüttelte den Kopf, es war jetzt nicht an der Zeit, sich darüber Gedanken zu machen. Vor ihr stand eine verzweifelte Mutter. «Ich stimme Doktor McAvoy zu; im Moment sind sicher das fiebersenkende Mittel und ein Medikament, das Viren bekämpft, das Richtige für Laura.» Ellen Livingston schaute zu Boden. Narcy hoffte, dass die Mutter nicht merkte, wie wenig überzeugt sie selbst von dem war, was sie sagte. «Machen Sie sich keine Sorgen. Wir kriegen Laura schon wieder fit. Aber …», sie hielt inne und blickte Ellen so lange ins Gesicht, bis diese ihren Blick erwiderte, «… wie geht es Ihnen?»
Diese Frage öffnete eine Schleuse, und Ellen brach in Tränen aus. Bis jetzt hatte sie sich zusammengenommen, aber die Müdigkeit einer durchwachten Woche hatte ihre Haut dünn werden lassen, und sie spürte deutlich die gespannte Atmosphäre zwischen den beiden Ärzten. *Was hatte das zu bedeuten?* Sie begann am ganzen Körper zu zittern. «Es wird mir einfach zu viel.» Sie verbarg das Gesicht in ihren Händen. «Ich bin seit Tagen hier und kann ihr doch nicht helfen …» Ihre Stimme ging im Schluchzen unter.
Narcy legte der weinenden Mutter den Arm um die Schultern und wartete. Dann spürte sie, wie Ellens Kopf an ihre Schulter

sackte. Sie strich ihr sanft über den Rücken. «Könnte denn nicht Ihr Mann Sie hier ablösen?»
«Er kommt immer abends her. Er muss ja arbeiten. Morgens bringt er Allanah zur Schule. Mittags kocht er. Mehr kann ich nicht verlangen.»
McAvoy beobachtete, wie die dunkelhäutige Ärztin leise mit der weinenden Frau sprach. Er blieb unbeteiligt stehen, als Doktor Perez Corrales die Mutter zur Tür begleitete und sie verabschiedete.
«Was haben Sie ihr gesagt?», fragte McAvoy, als die Kollegin zurückkam.
«Dass sie sich keine Sorgen machen und sich zu Hause ausruhen soll. Wir können Laura nun noch einmal genau untersuchen und der Mutter morgen mitteilen, was wir herausgefunden haben.»
«Was wollen Sie denn da noch herausfinden?» Er blickte sie unwillig an.
«Ich will herausfinden, woran das Kind erkrankt ist.»
«Die Symptome weisen eindeutig auf Grippe hin», antwortete er unwirsch. «Wenn wir die jetzt noch mit dem Virenkiller angehen, kriegen wir das schnell wieder hin.»
«Es ist ja schön, dass Sie so sicher sind. Trotzdem möchte ich mir das Kind ganz genau anschauen.»
Irritiert beobachtete McAvoy, wie Narcy aus einem Wandschrank ein weiches Paket holte, dieses auf einen fahrbaren Labortisch aus rostfreiem Chromstahl legte und das farbige Klebeband aufriss. Ihre Bestimmtheit ärgerte ihn und forderte ihn gleichzeitig heraus. Von Kollegen hatte er gehört, die junge Kollegin sei mindestens so ehrgeizig wie attraktiv. Sie muss verdammt ehrgeizig sein, dachte er und bemerkte spöttisch: «Doktor Perez Corrales, das halte ich nun doch für etwas übertrieben.»
«Ich will auf Nummer sicher gehen», antwortete sie.

«Vorschrift sind der Mundschutz und ein paar gewöhnliche Einweg-Handschuhe.»
«Ich weiß. Mich macht es aber stutzig, dass das Fieber trotz der Medikamente nicht fallen will. Ich vermute, da steckt eine andere Infektion dahinter.»
«Aber Narcy», entgegnete McAvoy in plötzlich ganz jovialem Ton. «So eine Grippe werden wir doch wohl noch ohne Kostümierung in den Griff bekommen. Sehen Sie doch nicht gleich überall böse Käferchen.»
«Doktor McAvoy, ich weiß, dass es Ihre Patientin ist. Wenn es aber um hygienische Maßnahmen geht, bin ich die zuständige Ärztin. Und ich möchte, dass auch *Sie* sich für diese Untersuchung einkleiden.» Mit pochendem Herzen wandte sie sich ab und wickelte das Paket auf.
McAvoy mochte es gar nicht, wenn sich junge Karrieristen auf seine Kosten profilieren wollten. Doch er wusste, dass in Hygienefragen *sie* das Sagen hatte und er sich für den Moment beugen musste. Entnervt holte er ebenfalls ein Set sterilisierter Untersuchungsbekleidung und beschloss insgeheim, mit dem Klinikdirektor über diese Angelegenheit zu reden.
Narcy zog sich Kopfhaube und Mundschutz über, dann stellte sie sich ans Lavabo und reinigte ihre Hände mit desinfizierender Waschlösung. «Und ich möchte, dass sich in Zukunft alle, die mit Laura in Kontakt kommen, so einkleiden. Nicht zu unserem Schutz, sondern zu dem der Patientin.» Sie schlüpfte in den Mantel.
Während McAvoy seine Hände umständlich in ein Paar steriler Latexhandschuhe zwängte, stand Narcy schon bei Laura. Was für ein Häufchen Elend, wie sie da wimmernd in ihrem Bettchen lag. Das Baby hatte dunkles Kraushaar.
Ines hatte solche Locken.
Narcy verdrängte den Gedanken und konzentrierte sich auf ihre Arbeit. Sie öffnete den Brutkasten und begann mit der

Untersuchung. Der Säugling atmete schnell und flach. Narcy betrachtete die feine Schleimspur, die ihm aus dem rechten Nasenloch lief. «Haben Sie das gesehen?», fragte sie.
McAvoy trat an den Brutkasten heran. «Ist bei Influenza ganz normal», brummte er hinter dem Mundschutz.
«Haben Sie das schon mal in den ersten Tagen einer Grippeinfektion gesehen?», hakte Narcy nach. McAvoy sagte nichts darauf, und Narcy ließ die Frage unbeantwortet. Sie drückte dem Baby mit einem sterilen Spatel die Zunge nach unten. Im Rachen waren die typischen Rötungen einer Infektion zu sehen. Die Lymphknoten waren vergrößert. Sie legte das Stethoskop an und hörte sofort das Geräusch auf den Bronchien, das von der erhöhten Schleimproduktion in den Atemwegen herrührte. Nichts Außergewöhnliches. Eine Infektion eben. Warum wollte sie trotzdem nicht glauben, dass das Baby an einer Grippe litt? Das Mädchen musste Schmerzen haben. Es wand sich fortwährend und wimmerte. Narcy schaltete das Otoskop an, um Laura in die Ohren zu schauen. Auch hier fand sie die üblichen Anzeichen einer Entzündung. Als sie das Gerät aus dem Ohr des Kindes nahm und mit dem Lichtstrahl dessen Augen streifte, zuckte das Baby heftig zusammen. Die Ärztin registrierte es, konnte sich aber keinen Reim darauf machen.
«Wissen Sie etwas über eine Infektion der Mutter während der Schwangerschaft?»
«Lief alles rund, bis die Wehen zu früh einsetzten.»
«Ich meine nur. Eine Grippe der Mutter kann schwere Folgen haben. Jedes Jahr kommen so Tausende von Kindern mit Schädigungen zur Welt.»
«Jaja, und bei der Pandemie von 1918 starben sogar 20 Millionen Menschen daran!», höhnte McAvoy. *Klugscheißerin.*
Als sie nach der ergebnislosen äußerlichen Untersuchung dazu übergingen, dem Kind Blut zu entnehmen, übernahm sofort McAvoy die Führung. Narcy ließ ihn gewähren,

schließlich war Laura seine Patientin. Der Arzt suchte den Arm des Babys nach einer geeigneten Vene ab. In der Blutprobe ließe sich vielleicht der Erreger nachweisen. Standardmäßig wurden zwei Proben genommen, eine für das Labor des Krankenhauses und eine für das CCD, das *Center for Commutable Diseases.* Er war überzeugt, dass auch diese Topspezialisten in Sachen Infektionskrankheiten entgegen Narcys Erwartung im Blut des Babys nur Influenza-Viren finden würden. Trotzdem war die Untersuchung durch das CCD wichtig. Denn in der Regel begann eine Grippeepidemie mit Infektionen bei den Kleinsten, bevor sie einige Wochen später die Alten und schließlich die ganze Bevölkerung erfasste. Wenn man also den Erreger früh identifizieren konnte, hatte man schon einen kleinen Startvorteil im Kampf gegen die nächste Grippewelle.

Schließlich stach McAvoy mit der Nadel in das winzige Ärmchen. Das Mädchen zuckte heftig zusammen und schrie. Aber es lief kein Blut in die Spritze, und McAvoy zog die Nadel wieder heraus. Dabei brummte er etwas, das Narcy nicht verstehen konnte.

«Wie bitte?»

«Ich sagte, hier sieht man rein gar nichts.»

«Haben Sie zu wenig Licht?»

«Das liegt ja wohl nicht am Licht.»

Narcy schaute ihn fragend an.

«Auch mit mehr Licht würde ich auf diesem Schoko-Arm nichts sehen.»

Narcy schwieg betroffen. Erst jetzt wurde ihr Lauras Hautfarbe bewusst. Der Vater des Mädchens musste ein Schwarzer sein, denn die Mutter war eine weiße Engländerin.

«Verdammt», fluchte McAvoy und machte eine hastige Bewegung. Im Bett fuchtelte das Kind mit den Ärmchen, als wollte es die Spritze abwehren. Blitzschnell griff Narcy nach Mc-

Avoys Hand, um zu sehen, ob der Latexhandschuh verletzt war. Im Gummi klaffte ein kleiner Riss, durch den sie seine Haut sah. Er blutete.
«Lassen Sie das», raunzte McAvoy und zog die Hand zurück. Er wandte sich ab und ging zum Lavabo. Dort streifte er sich den Handschuh ab, suchte im Notfallkasten das Desinfektionsmittel und spritzte sich einen feinen Strahl über die Hand. Während er sich die Hände trockenrieb, sagte er über die Schulter: «Nicht der Rede wert.»
«Mit solchen Verletzungen ist nicht zu spaßen.»
«Jaja. Bis morgen ist das verheilt. Es hat ja schließlich die Grippe und kein HIV.» McAvoy hatte sich ein Pflaster auf den Kratzer geklebt, zog sich nun frische Sterilhandschuhe an und machte sich daran, die Blutentnahme fortzusetzen. Narcy musste ihm beipflichten. An Aids litt Laura definitiv nicht. *Trotzdem.*

Mexico City, Universitätsrechenzentrum

Triumphierend schlug David Evans mit der Faust auf den Tisch.
«Hab ich dich!»
Mit dem Gesichtsausdruck eines Jungen, dem es nach tagelangem Tüfteln im Keller zum ersten Mal gelungen war, aus Backsoda Schießpulver herzustellen, wandte er den Kopf zu Enrique Salinas, der am Arbeitsplatz neben ihm saß und wie wild auf seine Tastatur einhämmerte. «Ich habe es», frohlockte Evans noch einmal.
Salinas ignorierte ihn.
Der Informatiker war vom Institut für Neurobiologie für eine ganze Woche abkommandiert worden, um den Troubleshooter aus England bei der Fehlersuche zu unterstützen. Für das Institut war es äußerst wichtig, dass der Rechner möglichst

schnell wieder zum Laufen gebracht wurde, denn jeder Job, der im Netzwerk hängen blieb, machte mehrere Tage Vorbereitungsarbeit zunichte. Die Forscher der Neurobiologie wollten Experimente im Computer simulieren, bevor sie diese an Zellkulturen oder lebendigen Ratten durchführten. Woran sie forschten, wusste David nicht genau. Irgendwie ging es um neue Therapien für Parkinson und Alzheimer. So viel hatte er von der kurzen Einführung, die ihm der Institutsdirektor Anfang der Woche gegeben hatte, verstanden. Details waren für ihn aber auch nicht wichtig, Hauptsache, die Computer liefen möglichst schnell wieder.

David Evans kümmerte sich ausschließlich um die komplexen Computernetzwerke von Universitäten, Forschungsinstituten oder Pharma-Unternehmen. In ihren Netzen fand er sich auf Anhieb zurecht. Wandelte in blinder Sicherheit durch die Elektronengehirne.

Auch hier am Neurobiologischen Institut der «Universidad de Mexico» hatte er sich tagelang durch das System navigiert. Es war zum Verzweifeln gewesen, aber jetzt hatte er diesen verdammten Bug gefunden. Er musste nur noch den Informatikern vor Ort die nötigen Anweisungen geben. Sie würden die Maschinen wieder hochfahren, und das Institut konnte seine wissenschaftlichen Berechnungen fortführen. David Evans hatte einmal mehr bewiesen, dass er sein Handwerk beherrschte.

«Enrique, Bingo!», intensivierte David seine Erfolgsmitteilung an den Informatikerkollegen.

Endlich löste Salinas den Blick vom Bildschirm, fuhr sich mit der Hand durch die schwarzen Locken, die ihm schweißnass in die Stirn hingen, und entblößte eine Reihe blendend weißer Zähne.

«*He, amigo*», lachte er. Der Mexikaner stieß sich mit seinem Stuhl vom Tisch ab und rollte einen mannshohen Schrank

entlang, durch dessen Glasfront man unzählige Leuchtdioden blinken sah, zu David hin. Er musterte den Engländer. Seine Brille mit runden Gläsern und Metallgestell saß schief auf der breiten Nase. Die dunkelblonden Stirnfransen verliehen dem Gesicht etwas Schuljungenhaftes, obschon gut vierzig Lebensjahre auch ihre Spuren in dem bleichen Gesicht hinterlassen hatten. «Hast du gefunden der *Bug*!», radebrechte Salinas und klopfte David mit der flachen Hand auf die Schulter. Aufgeregt zeigte ihm David einige Systemmeldungen und erklärte, wie er sie interpretierte.
Noch einmal hieb ihm Salinas auf die Schulter. «*Tenemos suerte!*» Der Mexikaner erhob sich vom Stuhl und streckte sich.
«Ja, Glück gehabt.» David beugte sich wieder vor und drückte einige Tasten. «Ich will nur noch ein paar *Parity-Checks* aufsetzen, dann wissen wir bald, ob wir das wirklich so fixen können, wie ich denke.»
«*Hombre*, jetzt genug gearbeitet. Wir jetzt wissen, wo sitzt der *Bug*. Fixen wir morgen. Gehen wir trinken jetzt ein *Bud*. Trommeln alle *amigos* zusammen, vom Institut, und machen *fiesta*.»
«Ich bin hundemüde.» David schaute auf die Armbanduhr.
«*He, amigo.*» Salinas markierte Tatendrang, indem er auffordernd mit der Faust der einen Hand in die offene Handfläche der andern schlug. «Warum so ernst?»
«Nein danke, keine *fiesta*, wirklich nicht.» Natürlich war David erleichtert, das Problem gelöst zu haben, aber wer wollte deswegen gleich die Nacht durchfeiern?
«*Hombre*! Du bist der Beste! Machst uns Durcheinander in Ordnung und willst ins Bett. Geht nicht.» Er zupfte sich das mit farbigen Blumen bedruckte Hemd zurecht und deutete ein paar Tanzschritte an. «Nur ein Bier! Kenne netten Club im Park. *Vamos!*»
David sagte nichts.

«Okay, dann lass uns feiern zu zweit. Wer es eilig hat ins Bett, kommt zu früh in Himmel. Ist schlecht übersetzt, aber ist wahr.»
David lächelte matt. Das leichtfertige Wesen des Mexikaners faszinierte und befremdete ihn gleichermaßen. Solches Verhalten war ihm selbst absolut fremd. Er riss sich zusammen.
«Vamos a la cerveza.»
Diesen Spanischversuch quittierte Salinas mit lautem Lachen. Abermals klopfte er ihm auf die Schulter. Dann verließen sie zusammen das Rechenzentrum.
Die Korridore waren um diese Zeit menschenleer. Nur in der Eingangshalle ging eine beleibte alte Frau in einer hellblauen Arbeitsschürze gemächlich mit einem Wischer hin und her, eine feuchte Spur auf dem Marmorboden hinterlassend.
«Hallo, Schöne!», grinste ihr Salinas entgegen und machte ein paar anzügliche Hüftbewegungen. «Kommst mit uns tanzen?» Die Frau hob nicht einmal den Blick vom Wischer und murmelte etwas Unverständliches.
Auf der Straße empfingen die Männer Verkehrslärm und schwüle Luft. Es war zwanzig Uhr, die Stadt begann sich mit Leben aufzuheizen. Sie bogen von der Avenida de la Universidad ab und gingen durch eine Seitengasse in Richtung Park. Aus den weit geöffneten Türen und Fenstern der Lokale klangen Samba-Rhythmen, was Salinas sichtlich beschwingte. *«Buenas noches»*, rief er nach links, *«qué tal, amigo»* nach rechts. Er bahnte Evans einen Weg durch die dicht bevölkerte Gasse. «Diese Kneipe gehört Raúl», rief er über die Schulter zurück. «Hier kriegst du die beste Margherita!» David verstand im Gewühl von Stimmen und Musik nicht die Hälfte von Salinas' Wortschwall. Der Lärm, die schwüle Luft und das Flackern der bunten Lichter betäubten ihn. Es fühlte sich an wie Watte im Gehirn. Salinas ging schnell, und David musste sich Mühe geben, den Anschluss nicht zu verlieren. Schließ-

lich überquerten sie den Boulevard de la Revolución und betraten den Park.
Zielstrebig steuerte Salinas auf eine Bar zu. *Blue Parrot* prangte in verschnörkelter Leuchtschrift auf dem riesigen Strohdach. Kaum hatten sie das Lokal betreten, brüllte Salinas quer durch den Raum: «*Dos Caipirinhas.*» Gleichzeitig schob er David in Richtung Tresen. Der käsebleiche Brite fühlte sich inmitten all dieser dunkelhäutigen, leicht und farbig gekleideten Menschen fehl am Platz: mit seiner zerknitterten Bundfaltenhose, mit seinem karierten Hemd und in Socken!
Bis sie sich zum Tresen durchgekämpft hatten, standen die Drinks schon bereit. «Mein englischer Freund, David Evans», stellte Salinas seinen Gast dem Barmann vor. Zu David sagte er mit einer Kopfbewegung in Richtung Barmann: «Jorge hat die beste Caipirinha in der Stadt. Und noch mehr!» Er nahm die beiden Gläser vom Tresen und schwenkte eines vor Davids Gesicht hin und her. Gleichzeitig entblößte er seinen blitzenden Goldzahn in Richtung einer künstlichen Blondine mit dunkler Hautfarbe. «Pass auf, die hat es in sich.»
David griff nach der Caipirinha.
Schon hatte sich Salinas wieder abgewandt und grüßte einen Koloss, dem die Sonnenbrille am Kopf angewachsen schien. Dann zog er David dicht zu sich heran, während er etwas zu einer aufgetakelten Frau neben sich am Tresen sagte. Ihre knallroten Lippen verformten sich zu einem aufreizenden Kussmund. Ihr Blick war seltsam abwesend.
David reagierte nicht und konzentrierte sich stattdessen auf das Nippen an der Caipirinha. Er trank sonst kaum Alkohol. Damals, als die Jungs im Quartier die Rangordnung durch Saufen ausgemacht hatten, war für ihn Alkohol tabu gewesen. Erst nach der Operation hatte es ihm der Arzt erlaubt. Doch weder Wein noch Cocktails hatte er jemals besonders ge-

mocht. Selten mal trank er ein Bier. David nippte wieder am Glas. Die Caipirinha schmeckte zu seiner Überraschung vorzüglich. Vor allem süß. Vom hohen Alkoholgehalt merkte er kaum etwas.

Unvermittelt packte ihn Enrique am Arm und zog ihn von der Bar weg auf die Terrasse: Muskelprotze mit gegelten Haaren und Kraftshirts, die den Blick auf Tattoos freigaben, und fast nackte Mädchen saßen in Korbsesseln an niedrigen Tischen. Hinter der Terrasse konnte man in der Dunkelheit einen See erahnen. Wasser spritzte, Männer brüllten, Frauen stießen spitze Schreie aus. David blickte abwesend ins Halbdunkel. Er nieste und wünschte die Klimaanlage im Rechenzentrum zum Teufel. *Die pusten einem mit der kalten Luft die Krankheitserreger gleich kiloweise um die Ohren. Da muss sich einer ja erkälten!*

«*He, amigo*, du hast Durst», schreckte ihn Salinas auf. Er nahm Davids Glas und streckte es in die Höhe, während er eines der leicht geschürzten Mädchen fixierte, die auf der Terrasse bedienten. Kurz darauf stand eine neue kalte Caipirinha vor David. Sie schmeckte noch besser.

Er lehnte sich müde zurück und überließ das Reden Enrique. Dieser wechselte von Fußball über Frauen zu Autos wieder zurück zu Frauen. David brauchte nur dann und wann zuzustimmen.

Auf einmal war Enrique weg.

Und sie saß neben ihm.

David hatte die Frau nicht kommen sehen. Sie saß einfach plötzlich da und schaute ihn an.

«Mercedes», sagte sie und hielt ihm neckisch die Hand hin.

Die Caipirinha fuhr in seinem Innenohr Achterbahn. Ein Paar dunkler Augen war auf ihn gerichtet, schaute aber durch ihn durch. Aus einem knallrot geschminkten Mund leuchteten Zähne weiß wie Eisberge.

Sie fühle sich einsam, sagte Mercedes.
Das konnte David verstehen. Weshalb sie sich gerade zu ihm an den Tisch gesetzt hatte, schon weniger. Und ganz unklar war ihm, warum ihr Bein über dem seinen hing. Ihre großen Brustwarzen drückten aufdringlich durch das eng anliegende Top.
David studierte die Tätowierung auf ihrem linken Unterarm: der gewundene Körper einer Schlange, gespannt wie eine Schnappfeder, jederzeit bereit, das Opfer zu attackieren. Auf dem Handrücken lag der Kopf der Schlange. Gebannt starrte David auf die gespaltene Zunge und fühlte eine kribbelnde Hitze in seinem Bauch. Nicht von der Caipirinha oder einer aufkeimenden Erkältung: Mercedes' Hand lag auf seinem Hosenladen.
Sein Rücken verkrampfte sich, er biss auf den Rand des leeren Glases. Die Hitze stieg aus seinem Unterleib hoch und nahm ihm den Atem. Suchend blickte er sich um, doch Enrique war nirgendwo zu sehen. Das Mädchen fixierte ihn mit stechenden Augen. David war gelähmt wie das Karnickel im Angesicht des Todes.
«Hilf mir bitte, ich fühle mich so alleine», kratzte ihre Stimme. Es klang wie ein Befehl. Ihr Atem roch nach Alkohol. Eben noch schien sie jung, jetzt wirkte sie alt und verbraucht. Ihre Hand machte weiter auf seinem Hosenladen rum.
Solchen Druck hatte David schon ewig nicht mehr gespürt. Seit seiner Scheidung hatte er vor allem gearbeitet. Nur einmal bei einem Geschäftsessen in Japan hatte der Gastgeber *zu einer besonderen Nachspeise* eingeladen. Gleich drei Frauen hatten in einem Nebenzimmer auf ihn gewartet.
Mercedes knetete weiter. David versuchte zu entkommen. Sie drückte ihn in den Korbsessel zurück. Ihre Augen, ihr Atem nagelten ihn fest. Ein letztes Mal blickte das Karnickel in die ausdruckslosen Todesaugen – und gab auf.

2. Tag

London

Im Westen hing noch das schwere Dunkelblau der Nacht, während sich von Osten her der Himmel mit einem fahlen Rosa zu überziehen begann. Darin trieb der Wind die letzten Wolkenfetzen des heftigen nächtlichen Regens auseinander und verlieh dem Morgen etwas Dramatisches. Narcy Perez Corrales hatte dafür keine Augen, obwohl sie im *Upperdeck* des Lincoln-Busses einen wunderbaren Ausblick hatte. Mit der U-Bahn wäre sie zwar schneller in der Klinik gewesen, doch an diesem Morgen zog es sie nicht dorthin. Sie hatte eine schlechte Nacht hinter sich. Fortwährend hatte sie an die kleine Laura denken müssen und dabei kaum ein Auge zugetan.

Narcy war Ärztin aus Leidenschaft. Sie hatte das Medizinstudium mit eisernem Willen absolviert und mit den besten Noten ihres Jahrgangs abgeschlossen. Dass sie die Weiterbildung nach dem Studium nicht zu Hause in Mexiko machte, war für sie selbstverständlich. Die USA kamen aber nicht infrage, obschon es dort sehr gute *medical schools* gab, die einem in der ganzen Welt die Türen zu den besten Kliniken öffnen konnten. Doch für den Lebensstil im übergroßen nördlichen Nachbarland hatte Narcy nicht besonders viel übrig. Sie hatte es vorgezogen, in die Alte Welt zu gehen und dort neben der medizinischen Weiterbildung auch noch etwas von englischer Kultur mitzubekommen. So hatte sie es sich wenigstens vorgestellt. Doch das Sechzig-bis-siebzig-Stunden-Pensum im St. James Hospital ließ für Musical, Theater, Konzert herzlich wenig Zeit. Immerhin war die medizinische Fortbildung hervorragend, und sie hatte es noch keinen Moment bereut, nach England gekommen zu sein. Aber es war auch immer klar für sie, dass sie irgendwann wieder nach Mexiko zurückwollte. Denn in ihrer Heimat würde sie als gut ausgebildete Ärztin dringender gebraucht.

Ines bin ich das schuldig.

Der Bus hielt vor dem St. James. Im selben Moment bog ein schwarzer Jaguar E auf den Parkplatz ein. Der Wagen von Michael McAvoy. Narcy wartete einen Moment mit dem Aussteigen. Sie wäre dem Kinderarzt nur ungern vor dem Rapport begegnet. Gestern war sie sich nach der Untersuchung von Laura zuerst etwas pingelig vorgekommen. Sie, die junge Ärztin, die dem erfahrenen Kollegen Vorschriften machte. Doch diese Unsicherheit war schnell Ärger gewichen.

Die Hygiene im Krankenhaus ist mein Job. Man mochte sie pingelig finden, Narcy bemühte sich schlicht um Gewissenhaftigkeit. Sie schüttelte den schwarzen Lockenkopf, erhob sich vom Sitz und stieg eilig die enge Treppe vom *Upperdeck* hinunter. Der Fahrer warf ihr einen entnervten Blick zu und spielte nervös mit dem Gaspedal.

Außerdem ist es Gesetz. An britischen Krankenhäusern waren je nach Größe der Klinik einer oder mehrere *Infection Control Doctors* Vorschrift. Doch die ICDs, wie man sie im Klinik-Jargon nannte, genossen nur geringes Ansehen, obschon sich die vorsorglichen Hygienemaßnahmen wirtschaftlich auszahlten. Denn sie verhinderten Neuinfektionen und verkürzten die Verweildauer der Patienten. Trotzdem passte es Typen wie McAvoy nicht, dass ihnen jemand auf die Finger schaute. Narcy stellte sich auf eine schwierige Zeit ein.

Sie atmete tief durch, betrat die Klinik durch den Haupteingang und nahm den Lift in den ersten Stock, wo ihr Büro lag. Sie beeilte sich, Regenmantel und Schirm abzulegen, und schlüpfte in den Arztkittel. Es reichte gerade noch für einen schnellen Kaffee vor dem Morgenrapport.

In der Kantine herrschte die für diese Uhrzeit übliche dumpfe

Stimmung. Die einen waren müde von der Nachtschicht, die anderen noch nicht ganz wach. Narcy blickte sich mit der dampfenden Tasse auf ihrem Tablett um. An einem Tisch beim Fenster sah sie Meave Richards sitzen. Narcy kannte die Krankenschwester nicht gut, wusste aber, dass sie schon seit Jahren auf der Pädiatrie arbeitete. Noch bevor sich Narcy gesetzt hatte, stöhnte die Schwester: «Heute brauche ich einen Doppelten.»

Die Augenringe in Meaves breitem Gesicht zeigten, dass sie zu jenen gehörte, die die Nachtschicht hinter sich hatten. «Heute hilft aller Kaffee dieser Welt nichts.»

«War's hart?», fragte Narcy und setzte sich.

«Und ob.»

«Was war denn los?»

«Der ganz normale Wahnsinn.» Meave wischte sich einige Krumen aus den Mundwinkeln.

«Und noch einiges dazu, nehme ich an?»

«Kann man wohl sagen. Auf 226 hat nun auch noch ein Junge Fieber gekriegt. Der hat die ganze Nacht geschrien.»

Auch das noch! Wenn im Zimmer von Laura noch ein Kind erkrankt war, bedeutete dies, dass sich die Infektion ausbreitete. Das Schlimmste, was einer Infektiologin passieren konnte.

Meave machte ein bekümmertes Gesicht. «Das Schlimme war, dass wir kein Mittel gefunden haben, um ihn zu beruhigen. Normalerweise hilft es, das Kind ein Weilchen auf dem Arm herumzutragen. Aber das war letzte Nacht vergebliche Mühe.»

«Zeigt er sonst Symptome?»

«Was bei Grippe halt so üblich ist.» Meave nahm einen Schluck Kaffee. «Schlimm war vor allem, dass er sich auf keine Art beruhigen ließ.»

Narcy wurde hellhörig. «Was zählen Sie denn zu den für Grippe üblichen Symptomen?»

«Na, die Gliederschmerzen halt, Fieber, Schleim in der Nase.»
«Das muss ich mir noch vor dem Rapport ansehen.» Ohne eine Antwort abzuwarten, ließ Narcy den Kaffee stehen und stürmte aus der Kantine. Meave verschluckte sich an ihrem letzten Bissen Käsebrot und rannte hustend hinter der Ärztin her.
Im Zimmer 226 war eine Krankenschwester gerade damit beschäftigt, den Jungen umzubetten. Kaum sah sie Narcy und Meave herbeistürmen, machte sie ihnen Platz.
Kevin Stuart las Narcy auf dem Schild am Fußende des Bettchens.
«Weshalb ist er hier?», fragte sie die Schwester.
«Leistenbruch. In der fünften Woche operiert.»
Der Junge lag auf der Seite, die Augen halb geschlossen. Die Ärztin beugte sich über ihn und sah sofort den Schleim, der ihm aus der Nase lief. Er war deutlich gelb.
«Geben Sie mir bitte einen Spatel», bat Narcy die Krankenschwester, während sie in ihrer Manteltasche die Untersuchungslampe suchte. Sie knipste die Lampe an und näherte sich damit dem Kind, um ihm in den Mund zu schauen. Dabei strich der Lichtstrahl zufällig über Kevins Augen. Eine heftige Zuckung durchfuhr seinen Körper. Narcy stutzte und blickte Meave an. «Haben Sie das gesehen?»
«Was?»
Narcy richtete den Strahl der Lampe noch einmal auf die Augen des Jungen. Wieder zuckte er heftig zusammen.
«Ziemlich auffällig, meinen Sie nicht auch?»
Meave stemmte die Fäuste in die breiten Hüften – ratlos.

«Herrgott, passen Sie doch besser auf!», schnaubte McAvoy, als er wenige Minuten später davon erfuhr, dass noch ein Kind erkrankt war. In seine Stirn hatte sich eine tiefe Falte

gegraben, die sich von der Wurzel seiner Aristokratennase bis zum Haaransatz zog. Er schaute verärgert in die Runde. Außer Narcy Perez Corrales und Meave Richards waren noch einige Krankenschwestern der sich ablösenden Nacht- und Tagschichten anwesend sowie ein paar Assistenzärzte und die beiden Oberärzte der Abteilung: Anne Heimann und Steve Sayer. Anne, eine Deutsche, lugte wie eine alte Lehrerin über den Rand ihrer Lesebrille. Sie war schon seit einigen Jahren Oberärztin, viele im Haus behaupteten, man habe sie auf diesem Posten abgestellt und sie werde es mit ihrer spröden Art nicht weiter schaffen. Steve kam eben vom Nachtdienst und sah entsprechend aus. Man nannte ihn im Krankenhaus den *Kronprinzen*. Er befand sich, was seine Karriere anging, auf der Überholspur. Obschon er einige Jahre jünger war als Anne, war allen klar, dass *er* dereinst McAvoys Chefposten übernehmen würde. Steve lehnte erschöpft im Stuhl und zeigte wenig Interesse am Rapport.
«Nicht, dass mich zwei Grippefälle besonders beunruhigen würden», schimpfte McAvoy, «aber die Verbreitung der Infektion zeigt, dass auf der Station zu wenig sauber gearbeitet wird.» Die kunstvolle Pause, die er einlegte, war exakt so bemessen, dass sich alle schuldig fühlen konnten. Mit donnernder Stimme fuhr er fort: «Ich will aber, dass bei uns die Patienten sicher sind. Ich will, dass unsere Klinik besser ist als alle anderen!»
Zuerst herrschte Schweigen im Raum. Allen war klar, dass mit *unsere Klinik* eigentlich *ich, Michael McAvoy* gemeint war. Und dem gab es nichts mehr hinzuzufügen. Schließlich getraute sich die einzige Person, die nicht fest zur Belegschaft der Kinderabteilung gehörte, die Stille zu brechen. «Doktor McAvoy, ich gebe Ihnen vollkommen Recht», sagte Narcy. «Sie weisen sehr deutlich darauf hin, wie wichtig die Hygiene auf den Stationen ist. Deshalb habe ich ja auch die verschärf-

ten Hygienevorschriften für Zimmer 226 angeordnet. Aber», sie wusste, dass das, was sie jetzt sagen würde, heikel war, «ich bezweifle, heute noch mehr als gestern, dass die Kinder an einer gewöhnlichen Grippe leiden.»
Das Schweigen, das sich jetzt über die Anwesenden legte, war ein anderes als jenes nach McAvoys Schelte. Die Krankenschwestern blickten betreten vor sich hin. Steve Sayer fuhr wie besessen mit dem Eingabestift auf seinem Organizer herum. Anne Heimann wischte sich so vehement ihre Nickelbrille sauber, als wollte sie das Glas durchreiben. Niemand wagte es, Narcy oder McAvoy anzublicken. «Doktor Perez Corrales», begann McAvoy langsam, indem er jedes Wort ganz deutlich aussprach. «Ich schätze Ihr Engagement als Gast auf unserer Abteilung sehr, doch jetzt schießen Sie übers Ziel hinaus. Wie kommen Sie zu der Annahme, dass es sich nicht um Grippe handelt?»
«Die Symptome stimmen nicht», antwortete Narcy selbstsicher.
«Und was, bitte schön, stimmt an den Symptomen nicht?»
Narcy hielt seinem bohrenden Blick stand. «Die Kinder zeigen eine auffällige Reaktion auf Lichtreiz. Das gehört nicht zur Grippe.»
McAvoy seufzte indigniert. «Auch wenn das nach *Ihrem* Lehrbuch nicht zur Grippe passt, lässt es sich sehr leicht erklären. Die Kinder sind krank, also geschwächt. Bei allgemeiner Schwächung kann es sehr wohl vorkommen, dass man nervös auf äußere Reize reagiert, sei es nun das Licht oder irgendein Geräusch oder anderes.» Er wandte sich an den jungen Oberarzt. «Oder wie sehen Sie das, Steve?»
Steve Sayer legte den Organizer zur Seite. Eigentlich war er Spezialist für Krankheitsübertragungen in der Klinik. Schon seine Dissertation hatte er über Tröpfcheninfektionen geschrieben, summa cum laude. Ein Grund, warum ihn Mc-

Avoy seinerzeit ins Team geholt hatte. «Ganz einverstanden», antwortete er nur. Sein Blick flatterte nervös zwischen McAvoy und Narcy hin und her. Die Hygieneärztin starrte mit zusammengepressten Lippen den Chef der Kinderklinik an. Die Zornesfalte, die sich dabei über ihre Stirn zog, hatte Sayer noch nie gesehen. Doch er konzentrierte sich sofort wieder auf McAvoy, der mit dem Knöchel des Zeigefingers entschieden auf den Tisch klopfte.

«Ich halte also fest: Wir behandeln weiter auf Grippe. Und Doktor Perez Corrales wird den Pflegekräften sicher gerne noch einmal die Hygienevorschriften erläutern.»

Der Rapport war beendet.

Mexico City, Universitätsrechenzentrum

Als David Evans im Rechenzentrum eintraf, saß Enrique Salinas bereits vor dem Terminal. Neben der Tastatur hing das Endlospapier bis auf den Boden hinunter. Der Mexikaner studierte die Resultate der Jobs, die über Nacht gelaufen waren. Er war munter wie immer. »*Hola, amigo.* Endlich raus aus den Federn?»

«Haha», sagte David mürrisch.

Salinas hob mit gespieltem Bedauern die Hände. «*Oh, lo siento.* Sorry, natürlich sollte zuerst fragen nach deine Nacht.» Er sprang von seinem Stuhl auf und bot David mit einer theatralischen Geste den Platz an.

David ließ sich auf den Stuhl sinken. Der Mexikaner stellte einen weißen Styroporbecher vor ihn auf den Tisch und riss den Plastikdeckel weg. Kaffeeduft stieg in Davids Nase. Salinas schaute ihn erwartungsvoll an.

«Na?»

David nahm den Becher und streckte ihn dem Kollegen hin. «Ganz hell bitte.»

«Da, Milchpulver. Sag schon: wie war die Nacht? Wie war *sie*?»
David atmete tief ein, hielt einige Sekunden die Luft an und ließ sie geräuschvoll wieder entweichen. Dann streute er das Milchpulver in den Becher. «Keine Ahnung.»
«*Hombre*! Erzähl schon.»
David ließ den Kopf hängen und seufzte. «Blackout.»
Salinas setzte sich rittlings auf einen zweiten Stuhl und klopfte ihm aufmunternd auf den Oberschenkel. «*Amigo*, ich höre.»
«Ehrlich, Salinas, *system error*.»
«Aber Mercedes. So eine vergisst man nicht.»
David setzte die Brille ab und fuhr sich mit dem Handrücken über die Augen. «In meinem Kopf herrscht ein Tohuwabohu. Lass mich in Ruhe.»
«Hast du sie genommen?»
«Salinas!» David wurde laut. «Hör auf, ich weiß es nicht!» Er rollte mit dem Bürostuhl in Richtung Computerterminal. Salinas sah ihm mitleidig nach.
«Bist du krank?»
«Mein Schädel brummt. Jeder Muskel schmerzt.» Er nahm einen großen Schluck aus dem Becher. Noch nie hatte ihm Automatenkaffee so gut geschmeckt. Dann blickte er Salinas mit wässrigen Augen an. «Es ist einfach zu viel. Ich bin dauernd unterwegs.»
«Ach was», unterbrach ihn Salinas, «Mercedes hat dir zugesetzt. Und du *loco* erinnerst dich nicht mal dran. Schade ums Geld.»
«Hör doch auf. Ich hab eine Influenza.» Mit halb drohendem, halb leidendem Blick versuchte David seinem Kollegen den Ernst der Lage klar zu machen. «Ich bin ausgelaugt. Verstehst du? Zu viel Stress. Immer auf Achse. Letzten Monat war ich kaum fünf Tage zu Hause in London.»
Salinas hob bedauernd seine dichten Augenbrauen.

«Dort habe ich es gerade geschafft, etwas Bürokram zu erledigen, Steuern und so. Dann war ich am Besuchstag noch kurz bei Sandy in der Schule.» Ein Lächeln huschte über Davids schweißnasses Gesicht. «War ganz lustig. Habe dort Leute getroffen, die ich schon ewig nicht mehr gesehen hatte. Ellen, zum Beispiel. Sie hat ein Mädchen, das gleich alt ist wie Sandy. Und sie erwartete noch ein Kind. Mann, war die schwanger!»

Salinas hatte eingesehen, dass aus David über die letzte Nacht nichts herauszuholen war.

«Manchmal habe ich bis Ende des Monats schon vergessen, wo ich überall war», fuhr David fort. «Überall herrscht Stress. Und überall sitze ich in so einem klimatisierten Bunker, wo man sich den Tod holt.»

«Ich könnte nicht dauernd unterwegs sein. Wo hast du deine Freunde?», sagte Salinas.

«Ach, weißt du …» David machte eine wegwerfende Handbewegung.

«Ich brauche meine Freunde. Wie gestern Abend. Und meine Familie, die Kinder, die Frau.» Er setzte eine Trauermiene auf. «Ohne sie, ich würde sterben!»

«Und ich würde zu Hause sterben», erwiderte David. «Ich bin gerne unterwegs. Trotz allem. Als Kind bin ich kaum aus dem verdammten Peckham rausgekommen. Alle Kinder aus meiner Straße sind an den Wochenenden aufs Land gefahren und haben was erlebt. Ich saß zu Hause und durfte mich nicht rühren. Samuel, mein Bruder, war bei den Pfadfindern und hat mir immer von seinen Abenteuern erzählt.» David stockte und wendete den Blick ab. «Samuel war ein Draufgänger.» Er schluckte und schwieg.

Salinas räusperte sich. «*Amigo*, kriege ich schon alleine hin. Gesundheit ist wichtiger.» Er klopfte ihm auf die Schultern und schnappte sich dann einen Computerausdruck vom Stapel. «Hier mach ich fertig – du gehst ins Bett.»

Zehn Minuten später saß David in der U-Bahn. Das Taxi, das ihm Salinas vors Institut bestellt hatte, hatte er nicht genommen, denn er liebte die U-Bahn. Die Augen halb geschlossen, genoss er die sanften Bewegungen des modernen Zugs. Angenehm einlullend. Kein Vergleich zu den alten Rüttelkisten auf der Picadilly oder der Oxford Line zu Hause. David versuchte anhand der Bewegungen des Wagens herauszufinden, wo er sich gerade befand. Dieser Rüttler eben war eindeutig. Nach *Eugenia* zweigte ein Gleis nach rechts in den Unterhaltsstollen ab. Also muss als Nächstes *Centro Médico* kommen. Kaum hatte er den Namen der Station gedacht, bremste die Bahn, die Schiebetüren öffneten sich mit einem Zischen, und herein drang der Lärm der Untergrundstation: blecherne Lautsprecherdurchsagen, Stimmengewirr, Klangfetzen von einem Saxophon.

Die folgende leichte Steigung bedeutete, dass gleich die gelbe Linie kreuzte, die nach *Pantitlán* hinausführte. David stellte sich die Röhren vor. Nach links ging es zum *Observatorio*, rechts kamen *Salto Agúa*, dann *Pino Suarez. Jetzt kommt ein Streckenabschnitt, der schnell befahren wird.* Und sogleich drückte ihn die Beschleunigung der Bahn in den Sitz.

David Evans hatte die kompletten Linienpläne von U-Bahn-Netzen auf der ganzen Welt im Kopf. Diese Fähigkeit hatte er seit seiner Jugend in London trainiert. Im Alter von acht Jahren konnte er die Stationen sämtlicher Londoner Linien rasend schnell in der richtigen Reihenfolge aufsagen. Den Linienplan ergänzte er dann mit Verzweigungen, Nebengleisen und dergleichen. Er merkte sich Bewegungen, die er auf der Fahrt spürte, Geräusche, die er hörte; er verknüpfte die verschiedenen Linien, und so entstand in seiner Vorstellung allmählich das genaue Schema des U-Bahn-Netzes. Nach einem Jahr hatte er ein dreidimensionales Abbild des Londoner Untergrundes in seinem Kopf.

Mit der Zeit hatte er dann gemerkt, wie gewandt er sich in diesem Modell zurechtfand, und er hatte begonnen, sein ganzes Wissen in einer Art Röhrensystem zu ordnen. Wenn er in seinem Gedächtnis nach etwas suchte, stellte er sich vor, er würde sich durch diese Röhren bewegen. Wobei er sich nie konkrete Röhren im Sinne von Metallrohren vorstellte. Seine Gedankenwelt enthielt keinerlei optische Informationen, wie ein 3-D-Konstruktionsprogramm im Computer ohne Oberflächentextur. Ihm genügte die rein logische Informationsstruktur, und er wusste präzise, wo er etwas finden und wie er sich dorthin navigieren konnte.
In diesem Moment klangen die von der Tunnelwand zurückgeworfenen Fahrgeräusche etwas dumpfer. *Die Strecke verbreitert sich hier also auf drei Gleise. In wenigen Augenblicken müssen die Fahrgeräusche wieder heller werden. Die dritte Spur biegt nach links ab, Richtung Cuatro Caminos.*
«*Tiquete*», riss ihn eine Stimme aus seinen Gedanken. Eine harte Hand rüttelte an seiner Schulter. Er öffnete die Augen und blickte auf eine blaue Uniform. Ein Bahnbeamter stand breitbeinig vor ihm. «*Ticket please*», wiederholte der Kontrolleur.
Hastig durchwühlte David seine Tasche und streckte dem Mann dann eine Mehrfahrtenkarte entgegen. Nachdem der Beamte einen Moment auf die Karte gestarrt hatte, begann sein schwarzer Schnurrbart zu zittern, und er knurrte etwas auf Spanisch. David verstand nichts, fasste es aber nicht als Einladung zum Abendessen auf. Der zweite Beamte stand so plötzlich neben David, als wäre er aus dem Nichts aufgetaucht. Er war nicht weniger breit gebaut als der erste und verbreitete nicht weniger schlechte Laune. Ohne viel Umschweife hakten die Beamten David links und rechts unter und zerrten ihn an der nächsten Station aus dem Wagen. Die anderen Passagiere schauten unbeteiligt zu. In der U-Bahn

von Mexico City war täglich zigmal zu beobachten, wie ein *Controllista* einen Schwarzfahrer herauspflückte. Auch David hatte diese Szene schon beobachten können. Darum wusste er auch, was nun auf ihn zukam.

Das Unheil nahte in Gestalt zweier Polizisten, die den Kontrolleuren zu Hilfe kamen, kaum standen sie mit David auf dem Bahnsteig. Die Übergabe des Schwarzfahrers an die Gesetzeshüter ging fliegend vonstatten. Ehe David sich's versah, stand er mit den Händen auf Kopfhöhe an der gekachelten Wand der Station. Panik erfasste ihn, und die Narben an seinem Unterbauch begannen heftig zu jucken. Instinktiv wollte er mit einer Hand in die Hosentasche greifen, um sich zu kratzen. Doch bevor er diese erreichte, traf ihn ein brutaler Handkantenschlag zwischen Hals und Schulter. Halb betäubt vor Schmerz stützte er seine Hand wieder an die Wand. Im nächsten Moment knallte ihm von hinten ein schwerer Stiefel zwischen die Fersen und schlug ihm die Beine auseinander. Alles geschah blitzschnell und wortlos. Zwei stahlharte Pranken griffen unter seine Achseln, fuhren über die Brust, glitten den Rücken hinunter, tasteten sich die Schenkel hoch und fassten ihm zwischen die Beine. Schließlich wühlten sie in seinen Hosentaschen. Hinter sich hörte David blechernes Quäken aus einem Funkgerät. Als der Polizist seine Hände aus Davids Hosentaschen gezogen hatte, hielt er eine triumphierend seinem Kollegen vors Gesicht. Auf der Handfläche lag eine zerknüllte Aluminiumfolie mit einigen Krümeln einer weißen Substanz. David hätte sich verfluchen können. Wieso nur trug er das Zeug einfach so in der Hosentasche? Nicht genug, dass er darauf angewiesen war, jetzt brachte es ihn auch noch in Schwierigkeiten. Und das in einem Land, wo der Justizapparat nicht gerade einen zimperlichen Umgang mit Verdächtigen pflegte.

Mit metallischem Klicken schnappten die Handschellen hinter seinem Rücken zu. Dann zerrte der Typ Davids linken Hemdsärmel zurück. Er spürte förmlich den Blick des Mannes über seinen Unterarm wandern. Die Innenseite war übersät mit Narben von Nadeleinstichen. Und zwischen Handgelenk und Ellbogen prangte eine gerötete Knolle. Die Polizisten hatten genug gesehen.

Im Polizeirevier drückten ihn die beiden auf eine Holzbank und verschwanden durch eine Tür. Etwa zwanzig Leute befanden sich im Raum. Neben David saß ein Mann mit verfilztem Bart. Sein Kopf hing schlaff vornüber, und er murmelte unverständlich vor sich hin. David rückte von ihm weg. In einer Ecke schluchzte eine ausgemergelte Frau trostlos. Der Geruch von Alkohol und Schweiß lag in der schwülen Luft. David hatte das Gefühl, gleich würde der schwere Dunst seine Nase verkleben. Sein Körper meldete sich zurück: eine fiebrige Welle jagte durch seine Glieder. Schweiß trat ihm aus allen Poren und gleichzeitig fröstelte ihn. Der Polizist hinter dem kleinen Schreibtisch starrte teilnahmslos vor sich hin. Nur von Zeit zu Zeit schreckte er kurz aus seiner Lethargie auf, wenn eine Stimme aus der Gegensprechanlage quäkte. Dann führte er einen der Wartenden durch eine Tür.
Identificación stand darauf.
Endlich war David an der Reihe.
Im Identifikationsraum begann ihn sogleich ein überaus dicker Beamter mit monotoner Stimme auszufragen. «*Nombre, Apellido, Sexo, Fecha de nacimiento.*» Er tippte Davids Angaben, ohne eine Miene zu verziehen, mit zwei fetten Fingern in einen Computer. Erst danach befreite ein Polizist David von den Handschellen. Er rieb sich die roten Abdrücke an den Handgelenken. Bestimmt würden sich dort bis morgen zwei hässliche Blutergüsse gebildet haben. David kannte das, denn sein Gewebe war dafür äußerst anfällig. Seit er das Medika-

ment schlucken musste, hatte er immer irgendwo einen tiefblauen Fleck.
Die Tür wurde aufgerissen, und ein schlanker Mann in einem weißen Arztkittel trat ein. Inmitten all der blau uniformierten Beamten wirkte er wie ein Fremdkörper. «Ich möchte mir Ihre Arme ansehen», sagte der Arzt in gut verständlichem Englisch. Er besah sich die Einstichstellen. «Tragen Sie ein medizinisches Papier an sich?»
David zeigte ihm seinen Behindertenausweis, und fünf Minuten später war er entlassen. Gleich das erste Taxi, das er heranwinkte, hielt.

London, St. James Hospital

Kaum hatte sich die Tür des Aufzugs geöffnet, hörte Narcy das laute Weinen eines Kindes. Nicht das Babygewimmer, wie es auf der Neugeborenenabteilung fast andauernd aus irgendeinem Zimmer zu hören war, sondern verzweifeltes Schluchzen. Narcy eilte den Flur entlang, um nachzusehen, was los war.
Schon den ganzen Tag über war sie von Station zu Station gehetzt. Hatte sich einen Dauerhusten auf der Geriatrie angeschaut, eine Wundinfektion auf der Chirurgie, ein Ekzem auf der Onkologie. Die Statistik besagte, dass jeder zehnte Patient sich erst im Krankenhaus eine Infektion zuzog. Das zu verhindern war Narcys Job.
Fünfzehn Uhr war schon vorbei, und vor lauter Gerenne war sie noch nicht einmal dazu gekommen, zu Mittag zu essen, geschweige denn, ihren Papierkram zu erledigen. Als sie sich eben zur Kantine aufmachen wollte, gab der Beeper wieder Alarm. Eine Krankenschwester der Kinderabteilung rief dringend nach ihr. Narcy ignorierte den nagenden Hunger.
Sie bog um die Ecke und erblickte vor Zimmer 226 ein weinen-

des Mädchen. Sie schätzte es auf etwa acht Jahre. Eine Frau versuchte es zu trösten. Daneben stand ein großer Mann dunkler Hautfarbe. Eine Krankenschwester stand mit dem Rücken zur Zimmertür und sah hilflos zu. Als sie die Ärztin kommen sah, seufzte sie erleichtert auf. «Hier kommt Doktor Perez Corrales. Sie wird Ihnen alles ganz genau erklären.»
Bevor Narcy dazu kam, die Schwester zu fragen, worum es ging, klagte die Frau: «Doktor, die Schwester will uns nicht zu Laura lassen!»
Erst jetzt erkannte Narcy Ellen Livingston. Sie sah noch schlechter aus als am Vorabend. Ihr Haar hing schlaff herunter, sie war blass, der Blick flackerte nervös. Narcy berührte sie zur Begrüßung leicht an der Schulter, denn Ellen hatte beide Arme um das weinende Mädchen gelegt. «Beruhigen Sie sich bitte, wir werden das gleich klären.» Narcy legte dem Mädchen ihre Hand auf das Kraushaar. «Was ist denn passiert?»
«Das ist Allanah», antwortete die Mutter. «Sie hat heute schulfrei, und wir wollten alle zusammen Laura besuchen.»
«Brian Livingston», stellte sich der Mann vor und streckte Narcy die Hand entgegen. Er war groß gewachsen, mit einem sympathischen Gesicht und ersten Silberstreifen im schwarzen Haar.
«Ich dachte, es sei besser, wenn das Mädchen da nicht reingeht», mischte sich die Krankenschwester ein. «Ich halte mich nur an Ihre neuen Hygienevorschriften», fügte sie fast entschuldigend hinzu.
«Das war korrekt, Sheila», antwortete Narcy. «Ich bin froh, dass Sie mich gerufen haben.» Sie wandte sich wieder dem Mädchen zu, das sich etwas beruhigt zu haben schien. «Weißt du, Laura ist schlimm krank, und nun ist leider noch ein anderes Baby krank geworden, darum müssen wir sehr aufpassen, wer zu den Kleinen ins Zimmer geht. Wenn du zum Beispiel einen Schnupfen hättest, dürftest du nicht hinein, weil

das Laura noch kränker machen könnte. Und um da sicherzugehen, hat Schwester Sheila nach mir gerufen.» Narcy zauberte ein Lächeln auf ihr Gesicht, auch wenn ihr nach diesem Tag überhaupt nicht danach zumute war.
«Das können Sie doch nicht machen.» Ellen Livingston klang verzweifelt. «Erst sagen Sie, Laura hätte eine Grippe, dann wird sie jeden Tag kränker, und jetzt wollen Sie uns nicht mal zu ihr reinlassen. Bitte.»
Brian legte den Arm um die Schultern seiner Frau. «Es ist wirklich etwas viel. Verstehen Sie das bitte. Meine Frau sagt mir, dass sie sich von Doktor McAvoy schlecht betreut fühlt. Er erklärt ihr praktisch nichts, und auch das wenige nur in unverständlichem Fachchinesisch. Eine Grippe kann doch wirklich kein Grund sein, uns nicht zu Laura zu lassen.»
«Leider doch», antwortete Narcy.
Wenn es doch nur eine Grippe wäre!
Den Tag über hatte Narcy mehrere Male auf der Kinderstation angerufen und sich nach Laura erkundigt. Was sie von den Schwestern erfahren hatte, war nicht ermutigend gewesen. Ihr Zustand war unverändert kritisch. Zum letzten Mal hatte Narcy diese Auskunft vor ungefähr einer Stunde erhalten. Doch das wollte sie den Eltern Livingston nicht zwischen Tür und Angel sagen, bevor sie das Baby nicht selbst untersucht hatte. Überhaupt war die offizielle Erklärung auf McAvoys Anweisung hin ja immer noch dieselbe. Also erklärte Narcy den Eltern geduldig, dass eine Grippe zu den ansteckendsten Krankheiten gehöre und dass die Infektion tatsächlich schon von Laura auf ein weiteres Kind übergegangen sei, was in Zukunft verhindert werden müsse.
Brian und Ellen waren dankbar, dass sie endlich etwas umfassender informiert wurden. «Warum geben Sie Laura denn nicht einfach Antibiotika?», fragte der Vater. «Das hilft doch immer.»

«Leider nicht», antwortete Narcy. «Antibiotika wirken nur gegen lebendige Erreger. Der Name *Anti Biotika* sagt das schon. Aber Viren sind nichts wirklich Lebendiges.»

Plötzlich heulte Allanah laut auf, wohl in erster Linie deshalb, weil sie die Aufmerksamkeit der Erwachsenen wieder auf ihren Seelenschmerz lenken wollte. Der Erfolg stellte sich sofort ein. Ellen kauerte sich zu ihr hinunter und tröstete sie mit leisen Worten.

«Schau, Allanah.» Narcy griff in die Tasche ihres Kittels und zog eine Plastikfigur und einen Apfel hervor. «Diesen Piraten hier hat mir heute ein Kind geschenkt. Und das ist mein Pausenapfel, den ich bis jetzt noch nicht essen konnte. Ein Virus, wie dein Schwesterchen einen hat, ist so etwas wie ein Pirat, und er sieht fast aus wie dieser Apfel.» Das Mädchen stutzte und vergaß das Weinen. «Ganz innen im Apfel sitzen die Kerne. Damit pflanzt sich der Apfelbaum fort. Aus jedem Apfelkern wächst ein Apfelbäumchen.» Allanah schniefte noch zwei-, dreimal ziemlich demonstrativ, aber Narcy spürte, dass sie ihre Aufmerksamkeit geweckt hatte. Sogar die Eltern hörten interessiert zu. So, wie der Apfel eine Schale hat, besitzt das Virus eine Hülle.

«Und auch im Virus steckt ganz innen eine Art Kern, der nötig ist, damit es sich vermehren kann: die Erbsubstanz. Sie ist die Bauanleitung für die Nachkommen, beim Virus wie beim Apfel. Aber es gibt einen wichtigen Unterschied. Der Apfelkern kann in der Erde keimen, und es wächst von ganz allein ein neuer Baum, weil der Kern seine Bauanleitung selbst lesen und ausführen kann. Das Virus hingegen schafft das nicht. Es kann sich nicht selbständig vermehren. Es muss dafür jemanden kidnappen, der ihm dabei hilft. So wie der Pirat ein Schiff kapert, kapert das Virus eine Zelle. Zum Beispiel eine Zelle aus unserem Körper. Danach zwingt es die Zelle zur Arbeit. Sie muss für das Virus nach diesen Bauplänen Nachkommen fertigen. Alleine kann der Zellpirat nichts ausrichten, er ist auf die Hilfe seines Opfers angewiesen. Und weil er kein eigenständiges Leben ist, können ihm Antibiotika nichts anhaben.»

Narcy schickte einen prüfenden Blick zu Ellen Livingston, die ihr aufmunternd zunickte.

«Aber es gibt andere Waffen gegen Viren. Nur muss man die viel genauer auswählen. Deswegen versuchen wir im Moment herauszubekommen, welches Virus Laura befallen hat, um danach das richtige Medikament einsetzen zu können. Aber diese Suche ist schwierig und wird noch ein paar Tage dauern. Aber bald machen wir Laura und das andere Kind wieder gesund.» Narcy hoffte inständig, dass sie nicht zu viel versprach.

«So, und jetzt lasse ich euch ganz kurz in das Zimmer. Aber alle müssen dazu einen sauberen Kittel über ihre Kleider anziehen. Und Sie dürfen nur an Lauras Brutkasten treten. Bitte berühren Sie kein anderes Bettchen und nichts sonst. Wenn ich jetzt hineingehe, bleiben Sie bitte so lange draußen, bis Schwester Sheila Ihnen die Kittel bringt.»

Noch bevor sie die Tür ganz geöffnet hatte, wandte sich Schwester Sheila an Narcy. «Doktor Perez», sagte sie leise. Ihr Tonfall verhieß nichts Gutes. «Sie haben vorhin von zwei kranken Kindern gesprochen. Ich wollte Sie nicht unterbrechen, aber … es ist noch eines krank geworden.»

Die Worte wirkten wie ein Schlag in Narcys Magengegend. Eben noch hatte sie sich so gut gefühlt, weil es ihr gelungen war, das kleine Mädchen zu beruhigen und das Vertrauen der Eltern, das McAvoys Verhalten aufs Spiel gesetzt hatte, wiederzugewinnen. Jetzt wurde sie brutal zurück in die Realität geholt.

In der Hoffnung, dass die Eltern das Gespräch nicht hörten, flüsterte sie: «Wer?»

«Raffaelo.»
Narcy machte ein grimmiges Gesicht und stieß die Tür auf. Die Eltern blieben wie angeordnet arglos vor der Tür stehen. Sheila zeigte Narcy, wo der erkrankte Junge lag. Es war das Bettchen neben Kevin Stuart. Während die Krankenschwester zum Wandschrank ging, um drei sterilisierte Kittel für Lauras Familie zu holen, betrachtete Narcy den kleinen Jungen. Er war auch erst wenige Tage alt. Da sah sie die Schleimspur auf seiner Oberlippe.
Sie beugte sich vornüber, um den Jungen genauer anzusehen, als ein Geräusch an ihr Ohr drang, das sie in Alarm versetzte. Sie schnellte hoch. Kein Zweifel. Das regelmäßige Piepsen, das den Raum erfüllt hatte, war schlagartig schneller geworden.
Lauras Pulsmonitor!
Die Piepstöne rasten.
Das Herz das Mädchens schlug plötzlich doppelt so schnell wie vorher.
Sofort rannte Narcy zum Brutkasten hinüber. Fast gleichzeitig trafen dort die Livingstons ein, die gemerkt hatten, dass etwas nicht stimmte. Sie hatten noch nicht einmal die Übermäntel zugebunden und starrten erschreckt auf ihre Tochter. Das Baby wand sich hinter der Plexiglasscheibe in spastischen Verkrampfungen, die Augen weit aufgerissen. Plötzlich schnellten seine Arme in die Höhe, und in epileptischen Zuckungen hämmerten die verkrampften Fäuste neben dem Kopf auf das Kissen. Das Gesicht war eine verzerrte Grimasse, die bellend keuchte und hustete.
Ellen Livingston und Allanah schrien gleichzeitig auf.
Plötzlich verdrehten sich die Augen des Babys, und das Weiße in ihnen glotzte ins Leere. Es sah aus, als wollten die Augen aus ihren Höhlen platzen. Narcy konnte ihren Blick nicht von dieser Fratze losreißen und schlug, ohne hinzuschauen, auf

den Öffnungshebel des Brutkastens. «Schnell, rufen Sie McAvoy!»

Sofort stürzte die Schwester zum Telefon. Narcy griff nach Laura, die steif war wie ein Brett. Jede Muskelfaser in ihrem Körper war gespannt, der Rücken vollkommen durchgestreckt, die Beinchen steckengerade vom Körper abgespreizt. Das Mädchen vibrierte wie unter Elektroschock. Der epileptische Anfall schien endlos anzudauern.

«Sheila, schnell, zwei Rektalampullen mit Stesolid! Und bringen Sie das Mädchen weg!»

Die Krankenschwester packte Allanah am Arm und rannte aus dem Zimmer. Sie musste zum Medikamentenschrank im Stationszimmer, denn Stesolid wurde nicht allzu häufig eingesetzt. Man brauchte es für Epileptiker, wenn sie nicht mehr von allein aus einem Anfall herausfanden. Bei einem Anfall entlud sich das gesamte Nervensystem im elektrischen Dauergewitter, und dabei konnten nach und nach auch so wichtige Körperfunktionen wie der Atemreflex aussetzen. Der Zustand war lebensgefährlich.

Die Schwester würde höchstens eine Minute brauchen, um das Stesolid zu holen. Doch die Sekunden verstrichen zäh wie Stunden. Der Herzmonitor jagte sein piepsendes Stakkato in den Raum hinaus. Lauras Kopf schlug heftig auf das Kissen, und Speichel begann vor ihrem Mund zu schäumen.

«So tun Sie doch was!», schrie Ellen mit überschnappender Stimme und versuchte nach ihrem Kind zu greifen. Doch Brian packte ihre Arme und hielt sie von hinten fest umklammert. Ellen schrie immer lauter.

Narcy riss die Druckknöpfe des Strampelanzugs auf, damit die Rektiole sofort in Lauras After eingeführt werden konnte, aber vor allem, um der Mutter den Eindruck von Handlung zu geben. Dann konnte sie nichts mehr tun. Vierzig Sekunden waren seit Beginn des Anfalls vergangen.

Jetzt schon fünfzig.
Narcy beugte sich über das Kind, um es vor dem Blick der Eltern zu verbergen. Denn es hatte begonnen, Gaumen und Kiefer derart heftig auf- und zuzuschlagen, dass die zahnlosen Pilgern ein dumpfes Klacken erzeugten. Narcy war einen Moment lang versucht, den Finger dazwischen zu stecken, damit sich das Kind nicht selbst verletzte. Doch sie unterließ es, denn sie wusste, welch enorme Kräfte eine epileptische Attacke in einem Körper freisetzen konnte. Sie kannte Kollegen, denen dabei ein Stück Finger abgebissen worden war. Narcy rannte zum Notfallkasten an der Wand und riss eine dicke Mullbinde heraus, die sie dem Kind in den auf- und zuschnappenden Mund schieben wollte.
In diesem Moment stürzte Sheila mit den Ampullen herbei. «Stesolid, fünf Milligramm.»
«Rein damit», schrie Narcy. «Gleich zwei davon.»
Die Schwester knickte den Verschluss der Plastikampulle ab, während Narcy das Kind auf den Bauch drehte. Es schlug unvermindert wild um sich und klapperte mit dem Kiefer. Sheila steckte die Spitze in den After des Kindes und drückte auf den Ballon am Ende, sodass der Inhalt sich in den Enddarm ergoss. In diesem Moment fuhr die Zunge des Mädchens nach vorn. Ein seltsam schmatzendes Geräusch ertönte, und gleichzeitig schoss ein Blutstrahl aus dem Mund. Entsetzt starrte Narcy auf das schäumende Blut, das das Bettchen bespritzte. Sie war starr vor Schreck und nicht mehr fähig, die zweite Rektiole einzuführen. Erst jetzt bemerkte sie, dass ihre Hand nass war, und starrte gebannt auf den roten Schaum, der zwischen ihren Fingern durch auf den Boden tropfte.
Plötzlich löste sich die Verkrampfung im Körper des Babys. Es wurde schlaff, bäumte sich in zwei, drei starken Zuckungen noch einmal auf, um dann endgültig in sich zusammenzusacken.

In diesem Moment erschien McAvoy in der Tür.
«Was ist hier los, verdammt nochmal?»
Dann legte sich Stille über die Station. Totenstille.

Cambridge, Transimmune Institute

Roger Black wusste, was auf dem Spiel stand. Aber er war sich seiner Sache sicher. Während er den Korridor des ultramodernen Kliniktrakts entlangging, huschte ein Lächeln über sein väterliches Gesicht. Unvermittelt hatte er daran denken müssen, wie Robin Wilcox und er dieses großartige Projekt begonnen und immer gehofft hatten, dass es funktionieren würde. Aber hatten sie es wirklich geglaubt? Die Erinnerung an die Anfänge ihrer Arbeit ließ Black wohlig erschauern. Denn der Genforscher wusste, dass er etwas getan hatte, das die Natur von sich aus nie tun würde. Im Gegenteil: sie hatte sogar die ausgeklügeltsten Mechanismen erfunden, um es unmöglich zu machen. Aber er hatte die Natur überlistet.

Und damit unzähligen Menschen das Leben gerettet. Zufrieden stieß Roger Black die Schwingtür zum Dialysesaal auf und steuerte auf einen jungen Mann zu, der auf einer der Liegen in der zweiten Reihe lag. «Na, wie geht es Ihnen heute?», fragte er und streckte dem Patienten die Hand entgegen. Bart Anderson richtete sich auf und reichte Black die Linke. In seinem rechten Unterarm steckte eine Infusionsnadel. Der knapp Zwanzigjährige setzte ein verschmitztes Lächeln auf. «Tag, Doc. Ich habe noch nie eine Dialyse derart genossen wie diese.»

Black schmunzelte. Nur zu gut verstand er, was der Junge meinte. Bart Anderson war schlank und wirkte trotzdem aufgedunsen. Im Alter von 16 Jahren war er erkrankt und hatte seither jede Woche dreimal ins Kinderkrankenhaus nach Bloomsbury fahren müssen, um sein Blut reinigen zu lassen. Black warf einen prüfenden Blick auf den Dialyseapparat. Das digitale Kontrollfeld zeigte, dass alles normal verlief. Der Silikonschlauch, der von Barts Unterarm zur rotierenden

Quetschpumpe lief, ruckte in regelmäßigen Abständen. In dieser Maschine wurden Barts Blut jene Giftstoffe entzogen, die ein Gesunder mit dem Urin ausscheidet. Ohne diese Behandlung hätte sich Bart innerhalb von wenigen Tagen selbst vergiftet. Er wäre ins Koma gefallen und gestorben. Trotzdem würde diese Dialyse seine letzte sein.

Bart legte sich auf der mit braunem Leder bezogenen Liege wieder zurück, sichtlich bemüht, sich zu entspannen.

Diese letzte Dialyse war für die meisten Patienten etwas Besonderes, das wusste Roger Black. Denn die Blutwäsche hatte über Jahre hinweg ihr Leben bestimmt. Die Krankheit und ihre Bedrohung waren geradezu ihr Lebensinhalt. Und damit sollte auf einmal Schluss sein. Deshalb mussten sich die Kranken von ihrem Leiden regelrecht verabschieden. Bei Bart war dies nicht anders. Black fragte: «Erinnern Sie sich noch, wie Ihre Krankheit begonnen hat?»

Bart hob müde den Kopf. «Als ob es gestern gewesen wäre.»

Black kannte natürlich die Symptome einer chronischen *Glomerulonephritis*. Die Patienten bemerkten sie meist erst, wenn die Autoimmunkrankheit schon seit Monaten oder sogar Jahren in ihrem Körper gewütet und die Nieren zerstört hatte. Trotzdem sah er seinen Patienten aufmunternd an, um ihm Gelegenheit zu geben, darüber zu sprechen.

«Eines Tages hab ich mächtig Nasenbluten gekriegt, mir deswegen aber keine großen Sorgen gemacht», sagte Bart. «Aber danach blutete ich jeden Tag mehrmals, bis mich nach etwa zwei Wochen meine Mutter zum Arzt brachte. Der Doktor stellte fest, dass ich einen horrend hohen Blutdruck hatte. Deswegen musste ich für die Untersuchung ins Krankenhaus. Ja, und so geriet ich dann in diese Maschinerie.» Bart schüttelte den Kopf, als wolle er die Erinnerung loswerden. «Noch heute sehe ich die lange Nadel, die sie mir in den Rücken gesteckt haben, um ein Stück Niere rauszuholen.» Der Labor-

befund nach Barts Nierenbiopsie war vernichtend gewesen. Diagnose: ESRD, *End Stage Renal Disease.* Ohne eine sofortige Dialyse hätte Bart nicht überlebt.
Doch wie die meisten Dialysepatienten wollte auch er so schnell wie möglich wieder von den Schläuchen unabhängig sein. Was aber nur durch die Transplantation einer Niere möglich würde. Die Patienten kamen dafür auf eine Warteliste – und blieben vorerst an den Schläuchen. Denn die Suche nach einem geeigneten Spenderorgan war schwierig und langwierig. Wer auf der Nationalen Transplantationsliste stand, wartete durchschnittlich zwei Jahre auf ein passendes Organ. Jeder zehnte Patient starb währenddessen.
Für Bart hatte man auch nach vier Jahren noch keine geeignete Niere gefunden. Die Zeit wurde knapp. Seine letzte Hoffnung war die neue Methode, die Roger Black in seinem *Transimmune Institute* anbot. Es war für Bart praktisch von der ersten Minute an klar gewesen, dass er dem Professor mit den freundlichen Augen vertrauen würde. Er wollte sich von ihm helfen lassen.
«Na dann, Bart, verabschieden Sie sich von dieser Pumpe. Es ist aber wichtig, dass wir auch die letzte Dialyse sehr sorgfältig machen. Wir wollen Sie morgen topfit auf dem Operationstisch haben.»
Bei diesen Worten verzog der junge Mann mit dem trotzigen Blick das Gesicht, als hätte er Zahnschmerzen. Roger Black vermutete, dass er im Moment wohl verdrängt hatte, wie ernst es nun bald würde. Zusammen hatten sie in den letzten Wochen sämtliche Details des Eingriffs besprochen. Trotzdem schien den Literaturstudenten eine letzte Frage noch zu beschäftigen. Er rang sichtlich um Worte.
«Professor», würgte er endlich heraus, «machen Sie mich jetzt zum Schwein?»
Black verschlug es die Sprache. Normalerweise wollten Pa-

tienten wissen, ob ihnen zusammen mit dem Organ nicht auch Krankheitserreger des Spenders übertragen würden. Diese Sorge hatte Black immer wieder zerstreuen und den Organempfängern alle Sicherheitsvorkehrungen erklären können. Seine Methode war sicher. Auch mit Bart Anderson hatte er diesen Aspekt besprochen, aber es hätte Black überhaupt nicht gewundert, wenn er sich noch einmal ein Sicherheitsdetail hätte erklären lassen wollen. Stattdessen fragte er nun: *Machen Sie mich jetzt zum Schwein?*

In den bekümmerten Augen des jungen Mannes sah Black, dass die Frage nicht als Witz gemeint war. Immerhin stammte die Niere, die er bald bekam, von einem Schwein.

Black wendete die Methode schon seit einigen Jahren an und hatte damit ausschließlich gute Erfahrungen gemacht. Trotzdem war es auch für ihn immer noch etwas Besonderes, ein Organ von einem Tier in einen Menschen zu verpflanzen. Die so genannte Xenotransplantation war eine molekularbiologische und medizinische Spitzenleistung, zu der auf der ganzen Welt nur wenige Kliniken fähig waren. Eine davon war das von Roger Black gegründete *Transimmune Institute.*

Die Idee, Tierorgane auf Menschen zu verpflanzen, war in den neunziger Jahren entstanden, weil der Nachschub an menschlichen Spenderorganen stetig zurückging. Dabei war es nicht so, dass die Leute nicht mehr bereit gewesen wären, ihren Körper nach dem Tod einem anderen Menschen zur Verfügung zu stellen. Die Gründe waren vielmehr, Ironie des Schicksals, die höhere Verkehrssicherheit und verbesserte Unfallmedizin. Denn Unfallopfer waren die besten Organspender gewesen – sie waren oft jung und ihre Organe in gutem Zustand. Ein toter Motorradfahrer mit Organspenderausweis konnte mehreren Menschen das Leben retten. Roger Black war froh, dass er heute einem kranken Menschen helfen konnte, ohne auf den Tod eines Gesunden warten zu müssen.

Dass ihn das Patent auf seine gentechnisch veränderten Schweine und die auf Xenotransplantation spezialisierte Privatklinik reich gemacht hatten, war für ihn nicht mehr als ein angenehmer Nebeneffekt.
«Nein, Sie werden kein bisschen zum Schwein», sagte er lächelnd zu Bart.
«Haben Sie mal Homer gelesen? Schon in der Odyssee verwandelt Kirke die Gefährten des Odysseus in Schweine. In der Unterwelt, im Hades, lebt ein Wesen, das aus einem Löwen, einer Ziege und einer Schlange zusammengesetzt ist, eine *Chimäre.* Und was passiert jetzt mit mir? Ich werde auch zur Chimäre.» Er wischte sich eine Schweißperle von der Stirn und sah Black zornig an. «Chimären sind Ungeheuer!»
Bart wäre, dachte Black, medizinsch betrachtet, bald tatsächlich eine Chimäre. Auch die Wissenschaft entlieh die Bezeichnung für ein Geschöpf, das aus Zellen verschiedener Lebewesen zusammengesetzt war, der griechischen Sagenwelt. Natürlich hatte bei dieser Namengebung niemand daran gedacht, dass die Chimäre bei den alten Griechen ein Ungeheuer gewesen war. Roger Black legte Bart besänftigend die Hand auf die Schulter.
«Sie werden ganz bestimmt nicht zu einem Ungeheuer. Im Gegenteil, das, was wir zusammen erleben werden, ist ein ungeheurer Triumph der Medizin. Und ich kann Sie wirklich beruhigen, Sie werden in keiner Weise Wesenseigenschaften eines Schweins erhalten. Das Einzige, was Sie erhalten, ist eine funktionierende Niere.»
«Professor, ich meine es ernst», entgegnete Bart. «Kentaurus, die kleine Meerjungfrau, Kafkas Käfer: alles, was der Mensch an Mischformen erfunden hat, besitzt Eigenschaften beider Wesen.»
«Das sind doch Phantasiegebilde. Die Menschen beschreiben damit ihre eigenen Ängste. Wir aber machen modernste Me-

dizin. Was *wir* schreiben, ist von Buchstabe zu Buchstabe real. Mit gentechnischen Methoden haben wir einige Buchstaben im Erbgut des Schweins umgeschrieben. Und zwar so, dass das Schwein Organe mit menschlichen Eigenschaften produziert. Und wir haben das so präzise getan, dass genau *ein* Schwein Organe mit genau *Ihren* Eigenschaften produziert.»
Black sah, dass er Bart mit dieser nüchternen Betrachtung überzeugte. Verschmitzt sagte er: «Eigentlich könnte sich also eher das Schwein beklagen, weil es in gewisser Hinsicht zum Menschen gemacht wurde. Es hat aber keinen Grund zu klagen, da ihm die Veränderung seiner Organe überhaupt keinen Nachteil bringt. Und darum klagt es auch nicht.»
Bart musste lachen. «Danke, Professor. Ich weiß, Sie schenken mir ein neues Leben.»
Black war gerührt. Er atmete tief durch und sagte: «Wenn diese letzte Dialyse vorbei ist, bekommen Sie eine Tablette. Damit werden Sie gut schlafen. Und morgen in der Früh erhalten sie nochmals etwas zur Beruhigung, sodass Sie es kaum merken, wenn die eigentliche Narkose eingeleitet wird. Wenn Sie wieder erwachen, sind Sie gesund. Ein gesunder Mensch.»

London, St. James Hospital

Als das Skalpell die Haut durchtrennte, trat aus dem Spalt etwas Blut aus. Nicht viel, der Schnitt war präzise geführt. Die Klinge glitt mühelos vom Brustbein hinunter bis knapp oberhalb der Schamgegend. Dort zog der Pathologe das Messer aus dem Fleisch. Nachdem er den ersten Hautlappen zur Seite geklappt hatte, glänzte das zarte Rot der Bauchmuskulatur geradezu ästhetisch. Zielstrebig schnitt Allan Perceley die Muskelschicht auf. Danach griff er zu einer großen Schere und durchtrennte das Brustbein. Es gab dem stählernen Instrument mit einem weichen Knacken nach.

Neben dem Pathologen stand Michael McAvoy über den kleinen Körper von Laura Livingston gebeugt. Aus etwa zwei Schritten Distanz beobachtete Narcy die Arbeit der beiden Ärzte. Sie schauderte. Aber nicht, weil sie den Anblick der Obduktion nicht ertragen hätte. Das Mädchen war unter ihren Händen gestorben. Eigentlich hatten nur noch sein Nervensystem und die Muskulatur ein letztes Aufbäumen geboten, um dem kurzen, qualvollen Leben ein Ende zu setzen. Narcy blickte auf den leblosen kleinen Mädchenkörper, der von den Stahlinstrumenten aufgetrennt wurde, und sah in ihrer Erinnerung nochmals die spastischen Zuckungen, die wilden Krämpfe und das schaumige Blut.

Nach Lauras Tod hatte McAvoy getobt wie ein Wahnsinniger. Er hatte nicht begreifen wollen, dass das Kind an einer Grippe gestorben war – und das in Anwesenheit einer Ärztin. Für ihn stand unzweifelhaft fest, dass die junge Mexikanerin versagt hatte.

Als wollte er die Angelegenheit möglichst rasch von sich schieben, bestand er darauf, sofort einen Totenschein auszustellen. Das Mädchen sei mit einer Veranlagung für Epilepsie geboren worden, schrieb er darauf, und das hohe Fieber habe den ersten Anfall ausgelöst.

Narcy hatte sich geweigert, einen Totenschein zu unterschreiben, auf dem ‹Status epileptikus infolge von Grippe› als Todesursache stand. Sie hatte auf einer Obduktion bestanden.

Das war keine Grippe.

«Dann hat dein Wagen ja denselben Jahrgang wie ich», sagte Perceley zu McAvoy und blickte schräg durch seine Nickelbrille. Neben dem sportlich braun gebrannten Kinderarzt wirkte der Pathologe selbst wie eine seiner Leichen. Die Haut und das Haar waren so grau wie Zigarettenasche. Grau waren auch die Augen. Einzig die Zähne und Fingerkuppen waren gelb – vom Nikotin. Doch das sah man unter dem Mundschutz und den Latexhandschuhen nicht, die Perceley wie auch McAvoy trugen.

Der Kinderarzt sagte nichts.

«Reich mir mal die Gewebezange herüber», sagte Perceley.

McAvoy gab ihm das Werkzeug.

Perceley packte damit den Dickdarm, während er weitersprach. «Aber weißt du, was der Unterschied zwischen deinem Jaguar und mir ist?»

McAvoy verneinte, wie es bei solchen Fragen erwartet wurde, damit der andere seine Pointe loswerden konnte.

«Dein Auto ist ein Oldtimer, und ich bin im besten Mannesalter.»

Perceley lachte blökend.

McAvoy schwieg.

Die beiden Männer hatten während ihrer Ausbildung viel Zeit zusammen verbracht. Gemeinsame Interessen waren immer schon Autos gewesen – und Mädchen. Aber das, pflegten sie zu sagen, gehörte ohnehin zusammen. Nach dem Physikum hatten sie einander aus den Augen verloren. Perceley hatte seine Weiterbildung in verschiedenen kleineren britischen Landkrankenhäusern absolviert. McAvoy war in die USA gegangen, hatte eine renommierte Klinik nach der anderen in seinen Lebenslauf eingefügt und war schließlich als angesehener Spezialist für Kinderheilkunde nach London zurückgekehrt. Hier trafen sich die beiden nach Jahren im St. James Hospital wieder. Aber es war nicht mehr wie früher zwischen ihnen. McAvoy war nun ein arrivierter Pädiater und übernahm die Leitung der Kinderabteilung. Zwar wurde auch Perceley Chef, aber in der Pathologie – und die lag im Untergeschoss.

Perceley drückte mit dem Fuß auf einen Schalter, der unter dem Tisch in den Boden eingelassen war. Dann sagte er laut und deutlich:

«Darm: Farbe unauffällig, Textur normal. Nehme Gewebeprobe.»
Er stach mit einer dicken Hohlnadel ins Darmgewebe, zog die Nadel wieder heraus und gab die Sonde an McAvoy weiter. «Kollega, ich fühle mich geehrt, dich zum Assistenten zu haben!» Er lachte. «Sei so gut und drück das in ein Teströhrchen da drüben.»
Als McAvoy die Metallnadel in eines der bereitgestellten Reagenzgläser führte, ertönte ein leises Klirren. Narcy sah, wie McAvoys Hand mit der Nadel zitterte. Kaum hatte er den Inhalt ins Röhrchen gedrückt, kam die nächste Anweisung. «Halt mal diese Klemme.»
McAvoy packte den Griff und zerrte das Gedärme zur Seite.
«He, halten, nicht reißen», schrie Perceley entsetzt. «Du willst doch nicht, dass das Ding platzt!»
McAvoy entschuldigte sich und lockerte den Griff, während Perceley weiterbrummelte. «So eine Schweinerei, wenn all das Zeugs da herausplatzt. Das erlaube ich einem Studenten genau ein Mal. Danach haben die kapiert, wie vorsichtig man damit umgehen muss. Und wer's nicht kapiert, hat hier nichts verloren.» Perceley arbeitete zügig. Er löste den Darm aus dem Haltegewebe und legte ihn fein säuberlich neben dem Kind auf den Chromstahltisch. Auf einmal frohlockte der Pathologe. «Da schau an. Was haben wir denn da Nettes?»
Narcy trat näher und reckte den Hals. Sie konnte allerdings nicht erkennen, was Perceleys Entzücken hervorgerufen hatte.
«Das ist vielleicht ein Riesending.» Perceley tippte mit dem Finger auf die Leber in der offen gelegten Bauchhöhle. «Und die Haut ist nicht mal gelb.»
«Hmm», machte McAvoy bloß.
Erst jetzt fiel Narcy auf, dass der Kinderarzt im Laufe der Untersuchung immer stiller geworden war und in den letzten

Minuten kein Wort mehr gesagt hatte. Das schien im selben Moment auch Perceley aufgefallen zu sein.

«Bist also doch nicht ganz verstummt, mein Alter. Ich dachte schon, das bisschen Blut hier sei zu viel für dein zartes Pädiater-Gemüt.»

Narcy trat ganz nah an den Obduktionstisch heran und wollte von dem Pathologen wissen, weshalb er sich über die vergrößerte Leber so begeisterte.

«Ich hab einen Verdacht.»

«Und welchen?»

«Reye-Syndrom.»

Narcy hob fragend die Augenbrauen.

«Alles passt. Die anfängliche Grippe, die Beeinträchtigung des Nervensystems, die vergrößerte Leber bei normaler Hautfarbe, der krampfartige Tod.» Perceley wandte sich vom Tisch ab und warf die Latexhandschuhe in einen Abfalleimer. Daraufhin schlurfte er zu einem abgewetzten Schreibtisch, drückte ein paar Tasten am Telefon und schnauzte in den Hörer: «Habt ihr die Probe Livingston schon?»

Während er auf die Antwort wartete, klemmte er sich den Hörer zwischen Schulter und Ohr, um sich eine Dunhill anzuzünden. Den Rauch blies er genussvoll in die Höhe.

«Aha. Und Ammonium?»

Die Antwort quittierte er mit einer Art Grunzen.

«Wunderbar. Bye.»

Während er zum OP-Tisch zurückschlenderte, sagte er: «Ammonium en masse im Blut.»

McAvoy blickte ihn stumm an.

«Was bedeutet das?», fragte Narcy.

«Ammonium treibt den Druck der Gehirnflüssigkeit in die Höhe. Das gibt irre Kopfschmerzen, Krämpfe, Halluzinationen, Delirium. Bei etwa dreihundert Milligramm pro Deziliter wird's dem Gehirn zu viel. Ende. Exitus.»

«Wir haben ja noch ein Kind, bei dem wir die gleiche Infektion vermuten», bemerkte Narcy. «Wird der Junge auch sterben?»
«Nein nein, die Mortalität beträgt nur etwa vierzig Prozent. Aber die, die sterben, sind vielleicht die Glücklicheren.»
«Das kann ja wohl nicht Ihr Ernst sein?»
«Entscheiden Sie selbst. Der enorme Druck der Hirnflüssigkeit zermanscht das Gehirn förmlich. Wenn das jemand überlebt, dann nur mit irreparablem Schaden.»

Cambridge, Transimmune Institute

Roger Black betrat die weiß gekachelte Garderobe gleich hinter dem Eingang zum Tierhaus. Neben der Tür beugte er sich über ein Computerterminal und drückte einige Tasten. Die Log-in-Maske erschien. Er tippte *DEBORAH* ein, den Namen seiner Tochter, der ihm im Computersystem des Instituts als Passwort diente. Auf dem LCD-Bildschirm erschien ein Formular, das er ausfüllte. Ob er momentan an einer Erkältung leide, an einem entzündeten Zahn oder an Fieber. Ob er irgendwo am Körper eine offene Wunde oder eine Warze habe. Black kreuzte überall *nein* an. Es waren immer dieselben Fragen, die dazu dienten, herauszufinden, ob die Person, welche Einlass begehrte, möglicherweise Viren in sich trug. Hätte er nur eine einzige Frage mit *ja* beantwortet, wäre ihm durch das zentrale Sicherheitssystem die Schleuse in den Tiertrakt später nicht geöffnet worden.
Vor dem Schrank, der seinen Namen trug, begann sich der Genforscher zügig zu entkleiden. Er war drahtig und trainiert, niemand hätte ihm seine mehr als fünfzig Jahre angesehen. Mit einer geschmeidigen Bewegung schlüpfte er aus der Unterhose und warf sie in den Spind. Dann ging er mit federndem Schritt zur Duschkabine, wo er seinen persönlichen sechsstelligen Code in die Zutrittskontrolle eintippte: 270903.

An diesem Datum war in seinem Institut zum ersten Mal einem Menschen eine Schweineniere eingesetzt worden, im Rahmen eines vorklinischen Tests. Es war die erste Xenotransplantation des *Transimmune Institute* gewesen.
Mit leisem Zischen öffnete sich die Panzertür, und Black trat in die Sterilschleuse. Hinter ihm ertönte ein leises *flopp*. Die Metalltür fuhr zwischen die hermetisch abdichtenden Gummimanschetten ein. Ohne dass er etwas zu tun brauchte, begann körperwarmes Wasser auf Black niederzuprasseln. Er konnte dem Strahl in der nahtlos mit Chromstahl ausgeschlagenen Kabine nicht ausweichen. Mit geschlossenen Augen ließ er das Wasser über seinen Körper rinnen.
Die Dusche schaltete ab. Black kannte das Programm, das er zu absolvieren hatte, auf die Sekunde genau auswendig. Er drückte einen Knopf und hielt die Hand unter eine Düse, die aus der Wand ragte. Hätte er nach dem Duschstopp nicht innerhalb von fünfzehn Sekunden diesen Knopf gedrückt, wäre in der Betriebszentrale ein Alarm ausgelöst worden. Die Türen der Dusche wären verriegelt geblieben, bis die Sicherheitsmannschaft den Grund für die Verzögerung abgeklärt gehabt hätte. Diese Maßnahme sollte unbefugten Zutritt ausschließen. Wer das Programm nicht auswendig kannte, kam nicht durch. Vier Milliliter Desinfektionsshampoo tropften auf Blacks Handfläche. Damit rieb er sich den ganzen Körper und das graue Haar ein. Ein Piepsen im Sekundentakt ertönte, dann setzte wieder die Dusche ein. Er wusch sich die Desinfektionslösung ab. An der Decke wechselte ein Licht von Rot auf Grün, die Schiebetür auf der gegenüberliegenden Seite der Kabine glitt auf. Der Forscher trat in den sterilen Bereich der Garderobe, nahm ein Frottiertuch vom Stapel und rieb sich trocken. Aus einer Kartonschachtel holte er einen Einwegslip und Wegwerfsocken aus stoffähnlichem Baumwollpapier. Darüber zog er sich eine grüne Chirurgenhose und -kutte. Er

schlüpfte in seine Laborschuhe und trat durch eine weitere Sicherheitstür in den Tiertrakt. Hier galten, abgesehen vom Mundschutz, keine zusätzlichen Hygienevorschriften.
Roger Black schritt den Korridor entlang, der in Weiß und Chrom gehalten war. Auffällig war die gänzliche Abwesenheit von Ecken und Kanten. Das verlangten die Vorschriften für Bio-Hochsicherheitslaboratorien, damit sich die Räume besser desinfizieren ließen. Die Tierställe des *Transimmune Institute* erfüllten dieselben Sicherheitsanforderungen wie Tierlaboratorien, in denen mit hochinfektiösen Erregern gearbeitet wurde.
Die Gesundheitsbehörden hatten auf dem erhöhten Sicherheitsstandard bestanden, obwohl zwischen einem Tierseuchenlabor und dem Tierhaus von *Transimmune* ein wesentlicher Unterschied bestand: Dort war unter allen Umständen zu verhindern, dass die Krankheitserreger aus dem Labor entwichen. Hier wäre es eine Katastrophe gewesen, wenn ein Erreger *hinein*gelangt wäre.
Black fühlte sich beschwingt. Dies hier war sein Lebenswerk. Er warf einen Blick durch eines der Bullaugen in den Chromstahltüren, die links und rechts vom Korridor abgingen. Die Schweine, die er dort sah, waren nie in ihrem Leben mit einem Krankheitserreger in Berührung gekommen. Das Futter, das sie bekamen, war steril, die Tiere selbst waren steril; ihre Ausscheidungen wurden auf schnellstem Weg beseitigt, obschon selbst diese steril waren. Aber sicher war sicher.
Der Genforscher genoss die Raumschiff-Atmosphäre. Sie stand für ihn für die vollkommen beherrschte Biologie. Doch das sagte er in der Öffentlichkeit nicht. Da stapelte er lieber tief, indem er die weltweit sicherste und verlässlichste Quelle für tierische Organe mit einem medizinischen Kräutergarten aus dem Mittelalter verglich. Damit sicherte er sich vor Rotariern wie vor ausländischen Gesundheitsministern stets ein

Schmunzeln. Dann führte er seinen Zuhörern den enormen Fortschritt vor Augen, den es im Mittelalter bedeutet hatte, die Heilkräuter im Garten hinter dem Krankenhaus anzupflanzen und diese nicht mehr in der freien Natur zu sammeln. Die Verfügbarkeit der Medikamente wurde erhöht und somit die medizinische Betreuung verbessert. So gesehen war die Schweinezucht im *Transimmune Institute* wirklich nichts anderes als ein moderner Kräutergarten.

«Hallo, Roger, du kommst gerade rechtzeitig», rief Marie Claire Deneuve mit unüberhörbar französischem Akzent, als Black den Tierstall betrat. «Es geht gleich los.» Die Tierärztin und ein Pfleger knieten neben einer trächtigen Sau im sterilen Stroh.

«Mami geht es gut», sagte die Französin, «und den Kleinen auch. Willst du sie sehen?»

«Gerne», antwortete Black.

Die Veterinärin griff nach dem Ultraschallkopf und hielt ihn auf die Flanke der Sau. Im Monitor, der daneben auf einem fahrbaren Wagen stand, erschien zunächst ein undefinierbares Flimmern. Doch als sie den Schallkopf in der Kontaktpaste auf der Haut des Tieres bewegte, nahm das Bild Formen an. Black erkannte schemenhaft verschiedene Körperteile eines Schweinchens. Marie Claire fuhr mit der Hand einige Zentimeter weiter, und auf dem Monitor erschien das zweite Junge. Es war sozusagen das Ersatztier. Für jeden Empfänger wurden zwei Spendertiere gezüchtet, für den Fall, dass einem von ihnen doch etwas zustoßen würde.

«Die scheinen putzmunter», sagte Black. Er wusste, dass Marie Claire wesentlich mehr von Schweinehaltung und -geburten verstand als er. Auch sie war sich dessen natürlich bewusst, trotzdem ließ die Tierärztin vor jeder Geburt den Institutsgründer einen Blick auf die Ferkel werfen. Schließlich war er es, der die Tiere im Reagenzglas kreiert hatte.

Die Muttersau grunzte, und ihr Körper zog sich heftig zusammen.
«Voilà, sie kommen», rief Marie Claire. Sie griff nach Blacks Hand und legte sie auf die Flanke der Sau. «Beruhige mal kurz die Mami.» Black ließ seine Hand auf dem Tier liegen und spürte das Rumoren unter der warmen Haut. Die Sau blickte zu ihm auf. Black spürte geradezu physisch, wie ihn der Blick aus den weit aufgerissenen dunklen Augen traf. In diesem Moment wurde ihm wieder einmal bewusst, dass er seinen ganzen Erfolg diesen Tieren verdankte.
Wieder zog sich der Leib der Sau zusammen, und ehe Roger Black sich's versah, guckte schon der erste Ferkelkopf aus der Geschlechtsöffnung der Mutter.
«Bienvenu, mon chéri!» Mit einem routinierten Griff zog Marie Claire das Junge ganz heraus. Kurz darauf lugte schon das nächste in die Welt. «Nummer zwei», rief Marie Claire fröhlich. Für sie war jede Geburt ein freudiges Ereignis. Auch als Tierfreundin konnte sie absolut für die medizinische Verwendung von Schweinen einstehen. Denn sie war sicher, dass es diesen Tieren zeitlebens gut gehen würde. Wahrscheinlich gab es auf der ganzen Welt keine Schweine, die besser umsorgt und behütet waren. Und diese kleinen Genferkel wuchsen nicht nur gesund auf, sie schenkten auch einem Menschen Gesundheit.
«Lass uns die Tierchen taufen», sagte Marie Claire. Der Pfleger reichte ihr die große Chromstahlzange und eine Metallplakette. Sie legte die Plakette ein, hielt die Zange ans Ohr eines der Ferkel und drückte zu. Das Schweinchen quiekte wie am Spieß. Mit einem sterilen Kleenex wischte die Tierärztin ein paar Tropfen Blut ab, die unter der Ohrmarke hervorquollen. Da hatte das Ferkel sich schon wieder beruhigt. Roger Black griff die nächste Plakette vom Rolltisch.
Astrud Acosta Caram – SN 678 stand drauf – der Name einer

brasilianischen Immobilienhändlerin, die in wenigen Monaten eine neue Niere erhalten würde. Es hatte sich weit herumgesprochen, wie sicher und zuverlässig das *Transimmune Institute* arbeitete. Noch alle Patienten waren mit der Behandlung hier sehr zufrieden gewesen.

London, St. James Hospital

Narcy Perez Corrales klopfte zum zweiten Mal an die Tür, doch McAvoy ließ sie warten. Sie war nervös. Endlich würde sie Gewissheit erhalten, welcher Erreger Laura getötet hatte und nun die beiden Jungen bedrohte. McAvoy hatte sie zu sich bestellt, um ihr das Resultat des Bluttests aus dem Viruslabor mitzuteilen.

«Herein», hörte sie endlich seine Stimme dumpf durch die Tür.

Als sie eintrat, traute Narcy ihren Augen nicht. Offenbar galten von einer gewissen Hierarchiestufe an die Vorschriften über die zugeteilten Quadratmeter nicht mehr. McAvoys Büro in der vierten Etage war nicht nur groß und hell, sondern auch geschmackvoll modern eingerichtet. An den Wänden hingen abstrakte Farbkompositionen in silbern-kühlen Rahmen. Im Kontrast dazu zierten Modelle von Oldtimern ein Sideboard. Hinter einem Glasschreibtisch saß McAvoy. Er wippte mit seinem mächtigen Stuhl aus Chromstahl und schwarzem Leder. Vor ihm auf der gläsernen Tischplatte lag ein eleganter Laptop wie in einer Ausstellung. Er war ausgeschaltet.

«Treten Sie näher, meine liebe Narcy, treten Sie näher.» McAvoy winkte sie gnädig herbei.

«Sie haben das Resultat?», platzte Narcy heraus, ohne auf die befremdliche Begrüßung einzugehen.

«In der Tat», sagte McAvoy. «Der Hühnervogel war's.» Dann schwieg er.

«Doktor McAvoy, ich verstehe nicht.»

Er holte tief Luft, wohl um seinen Worten mehr Gewicht zu verleihen. «Ein Vogelvirus hat das Kind dahingerafft.»

War da ein höhnischer Unterton in seiner Stimme? «Ein Vo-

gelvirus?», wiederholte Narcy. «Doktor McAvoy, was genau sagt der Laborbefund?»
Der Arzt antwortete nicht. Er schwenkte seinen Stuhl zur Seite, griff vom Sideboard ein Modellauto und stellte es vor sich auf den Tisch. «Mercedes SL 600 Cabriolet. Finden Sie das Ding nicht auch unheimlich sinnlich?», fragte er mit leiser Stimme und gab dem perlmuttweißen Cabriolet einen Schubs. Es rollte langsam über die Rauchglasplatte. McAvoy sah gedankenverloren zu, wie es über die Tischkante kippte, zu Boden stürzte und mit zersprungener Windschutzscheibe liegen blieb. Dann schreckte er plötzlich auf. «Eine Hühnergrippe hat das Mädchen befallen, Frau Kollega.» Erst jetzt bemerkte Narcy, dass er eine getönte Brille trug, die sie an ihm noch nie gesehen hatte. «Was fangen wir mit diesem Wissen an?»
War das eine Fangfrage? Oder wollte er tatsächlich einen Rat von ihr hören? Er hatte den Ruf eines selbstgefälligen, rechthaberischen Chefarztes alter Schule, der keine Widerrede duldete und sich auch im 21. Jahrhundert noch wie ein Halbgott in Weiß gebärdete.
«Darf ich mich setzen?» Narcy spielte auf Zeit.
«Aber selbstverständlich, Miss Narcy», sagte McAvoy mit unvermutet lauter Stimme. Narcy setzte sich auf die Kante eines Stuhls.
«Das Käferchen war vor Jahren schon einmal in London», fuhr McAvoy fort. «Es kam aus China, nachdem die Hühnervögel es dort dem Menschen angehängt hatten.»
Narcy wusste als Infektiologin, dass tatsächlich mehrere Grippestämme, wie etwa das Hongkong-Virus, aus China stammten. Auch traf zu, dass einige dieser Erreger ursprünglich Hühnerviren gewesen waren, die auf den Menschen übergegriffen hatten, weil in China noch viele Leute mit Hühnern unter einem Dach lebten.
«Frau Doktor, ich sage es ja schon immer», lallte McAvoy und

starrte vor sich auf die Tischplatte, «den Chinesen ist nicht zu trauen.» Auf McAvoys Stirn bemerkte Narcy Schweißtropfen. Wieder drehte er sich zum Sideboard und griff nach einem weiteren Modellauto. Seine Hand zitterte, als er begann, einen Bugatti vor sich auf der Tischplatte hin und her zu schubsen. Narcys Gegenwart schien ihm völlig entfallen zu sein. Sie blieb sitzen und wartete ab.

Natürlich konnte so eine Hühnergrippe recht aggressiv ausfallen, vor allem wenn es sich um einen Stamm handelte, der schon lange nicht mehr aufgetreten war. Immer wieder breiteten sich von China ausgehend solche Hühnergrippen epidemieartig aus und forderten rund um den Erdball Hunderte von Todesopfern. Dass eine Hühnergrippe aber derartige neuronale Symptome bewirkte, wie Narcy sie an Laura beobachtet hatte – diese Lichtempfindlichkeit, die epileptischen Krämpfe –, davon hatte sie noch nie gehört.

McAvoy machte keine Anstalten, das Gespräch fortzusetzen.

«Doktor McAvoy, geht es Ihnen gut?»

«Danke, Frau Doktor, danke der Nachfrage. Ich kann Ihnen versichern, es geht mir blendend.» Er blickte auf den Boden, wo das Mercedes-Cabriolet lag, und zog eine traurige Grimasse. «Bloß mein kleiner SL 600 hat sich wehgetan.»

Plötzlich sah Narcy McAvoys zerrissenen Latexhandschuh vor ihrem geistigen Auge. Er hatte geblutet. Wenig nur. Aber da war Blut gewesen. Bei der Obduktion hatte ihn Perceley mehrmals für seine Ungeschicklichkeit gerügt. Was hatte das zu bedeuten?

«Doktor McAvoy, wie machen wir jetzt weiter?», fragte Narcy.

«Vielleicht hilft Sekundenkleber?»

«Sekundenkleber?» Sie blickte den Kinderarzt verwirrt an. Er nickte langsam mit dem Kopf, als sei er nach reiflichem Überlegen zum Schluss gekommen, dass Sekundenkleber helfen könnte.

«Doktor McAvoy, ich verstehe nicht, wovon Sie sprechen.»
«Die zerbrochene Windschutzscheibe. Die flicken wir mit Sekundenkleber.»
Narcy wurde schlecht. Sie tastete mit feuchten Händen nach der Armlehne des Stuhles und holte tief Luft. «Ich spreche von den Kindern, Doktor McAvoy. Wie wollen wir die kranken Kinder weiter behandeln?»
McAvoy antwortete nicht. Warum trug er diese Sonnenbrille? Narcy verspürte plötzlich den Drang, aus dem Büro zu rennen. Sah sie Gespenster? Konstruierte sie eine Indizienkette, weil das seltsame Verhalten des Kinderarztes sie irritierte? Bestimmt gab es eine einfache Erklärung.
«Vielleicht mit Vogelfutter …»
Platzangst befiel Narcy. Sie stand auf und ging rasch zur Tür. Als sie die Hand auf die Klinke legte, hörte sie McAvoys heisere Stimme in ihrem Rücken. «Sie hatten Recht.»
Sie hielt inne.
Der Kinderarzt hing müde in seinem Sessel. Sanft sagte Narcy: «Machen Sie Schluss für heute. Erholung wird Ihnen gut tun.»
«Narcy, Sie hatten Recht.»
«Womit, Doktor McAvoy?»
«Das Kind litt nicht an Grippe.»
«Wie bitte?» Narcy blickte ihn verwirrt an. Eben hatte ihr McAvoy doch noch den Laborbefund mitgeteilt, und der lautete: Chinagrippe. «Litt nicht an Grippe?»
«Nein, *Sie* hatten Recht.» Er hob die Hand und ließ sie wieder fallen. «Machen Sie weiter. Ja?»
Narcy nickte stumm.
«Versprechen Sie es mir?»
Sie nickte noch einmal und zog vorsichtig die Tür hinter sich zu. Sie war entschlossener denn je, herauszufinden, woran Laura gestorben war.

Die Tür des Fahrstuhls glitt auf, und Steve Sayers breites Pepsodent-Lächeln strahlte ihr entgegen. «In welches Stockwerk darf ich Sie denn bringen, gnädige Frau?»

«Sofort zur Kinderstation», antwortete Narcy und drängte sich an ihm vorbei.

«Zweite Etage also. Bitte sehr, gnädige Frau.» Er drückte den Knopf an der Kabinenwand und verbeugte sich devot. Ein breitschultriger, solariumgebräunter Liftboy in einem weißen Arztkittel. Narcy erinnerte sich an den Spitznamen, den der Pädiatrie-Oberarzt trug: *Sayer the Player.* Sie hatte schon diverse Geschichten über ihn gehört. Vor allem von jungen, gut aussehenden Krankenschwestern.

«Steve, wir haben ein Problem.»

Sein Grinsen verzog sich zu einer gequälten Grimasse. «Ich weiß, Narcy, und es tut mir auch furchtbar Leid. Es war vollkommen daneben.»

Wovon redete er?

«Aber bitte, versteh mich, ich war mächtig unter Stress.»

Das sind wir hier alle, täglich.

«Du weißt, wie McAvoy ist.»

Und ob. Aber du machst dir kein Bild, wie er im Moment ist.

«Niemand von uns würde ihm widersprechen, wie du es getan hast. Nicht einmal Anne, die schon so lange hier ist – und eine Kratzbürste dazu. Ich war ja auch nicht direkt mit dem Fall befasst.»

Aha, da geht's lang, dämmerte es Narcy. Steve sprach vom Morgenrapport vor zwei Tagen, wo ihm zwei knappe Worte gereicht hatten, um sie vollkommen zu desavouieren: *Ganz einverstanden*, hatte er gesagt. Aber offenbar bereute er es.

«Steve, das ist schon o. k. Ich weiß auch, dass einen die Chefs ganz schön unter Druck setzen können.» Sie lächelte ihm zu. Es war ihr strategisches Lächeln.

«Ich hoffe, ich kann den Patzer wieder gutmachen.»

«Vergiss die Geschichte, ich bin nicht nachtragend.»
«Wie wär's mit einem Essen im *Tai Peh*?»
«Ich nehme es dir wirklich nicht übel.» Sie schwieg einen Moment. Kurz nur. Aber lange genug, um den Eindruck entstehen zu lassen, sie sei noch am Überlegen. «Wenn das *Tai Peh* als Entschuldigung gedacht ist, dann bestehe ich natürlich darauf, dass du dich entschuldigst.»
Auf Steves Gesicht breitete sich wieder das typische Grinsen aus, das ihn weniger wie einen Londoner Kinderarzt als wie einen kalifornischen Surfer aussehen ließ.
Narcy wurde ernst. «Ich habe vorhin etwas ganz anderes gemeint. Wir haben ein *echtes* Problem auf der Kinderabteilung.»
«Wir sind dazu da, Probleme zu lösen», gab er mit wieder erstarktem Selbstvertrauen zurück.
Narcy erzählte Steve, wie sich McAvoy bei der Blutentnahme an Laura verletzt und sich seither sein Zustand seltsam verändert hatte. «Und eben hat er mir mitgeteilt, das Labor hätte den Erreger als Hongkong-Grippe identifiziert. Das kann doch nicht sein.»
Steve lachte erleichtert. «Wenn ich an all die Male denke, wo ich mich gekratzt habe: Ich müsste schon lange tot sein. Und warum soll der Laborbefund faul sein?»
«Ich habe einfach so ein Gefühl ...» Sie hielt inne. *Genau das war es. Nicht viel mehr als ein Gefühl. Und Gefühle sind in der modernen Medizin nicht gefragt.* «Ich meine, es irritiert mich einiges. Zwar gibt es nun diesen Laborbefund, aber der erklärt nicht, warum diese so genannte Grippe derart entgleist und das Nervensystem angreift.»
«Was heißt denn das *Nervensystem angreift*? Das Mädchen ist an einem epileptischen Anfall gestorben. Bei der Obduktion hat man ja nichts gefunden.»
«Aber McAvoys geistige Verwirrung, wie ich sie vorhin erlebt

habe, könnte doch bedeuten, dass er sich mit demselben Erreger wie Laura infiziert hat. Er zeigt ähnliche Nervensymptome …»

«… die sich ganz einfach erklären lassen.»

Dong. Der Aufzug hielt.

«Madame, zweite Etage.»

Narcy trat auf den Korridor hinaus und wartete, dass Steve ihr folgte. Doch er schob lediglich ein Bein vor die Lichtschranke, damit die Tür offen blieb. Dann schaute er verschwörerisch den Korridor hinauf und hinunter. «Weißt du das denn nicht?», fragte er mit gedämpfter Stimme.

«Was?»

Als Antwort hob Steve nur die Hand an den Mund und machte mit einer imaginären Flasche eine Kippbewegung.

«Und zwar ganz tüchtig», flüsterte er. «Er war auch schon im Entzug. Aber jetzt scheint er es mal wieder nicht im Griff zu haben.»

Narcy blickte ihn ungläubig an.

So einfach war das also! Ein epileptisches Kind, eine seltene Hühnergrippe und ein alkoholisierter Chefarzt. Es gab tatsächlich kein hartes Indiz mehr, das dieser Erklärung widersprach.

«Siehst du», hörte sie Steve besänftigend sagen. «Es hat sich schon gelohnt, dass wir darüber geredet haben. Ich freu mich aufs *Tai Peh.*» Er zog das Bein vor dem Lichtstrahl weg, und die Lifttür schloss sich.

Wie benommen ging Narcy den Korridor entlang. Sie wusste nicht, was in ihr in diesem Moment überwog: die Erleichterung darüber, dass es diese einfache Erklärung gab, oder die Besorgnis darüber, dass sie als Ärztin sich zu einem so unhaltbaren Verdacht hatte versteigen können.

Abwesend drückte sie die Klinke von Zimmer 226 nieder.

Und trat ein.

Sie sah Anne Heimann und eine Schwester, starr vor Entsetzen über ein Bettchen gebeugt. Anne löste den Blick von dem Baby und starrte Narcy mit weit aufgerissenen Augen an. Langsam wischte sie ihre Hände am Arztkittel ab. Sie hinterließen auf dem Stoff eine breite Blutspur.
Anne brachte nur ein Wort hervor: «Raffaelo.»

Cambridge, Transimmune Institute

Dort, wo die Beatmungsschläuche unter dem grünen Operationstuch verschwanden, hob die Anästhesistin behutsam eine Ecke an und entblößte das Gesicht des Patienten. Mit einem Pinsel berührte sie leicht die Wimpern über den fast schwarzen Augen, die ihr mit jener Ausdruckslosigkeit entgegenstarrten, die nur eine Narkose zustande bringt. Zwar hatte Britt Lundkvist schon alle Geräte überprüft, doch die Reflexkontrolle mit dem Pinsel gehörte zur Routine der erfahrenen Anästhesistin. Sie führte auch diese Narkose mit hoher Präzision und Zuverlässigkeit durch, obschon allen klar war, dass der Patient die Operation nicht überleben würde. Britt rückte ihre randlose Brille zwischen Mundschutz und Kopfhaube zurecht und sah Roger Black mit ihren hellblauen Augen an. «Wir können beginnen.»
Black nickte dem Mann neben ihm zu, dem Chirurgen Robin Wilcox. Fast gleichzeitig reichte ihm Judy Hampton das Skalpell. Das Operationsteam verstand sich ohne Worte, denn sie führten diese Sorte Eingriff schon seit einigen Jahren gemeinsam durch. Jeder hatte hier seine feste Rolle, nur für den Gentechniker Black gab es hier eigentlich nichts zu tun. Doch als Projektleiter ließ er es sich nicht nehmen, bei den Transplantationen immer dabei zu sein. Er fühlte sich jedem einzelnen Patienten gegenüber dazu verpflichtet.
Kraftvoll zog Wilcox einen Schnitt von etwa zwanzig Zenti-

metern Länge. Wenn Black nicht zuvor gesehen hätte, wie die Schwester auf dem Operationsfeld die dicken Borsten abrasiert hatte, hätte er meinen können, es läge ein Mensch unter dem Messer. Doch zuerst mussten sie dem Schwein die Niere entnehmen.

Black beobachtete, wie Wilcox begann, die nächste Gewebeschicht zu durchtrennen. Obohl sie schon gegen zweihundert Schweinenieren transplantiert hatten, erstaunte ihn immer wieder, wie ähnlich dieses Tier dem Menschen war. Das Schwein war geradezu der ideale Organspender. Seine Organe waren in Form und Größe denen des Menschen nahezu gleich. Trotzdem hatten die Menschen lange Zeit Hemmungen gehabt, diese Organe zu verpflanzen. Dabei hatten für die Laien nicht so sehr medizinische Gründe eine Rolle gespielt als vielmehr emotionale. Für viele Leute war es schlicht undenkbar, ein Organ von einem Schwein zu empfangen. Dabei kannte der Mensch wohl kein Tier so gut wie das Schwein. Seit Jahrtausenden hatte er mit ihm in enger Nachbarschaft gelebt und praktisch alle seine Körperteile genutzt.

«Saugen.»

Judy war mit dem Schlauch schon an der gewünschten Stelle. Statt sich für Organspenden beim zahmen Hausgenossen zu bedienen, konzentrierte man sich am Anfang der Xenotransplantationsforschung auf den wilden Verwandten, den Affen. Bereits im Jahre 1905 hatte es erste Transplantationsversuche mit Organen von Menschenaffen gegeben. Ohne jede Chance auf Erfolg natürlich; denn aus heutiger Sicht waren die Chirurgen von damals mehr Abenteurer als Ärzte. Sie hatten keine Ahnung von Immunsystem und Gewebeabstoßung gehabt.

Erst nachdem die *Cyclosporine* gefunden worden waren, konnte die eigentliche Transplantationsmedizin ins Leben gerufen werden. Diese Stoffe unterdrückten das Immunsystem des Menschen und verhinderten dadurch, dass das eingepflanzte Organ als Fremdkörper angegriffen und zerstört würde. Mit ihnen begann das Zeitalter der Organübertragung. Von Mensch zu Mensch, wohlverstanden. Doch kaum hatte sich diese Technik etabliert, wurde auch klar, dass viel mehr Patienten auf eine Transplantation warteten, als Organe zur Verfügung standen. Deshalb suchten die Forscher nach anderen Spendern. Nur neun Jahre nach der ersten Mensch-zu-Mensch-Transplantation fand die erste Xenotransplantation statt. Ein Mann erhielt die Niere eines Pavians – und starb nach vier Tagen.

«Alles klar», sagte Judy Hampton, nachdem sie das Blut aus der Wunde abgesaugt hatte. Wilcox begann, die linke Niere des Tieres freizulegen.

Alle Versuche, Organe vom Affen auf den Menschen zu transplantieren, scheiterten. Paradoxerweise machte gerade die nahe Verwandtschaft der beiden Arten eine Organübertragung unmöglich. Denn es hatte sich herausgestellt, dass Affenviren auch den Menschen befallen konnten. Zwar war beim normalen Umgang mit den Tieren die Gefahr einer Infektion klein. Aber mit der Transplantation pflanzte man die Erreger direkt in den Menschen ein und schaltete so alle natürlichen Infektionsbarrieren aus. Und wozu ein Affenvirus fähig war, wenn er erst einmal den Sprung auf den Menschen geschafft hatte, führte Aids auf drastische Weise vor Augen. Deshalb hatte die Amerikanische Gesundheitsbehörde schließlich die Transplantation von Affenorganen auf den Menschen verboten. Das Schwein wurde zum idealen Organspender.

«Hältst du, bitte», sagte Wilcox, nachdem er beide Nieren vom umgebenden Gewebe befreit und die dazugehörenden Blutgefäße freigelegt hatte. Judy griff nach der Klemme, ohne auf die Blutgefäße Zug auszuüben. Der Chirurg durchtrennte sie mit einer Schere und legte die Niere in eine Chromstahlschale mit steriler Salzlösung. Judy Hampton verschloss die Schale sofort hermetisch mit einem durchsichtigen Deckel. Das wertvolle Organ war in Sicherheit.

Wilcox atmete hinter seiner Gesichtsmaske laut hörbar aus. Das wirkte wie ein erlösendes Signal. Sofort fiel alle medizinische Sorgfalt von dem Operationsteam ab. Wilcox und Black zerrten sich den Mundschutz vom Gesicht, Judy ließ die Gefäßklammern achtlos auf den Instrumententisch fallen und eilte mit der Nierenschale in der Hand zum Ausgang. Sie musste das Organ so schnell wie möglich ins Labor bringen. Es würde sich keine drei Stunden außerhalb eines Körpers befinden. Dabei musste das Organ verschiedene Virentests und Kontrollen durchlaufen. Doch es bestand kein Zweifel daran, dass es die Kontrollen ohne Probleme überstehen würde, denn das Spendertier war unter genau definierten Bedingungen geklont worden und in seinem ganzen Leben mit keinem einzigen Keim in Berührung gekommen. Doch die Tests waren Vorschrift und feste Bedingung für die Bewilligung von Xenotransplantationen. Sämtliche Testformulare mussten genauso wie die medizinischen Protokolle der Spender und Empfänger an die Gesundheitsbehörden zur Einsicht gesandt werden. Die geringste Unregelmäßigkeit hätte den sofortigen Entzug der Lizenz für Xenotransplantationen zur Folge gehabt.

Wilcox und Black sahen der Operationsschwester nach, bis sie den OP-Saal verließ, und tauschten dann einen zufriedenen Blick. Sie brauchten sich keine Sorgen zu machen: Bei *Transimmune* war alles in Ordnung.

London, Altersheim St. Mary's

Mutter blickte sorgenvoll, als sich das Streichholz entzündete.
«Ist das nicht gefährlich, mein Junge?» Sie fragte das jedes Jahr.
«Mach dir keine Sorgen, Mutter. Ich pass schon auf.» Mit

dem brennenden Streichholz in der Hand blickte David seine Mutter liebevoll an. Sie saß in sich zusammengesunken auf dem Sofa. Dasselbe Sofa, auf dem er als Kind gerne Trampolin gesprungen war. Zwar hatte Mutter das nie gemocht, aber das Möbelstück hatte die Sturm-und-Drang-Jahre der Gebrüder Evans überstanden und schließlich mit ihr den Weg ins Altersheim gefunden.

Endlich hielt David die Flamme an eine Kerze und blies sie dann schnell aus, weil sie schon bedrohlich nahe an seinem Finger herabgebrannt war. Er rieb ein neues Hölzchen an und zündete damit alle Kerzen an. Wie viele es waren, zählte man in Mutters Alter nicht mehr. Seit Jahren brachte ihr David einen Geburtstagskuchen ins Altersheim. Früher, als er noch mit Elizabeth zusammen gewesen war, hatten sie Mutter immer zu sich nach Hause geholt, um zu feiern. Doch seit er wieder alleine war, mochte er kein Fest mehr inszenieren. Es kam ihm absurd vor, nur für sie beide. Schon die Besuche im Altersheim waren von Jahr zu Jahr kürzer geworden. Mutter ermüdete immer schneller und hatte meist nach einer Stunde schon genug – was ihm ganz gelegen kam.

David nahm einen Schluck Tee und blickte in das runzlig bleiche Gesicht der alten Frau.

«Gut siehst du aus, Mutter.»

Sie lächelte milde. «Du siehst müde aus, mein Junge.» Ihre Stimme klang brüchig.

«Der Job», seufzte David. Dann erzählte er, dass er eben aus Mexiko zurückgekommen, dass die Arbeit dort sehr anstrengend gewesen sei und dass er sich zu allem Übel auch noch eine tüchtige Erkältung geholt habe. Er war nach der Grippeattacke nicht mehr ins Universitätsrechenzentrum gegangen. Sein Job war ja gemacht, und die Übergabe an das Institut konnte Salinas auch alleine vornehmen. David hatte den nächstmöglichen Flug nach London genommen. So kam er

gerade noch rechtzeitig zum Geburtstag von Mutter zu Hause an.
«Du weißt doch, mein Junge, in solchen Fällen hilft tüchtig schwitzen.»
«Habe ich schon getan, Mutter», log er. «Und ich fühle mich schon viel besser. Schau mal, was ich dir mitgebracht habe.» Aus seiner abgewetzten Reisetasche zog er ein kleines Päckchen. Mit zittrigen Fingern nestelte Mutter das goldfarbene Bändchen auf.
«Danke, mein Junge. Du denkst immer an mich.» Sie wiederholte den Dank noch ein paarmal immer leiser werdend, bis sich ihre trockenen Lippen nur noch lautlos bewegten. Schließlich hatte sie die kleine Keramikfigur aus dem Papier gewickelt und hielt sie auf ihrem Schoß. «Das ist eine Nachbildung des Gottes Chacmool», erklärte David. «Die oberste Gottheit der Maya.»
«Die Maya», seufzte Mutter. «Du und Samuel liebtet die Maya, nicht wahr?»
David nickte. Er und sein Bruder hatten eine Zeit lang alle Bücher verschlungen, die sie über alte indianische Kulturen finden konnten. Sie kannten alle Details aus der Geschichte nicht nur der Maya, sondern auch der Azteken und Inka. Stundenlang hatten sie über diese Völker reden können. Obschon David inzwischen beruflich einige Male nach Mexiko gereist war, hatte er außer Teotihuacan mitten in der Hauptstadt keine der Kultstätten besucht. Zu viel Arbeit, und die langen Fahrten auf schlechten Straßen hatten ihn abgeschreckt.
«Ihr habt sogar auf der Straße Maya gespielt.»
«Samuel hat auf der Straße mit den anderen Kindern Maya gespielt, Mutter.»
«Du warst doch auch immer dabei.»
«Ich war ganz am Anfang dabei, bis es dann bei mir angefangen hat.» Er ärgerte sich schon gar nicht mehr darüber, dass

Mutter seine Krankheit aus ihrer Erinnerung ausgeblendet hatte.

Sie hat das schon immer getan.

«Wie lange ist Samuel schon tot?», fragte Mutter und ließ den Blick suchend durch den Raum schweifen, bis sie das Porträt ihres erstgeborenen Sohnes auf dem Buffet gefunden hatte. Das Bild zeigte einen jungen, sportlichen Mann. In seinem Lachen lag etwas Trotziges, Wagemutiges. Daneben stand ein Bild von David, auch er noch jung, aber unverwechselbar David, mit Pausbacken und dichtem Haar, das ihm in die Stirn fiel. Ein weiteres Bild zeigte Vater, mit Sonntagsanzug und korrektem Scheitel, ganz der erfolgreiche Geschäftsmann.

«Samuel ist schon seit zehn Jahren tot», sagte David.

«Ich sehe ihn noch genau vor mir, als ob er erst gestern hier gewesen wäre.»

«Samuel war nie bei dir im Heim, Mutter.»

«Warum kommt der Bub denn nicht?»

David erklärte Mutter, wie schon so oft, dass Samuel vor ihrem Umzug ins Heim gestorben sei. Mutter war wieder einmal nicht mehr in der Lage, «früher» und «heute» auseinander zu halten.

«Samuel ist ein guter Pfadfinder.»

«Ja, Mutter, Samuel *war* ein guter Pfadfinder.»

David schnitt ein weiteres Stück Kuchen ab, schenkte sich und Mutter Tee nach. Er lehnte sich zurück und versuchte die Verspannung im Nacken durch Kopfkreisen zu lockern.

«Meinst du, es geht ihm gut?»

«Es geht ihm ganz bestimmt gut.»

«Und wie geht es dir, mein Junge? Du siehst müde aus.»

«Mutter, es geht mir gut.»

«Wieso hast du dann vorhin eine Tablette geschluckt?»

Sie ist unberechenbar.

Er erklärte ihr, dass er ein Mittel gegen Kopfschmerzen geschluckt habe.
«Ach, dass mein Samuel hat sterben müssen.»
David sah auf die Armbanduhr. Er fragte sich, wann er sich zurückziehen könnte, ohne seine Mutter zu enttäuschen. Noch eine Viertelstunde, dann würde er gehen.
«Wenn nur das mit dir nicht passiert wäre», seufzte Mutter.
Dies war der Dolchstoß mitten in Davids Herz, der immer und immer wieder kam. Er spürte, wie ihm heiß wurde, und ballte die Faust. «Mutter, ich bitte dich. Fang nicht wieder damit an.»
«Aber wenn du gesund gewesen wärst, hätte doch Samuel nicht sterben müssen. Das haben die Doktoren gesagt.»
«Ja, ja, die Doktoren haben das gesagt.» David wurde plötzlich laut. Er sprang vom Stuhl auf und ging einige hastige Schritte im Zimmer auf und ab. Er kratzte sich in der Leiste. «Ich kann doch nichts dafür, dass ich krank war, und genauso kann ich nichts dafür, dass dieser verdammte Wagen Samuel erwischt hat.»
«David, bitte nicht so laut.» Mutter hielt sich die Ohren zu. Wie immer hatte sie das Hörgerät zu laut eingestellt, sodass es jetzt in ihren Ohren pfiff. David entschuldigte sich. Er blieb am Büfett stehen.
«Samuel hat dir immerhin das Leben gerettet.»
«Ich weiß, dass er mir das Leben gerettet hat. Und ich hätte seines auch gerettet, wenn ich gekonnt hätte.» David hielt inne und nahm das Foto von Samuel vom Möbel. Er blickte lange in das Gesicht seines Bruders. «Ob allerdings das Leben, das er mir geschenkt hat, die Sache wirklich wert war, weiß ich nicht.»
«Junge, sag so was nicht», kam es beschwörend von Mutter.
«Ist doch wahr. Ich schleppe mich als Wrack durch die Welt. Verstehst du, Mutter, ich bin krank! Heute wie früher. Daran

hat auch Samuels großes Opfer nichts geändert. Und die Ärzte wissen einen Scheiß. Was nützt es, wenn die einem so ein Teil verpassen? Leben schenken? Quatsch: Leiden verlängern!»
«David!» Ihre Stimme schallte ungewöhnlich laut durch das Zimmer.
«Und wenn du es genau wissen willst, geht es mir im Moment gar nicht gut. Was sage ich: saumies geht es mir. Ich spüre, dass es wieder anfängt wie damals. Ich habe nicht einfach eine Grippe. Du wolltest schon immer, dass ich nur eine Grippe haben sollte. Ich habe Schweißausbrüche, Nervenstörungen in allen Gliedern. Ich habe das Gefühl, ich zerfalle und löse mich auf.»
Mutter begann zu schluchzen. Die Tränen liefen ihr über die Wangen. Berührt von diesem elenden Anblick, hielt David inne. Er setzte sich neben sie und umfasste beruhigend mit einem Arm ihre Schultern. Sofort wich alle Spannung aus Mutters Körper, sie ließ ihr ganzes Gewicht gegen ihn fallen und legte ihren Kopf gegen seine Schulter. David fühlte sich unbehaglich. Außer einem flüchtigen Kuss auf die Wange zur Begrüßung hatten sie einander nie berührt. Zögernd hob David die freie Hand und berührte ihre feuchte Wange. Trotz der Tränen fühlte sie sich spröde an.
David bereute seinen Ausbruch. Aber er hatte es einfach satt. Seit Jahren lag in ihren Bemerkungen der Vorwurf, er sei schuld am Tod seines Bruders. Und das war verdammt nochmal nicht wahr.
Mutter schien sich nicht mehr beruhigen zu wollen. «David», schluchzte sie. «Samuel.»
David legte seine Wange an ihr Haar. Mutter stammelte immer wieder die Namen ihrer beiden Söhne. Erst jetzt bemerkte David, dass die Tränen auf seiner Wange nicht Mutters waren. Er schloss die Augen.
Wie lange sie so gesessen hatten, wusste David nicht. Als er

die Augen wieder öffnete, waren die meisten Kerzen abgebrannt. Behutsam hob er den Kopf: Mutter schlief. Vorsichtig bettete David sie aufs Sofa, holte eine Wolldecke und deckte sie zu. Dann kniete er nieder und gab ihr einen Kuss. Keinen flüchtigen. Mit geschlossenen Augen hielt er seine Lippen fest gegen ihre Wange gepresst und verharrte so. Seine Hand streichelte ihr Haar. Dann richtete er sich auf, löschte die letzte Kerze auf dem Kuchen und verließ den Raum.

Cambridge, Transimmune Institute

Roger Black stand am Fußende des Operationstisches und beobachtete, wie Robin Wilcox die Bauchdecke des Patienten für die Transplantation vorbereitete. Judy Hampton assistierte ihm dabei. Britt Lundkvist, die Anästhesistin, stand am Kopfende und korrigierte am Narkosegerät die Einstellung eines Ventils.

«Letzter Situationscheck», sagte Wilcox. «Wir eröffnen rechts.»

Judy stellte die Schale mit dem Spenderorgan auf das Gestell neben dem Operationsschragen und hob den Deckel. «Von Spender, links – für Empfänger, rechts», sagte sie mit einem Unterton, den Wilcox geradezu als belehrend empfand.

Die Niere musste seitenverkehrt transplantiert werden, weil sie nicht an ihren natürlichen Platz auf der Flanke, sondern aus Platzgründen vorne im Beckenbereich eingesetzt wurde. Damit dort die Gefäße richtig angeschlossen werden konnten, waren die Seiten auszutauschen.

Nachdem Wilcox Barts Bauchtasche geöffnet sowie die Gefäße freigelegt und unterbunden hatte, hob Judy die Schweineniere aus der sterilen Salzlösung und legte sie sorgfältig neben den Schlitz auf den Unterbauch des Patienten. Dazu meinte sie höflich: «Bitte, Chef.» Sie hatte gespürt, dass Wilcox die Bemerkung von vorhin in den falschen Hals geraten war.

Wilcox bedankte sich versöhnlich.
Dann schob er das Organ mit der Hand in die eröffnete Gewebetasche. Die Anästhesistin klappte ihm die Vergrößerungsbrille hinunter, welche bislang wie ein Schild über seiner Stirn in die Höhe geragt hatte. Das Anschließen der Gefäße war heikle, feine, mikrochirurgische Aufgabe.
Während Wilcox den Harnleiter des Tieres an den des Menschen nähte, fragte er sich, ob man bei dieser Niere wirklich noch von einem tierischen Organ sprechen konnte. Es war zwar in einem Tier gewachsen, aber mit ganz speziellen Genen des Menschen ausgerüstet. Mit jenen Genen nämlich, die verhinderten, dass das menschliche Immunsystem das tierische Implantat als Fremdkörper bekämpfte und abstieß.
Der Harnleiter war verbunden. Judy reichte Wilcox eine neue Krummnadel mit eingezogenem Faden. Er stach damit in die Hauptvene, die vom Bein zurück in den Körper führte und die er schon in der Vorbereitungsphase abgeklemmt und durchtrennt hatte. Dann zog er den Faden durch die Nierenvene und vernähte die beiden Blutgefäße mit winzigen Stichen. Ebenso verfuhr er mit der zur Niere führenden Arterie, die er mit der Beinarterie des Mannes verband. Dann fasste Wilcox an die Klemmen an der Arterie des Patienten. Gleich würde das menschliche Blut durch das tierische Organ zu strömen beginnen. Wilcox hielt einen Moment inne, bevor er die Klammer löste. Er wirkte irritiert, als würde er etwas tun, das er lieber nicht tun wollte.
«Stimmt etwas nicht?», fragte Roger Black, dem der seltsame Blick seines Partners nicht entgangen war. Robin Wilcox hatte die Klammer immer noch nicht gelöst. «Es mag dir seltsam erscheinen. Aber vor diesem Moment habe ich noch immer Respekt.» Sein Tonfall verriet, dass es ihn Überwindung gekostet hatte, seine Bedenken gerade in diesem Moment zu äußern.

«Mir geht's genauso», antwortete Black, «auch wenn wir es schon x-mal gemacht haben.»

«Auch wenn wir es schon x-mal gemacht haben.» Wilcox war erleichtert, dass sein Kollege seine Nachdenklichkeit nicht lächerlich oder gar absurd fand. Er schaute ihn durch die Brille mit bizarr vergrößerten Augen an. «Es ist doch genau der Schritt, den die Natur nicht tun würde. Und es ist genau der Moment, in dem sich jedes Mal zeigt, ob wir alles richtig gemacht haben.» Wilcox schauderte. «Ich erinnere mich noch genau an mein erstes Mal. Zum Glück war es noch bei einem Schimpansen gewesen und keinem Menschen. Seine Niere hat sich sofort schwarz verfärbt ...»

«... und war nach wenigen Minuten abgestorben. Zerstört durch hyperakute Abstoßung.» In Roger Blacks Augen trat ein trauriger Ausdruck. Er wusste selbst nicht, weshalb er und sein Kollege gerade jetzt auf solche Gedanken kamen. Eigentlich gab es dazu wirklich keinen Anlass, denn die Operation war mittlerweile Routine.

Lange Zeit hatte die hyperakute Abstoßung eine unüberwindbare Barriere bedeutet, die eine Verpflanzung von Organen über die Artengrenze hinweg unmöglich machte. Sie war ein extrem wirkungsvolles Abwehrsystem des menschlichen Körpers gegen alles Fremde. Antikörper patrouillierten wie Polizisten im Blutstrom und hielten nach Eindringlingen Ausschau. Sobald sie einen entdeckten, dockten die Antikörper an der Oberfläche des Fremdkörpers an. Ob das Fremde ein krank machendes Bakterium oder ein lebensrettendes Spenderorgan war, konnten sie dabei nicht unterscheiden. Sofort riefen die ‹Polizisten› eine ganze Armada von Zerstörern zu Hilfe, etwa zwei Dutzend verschiedene Proteine des so genannten Komplementsystems. Auch die Zerstörer waren gnadenlos auf ihre Aufgabe programmiert. Sie verbissen sich in die Membranen der fremden Zelle, rissen Löcher hinein.

So zerstörten sie auch innerhalb von Sekunden die geschmeidige Auskleidung der Blutgefäße im verpflanzten Organ. An diesen nunmehr rauen Oberflächen gerann das menschliche Blut und verstopfte das Organ. In Sekundenschnelle starb es ab.
Roger Black hatte es jedoch verstanden, die hyperakute Abstoßung auszuschalten. Er hatte Schweine genetisch so verändert, dass ihre Zellen auf der Oberfläche menschliche Proteine trugen. Er hatte das Schweinegewebe mit einer menschlichen Tarnkappe ausgerüstet. Die genmanipulierten Schweinezellen signalisierten dem menschlichen Abwehrsystem fortwährend: *Wir gehören zu euch, nicht angreifen.*
Wenn der Trick bei Ferkel SN 987, das für Bart Anderson bestimmt gewesen war, nicht funktioniert hatte, würde sich das transplantierte Organ im Nu in einen hässlichen schwarzen Klumpen verwandeln. Wilcox sah noch immer auf die Klemme in seiner Hand.
Er löste sie.
Bart Andersons Blut strömte in die Schweinearterie. Das Blutgefäß bewegte sich rhythmisch, als Barts Herz das Blut in die Niere pumpte. Regelmäßig und kaum wahrnehmbar dehnte es sich im Takt des Herzschlags. Die Niere glänzte hellrot. Aus der eröffneten Bauchdecke heraus strahlte sie Robin Wilcox und Roger Black geradezu triumphierend entgegen. Beide wussten, dass die Niere schon nach dem ersten Blutstoß zu arbeiten beginnt, denn sie ist ein relativ einfach gebautes Organ. Der Chirurg und der Gentechniker nickten einander zu. Die Niere blieb hellrot. In Roger Black breitete sich eine tiefe Befriedigung aus. Wieder hatten sie einen Menschen dem Tod von der Schippe geholt.
Während Wilcox sich daranmachte, die Wunde zu vernähen, gab plötzlich Blacks Beeper Signal. Das war schlecht.
Sehr schlecht.

Der Genforscher knirschte mit den Zähnen. Seine Sekretärin hatte die Order, nur Notfälle durchzustellen. Er ging widerstrebend zum Telefonapparat an der Wand, wo er seine Antwortnummer wählte.

«Wir haben ein Problem», sagte der Anrufer, ohne sich mit Namen zu melden. Black kannte die Stimme, doch er brauchte einen Moment, um aus dem eben Erlebten aufzutauchen.

«Ich kann jetzt nicht reden. Wir sind am Operieren.»

«Es würde sich aber lohnen, sofort alles stehen und liegen zu lassen, damit es nicht Ihre letzte Operation gewesen ist», erwiderte der Anrufer.

«Kann das nicht bis heute Abend warten? Ich stehe steril im OP.»

«Was ich Ihnen mitzuteilen habe, dürfte Sie jetzt sofort interessieren. Weil Sie den ganzen Tag für externe Anrufer nicht zu erreichen waren, hat sich das CCD an mich gewendet.»

«Das CCD?» Blitzartig war Black alarmiert. Diese drei Buchstaben fürchtete er mehr als der Teufel das Weihwasser.

«Ich sage doch, es würde sich lohnen, sofort herzukommen. Auch Wilcox soll kommen.» Die Stimme blieb aalglatt und freundlich. Wie immer, wenn sie schlechte Nachrichten verbreitete.

«Okay, ich komme.» Black knallte den Hörer auf die Gabel. «Wir müssen sofort weg», sagte er zu Wilcox.

«Ich brauche noch eine Viertelstunde», antwortete dieser, ohne den Blick vom Operationsfeld zu heben, wo er gerade den letzten Stich der inneren Naht setzte.

«Probst sagt, es gehe um ein Problem mit dem CCD.»

Sofort hielt Wilcox inne. «Das CCD?»

Black nickte stumm.

«Judy», wandte sich Wilcox an die Operationsschwester, «die Außennaht schaffst du alleine. Zwölf Stiche, schätze ich.»

Judy Hampton starrte den Chirurgen an. Natürlich war sie

als erfahrene Operationsschwester fähig, eine oberflächliche Naht sauber zu legen. Doch es war verboten. «Wenn du meinst», sagte sie zögernd.
«Ja, ich meine.» Wilcox schnitt den letzten Faden der Innennaht durch und legte Schere, Nadel und Pinzette auf den Besteckttisch.

London, Denmark Street

Lange schlenderte David Evans ziellos durch die Straßen. Er ließ sich treiben, wanderte von Schaufenster zu Schaufenster, genoss die Lichter der Stadt. Liebevoll gestaltete Dekorationen in den Auslagen strahlten mit dem Straßenschmuck um die Wette. Glückliche Rentiere zogen mit Paketen voll bepackte Schlitten über Watteschnee. Sankt Nikolaus lächelte mit roten Pausbacken den wenigen Passanten, die noch unterwegs waren, entgegen. David fühlte sich entrückt.
Er bog in die Denmark Street ein. Es war eines der Viertel, die er in London ganz besonders liebte, da es hier viele Geschäfte für Elektronikartikel gab. Er besah sich die Auslagen. Auf einem Keyboard war Computersoftware ausgestellt. Darunter lag ein elektronisches Saxophon. Schon immer hatte David sich gefragt, wie solch ein Instrument funktionierte. Bei einem Synthesizer konnte er es sich ja leicht vorstellen. Jeder Taste war halt irgendeine Funktion, ein Geräusch oder ein Ton zugeordnet. Doch welche Rolle spielte bei einem elektronischen Blasinstrument der Luftstrahl?
«Sieh mal einer an, David Evans.»
David fuhr zusammen. Neben ihm stand ein klein gewachsener Mann mit schmalen Schultern, in einen dicken Mantel gehüllt. Das längliche Gesicht war von einem knallroten Wollschal umrahmt. Der Mann lachte David an. «Was treibt dich denn um diese Zeit auf die Straße?»

«Die Frage kann ich nur zurückgeben», sagte David, während er sich das Gehirn darüber zermarterte, wer da wohl vor ihm stand.
«Hast du denn noch nicht genug Computerschrott zu Hause?»
David brummte etwas Unverständliches. *Wer war der Kerl?*
«Kennst du mich nicht mehr?», fragte der Mann halb beleidigt; sein Gesicht blieb jedoch freundlich. Er zog sich den Schal vom Kopf und schüttelte sein blondes, halblanges Haar. «Mike Broom, Chester Beatty Laboratories.»
«Natürlich, Mike!», rief David. «Sorry, dass ich dich nicht gleich erkannt habe.»
Mike lachte. «Hallo, mein Alter, schön, dich zu sehen.» Er klopfte David auf die Schulter. «Wie viele Jahre ist es her?»
«Hundert», erwiderte David trocken. Er erinnerte sich trotzdem an den Job in den *Chester Beatty Laboratories,* wo mit einem *Cray*-Supercomputer der neuesten Generation Tierversuche simuliert wurden. Es war eine jener Maschinen gewesen, die mitten in einem großen Raum wie ein Altar aufgebaut waren. Die Kühlanlagen dieses Superhirns nahmen fast ein eigenes Kraftwerk in Anspruch. David liebte diese Riesen. Das Problem war damals beim Wechsel von einem älteren Gerät zu dem neuen Topmodell aufgetreten. David vergaß nie, wo er welche Computerprobleme zu lösen gehabt hatte.
«Komm, lass uns das Wiedersehen feiern. Ich lade dich auf ein Bier ein», schlug Mike vor.
«Ich würde einen Kamillentee vorziehen.»
«Okay, ich bestell dir ein Kamillen-Lager.»
Dann ließ er eine Hand auf Davids Schulter fallen. «Kennst du *Paddy's Pub*? Der ist gleich da vorne um die Ecke.»
David versuchte zu erläutern, dass er eine gesalzene Grippe habe und eigentlich ins Bett gehöre.
«Kein Problem, Mann. Dann gehen wir eben zu mir, und ich

mach dir einen Tee. Ich wohne in der Howard Road, die ist auch gleich da vorne.»
Mike hatte eine Dachwohnung in einem Haus gemietet, das von außen etwas heruntergekommen aussah, innen jedoch sehr sorgfältig renoviert worden war. Die Männer stiegen zügig eine steile Holztreppe hoch.
«Nun renn doch nicht so», rief David, der ins Schwitzen geriet. Mike blieb auf einem Treppenabsatz stehen und drehte sich um. David sah, dass auch er außer Atem war.
Die Wohnung war geschmackvoll eingerichtet. Mike kombinierte antike Möbel mit modernen Beleuchtungsinstallationen. Halogenspots illuminierten Kunstgegenstände aus verschiedenen Kulturen. Eine Ecke im Wohnzimmer war ausschließlich zum Musikhören eingerichtet. Genau zwischen zwei großen, teuren Lautsprecherboxen stand eine Corbusier-Liege. An der Wand hinter der Musikanlage hingen teuer gerahmte Schwarzweiß-Porträts: Freddie Mercury, Elton John, George Michael.
«Magst du die auch?», fragte Mike, als er aus der Küche kam und sah, dass David die Bilder betrachtete. Er stellte ein Tablett mit zwei Tassen und einem Kessel voll dampfenden Tees auf einen geschnitzten Salontisch. Mit der Fernbedienung schaltete er Musik ein. Jazzharmonien erfüllten den Raum.
«Meine Lieblingsstars.»
«Und wer ist der Beste?», fragte David, wohlwissend, dass er mit dem Namen nichts würde anfangen können.
«George Michael.» Mike deutete auf einen Ledersessel, er selbst machte es sich auf dem Sofa gegenüber gemütlich.
Die beiden Männer hatten sich vor Jahren in den *Chester Beatty Laboratories* völlig zufällig kennen gelernt. Normalerweise schloss David an seinen Einsatzorten keine Freundschaften. Er wollte sich auf seine Arbeit konzentrieren. Mike hatte sich zu ihm an den Tisch gesetzt, als er eines Tages bei

einem Kaffee in der Kantine saß. Zuerst war ihm die Gesellschaft ungelegen gewesen, da er in die Kantine gegangen war, um über ein Problem nachzudenken. Doch Mike hatte eine phänomenale Art, sein Gegenüber zu unterhalten, sodass die beiden schnell ins Gespräch gekommen waren und David regelrecht die Zeit vergessen hatte. Danach waren sie ein paarmal zusammen Mittag essen gegangen und hatten sich dabei über Gott und die Welt unterhalten. Nach Davids Einsatz im *Chester Beatty* hatten sie sich aus den Augen verloren.

Mike schenkte Tee ein und berichtete, dass er noch immer in den *Laboratories* arbeite, inzwischen als Gruppenleiter. David erzählte von seinem Job als Troubleshooter, der ihn kreuz und quer über den Erdball führte. Mike wohne allein in dieser exklusiven Dachwohnung und sei übrigens solo, erfuhr David. Er wunderte sich, denn Mike schien ihm ein attraktiver Mann zu sein. Vor allem aber war er ein interessierter und einfühlsamer Gesprächspartner. Plötzlich merkte David, dass er selbst zu reden begonnen hatte und über seine Trennung von Elizabeth sprach, was er sonst nie tat.

«Wie lange ist das schon her?», fragte Mike.

«Eine halbe Ewigkeit», seufzte David.

«Und es beschäftigt dich noch immer?»

«Natürlich beschäftigt es mich noch, ich zahle ja jeden Monat eine nicht unerhebliche Summe.»

«Und hast du niemanden mehr gefunden seither?»

David schüttelte den Kopf. «Bei meinem Job kannst du das vergessen. Ich suche gar nicht mehr.» Er betrachtete Mike, der sich im Sofa gemütlich zurückgelehnt hatte und den heißen Tee in kleinen Schlucken trank. Er erschien David noch feingliedriger, als er ihn in Erinnerung hatte. Mike war bleich, und seine Wangen wirkten eingefallen. Als er ihn darauf ansprach, erwiderte Mike: «Ach, ich habe gerade eine ziemlich wilde Geschichte hinter mir. Gelbsucht.»

«Und die ist jetzt auskuriert?»
«Zum Glück. Ich schlucke zwar immer noch Medikamente, aber es geht aufwärts. Seit letzter Woche arbeite ich wieder halbtags.»
«Wo hast du dir das geholt?»
«Ich sag's ja: eine wilde Geschichte», sagte Mike nachdenklich und wiegte den Kopf bedächtig hin und her. Er schwieg einen Augenblick, bevor er heiter fortfuhr. «Hat dir der Tee gut getan? Nimmst du jetzt vielleicht ein Bier?»
«Hast du auch Hustensirup?» David musste heftig niesen. «Wenn nicht, nehm ich halt in Gottes Namen ein Bier.»
Mike grinste und verschwand in der Küche.
Als er zurückkam, fragte er noch in der Tür: «Warst du glücklich verheiratet?»
«Ob ich glücklich verheiratet war?» David nahm das Bierglas entgegen und blies nachdenklich in den Schaum. «Gute Frage. Wie definierst du glücklich verheiratet?»
«Hast du dich wohl gefühlt in der Beziehung? Ich meine, so wohl, dass du dir vorgestellt hast, es sollte nie zu Ende gehen?»
«Diese Frage habe ich mir gar nie gestellt. Ich habe mich nur immer gefragt, ob es für Elizabeth gut war.»
«Das stelle ich mir ziemlich anstrengend vor.»
«Es war Stress. Ich habe nie herausgefunden, weshalb Elizabeth mich geheiratet hat.» David nieste abermals. «Sie konnte es mir nicht sagen. Meinte nur, sie liebe mich eben.»
Mike beugte sich vor und legte David die Hand auf den Arm. David wurde es ungemütlich. Er kratzte sich in der Leiste. «Im Nachhinein finde ich natürlich, dass ich ein Trottel gewesen bin. Ich habe mich zu sehr auf die Arbeit konzentriert. Bis ich eines Tages gemerkt habe, dass Elizabeth mich betrügt.»
«Scheiße.»
«Ja, Scheiße. Doch die größte Scheiße war, was sie mir zum Schluss gesagt hat.»

«Sie hat dir gesagt, weshalb sie dich geheiratet hat?»
David blickte Mike erstaunt an. «Genau, woher weißt du das?»
«Das machen doch alle Scheißkerle so.»
David nahm einen kräftigen Schluck Bier. Das kühle Draft rann langsam seine Kehle hinunter. David merkte, dass ihm das im Moment besser tat als Hustensirup. Er war froh, dass er sich zum Bier hatte überreden lassen. Er war aber auch froh, dass Mike das Thema wechselte. *Er ist ein begnadeter Gesprächspartner.* David genoss die Unterhaltung mit Mike, obwohl er von Architektur, Musik und Ballett keine Ahnung hatte.
Als er auf seine Armbanduhr sah, erschrak er. «Ich muss los.»
Mike brachte ihn zur Tür. «Es war schön, dich hier zu haben.» Er umarmte David und hielt ihn einen Moment an sich gedrückt. Ein zu langer Moment für David. Irritiert löste er sich aus der Umarmung und murmelte: «Ja, hat gut getan, dich zu sehen.»
Er stieg die Treppe hinunter. Taumelnd griff er nach dem Holzgeländer. Sein Schädel brummte.

Cambridge, Transimmune Institute

Als Black und Wilcox sich umgezogen hatten und wenige Minuten später im Büro von Stefan Probst eintrafen, sprang dieser sofort vom ovalen Sitzungstisch auf. «Ich bin froh, dass Sie so schnell kommen konnten.» Sein Jungengrinsen war unerträglich. Black und Wilcox erwiderten den Händedruck stumm.
Der Verwaltungsdirektor des *Transimmune Institute* war klein, blass, das Haar pingelig genau auf fünf Millimeter gestutzt, sodass sich Black manchmal fragte, ob es überhaupt nachwuchs. Er trug einen dunkelblauen Anzug, ein hellblaues

Hemd und eine rote Fliege mit dunkelblauen Punkten. Nicht zum ersten Mal empfand Black Probsts Tadellosigkeit als wandelnden Vorwurf für die ganze Umgebung. Black trug Jeans und ein kariertes Hemd in Blautönen, Wilcox eine grobe Kordhose und einen schwarzen Rollkragenpullover.

Die beiden Forscher hatten sich in den neunziger Jahren zusammengetan und das *Transimmune Institute* gegründet. Dank ihres Enthusiasmus und Einsatzes hatten sie etliche Beachtung in der Fachwelt erreicht. Für die kommerzielle Auswertung ihrer Arbeit fehlte beiden das Talent. Das pharmazeutische Unternehmen *Medinova* jedoch hatte für tierische Spenderorgane ein immenses Marktpotenzial festgestellt. Analysen gingen davon aus, dass weltweit jedes Jahr etwa hunderttausend Menschen mit einem Tierorgan versorgt werden könnten. Diesen Markt wollte sich der Schweizer Pharmariese nicht entgehen lassen und stieg mit einigem Kapital bei *Transimmune* ein. Für diese Beteiligung hatte sich *Medinova* einen Sitz in der Geschäftsleitung des Instituts ausbedungen. Seither leitete Stefan Probst die Verwaltung, das Marketing und die Rechtsabteilung. Von Medizin, Gentechnologie und Chirurgie hatte er keine Ahnung.

Black hatte zu ihm ein gespaltenes Verhältnis. Er hasste die Art, wie Probst ein medizinisches Institut verwaltete, als wäre es eine Fabrik, die Kugellager oder Konservendosen herstellte. Trotzdem war der Mann für das Institut unersetzlich. Er hatte es geschafft, nach außen ein positives Image zu kreieren. Vor allem zu Beginn der klinischen Versuche war er sehr nützlich. Damals herrschten in der Öffentlichkeit große Ängste, dass von den genveränderten Schweinen eine Gefahr ausginge. Zwar waren bei Blacks Experimenten stets alle Sicherheitsvorkehrungen getroffen, sodass *Transimmune* mit Leichtigkeit die strengsten Auflagen der Gesundheitsbehörde erfüllte. Aber eine skeptische Bevölkerung für die neue Technologie einzunehmen war trotzdem eine extrem schwierige Aufgabe. Ohne Probst mit seinen Kommunikationsprofis aus dem *Medinova*-Hauptsitz in Basel hätte es *Transimmune* nicht geschafft. Das wussten die beiden Wissenschaftler. Aber ihr Freund war der Schweizer nie geworden.

Sie ließen sich in Stühle am Sitzungstisch fallen. Die Hängesessel hatten noch nicht ausgefedert, da kam Probst schon zur Sache. Und die Wissenschaftler hörten den einen Satz, der sie über all die Jahre hinweg in ihren schlimmsten Träumen verfolgt hatte.

«Bei Ihren Transplantationen ist was schief gelaufen.»

Der Satz traf Black, als wäre es sein Todesurteil. Angstschweiß trat ihm auf die Stirn. Hilfe suchend blickte er zu Wilcox. Doch dieser starrte nur stumm auf die Tischplatte. Black schluckte mehrmals leer, bis er ein Krächzen hervorbrachte. «Bei *uns* … was schief gelaufen?» Es war ihm nicht entgangen, dass Probst *bei Ihren* gesagt hatte, und nicht *bei unseren.*

«Dem CCD zufolge muss hier etwas passiert sein. Und zwar zu einer Zeit, bevor sich *Medinova* engagiert hat. Ich kann Ihnen die wissenschaftlichen Details natürlich nicht darlegen. Aber Donovan McDuff vom CCD wird jeden Moment hier sein und Sie informieren.» Er schaute die beiden Wissenschaftler an, als wolle er ihnen das Wort erteilen. Doch weder Black noch Wilcox hatten etwas zu sagen, in ihren Köpfen war in diesem Moment nur Leere.

Als hätte eine Regie auf ein Stichwort gewartet, klopfte es dringlich an der Tür. Ein Mann trat ein: groß, spindeldürr, in einem zu weit sitzenden, grauen Anzug. Die grauen Haare hatte er über eine Glatze gekämmt. Ein Paar graublauer Augen blickte nervös durch dicke Brillengläser. Der Chefvirologe des nationalen *Center for Commutable Diseases* grüßte die *Transimmune*-Leute mit einem flüchtigen Händedruck. Dann begann er sofort mit schnarrender Stimme zusammenzufassen, was die in Sachen Seuchenbekämpfung oberste Instanz Großbritanniens herausgefunden hatte. Er sprach mit der Emotionslosigkeit eines Buchhalters. Doch was er sagte, war für Black und Wilcox schockierend. In einer Blutprobe aus dem St. James Hospital hatte das CCD einen Erreger entdeckt, dessen Ursprung sich direkt ins *Transimmune Institute* zurückverfolgen ließ. Die Fakten klangen geradezu unglaublich, aber in McDuffs Darstellung plausibel. «So etwas habe ich noch nie gesehen», schloss der Virologe.

Black schüttelte ungläubig den Kopf. «Das kann doch nicht sein.»

«Es kann offenbar», meinte Probst, «aber es darf nicht.»

McDuff sah Black in einer Mischung aus Verärgerung und Schicksalsergebenheit an. «Unsere Leute sind die besten. Und wir haben die Analyse dreimal durchgeführt.»

Black schnappte nach Luft.

«Ich glaube, wir sind uns alle einig», fuhr Probst ungerührt fort, «die Lage ist ernst. Deshalb will ich Ihnen auch ohne Umschweife die Stellungnahme des Mutterhauses weitergeben, mit dem ich nach der ersten telefonischen Information durch Mister McDuff sofort Kontakt aufgenommen habe.» Er blickte der Reihe nach jeden der drei Männer an. «Wir haben kein Interesse, dass jemand von der Geschichte erfährt.»

«Die Öffentlichkeit muss in Kenntnis gesetzt werden», protestierte McDuff. «Das Gesundheitsministerium, dem wir unterstellt sind, praktiziert Transparenz und präventive Information.»

«Schön gesagt, Mister McDuff. Auch *Medinova* ist für Transparenz. Nur muss man in gewissen Fällen abwägen, was für alle Beteiligten das Beste ist. Ich wiederhole: für *Transimmune* ist die Lage ernst. Sehr ernst. Ich hoffe, wir verstehen uns.»

«Die Gesundheitsbehörde kann keine Rücksicht auf die Interessen Ihrer Firma nehmen», entgegnete McDuff kühl.

«Ich habe gesagt, es sei für *alle* Beteiligten das Beste», antwortete Probst und lächelte gequält, als müsse er einem begriffsstutzigen Schüler wieder und wieder das kleine Einmaleins erklären. Dann mischte sich so etwas wie Mitleid in seinen Gesichtsausdruck. «Denken Sie doch an Vicky.»
McDuff blinzelte irritiert. «Wie bitte?»
«Vicky.»
Die Augen des CCD-Angestellten flackerten nervös hinter den dicken Brillengläsern. «Vicky?»
«Oh, entschuldigen Sie vielmals. Ihr richtiger Name war Victoria. Victoria Rimmer.»
«Dieser Name … sagt mir nichts.»
Probst seufzte. «Vicky, Victoria. Sie erinnern sich sicher. Fünfzehn Jahre alt, Sommersprossen, blaue Augen.»
«Ich habe keine Ahnung, wovon Sie reden.»
Probst lächelte süffisant. «Vielleicht kann ich Ihre Erinnerungen mit einem zweiten Namen auffrischen: Cordelia.»
In McDuffs Augen blitzte für einen winzigen Moment Wut auf. Oder war es Angst? Dann sagte er mit gefasster Stimme: «Herr Probst. Wir haben hier ein ernsthaftes epidemiologisches Problem zu diskutieren.»
«Ich spreche auch von einem ernsthaften Problem. Von *Ihrem* ernsthaften Problem mit Vicky Rimmer und Cordelia Peterson.»
«Zum letzten Mal, diese Namen sagen mir nichts, und ich will jetzt das weitere Vorgehen in der Angelegenheit des neuen Erregers aus dem Hause *Transimmune* besprechen. Dafür bin ich hier.»
«Aber bitte, gerne», antwortete Probst überfreundlich. Dann beugte er sich vor, drückte auf einen Knopf an der Gegensprechanlage und sagte: «Die Dokumentation bitte.» In geschäftlichem Ton wandte er sich Black und Wilcox zu. «Ich denke, wir sind uns einig, dass die Zusammenhänge, die uns

Doktor McDuff erläutert hat, nicht an die Öffentlichkeit gelangen sollten.»
«So etwas lässt sich doch nicht verheimlichen», antwortete Black zögernd.
«Wir vier sind die Einzigen, die davon wissen. Wir werden doch wohl noch ein Geheimnis für uns behalten können», insistierte Probst.
«Das geht nicht!»
«Und warum nicht?», fragte Probst indigniert.
«Ich meine, ich will das nicht. Wir müssen informieren. Warnen. Bevor noch mehr passiert.»
«Ich bin gerührt. Sie stellen sich also vors Mikrophon und sagen: Ich bitte um Verzeihung, wir haben leider einen Erreger kreiert, der für euch alle gefährlich ist.»
«Wenn es sich so verhält, wie Mister McDuff sagt, wird es mehr Infektionen geben. Mehr Tote. Vielleicht noch viel mehr. Das können wir nicht zulassen.»
Endlich hatte auch Wilcox die Sprache wiedergefunden. «Wir können es doch nicht verantworten, dass ein Erreger in Umlauf gerät, der aus unserem Labor stammt.»
«Meine Herren!» Probst wurde ungehalten. «Die Wortwahl spielt eine große Rolle! So wie Sie es ausdrücken, entspricht es nicht den Tatsachen. Der Erreger stammt nicht aus unserem Labor. Wir haben alles getan, um so etwas zu verhindern. Wir haben sämtliche Sicherheitsanforderungen erfüllt und sogar freiwillig mehr getan. Wenn sich etwas, das aus unserem Labor stammt, in der Umwelt auf unvorhersehbare Art verhält, ist das nicht unsere Schuld. Es war eben unvorhersehbar.»
«Das lasse ich als Arzt und Wissenschaftler nicht gelten», protestierte Black.
Probst blickte selbstgefällig auf seine Fingerspitzen. «Das Ganze ist keine wissenschaftliche Frage, sondern eine wirtschaftliche. *Transimmune* ist weltweit die Nummer eins im

Xenotransplantationsgeschäft – dank der Unterstützung durch *Medinova*. Vergessen Sie das nicht. Wir haben in Sie investiert, jetzt wollen wir auch ernten, denn wir glauben an diesen Markt. Keine Bange, *Medinova* wird Sie nicht hängen lassen.» Er konterte die entgeisterten Blicke der beiden Wissenschaftler mit dem gütigen Lächeln eines Pfarrherrn. «Wenn aber jemand von der Sache Wind bekommt, ist *Transimmune* am Ende. Das wollen Sie doch bestimmt nicht?», fragte er süffisant.

«Aber das St. James Hospital, das CCD, das Gesundheitsministerium, irgendwo geht die Information raus», wandte Wilcox ein. «Die Medien werden von der Sache erfahren. So etwas lässt sich nicht geheim halten.»

«Nur keine Angst, wir werden informieren. Man muss nur Acht geben, wie.» Er wandte den Kopf zu McDuff. «Und natürlich immer schön mit dem CCD koordinieren.»

In diesem Moment öffnete sich die Tür, und die Sekretärin kam herein. Sie legte einen dünnen Dokumentenordner auf den Tisch.

«Aha», sagte Probst. «Hier haben wir eine kleine Gedankenstütze für Mister McDuff.» Er begann ruhig in den Unterlagen zu blättern und fand, wonach er suchte. «Hier haben wir es schon. Wenn Sie sich das ansehen, Mister McDuff, denken Sie dann nicht auch, wir sollten Ihr altes Geheimnis für uns behalten, genauso wie unser gemeinsames neues?» Er schob den aufgeschlagenen Ordner über den Tisch und tippte auf ein Foto.

McDuff erstarrte.

5. Tag

London, Hyde Park

Wenn man gen Norden blickte, sah man durch die kahlen Bäume hindurch die Fassaden der Häuser an der *Bayswater Road.* Ihr verwittertes Backsteinrot kontrastierte mit den Schneeflecken, die im Hyde Park liegen geblieben waren. Über dem *Long Water* hing der Hauch eines Nebelstreifens. Es war beißend kalt, der Himmel wolkenlos. Ein wunderbarer Wintertag. David Evans und Mike Broom schlenderten am *Peter Pan* vorbei, unterquerten den *West Carriage Drive* und hielten dann auf den Holzsteg zu, der in den Teich hinausragte. Kreischend flatterten Möwen auf.

«Eigentlich mag ich die kalte Jahreszeit viel lieber», sagte David. Als er sprach, bildete sich vor seinem Mund weißer Dampf.

«Und wieso?», fragte Mike.

«Gegen die Kälte kann man sich schützen; du ziehst einen Schal an, Handschuhe, eine Mütze. Gegen die Hitze kannst du nichts tun.»

«Trotzdem: ein lauer Sommerabend hier im Park hat doch was für sich.»

«Ich rede nicht von einem lauen Sommerabend, sondern von drückender Hitze. Hitze, die dir den Saft aus allen Poren presst. Hitze wie in den Tropen. Die ich hasse.»

David musste laut niesen, Mike grinste: «Das hast du dann von der Kälte, wie?» Er bückte sich nach einem Brotbrocken und warf ihn mit einer schwungvollen Bewegung einer Schar Enten im Wasser zu. «Lass uns deine Erkältung mit einem Tee mit Rum bekämpfen. Warte hier auf mich.» Mike ging über den Steg zurück zu dem kleinen Selbstbedienungsrestaurant. David sah ihm nach. *Alles an ihm strahlt Harmonie und Ruhe aus.* Mike hatte ihn am Morgen angerufen, um ihn zu einem Spaziergang einzuladen. David wollte zuerst nicht, weil er Erholung brauchte. Die würde er draußen eher finden als in seinen vier Wänden, hatte ihm Mike versichert. *Wie Recht er doch behalten hatte.*

«Zum Wohl.» Mike hielt David ein Glas dampfenden Tees hin. «Verbrenn dir nicht die Finger.»

Die beiden Männer standen Schulter an Schulter, tranken Tee und schauten aufs Wasser hinaus. Die Sonne hatte unterdessen genügend Kraft gewonnen, um die Nebelschwaden aufzulösen.

Mike wickelte seinen Schal etwas enger um den Hals. «Du hast mir gestern eine Frage nicht beantwortet.»

David sah ihn verständnislos an.

Mike blinzelte verschmitzt. «Wie findest du George Michael?»

David lächelte. Er konnte sich gut an die Musik erinnern. «Ich kannte George Michael nicht, aber die Stücke haben mir unheimlich gut gefallen.»

«Und warum, denkst du?»

«Die Stimme hat so was Sehnsuchtsvolles. Man hat das Gefühl, als schwebe der Sänger irgendwo im Raum, auf der Suche nach irgendwas. Einer schmerzlichen Suche. Aber er weiß, wenn er aufhört zu suchen, schmerzt es noch mehr. Und das, was er vielleicht findet, könnte den Schmerz entweder lindern oder ihn noch verstärken. Auch um das herauszufinden, muss er suchen.»

«Ich bin sprachlos.» Mike schob sich die *Killerloop*-Sonnenbrille auf die Stirn. «Du sprichst mir aus der Seele. Hast du mein Tagebuch gelesen?» Er sah David halb verdutzt, halb belustigt ins Gesicht.

David senkte verlegen den Blick. Mike stand einen Moment unschlüssig vor ihm, dann ging er wortlos ans Ufer zurück.

Kurze Zeit und ein paar Gedanken später folgte ihm David. Sie brachten die leeren Gläser wieder zum Kiosk und schlenderten schweigend durch den Park.
Als sie an der *Nursery* vorbeikamen, kickte David im Gehen mit dem Fuß einen Rest Schnee zur Seite. «Weißt du, wie man kalt und warm gleichzeitig spürt?», fragte er Mike.
«Wie denn?»
David blieb stehen und hielt Mike mit einer leichten Berührung am Arm zurück.
«Mach mal so.» Er richtete sich auf, schloss die Augen und hielt das Gesicht in die Sonne. «Jetzt holst du tief Luft und hältst den Atem an. Dann spürst du es. Die Luft ist kalt, aber die Sonne wärmt dein Gesicht.»
«Stimmt.» Mike verharrte einen Moment regungslos in dieser Stellung. Dann stieß er die Luft wieder aus und sagte: «Kalt und warm gleichzeitig. Schön.» Er öffnete die Augen. «Weißt du eigentlich, dass du ein bisschen aussiehst wie Elton John?»
«Nein, weiß ich nicht. Aber weißt du, dass ich singen kann wie Elton John?»
Die Verblüffung stand Mike ins Gesicht geschrieben. «Das musst du mir aber unbedingt mal vorführen. Ich begleite dich dann auf dem Klavier.»
«Blödmann, glaub doch nicht alles.» David knuffte Mike in die Seite und zog ihn am Arm in Richtung *Speaker's Corner*.

Einige Stunden später stieg David aus der Bahn und ging den *Peckham Rye* entlang, bog in den *Blenheim Grove*, nahm links die *Bellenden Road*, um schließlich in der *Choumert Road* zu landen. Er kannte in der Umgebung nicht nur alle Straßennamen, sondern konnte auch die Namen aller früheren Anwohner nach Straßen geordnet auswendig hersagen. Er und Samuel hatten sich damals einen Spaß daraus gemacht, einander auf dem Schulweg vor jeder Haustür die Namen der Bewohner abzufragen. Obwohl David der Jüngere war, gewann er regelmäßig. Immer mehr Kinder beteiligten sich an diesem Spiel, doch David war und blieb das Ass. Auch in der Schule war er in einigen Fächern die unbestrittene Nummer eins. Mathematik und Naturwissenschaften waren für ihn ein Kinderspiel, der Turnunterricht hingegen war ihm eine Qual.

Später hatte David nach und nach alle alten Freunde hier in Peckham aus den Augen verloren, weil er nicht mehr die öffentliche Schule besuchen konnte. Heute waren ihm nicht einmal mehr seine Nachbarn bekannt. Seit Jahren hatte er mit niemandem in der Straße Kontakt.

In der *Choumert Road* standen Häuser, wie es sie in London zu Tausenden gab: zwei Stockwerke hoch, aus rotem Backstein gemauert, zwei Treppenstufen aus Stein führten hoch zur Eingangstür. Links der Tür ein kleines Fenster mit weißem Rahmen, auf der anderen Seite ein etwas größeres in einem Erker. Dort stellten die Leute gerne Zimmerpflanzen hin, da es so ziemlich der einzige helle Ort in diesen engen Häuschen war. Jeweils ein halbes Dutzend von ihnen reihte sich aneinander, und nach einer Lücke folgte ein weiterer Sechserblock.

Im Erker der Nummer 174 gab es keine Pflanzen. Im Vorgarten standen die Gusssandstein-Platten schief gegeneinander, doch David kannte jeden «Stolperstein». Der Weg war schon in schlechtem Zustand gewesen, als er noch ein Junge war. Er schloss die Tür auf, warf Mantel und Schal auf die Garderobe im Flur und betrat die enge Küche. Er hustete trocken. Hunger verspürte er keinen, aber es war Zeit für sein Medikament. Mit einem großen Schluck Wasser spülte er die Tablette hinunter. Er spürte, dass er sich den Tag über etwas viel zugemutet hatte. Im Salon setzte er sich auf den *EasyRider*. Sein Lieblingssessel war fast das einzige Möbel im Raum. Weit zurückgelehnt, die Füße erhöht auf Fußraster gestützt, saß er

darauf wie Peter Fonda und Dennis Hopper auf ihren heißen Bikes in dem Film, der dem Stuhl seinen Namen gegeben hatte. Er war in jenem Jahr in die Kinos gekommen, in dem David geboren wurde. Er hatte den Streifen einmal aus einer Videothek ausgeliehen, weil er solche einsamen Helden liebte.
Während man sich in Davids *EasyRider* nach hinten lehnte, glitt einem von vorn eine Ablage entgegen. Diese war ursprünglich dazu bestimmt, den Computermonitor zu tragen. Der Sessel war eine Zeit lang der letzte Schrei in der Informatikerszene gewesen, weil man darin fast liegend stundenlang entspannt arbeiten konnte. David hatte darin insgesamt wohl Jahre verbracht. Das schwarze Leder war schon arg zersessen, aber gerade darum liebte David seinen Sessel.
Er ließ den Kopf auf die Nackenstütze sinken und horchte in sich hinein. Das Gefühl, das er in diesem Moment in der Magengegend verspürte, war ihm unbekannt, obwohl er in seinem Leben schon so oft krank gewesen war, dass er das ganze Arsenal an Symptomen kannte, das ihm sein Körper bescheren konnte. Jetzt aber rumpelte und rumorte es warm in ihm. So etwas hatte er noch nie gespürt, trotzdem beunruhigte es ihn nicht. David schloss die Augen, und Bilder aus dem *Hyde Park* zogen an ihm vorüber: der luftige Nebel über dem Wasser, die Enten im Teich, Schneeflecken auf Rasenflächen, alte Menschen in der Sonne, und Mike. Natürlich Mike.

London, Cropley Street

Dass die Gurkenmaske die Haut wirklich jünger machte, war zwar medizinisch nicht erwiesen, aber im Bereich der Schönheitspflege ließ Narcy sich gerne ab und zu mal etwas vorgaukeln. Auf jeden Fall hatten die Gurkenmaske, das ausgedehnte Schaumbad und die klassische Musik ihre Wirkung getan. Narcy fühlte sich entspannt, auch wenn sie sich den ganzen

Tag über immer wieder hatte zwingen müssen, nicht ständig an die Klinik zu denken. An Laura, an Raffaelo und daran, wie seltsam McAvoy sie verabschiedet hatte.
Narcy hatte ihren freien Tag genossen: lange ausgeschlafen, gemütlich gefrühstückt, ausgiebig Zeitung gelesen, lange Briefe geschrieben und es sich schließlich auf dem Sofa mit einem Buch von García Márquez gemütlich gemacht.
Das laute Schrillen des Telefons zerriss die Stille. Narcy schreckte auf, verspürte jedoch nicht die geringste Lust, das Buch zur Seite zu legen. Die akustische Marter würde ohnehin gleich ein Ende haben, wenn sich der Anrufbeantworter einschaltete. Schon hörte sie ihre eigene Stimme – doch dann war nach dem Piepston Isabel zu vernehmen. Jetzt warf Narcy das Buch aufs Sofa und hastete zum Apparat. «Isabel, ich bin zu Hause.»
«Hallo, Schwesterherz, du bist doch nicht etwa schon im Bett?»
«Nein, nein. Ich war nur in ein Buch vertieft.»
«Bist du allein?»
«Ich genieße den Abend.»
«Ob du alleine bist, hab ich gefragt.»
Typisch Isabel. «Stell dir vor, ich bin schon den ganzen Tag allein, und es geht mir ausgezeichnet dabei.» Narcys Stimme klang gereizt, wurde aber gleich wieder weicher. «Wenn ich dich höre, geht's mir allerdings noch viel besser.» Sie und Isabel hatten sich immer sehr nahe gestanden. Sie waren in der Schule immer in derselben Klasse gewesen, hatten dieselben Freunde gehabt und in der Freizeit alles gemeinsam unternommen.
Narcy schlenderte mit dem Funktelefon am Ohr zum Fenster. Am violetten Nachthimmel trieben Wolkenfetzen vorüber, blassgelb beschienen von den Lichtern der Stadt.
«Ach, Schwesterherz, ich wollte, du wärst heute bei uns. Wir haben *Fiesta*, und es werden alle da sein», plauderte Isabel

drauflos. Sie berichtete vom neuesten Familienklatsch, während Narcy über die Dächer zum gegenüberliegenden Themseufer blickte. Isabel bewohnte mit ihrem Mann ein kleines Häuschen am Rand von Mexico City. Narcy stellte sich vor, wie sie vielleicht gerade an der offenen Tür stand und in den kleinen, von Grünzeug überwucherten Garten hinausschaute. Vielleicht war dort Alfonso damit beschäftigt, noch etwas Ordnung zu machen, bevor die Gäste eintrafen. Während Isabel weiterplapperte wie ein Wasserfall, drehte sich Narcy um und betrachtete die Wohnung. Auch wenn ihr in solchen Momenten die Familie fehlte, lebte sie trotzdem gern in ihrem Londoner Loft. Sie ging gemächlich zum Sofa, das in der Mitte des Wohnzimmers stand, und ließ sich auf das weiche Polster sinken. Ihr Blick blieb an dem großen, mehrarmigen Kerzenständer hängen, einem Geschenk ihrer Großmutter. Narcy liebte das warme Kerzenlicht.

«Ach, jetzt hab ich dich wieder voll gequasselt», schloss Isabel. «Sag mal: Lebst du wirklich immer noch allein?»

Narcy seufzte, sie hatte gewusst, dass Isabel in diesem Punkt nicht lockerlassen würde. Geduldig bestätigte sie, dass sie immer noch ohne Partner sei.

«Gibt's denn in London keine netten Jungs? Oder sind dir die netten alle zu bleich?»

«Nein, nein. Ich geh ab und zu mit einem aus.»

«Na also!», jubelte Isabel und hakte dann nach: «Und wie darf ich das verstehen: Du gehst ab und zu mal mit einem aus?»

«Isabel, du kennst meine Einstellung.»

«Schon gut, Schwesterherz. Wollte dir nicht zu nahe treten. Ich meine nur, du solltest auch mal an diesen Aspekt des Lebens denken.»

«Isabel. Ich bin pro Woche sechzig und mehr Stunden im Krankenhaus. Woher soll ich da die Zeit für einen Mann nehmen?»

«Arbeit ist nicht alles. Auf den Tag folgt schließlich auch noch eine Nacht. Tu dir mal was Gutes.»
Narcy erhob sich vom Sofa und ging in die Küche hinüber. «Das ist nicht ganz einfach. Ich bin und bleibe hier eine Ausländerin. Zuerst merkt man es gar nicht so stark. Aber je länger ich hier bin, desto deutlicher spüre ich es.» Mit der freien Hand öffnete sie den Kühlschrank und griff nach einer Flasche Tomatensaft. «Oft habe ich das Gefühl, dass ich immer mehr Trennendes entdecke. Es sind nicht, wie du immer sagst, die *Käsegesichter* der Europäer. Das steckt viel tiefer. In der Seele.» Sie stellte die Flasche auf die Frühstücksbar und klemmte den Telefonhörer zwischen Ohr und Schulter, damit sie beide Hände frei hatte, um den Drehverschluss zu öffnen.
«Sag mal, was wühlst du eigentlich rum?», wunderte sich Isabel.
«Bloody Mary», gab Narcy zur Antwort und öffnete den Schrank über der Bar. «Jetzt gieß ich gerade den Wodka ein. Michael Broadbents Barführer zufolge sechzig Milliliter. Narcy Perez Corrales zufolge darf es auch etwas mehr sein.»
«Schwesterherz, das ist ja vollkommen neu!»
«Siehst du, man lernt in der Fremde eben allerhand. Moment mal.» Narcy legte das Funktelefon auf den Tresen, griff sich die Pfeffermühle, würzte den Drink und rief laut: «So, jetzt stoß ich auf euer Fest an!» Sie nahm einen tüchtigen Schluck und hob den Hörer wieder ans Ohr. «Und um dich zu beruhigen, Schwesterchen: Wir haben im Krankenhaus seit ein paar Wochen einen Kollegen, der nicht bleich ist und mich für morgen zum Abendessen eingeladen hat.»
Isabel stieß einen spitzen Schrei aus. «Na also. Frau Doktor besteht nicht nur aus Pflichtgefühl. Wie heißt er denn? Wie sieht er aus? Mail mir doch mal ein Foto von ihm.»
Narcy hatte sich unterdessen wieder aufs Sofa gesetzt und nippte an ihrem Drink. «Woher soll ich das denn haben? Ich

will einfach mal in Ruhe mit ihm reden. Wir werden in nächster Zeit vielleicht öfter zusammenarbeiten. Es gibt da nämlich einige knifflige Fälle, für die ich Steve auf meiner Seite haben will. Bisher nimmt er die Sache aber noch nicht so ernst. Er ist Oberarzt in der Pädiatrie, versteht aber einiges von Infektiologie.»

«Steve heißt er also?»

«Genau, aber mehr gibt es vorläufig nicht zu berichten.»

«Also gut, ich sehe, dass Schwesterherzchen nicht mit der Sprache herausrücken will. Dann erzähl mir eben noch was von der Arbeit.»

Narcy berichtete ihr von Laura und Raffaelo, die beide gestorben waren, und von Kevin, der sich wahrscheinlich mit der gleichen Krankheit infiziert hatte. Isabel stellte hin und wieder eine Zwischenfrage. Die Sache schien sie wirklich zu interessieren, wie immer, wenn es um Schwächere oder Bedürftige ging. Schon als kleine Mädchen hatten die beiden Schwestern dasselbe soziale Empfinden geteilt. Ihre Eltern, ein Anwalt und eine Lehrerin, hatten sie auch dementsprechend erzogen. Heute betreute Isabel als Streetworkerin bei der Stadtbehörde von Mexico City Jugendliche in schwierigen sozialen Verhältnissen. Jede der Schwestern bewunderte die andere für ihre Arbeit.

«Ich sehe, wir schlagen uns noch immer mit ähnlichen Problemen rum, du im Krankenhaus und ich auf der Straße. Bei uns hat es nämlich auch ganz eigenartige Krankheitsfälle gegeben.»

«Eigenartige Krankheitsfälle?»

«Was es ist, weiß ich nicht. Auch die Ärzte nicht. Scheint aber ziemlich aggressiv zu sein.»

Sofort war Narcys gemütliche Stimmung verflogen. «Was weißt du darüber?»

«Nicht viel.»

«Erzähl. Mich interessiert alles.» Narcy stellte das Glas auf den Wohnzimmertisch und setzte sich aufrecht hin.
«Vor drei Tagen ist eines meiner Mädchen erkrankt. Du weißt ja, ich kümmere mich um ihre Sozialgelder, schaue, dass die Papiere in Ordnung sind und so. Als ich also bei ihr am Morgen vorbeikomme, liegt das Mädchen in der Hütte und will nicht aufstehen. Ich denke mir nichts dabei. Das ist ja nichts Besonderes. Je nachdem, womit sie sich am Vorabend zugedröhnt haben, kommen die am anderen Morgen schon mal nicht hoch.»
«Dieses Mal war es aber etwas anderes?», fragte Narcy.
«Als ich am nächsten Tag wiederkomme, ist das Mädchen kaum mehr ansprechbar, hat hohes Fieber, seltsame Pusteln auf der Haut. Ich habe sofort die *Emergencia* gerufen. Jetzt liegt sie im Krankenhaus – im Koma.»
Die Schilderungen ihrer Schwester legten keine Parallelen zu den Fällen im St. James Hospital nahe. Aber die Infektiologin in Narcy war trotz Bloody Mary wieder erwacht. «Du hast von mehreren Fällen gesprochen?»
«Ja, einen Tag später ist ein Mann erkrankt. Er ist so etwas wie der Freund des Mädchens. Die Leute aus ihrem Umfeld haben gesagt, dass die beiden Spritzen getauscht hätten.»
«Haben die Ärzte schon einen Verdacht, was es sein könnte?»
«Nein. Aber als ich heute früh bei dem Mädchen vorbeischauen wollte, ließen sie mich nicht mehr rein. Das Zimmer steht unter Quarantäne. Die nehmen das verdammt ernst.»
«Wo hat sie gewohnt?»
«In Unxatlán.»
Narcy wusste, dass Unxatlán eines der heruntergekommensten Viertel von Mexico City war. Sie hatte als Kind nie dort hingedurft. «Wie leben die Leute dort? Wie sind die hygienischen Verhältnisse? Gibt es Abwasserleitungen?»
«Narcy! Wir reden von Unxatlán!»

«Isa, ich weiß. Aber ich war ja noch nie dort. Also keine Abwasserleitungen. Sind da viele Tiere? Vielleicht Hühner?»
«Alles gibt's da. Hühner, Mäuse, Ratten, Schweine und weiß der Teufel was noch. Aber weshalb willst du das alles so genau wissen?»
«Ich bin nicht sicher, aber möglicherweise spielen Tiere, die mit Menschen unter demselben Dach wohnen, auch bei dieser Krankheit eine Rolle.»
Stille trat ein. Bis Isabel sich mit ernster Stimme wieder meldete. «Narcy?»
«Ja?»
«Diese Krankheitsfälle interessieren dich doch nicht nur aus medizinischen Gründen – oder?»
Narcy schwieg.
«Der Tod der Kinder geht dir nahe.»
Narcy schluckte leer.
«Denkst du an Ines?»
Narcy gab keine Antwort.
Isabel drängte sie nicht. Sie wusste, was in diesem Moment in ihrer Schwester vorging. Dann hörte sie einen einzigen, kurzen Schluchzer aus dem Telefon. Das war Antwort genug.

6. TAG

London, Choumert Road

In Socken tappte er über den abgewetzten Dielenboden. Als er die knarrende Holztreppe hinunterstieg, musste er sich am Handlauf festhalten. Bei jeder Bewegung spürte David Evans, dass die Grippe hartnäckiger denn je in seinen Gliedern hockte. Als er unten ankam, war es beschlossene Sache, für einige Tage nicht außer Haus zu arbeiten. In solchen Momenten war er froh, selbständiger Unternehmer zu sein, auch wenn er nur ein Einmannbetrieb war.
In der Küche schaltete er die Kaffeemaschine ein und wartete darauf, dass das Bereitschaftslämpchen von Rot auf Grün wechselte. Dabei huschte trotz Kopfschmerzen ein Lächeln über sein müdes Gesicht. Während er auf das rot glimmende Lämpchen starrte, dachte er daran, wie vor einigen Jahren die ganze Welt geglaubt hatte, dass selbst solch simple Maschinen den Schritt über die Datumsgrenze ins dritte Jahrtausend nicht schaffen würden. Nur weil darin ein Chip eingebaut war. Seine Maschine jedenfalls hatte am Neujahrsmorgen 2000 genauso Kaffee gebraut wie am Silvesterabend 1999. Und all die Millionen anderen Kaffeemaschinen auch. Natürlich war der *Millennium-Bug* ein Problem gewesen. Für die Bemessung von Renten etwa oder die Berechnung von Zinsen. *Aber doch sicher nicht für Kaffeemaschinen!*
Grün! David drückte auf einen Knopf und sah geduldig zu, wie der Kaffee dampfend in die Tasse rann.
Der *Millennium-Bug* war wohl der größte Glücksfall aller Zeiten für jene gewesen, die von den Ausfällen anderer lebten. Als Troubleshooter bekommt man ein etwas anderes Verhältnis zu Fehlern.
Die Tasse war voll. Er zog sie unter der Maschine weg und gab

zwei gehäufte Löffel Zucker hinein. Dann schenkte er Milch in den Kaffee: randvoll. Der erste Schluck tat gut. Doch sogleich begann David am ganzen Körper zu schwitzen. Die Hitzewallung rief ihm auch die Gliederschmerzen wieder in Erinnerung. Er spürte sie vom Kopf bis in die Zehen hinunter. Dazu kam ein etwas flaues Gefühl in der Magengegend. Es schien, als wollten sich seine Eingeweide umschichten. Was unten war, wollte nach oben, und umgekehrt. War Kaffee da das Richtige? Sein Kopf schrie nach Koffein. David nahm noch einen großen Schluck. Dann suchte er in einer Schublade nach dem Röhrchen mit dem Medikament, schleppte sich wieder an die Spüle und schälte eine der einzeln verpackten Tabletten aus der Alufolie. Mit einem Glas Wasser schwemmte er sie hinunter.

Und hoch kamen ihm unvermittelt Erinnerungen an seine ersten Erfolge mit Computern. Nachdem sich die *Cyberbusters*, sein kleiner Hackerclub, aufgelöst hatte, hatte er beim internationalen *Chaos-Club* ein Aufnahmegesuch gestellt. Es galt als sehr schwierig, dort aufgenommen zu werden. Doch seine Fertigkeiten überzeugten die *Chaoten*. Als Mitglied dieser ehrenwerten Gesellschaft glückte David sein größter Husarenstreich, wenige Tage nach seinem siebzehnten Geburtstag, zu einer Zeit, als er wegen seiner gesundheitlichen Probleme kaum mehr aus dem Haus kam, in einer jener Nächte, in denen er mutterseelenallein durch den Cyberspace streifte. Er verschaffte sich Zutritt zum Hauptrechner der Europäischen Raumfahrtagentur ESA. Das trug ihm viel Applaus vom *Chaos-Club* ein, aber noch viel mehr Ärger mit der Polizei. Schon am folgenden Morgen klingelten zwei Beamte an der Haustür.

Die Ohrfeige, die ihm der Vater daraufhin verpasst hatte, tat weh, fast noch mehr aber der zweimonatige Hausarrest mit Computerentzug, aufgebrummt durch das Jugendgericht.

Am allermeisten schmerzte David die Erkenntnis, dass er im Netzwerk der Weltraumwissenschaftler offenbar einen Fingerabdruck hinterlassen hatte. Das sollte nie mehr vorkommen. Er nutzte die Zeit und arbeitete an der Verbesserung seiner Tarnkünste, auf dem Laptop, den ihm Samuel ins Zimmer geschmuggelt hatte.

Warum denke ich denn jetzt daran?

David stand am Küchenfenster und starrte in den Garten hinaus. Der Schnee war geschmolzen. Das kümmerliche Gras war braun, die Bäume kahl. Trist. Tot. Er ertrug den Anblick nicht und wandte sich ab. Mit der Kaffeetasse in der Hand ging er ins Wohnzimmer. Er umrundete den *EasyRider* und ging zurück in die Küche. Machte auf dem Absatz kehrt und steuerte wieder Richtung Wohnzimmer. David war verwirrt.

Wieso kommen mir all diese Erinnerungen gerade jetzt in den Sinn? Liegt es daran, dass ich in zwei Tagen mehr über meine Vergangenheit geredet habe als sonst in zwei Jahren? Vielleicht hat Mike meine Erinnerungen aufgewühlt. Neben all dem anderen, das er in mir aufgewühlt hat. Aber will ich das überhaupt?

Je länger David zwischen Küche und Wohnzimmer hin und her tigerte, desto weniger war er sich im Klaren darüber, was Mike da aufgestört hatte. Er dachte Gedanken, die er noch nie gedacht hatte, verspürte Regungen, die er noch nie gefühlt hatte. Es wurde ihm eng im Haus. Er musste raus.

Als er auf die Straße trat, stellte er fest, dass die klirrende Kälte der letzten Tage feucht-nebligem Wetter gewichen war. Er schlug den Mantelkragen hoch und machte sich auf den Weg zum *Peckham Rye*. Nach wenigen Minuten fuhr der Zug ein. David hatte nie Auto fahren gelernt, wegen Mutter anfänglich. Sie hatte Angst gehabt, es könne ihm etwas zustoßen. Doch ausgerechnet Samuel, dem sie alles zugetraut hatte, wurde

dann bei einem Autounfall getötet. Später hatte David gar nie mehr Auto fahren wollen, zuerst aus Umweltschutzüberlegungen, dann, weil er sein Leben mit U-Bahn, Zug und Taxi so gut eingerichtet hatte. Viele Leute in der Computerbranche behaupteten, ein Troubleshooter sei ohne Auto schlimmer dran als mit amputiertem Arm. David fand das nicht.
Nach fünfundzwanzig Minuten traf er in Paddington ein. Obwohl er nur ein paar Minuten Zeit zum Umsteigen hatte, ließ er es sich nicht nehmen, bei Mrs. Rutherford vorbeizuschauen. Sie gehörte mit ihrem Früchtekiosk zu diesem Bahnhof wie die Lokomotiven. David konnte sich nicht daran erinnern, dass Mrs. Rutherford einmal nicht da gewesen wäre. David war sie schon steinalt erschienen, als er noch ein Kind war. Für sie war David der kleine Junge, der mit der Mutter ins Kinderkrankenhaus fuhr. Es war ihm zur Gewohnheit geworden, bei ihr einen Apfel zu kaufen, wann immer er in der *Paddington Station* war. «Wegen der Vitamine, nicht wahr?», pflegte die alte Frau jedes Mal zu sagen. Heute jedoch war die Früchteverkäuferin nicht an ihrem Platz.

Schnell ließ der Zug die Stadt hinter sich. Wie immer, wenn David Richtung Westen fuhr, war er überrascht, wie abrupt die Stadt endete und wie rasch man das grüne Land erreichte. Sein Blick verlor sich in der Weite der sanften Hügel, die am Horizont mit den grauen Wolken verschmolzen. Er ließ seine Gedanken fliegen. Plötzlich spürte er wieder dieses neue Gefühl im Bauch. Kein Schmerz, etwas Warmes. Nicht unangenehm, aber doch seltsam.
David konzentrierte sich auf eine kleine Ortschaft in der Ferne. Er liebte diese weite Landschaft; es tat ihm gut, hinauszufahren. Gleichzeitig aber fand er es traurig, London zu verlassen. Das befremdete ihn, aber er wusste, dass es mit dem Gefühl in seinem Bauch zusammenhing.

Er zog das Mobiltelefon aus der Tasche. Nach kurzem Zögern steckte er es wieder zurück. Ein Seufzer entfuhr ihm. Erschreckt schaute er sich um. Hatte ihn jemand gehört? Schräg gegenüber lugte ein Paar Nadelstreifenbeine unter einer *Financial Times* hervor. Im übernächsten Sitz saß eine junge Frau. *Nzzzp, nzzp, nzzp* zirpte ihr Walkman. Sie hielt die Augen geschlossen. David war beruhigt.

Warum fuhr er überhaupt weg? Weil er allein sein wollte. Warum schmerzte es ihn dann, aufs Land zu fahren? Weil er an zu Hause dachte.

David holte das Handy wieder hervor und wählte. Es läutete lange, bis Mike sich meldete.

«Wie geht's dir?», sagte David müde.

«Gut.»

«Ich hab die Frage ernst gemeint.»

«Ja?»

«Ja.»

Mike ließ sich Zeit. «Es geht mir nicht gut.»

«Warum?»

«Ach, verschiedene Gründe.»

«Was ist denn los?»

«Ich glaube, du hast mir die Grippe angehängt.» Mikes Stimme klang rau.

David war das gar nicht recht. «Mist, das tut mir Leid. Unternimmst du was dagegen?»

«Ich bleibe ein paar Tage zu Hause, dann legt sich das schon wieder.»

«Hör zu, du gehst jetzt zum Arzt und lässt dir etwas verschreiben. Amanthatin zum Beispiel. Das verkürzt die Grippe um die Hälfte.»

«Wer's glaubt», lachte Mike. «Schlucke ich nichts, dauert die Grippe sieben Tage, nehme ich ein Medikament, ist sie nach einer Woche vorbei.»

«Ich wollte dir sagen, dass ich für ein paar Tage wegfahre.»
«Dachte ich mir, dass das kommt.»
«Dass was kommt?»
«Dass du wegläufst.»
«Ich laufe nicht weg. Aber ich muss raus aus der Stadt.»
Was Mike darauf sagte, verstand David nicht, weil es in der Leitung heftig rauschte. Er horchte angestrengt, bis die Verbindung abbrach, und fluchte leise. Ungeduldig klopfte er mit dem Knöchel auf das Ablagetischchen unter dem Fenster und wartete, bis der Zug den Hügel hinter sich gelassen hatte. Bauernhöfe lagen verstreut in der Landschaft. Schwarzweiße Kühe standen auf den Weiden.
David drückte die Wahlwiederholung und wartete, bis sich Mike erneut meldete. «Was fehlt dir sonst noch?», fragte er ihn.
«Mann, was für eine Frage!» Mikes Ärger war nicht gespielt. «Fehlt dir denn nichts, wenn du da rausfährst?»
David schluckte und sagte nichts.
«Fehlt dir *niemand*, wenn du da rausfährst?», wiederholte Mike.

London, St. James Hospital

«Was ist denn hier los?», rief Narcy, während sie durch den langen Korridor der Kinderabteilung eilte.
Vor einer durchsichtigen Plastikplane, die von Wand zu Wand und vom Boden bis zur Decke gespannt war, standen Steve Sayer und Anne Heimann. Die Plane war gut drei Meter vor der Tür zu Zimmer 226 aufgespannt, und hinter der Tür war im selben Abstand eine zweite Plane zu erkennen, sodass sich vor dem Kinderzimmer eine große Kammer bildete.
Steve drehte sich um. «Dustin Hoffman dreht *Outbreak*, zweiter Teil.»

In dem Plastikzelt erkannte Narcy einen Mann, der Kartonschachteln zurechtrückte. Er trug einen weißen Overall mit Kapuze, dazu Einweg-Überschuhe, sterile Handschuhe und einen Mundschutz.
«Quatsch», zischte Anne, «wir haben das CCD im Haus.»
«Wie bitte?» Diesen Spruch fand Narcy tatsächlich noch schlechter als den von Steve. Das *Center for Commutable Diseases*, Großbritanniens Elitetruppe in Sachen Seuchenbekämpfung, wurde nur aufgeboten, wenn gefährliche Erreger außer Kontrolle zu geraten drohten. Mit dem CCD spaßte man nicht.
«Sie haben Quarantäne angeordnet», schob Anne ohne jeden Anflug von Humor nach.
«Das CCD?» Narcy schluckte. «Das CCD kommt, um eine Grippeinfektion unter Kontrolle zu bringen?»
Steve zuckte mit den Schultern.
Anne hob hilflos die Hände. «Vielleicht will der Direktor mit Hilfe des CCD einfach auf Nummer sicher gehen.» Ihre Stimme verriet, dass sie das selbst nicht glaubte. «Ein Grippestamm, der lange nicht mehr aufgetreten ist, kann sehr gefährlich werden.»
«Ich bin selbst Infektiologin. Wenn die Sache so ernst ist, dass man offenbar glaubt, wir würden damit nicht alleine fertig, warum hat es niemand für nötig befunden, das mit mir zu besprechen?», knurrte Narcy mit einem Seitenblick auf den Mann im Overall.
Er reagierte nicht.
«Wo ist eigentlich der Chef dieser Abteilung? Wo steckt McAvoy?»
«Der wurde seit vorgestern nicht mehr gesichtet», berichtete Anne. «Den Rapport heute Morgen haben wir ohne ihn gehalten. Dabei ist plötzlich Albright hereingeplatzt und hat uns mitgeteilt, dass die Infektionen auf unserer Abteilung ab sofort Direktionssache seien und dass das CCD kommen werde.»

«Wunderbar! Der Chefarzt lässt sich nicht mehr blicken, und der Direktor übergeht die zuständige ICD. Bin ich hier eigentlich als *Infection Control Doctor* oder als Marionette angestellt?»

«Beruhige dich.» Anne hob beschwörend die Hände. «Ich weiß genauso wenig wie du, was hier los ist.»

«Aber dass hier was los ist, das weiß ich!» Narcy bemühte sich um Beherrschung. Sie wusste genau, was es bedeutete, wenn Albright sie nicht informierte. Sie war kaltgestellt. «Jetzt trete ich dem Direktor die Tür ein!»

«Damit müssen Sie sich leider gedulden, Madam», bremste sie eine dumpfe Stimme. Narcy schnellte herum. Der Mann im Overall war von innen dicht an die Plane des Sterilzelts getreten. «Ich bin Carl Cooper vom CCD. Wie ich eben gehört habe, sind Sie hier die ICD. Wir sind fertig mit der Installation der Sicherheitsschleuse. Ich werde Sie jetzt in deren Gebrauch einführen.»

«Was geht hier vor?», fauchte Narcy. «Das CCD kann doch hier nicht einfach aufkreuzen, ohne mich zu informieren.»

«In diesem Zimmer sind zwei weitere Infektionen aufgetreten. Mein Job ist es, hier dicht zu machen. Das habe ich soeben getan. Im Folgenden habe ich dafür zu sorgen, dass der Raum dicht bleibt. Hierzu gebe ich Ihnen nun die nötigen Instruktionen. Danach ist es Ihr Job, dafür zu sorgen, dass alle Leute, die in diesem Raum zu tun haben, sich entsprechend verhalten.» Seine dunklen Augen blickten ungerührt unter der weißen Sterilhaube hervor. «Willkommen in der Welt des CCD.» Er hielt einladend die Plastikplane auf und trat einen Schritt zur Seite.

Carl Cooper war offenbar den Umgang mit aufgebrachten Ärzten genauso gewohnt wie den mit gefährlichen Erregern. In militärisch knappem Ton wies er die drei Ärzte an, ihre Kittel draußen aufzuhängen. Dann hieß er sie hinter dem

Schleuseneingang in eine flache Wanne treten, die etwa einen Zentimeter hoch mit Flüssigkeit gefüllt war. «Zur Desinfektion der Sohlen», sagte Cooper. Mit den nassen Schuhen mussten sie hinter der Desinfektionswanne auf eine Matte treten und sie dort ausziehen. «Jetzt in Strümpfen einen Schritt weiter auf die nächste Matte.» Er reichte jedem einen sterilen Einwegoverall, wie er selbst einen trug.

«Aha, Reizwäsche», brummte Steve.

Sie zwängten sich in die Anzüge und zogen Überschuhe, Kopfhaube, Mundschutz und Handschuhe an.

«Bereit für die Expedition?», fragte Cooper, und Steve grunzte etwas durch den sterilen Mull, das nach «Fly me to the Moon» klang.

Der CCD-Mann führte sie ins Kinderzimmer. Dort sah alles aus wie immer. Fast alles. Narcys Blick blieb an Raffaelos leerem Bettchen hängen. Dabei kam ihr die Szene in den Sinn, wie sie an das Bettchen gekommen war und der kleine Junge blutüberströmt mit ausgebissener Zunge darin lag. Narcy fröstelte.

Cooper scheuchte sie vorwärts und zeigte auf einen hüfthohen Chromstahlzylinder von gut einem halben Meter Durchmesser, der bisher nicht in diesem Zimmer gestanden hatte. «Dies ist der mobile Autoklav. Die Kinder dürfen nur noch mit sterilisiertem Besteck in Berührung kommen. Spatel, Stethoskop, alles muss zuerst in diesen Topf. Einfaches Reinigen mit Desinfektionslösung reicht nicht.» Seine dunklen Augen blickten prüfend in die Runde. «Alles klar?»

Narcy, Anne und Steve nickten.

«Alles Gerät, das mit den Kindern in Berührung kam, kommt hier rein.» Cooper wies auf einen zweiten Sterilisationsapparat und ging dann einen Schritt weiter zu einer Tonne, die mit dem Biosicherheitslogo gekennzeichnet war. «Brennbares wie Windeln, Feuchttüchlein, Papier und so weiter hier rein.»

Cooper instruierte weiter; aber je länger er redete, desto weniger hörte Narcy ihm zu und desto klarer wurde ihr, dass sie hereingelegt worden war.

Nachdem sie die Quarantänezone verlassen und in der Sicherheitsschleuse das Desinfektionsprozedere in umgekehrter Reihenfolge absolviert hatten, hastete Anne Heimann mit einem «Habe Dringendes zu erledigen» davon. Steve hatte es weniger eilig und knüpfte gemächlich seinen Kittel zu.
«Was hältst du von der Geschichte?», fragte ihn Narcy.
«Super.»
«Wie bitte? Hier breitet sich eine Krankheit aus, die niemand identifizieren kann. Die Kinder sterben uns unter den Händen weg. Das CCD knallt uns eine Quarantänestation vor die Nase, ohne dass wir darüber informiert werden, und du findest das super?»
Steves Grinsen blieb unerschüttert. «Warum so empfindlich? Ich finde es absolut professionell, wie die Jungs vom CCD an die Sache rangehen. Die ganze Installation macht doch wirklich Sinn. *Das* finde ich super!»
«Ich finde das eher beängstigend. Oder kannst du mir erklären, weshalb das CCD plötzlich so einen Zirkus veranstaltet, wo die Kinder doch bloß eine Grippe haben?»
«Narcy. Ich verstehe, dass du als zuständige Infektiologin gekränkt bist. Aber es musste doch weitere Vorkehrungen geben, die Infektionen haben sich ja mit den von dir verschärften Hygienemaßnahmen nicht eindämmen lassen.»
«Gib mir doch gleich noch die Schuld dafür.»
«Nichts liegt mir ferner.»
«Es geht hier nicht um persönliche Befindlichkeiten.» Sie zog das Band, das ihre Locken nach hinten hielt, straff.
«Okay, okay.» Steve hob beschwichtigend die Hände. «Also, hast du Fakten?»

Narcy blickte in seine Augen. So blau wie das Meer, dachte sie. Nur: Karibik oder Antarktis? Sie atmete tief durch. Sie brauchte unbedingt jemanden, der mit ihr zusammen das Problem ernsthaft analysierte. «Fünf Babys, die im selben Zimmer lagen, erkrankten an einer Infektion. Zwei davon sind gestorben. Die Krankheit manifestiert sich anfänglich wie Grippe. Dann entwickeln sich grippeuntypische, nervöse Symptome. Gestorben sind die Kinder in einer Art epileptischem Krampf. Einzige Auffälligkeit bei der Obduktion des Mädchens Laura war die vergrößerte Leber. Alle Patienten zeigten äußerlich aber keine hepatischen Symptome.»

«Der Antikörpertest identifizierte einen bekannten, wenn auch seltenen Grippestamm», beendete Steve ihre Ausführungen. «Und jetzt hältst du für all das sicher eine Interpretation bereit?»

«Eben nicht. Aber du vielleicht, habe ich gehofft.»

«Fehlanzeige», sagte er und strich sich lässig eine Haarsträhne aus der Stirn.

«Also, was unternehmen wir jetzt?», fragte Narcy.

Steve fixierte sie. «Wir befolgen die Anweisungen des CCD und behandeln die Kinder wie gehabt.»

«Steve, wir müssen herausfinden, woran Laura Livingston und Raffaelo Perrini gestorben sind. Wenn wir nicht wissen, womit die beiden sich infiziert haben, wissen wir auch nicht, ob die getroffenen Maßnahmen die richtigen sind. Wir können nicht garantieren, dass sich die Krankheit nicht weiter ausbreitet. Was passiert, wenn es einen Erwachsenen erwischt? Vielleicht verschleppe ich selbst den Erreger. Ich habe Laura bei ihrem Todeskrampf im Arm gehalten. Ich hatte Kontakt mit ihrem Blut.»

«Und fühlst dich auch schon hundemies», meinte Steve spöttisch.

«Nein, aber …»

«Na also. Wenn die Inkubationszeit wirklich so kurz wäre, wie du behauptest, wärst du jetzt ja mindestens schon scheintot.»
«… aber ich fühle mich zunehmend mieser, wenn ich sehe, wie man hier in diesem Krankenhaus mit dem Fall umgeht. Man kann uns doch so was nicht als Grippe verkaufen und gleichzeitig die obersten Seuchenspezialisten des Landes ins Haus holen.» Sie rückte abermals ihren Pferdeschwanz zurecht. «Vorhin wollte ich gleich Albrights Büro stürmen und ihm die Meinung sagen. Doch während wir in dieser Quarantänestation waren, hab ich es mir anders überlegt. Wenn ich ihn einfach ankeife, wimmelt er mich ab. Wir müssen medizinisch unwiderlegbar aufzeigen, dass hinter den Fällen mehr steckt. Was ist los mit dir? Du bist doch sonst so wissbegierig. Wir müssen der Sache nachgehen und einen sauberen Bericht schreiben.»
Steve machte ein Gesicht, als hätte er sich eben die Hand an einer heißen Herdplatte verbrannt.
In diesem Moment gab Narcys Piepser Alarm. Hastig blickte sie sich um und entdeckte das nächste Telefon am Ende des Korridors neben dem Aufzug.
Sie lief los.
In ihren Gesundheitsschuhen rutschte sie auf dem blank gebohnerten Linoleum mehr, als dass sie rannte. Steve trabte locker nebenher. «Übrigens: ich geh regelmäßig im Hyde Park laufen. Wollen wir mal zusammen?»
«Ich mach Yoga», gab Narcy zurück und war schon am Telefon.
Sie nahm den Hörer, gab eine Nummer ein und hörte dann keuchend zu. Schließlich antwortete Narcy: «Nein, das möchte ich nicht. Das geht leider nicht, Sir.»
Steve stand ein Fragezeichen ins Gesicht geschrieben.
«Nein, unter keinen Umständen.» Narcy lehnte sich gegen die Wand. «Ich will nicht mehr dazu sagen.» Der Anrufer am an-

deren Ende des Drahtes ließ scheinbar nicht locker. «Hören sie, Mister … Mister Gallagher, es hat keinen Zweck», sagte Narcy bestimmt. Und legte auf.
«Der geht aber ran», meinte Steve.
«Kann man wohl sagen.»
«Kennst du diesen Gallagher näher?», fragte er argwöhnisch.
Narcy überlegte kurz, ob sie Steve verraten sollte, wer eben angerufen hatte. Doch sie entschied sich dagegen. «Dann hätte ich seinen Namen ja wohl gewusst, oder?» Sie verschränkte die Arme. «Also, was ist mit dem Bericht?»
«Was bringt dir so ein Bericht?»
«Was *mir* so ein Bericht bringt? Gar nichts …»
«Na also, dann musst du ihn auch nicht schreiben.»
«… aber den Kindern bringt er vielleicht etwas. Wenn nicht denen, die schon krank sind, dann vielleicht anderen, die noch krank werden könnten. Und was es außerdem bringt: Wir finden die Wahrheit heraus.»
Steve blieb unschlüssig vor ihr stehen. «Auweia. Der Robin Hood der Kranken. Wenn *ich* bei der Direktion auffallen will, dann durch Leistung.»
«Mit einem guten Bericht wirst du auffallen. Das verspreche ich dir.»
Steve tat einen Schritt in Richtung Lifttür. «Tut mir Leid, da kann ich nicht mitmachen. Ich kann mich nicht gegen McAvoy stellen. Du verstehst mich. Ich muss an meine Zukunft denken.» Die Lifttür ging auf, Steve trat in den Aufzug, und die Türen schlossen sich mit einem sanften Zischen.
Entgeistert starrte Narcy auf die geschlossene Tür und versuchte sich zu fassen. Bisher hatte sie ihn immer für einen gewissenhaften Arzt gehalten. Ehrgeizig, sicher; manchmal etwas ruppig, bestimmt; aber dass er mit Verantwortung so umging …
In ihrem Büro griff Narcy entschlossen zum Telefon und

wählte Steves Nummer. Es meldete sich nur seine Voicebox. «Hallo, Steve, hier ist Narcy. Es tut mir Leid, aber ich kann doch nicht mit dir essen gehen. Gerne ein anderes Mal. Vielleicht. Tschüs.»

Bristol

Ein kurzer Blitz, dann erlosch der Bildschirm. Schlaff ließ David die Fernbedienung aus der Hand gleiten, stierte auf die jetzt dunkle Mattscheibe und kratzte sich an den juckenden Narben am Unterbauch. Aufs Neue fuhr rasender Schmerz in seinen Schädel. David fühlte sich wieder so krank wie am Morgen, als er sich nach Bristol auf den Weg gemacht hatte. Dabei war der Tag so gut verlaufen. So erholsam.

David war schon lange nicht mehr im Strandhaus gewesen. Früher, in seiner Kindheit, war die Familie oft hierher gefahren. Als er an diesem Morgen nach vielen Jahren zum ersten Mal wieder das Häuschen betrat, war alles noch so, wie er es in Erinnerung gehabt hatte. Die Holzfassade mit dem abblätternden, weinroten Anstrich. Die weißen Dachbalken. Die zusammengewürfelte Möblierung. Sogar die alten Zeitschriften hatten noch herumgelegen. David hatte den ganzen Tag über in eine Wolldecke gehüllt auf der windgeschützten Veranda gesessen, aufs Meer hinausgeschaut und nachgedacht. Erst als es in der Abenddämmerung wieder zu regnen begonnen hatte, war er hineingegangen. Er hatte dann eine Weile am Fenster gestanden und dem kalten Nieselregen zugeschaut, wie er durch den Lichtstrahl der Hauslaterne fiel.

Warum nur hatte er sich dann vom Fenster abgewandt? Warum nur hatte er den Fernseher eingeschaltet? Warum nur gerade in jenem Moment, als CNN die *Headline News* sendete? Warum nur war CNN eingestellt und nicht irgendein anderer Sender? Selbst dieser alberne Musikkanal wäre besser gewesen. Dann hätte er sich nach dem Einschalten zuerst einen Videoclip angeschaut, bevor er sich zu den News durchgezappt hätte. Dann wäre der Report aus Tokio schon vorbei gewesen. Seine grauen Zellen verselbständigten sich, während er auf den dunklen Bildschirm stierte. Sie begannen, immer wieder dieselben Spiralen zu denken. Er war dieses Jahr zwei- oder dreimal in Tokio gewesen. Er fühlte sich seit Tagen grippekrank. Mit aller Gewalt versuchte David sich einzureden, dass da kein Zusammenhang bestand. Warum nur bezog er immer alles auf sich? Warum nur war er so hypochondrisch? Sein Unwohlsein und die Menschen in Tokio, die zuerst eine einfache Grippe gehabt hatten und jetzt wegen einer rätselhaften Krankheit unter Quarantäne gestellt wurden, hatten doch nichts miteinander zu tun.

Da war absolut kein Zusammenhang.

London, St. James Hospital

Das im 19. Jahrhundert erbaute St. James Hospital strahlte Ehrwürdigkeit aus. Die Fensterstürze aus kunstvoll behauenem Sandstein hätten ohne weiteres auch zu einem königlichen Landsitz gepasst. Besonders nachts im Scheinwerferlicht boten die hellen Steinsimse einen ästhetischen Kontrast zur roten Backsteinfassade. Tagsüber waren dem Gebäude die Spuren der Zeit und der regensauren Luft deutlich anzusehen. Doch nachts war das Krankenhaus ein sehenswertes Bauwerk. Deshalb standen zu dieser späten Stunde noch Touristen auf dem Gehsteig vor den kunstvoll geschmiedeten Gittern und schossen Erinnerungsfotos. Der Anblick der farbigen Goretex-Jacken ließ Matthew Gallagher an bunte Bonbons denken, als er am Hauptgebäude des St. James vorbeifuhr. An der Ecke bog er nach links ab und stellte den Scheibenwischer von Intervall auf Dauerbetrieb. Langsam fuhr er den Ostflügel der Klinik entlang. Immer wieder warf er einen Blick durch das regennasse Seitenfenster, ohne zu wissen, was er hier um diese Zeit eigentlich suchte. Er hatte ja seine Story. Zugegeben, sie war noch nicht wirklich der Hammer. Die Mutter des kleinen Mädchens hatte ihm ihre Geschichte erzählt. Wie ihr Baby in dieser Klinik zur Welt kam, krank wurde und starb und dass sie den Ärzten misstraute. Eine einzige Ärztin war von der Mutter als vertrauenswürdig eingeschätzt worden, doch die hatte zickig reagiert und keine Auskunft geben wollen. Doch Gallagher würde sie schon noch kriegen. Vielleicht war da ja noch mehr Fleisch am Knochen. Und um das herauszufinden, das wusste der Reporter, war es manchmal ganz gut, sich bei den Recherchen einfach treiben zu lassen. Deshalb befand er sich nun spätabends hier. Man konnte ja nie wissen.

Hinter dem Gebäude bog Matthew Gallagher abermals links ab. Hierher verirrte sich kein Tourist. Wohlweislich hatte die Krankenhausverwaltung die Fassaden der neuen Erweiterungsbauten nicht beleuchten lassen; der architektonische Frevel wäre zu offensichtlich geworden. Medizinisch gesehen jedoch bildeten die hinteren Gebäude die weit wichtigeren Teile des Krankenhauskomplexes. Vorne, im repräsentativen Haupttrakt, befanden sich Bettenstationen, Verwaltung und Büros. Hier hinten aber fand die Spitzenmedizin statt. Hier befanden sich der Kernspintomograph neuester Generation, die robotergesteuerte Apparatur für Hirnoperationen und einige der modernsten medizinischen Labore der Welt. Auch die Ambulanzfahrzeuge fuhren hier ein.

Bevor er bei dem überdachten Eingang angelangt war, wo Notfälle eingeliefert und Leichen abgeholt wurden, bog Gallagher rechts in eine dunkle Toreinfahrt. Er stieg aus dem Wagen, stellte den Kragen seines Regenmantels hoch und sah einem schwarzen Wagen nach, der die Zufahrt entlangfuhr.

Gallagher kniff die Augen zusammen. Er konnte erkennen, wie der Wagen unter dem Vordach hielt. Der Fahrer stieg aus, ging nach hinten und öffnete die Flügel der Hecktür. Er tat dies mit einer gewissen Feierlichkeit, wie Gallagher sie nur mit Leichenwagenfahrern in Verbindung brachte. *Francis Lloyd Funerals Ltd.* stand auf dem schwarzen Wagen. Offenbar verließen die Toten die Klinik durch dieselbe Tür, an der die Schwerverletzten angeliefert wurden. Gallagher fröstelte, während er sich im Schutz der Dunkelheit vorsichtig näherte. Er bewegte sich völlig geräuschlos. Trotz seines ziemlich weit geschnittenen Regenmantels war nicht zu übersehen, dass der Körper des Reporters gertenschlank war. Gallagher erreichte einen Dachvorsprung und verdrückte sich in einen Schatten. Dann tastete er sich langsam die Wand entlang, um mehr von dem zu sehen, was sich dort in der Einfahrt abspielte. *Lass dich treiben. Unerwartete Entdeckungen sind oft die wertvollsten.* Er stellte sich hinter einen Pfeiler und beobachtete, wie der Fahrer, einen langen Chromstahlrolli vor sich herschiebend, im Krankenhaus verschwand.

Gallagher rieb die kalten Hände aneinander und wartete, den Blick auf den Eingang geheftet. Was die Pressestelle des Krankenhauses zu den seltsamen Todesfällen sagte, war das eine. Aber jede Geschichte hat zwei Seiten; und jedes Gebäude hat zwei Ausgänge, das Hauptportal und die Hintertür. Was sich an den Hintertüren abspielt – das hatte Gallagher in all den Jahren gelernt –, war oftmals das Interessantere.

Eine Ambulanz fuhr mit quietschenden Reifen vor. Zwei Männer in weißen Kitteln eilten mit einem Rollwagen aus der Klinik. Eine Bahre wurde aus dem Fahrzeug gehievt. Eine Person lag darauf, übel zugerichtet, das konnte Gallagher sogar auf die Distanz erkennen. Er wandte den Blick ab. Als die Pfleger mit der Bahre in der Klinik verschwunden waren, legte sich wieder Ruhe über die Szenerie. Gallagher fror. Es war einer jener Momente, in denen er sich wünschte, nicht mit dem Rauchen aufgehört zu haben. Rauchen vertreibt die Langeweile. Er steckte sich einen Kaugummi in den Mund und beobachtete weiter. Nacheinander fuhren weitere Ambulanzfahrzeuge vor. Jedes Mal breitete sich für kurze Zeit Hektik aus, dann wieder Stille. Gallagher konnte nichts Außergewöhnliches erkennen. Zu seiner Kälte gesellte sich Frustration. Er nahm sich vor, noch eine Ambulanz abzuwarten und dann unverrichteter Dinge wieder abzuziehen. Das heißt, eigentlich hatte er ja gar nicht gewusst, welche Dinge er hatte verrichten wollen. Aber so war das Reporterleben. Auch das hatte eben zwei Seiten.

Es kam lange keine Ambulanz mehr. Dafür kam der Leichenwagenfahrer wieder aus dem Haus. Auf dem Chromstahlrolli lag ein großer schwarzer Sarg. Zwei Männer in blauen Anzügen, die Chirurgenkitteln ähnelten, halfen dem Fahrer beim Manövrieren. «Das nächste Mal könnt ihr die Leiche ruhig wieder im Untergeschoss auf mich warten lassen», hörte Gallagher den Fahrer schimpfen. Leute, die schimpfen, sind immer gut für Neuigkeiten, dachte er und drückte sich tiefer in den Schatten hinter dem Pfeiler. Die Männer hatten ihn nicht bemerkt. «Oben in der Direktion kriegt man so ein Ding ja kaum vom Fleck, auf dem dicken Teppich», fuhr der Fahrer fort.

«Nun reg dich doch nicht auf», versuchte einer der Männer in Blau den Fahrer zu beruhigen. «Jetzt haben wir dir ja geholfen, und der Kerl ist unten.»

Die Antwort konnte Gallagher nicht verstehen, da wieder eine Ambulanz vorfuhr. Die drei Männer umringten den Sarg und redeten. Einer von ihnen bewegte einen kleinen schwarzen Gegenstand auf dem glatt polierten Sargdeckel hin und her. Was es war, konnte Gallagher nicht erkennen, da er sich nicht getraute, den Kopf zu weit hinter der Säule hervorzustrecken. Wieder kamen Pfleger aus dem Krankenhaus gerannt. Eine Bahre wurde laut scheppernd auf den Rollwagen gehoben. Eine Schwester hielt dabei einen Beutel mit einer roten Flüssigkeit in die Höhe. Sie musste aufpassen, dass sie den Anschluss nicht verlor, als die anderen mit dem Patienten auf dem Wagen ins Haus zurückrannten. Die drei Männer schienen es weniger eilig zu haben, ihren Sarg in den Leichenwagen zu hieven. Sie schwatzten noch immer miteinander, als sich die Aufregung um die Notfalleinlieferung wieder gelegt hatte.

«Seit wann spielst du eigentlich mit Modellautos?», fragte der Fahrer den Blauen, der den Gegenstand auf dem Sarg bewegte.

«Ist doch ein schönes Wägelchen», antwortete der. «Da gab es doch mal diesen verrückten Film. In dem wurde so ein schönes Auto zu einem Leichenwagen umgebaut. Genau so einer war's: ein Jaguar Typ E.»

«Harold and Maude», entgegnete der Leichenwagenfahrer ernst. «Stehst du deswegen auf Modelle?»

«Tu ich eigentlich gar nicht.» Der Blaue deutete auf den Sarg. «Aber der Herr Doktor stand ganz heftig drauf. Und zwar mit vollem Gewicht. Hat seine ganze teure Sammlung kaputtgemacht. Dieser Jaguar ist als Einziger heil davongekommen. Den bringe ich jetzt meinem Jungen mit.»

«Der Mann muss richtig getobt haben», fügte der zweite Blaue hinzu. «Hat durchgedreht, alle Autos auf den Boden geworfen und sich darin gewälzt.»

«Völlig durchgeknallt», sagte der andere. «Fünfzig Autos oder mehr zerstört. Liegen alle im Büro rum.»

«Sachen gibt's.» Der Fahrer sah auf die Armbanduhr.

«So, ich muss. Alle Zeit haben ja auch wir nicht.» Er packte einen der Traggriffe an der Seite des Sarges. Die beiden anderen halfen ihm, den Kasten an den Einzugschienen des Leichenwagens einzuhängen. Er war offensichtlich ziemlich schwer. Der Fahrer stöhnte laut und sagte dann: «Noch diese Fahrt, und dann ist Schluss. Komische Lieferadresse übrigens: ein Gebäude, das zum Gesundheitsministerium gehört. Und das mitten in der Nacht. Ich sag ja: Sachen gibt's.»

Noch bevor der Fahrer den Motor angelassen hatte, verdrückte sich Gallagher. An sich liebte er ja schwarzen Humor. Aber in puncto Recherche hatte ihn die Episode kein bisschen weitergebracht.

7. TAG

London, St. James Hospital

«Einen schönen guten Morgen wünsche ich Ihnen.»
So hatte Narcy Miss Summers noch nie gehört. Die Dame, deren Vornamen niemand kannte und deren Privatleben im Dunkeln lag, gehörte zu jener Sorte Direktionssekretärin, die ihren Berufsstand in Verruf gebrachte hatte. Nicht im Geringsten sah sie es als die Aufgabe einer Vorzimmerdame an, Besucher zu empfangen. Vielmehr gebärdete sie sich wie Cerberus, der Hüter der Unterwelt – auch wenn ihr Büro in der obersten Etage lag und einen herrlichen Ausblick über das ganze Krankenhausgelände bot. Doch an diesem Morgen war Miss Summers die Freundlichkeit in Person. «Wollen Sie sich bitte einen Moment hinsetzen», forderte sie Narcy auf. «Der Direktor wird Sie gleich empfangen.»
Narcy ließ sich erschöpft auf das schwarze Ledersofa fallen. Obwohl ihr Arbeitstag eben erst begonnen hatte, fühlte sie sich noch genauso erschlagen, wie sie am Abend zuvor die Klinik verlassen hatte.
Die Nacht war schrecklich gewesen. Ein ums andere Mal hatte Narcy die ewig gleichen Gedanken durchgespielt, bis diese ganz von selbst ihren Weg durch die Hirnwindungen gefunden hatten und die Laken vom schlaflosen Wälzen durchgeschwitzt waren.
Sie fühlte sich noch immer von Steve im Stich gelassen.
Sein Wegducken bedeutete, dass sie definitiv die Einzige war, die sich nicht von undurchsichtigen Anweisungen der Direktion in der Erfüllung ihrer ärztlichen Pflicht einschränken ließ. Und ihr wurde klar, dass es viel mehr als nur ihre eigene Entmachtung bedeutete, wenn das CCD im St. James das Kommando übernahm. Jemand wusste mehr, als die

Direktion zugab. Die CCD-Aktion war nichts anderes als die Bestätigung ihres Verdachtes. Hinter den Infektionen steckte mehr als eine Grippe.

Sie hatte am Vortag kurz vor Feierabend noch versucht, beim Klinikdirektor einen Termin zu bekommen, doch er war schon nach Hause gegangen. Miss Summers hatte sie für den Morgen eingeschrieben.

«Lassen Sie Doktor Perez Corrales herein», schnarrte aus dem Lautsprecher auf Miss Summers' Tisch Earl Albrights Stimme und schreckte Narcy aus ihren Gedanken auf.

«Sie dürfen eintreten», flötete die Sekretärin.

Kaum hatte Narcy die Tür geöffnet, rief der Direktor ihr entgegen: «Doktor Perez Corrales, geht es gut? Wie haben Sie geschlafen?»

Zwischen mies und gar nicht, dachte Narcy und sagte: «Danke, gut.»

Albright machte auf *Morgenstund' hat Gold im Mund.* Mit einer Energie, die bei seinem Körperumfang überraschte, sprang er vom Sessel auf. «Nehmen Sie doch Platz.» Mit einer sanften Berührung an der Schulter führte er Narcy zu einem Stuhl am Besprechungstisch, wo Kaffee und Croissants auf sie warteten. Albright setzte sich Narcy gegenüber und goss ihnen beiden Kaffee ein. Während er tüchtig Sahne und Süßstoff in seine Tasse gab, überschüttete er Narcy mit höflichen Banalitäten.

Albrights Büro war durchgestylt. Regale, Schreibtisch, Besprechungstisch, Stühle: alles stammte von der Schweizer Firma USM, die nicht gerade bekannt war für billige Möbel. Die Chromstahlröhrchen, die sich jeweils in einer Art Gelenkkugel trafen und schwarze Metallplatten einrahmten, gaben dem Interieur einen zeitlos modernen Touch, in dem der fettleibige Direktor in seiner zu engen Weste wie ein Fremdkörper wirkte.

«Ich habe gehört, dass Sie sich bei den bedauerlicherweise

aufgetretenen Infektionen auf der Kinderstation ganz besonders engagiert zeigen. Das gefällt mir», sagte er und fuhr sich mit der Zunge über die Lippen. «Weniger gefällt mir natürlich, *dass* diese Fälle überhaupt aufgetreten sind. Aber das St. James verfügt über gute Leute wie Sie, und so werden wir die Sache sicher rasch in den Griff bekommen. Und damit alles möglichst unbürokratisch abläuft, habe ich persönlich die Koordination übernommen. Wir werden bestimmt ein gutes Team bilden.»

Narcy konnte sich nicht vorstellen, wie er zu dieser Einschätzung kam. Sie knöpfte unwillkürlich ihren Kittel bis ganz oben hin zu. Albright beobachtete sie dabei seelenruhig und streckte ihr dann das Körbchen mit den Croissants entgegen.

«Greifen Sie zu. Die sind ganz frisch.»

Eigentlich hatte Narcy keine Lust, mit dem Direktor zu frühstücken, aber da die Zeit zu Hause nicht einmal für einen Kaffee gereicht hatte, griff sie nach einem Croissant.

«Danke. Ich habe mir zu den Ereignissen einiges überlegt.»

«Davon bin ich überzeugt», erwiderte Albright gönnerhaft. «Und ich habe gehört, Sie hätten schon einen Bericht darüber geschrieben.»

«Nun», zögerte Narcy, während sie überlegte, woher Albright diese Information hatte. «Ich bin dran. Aber es gibt da Punkte, die mir noch nicht klar sind.»

«Als da wären?»

«Medizinische, aber auch organisatorische.»

Zum ersten Mal ließ Albright Narcy aus den Augen und drehte den Kopf zum Fenster. «Ich bin gespannt», sagte er.

Narcy merkte plötzlich, dass sie sich aufs Glatteis gewagt hatte, doch es gab kein Zurück mehr. Also zog sie ein zusammengefaltetes Blatt Papier aus der Tasche und strich es auf dem Tisch glatt.

Auf dem Papier hatte sie einen Kalender skizziert. «Hier, an den rot markierten Tagen hat jeweils ein Kind erste Symptome gezeigt», erklärte Narcy. «Die schwarzen Kreuzchen stehen für die beiden Todesfälle. Der Junge ist zwei Tage nach Auftreten der ersten Symptome gestorben, das Mädchen vier Tage danach. Kevin Stuart hingegen hat den vierten Krankheitstag erreicht und lebt noch. Das verwirrt mich.»

Albright hörte zu, ohne eine Miene zu verziehen.

«Ebenso seltsam ist, dass weitere Kinder infiziert wurden, obwohl ich gleich nach Lauras Erkrankung verschärfte Hygienevorschriften erlassen habe. Könnte es sein, dass sich die Kinder gar nicht gegenseitig angesteckt haben? Dann wären alle gleichzeitig angesteckt worden, und zwar noch bevor Laura Symptome gezeigt hat.»

Sie warf Albright einen prüfenden Blick zu und führte aus, wie sich die unterschiedlichen Inkubationszeiten und Krankheitsverläufe mit dem Allgemeinzustand der Kinder erklären ließen. Sie erwähnte die Nervensymptome, die gegen eine Grippe sprachen, verlangte, dass weitere Untersuchungen durchgeführt würden. Und merkte, dass sie bei Albright gegen eine Wand anredete.

«Ach, wissen Sie, von diesen medizinischen Details verstehe ich leider nicht allzu viel. Aber ich denke, mit dem CCD haben wir eine gute Strategie gewählt.»

Narcy steckte ihren Zettel zurück in ihre Kitteltasche.

«Das ist es ja gerade, was mich zusätzlich irritiert. Weshalb wurde das CCD so schnell hinzugezogen, wenn es sich vielleicht nur um eine Grippe handelt?»

Albrights Augenbrauen schossen in die Höhe. «Ja, halten Sie diese Infektionen denn für harmlos?»

«Nein, eben gerade nicht …»

«Na sehen Sie, dann ist es doch gut, dass wir das CCD gerufen haben.»

Narcy sah Albright ins Gesicht, auf dem sich ein siegesgewisses Lächeln breit gemacht hatte. Dann entdeckte sie im Weiß der Augen feine, rote Äderchen, und in diesem Moment wurde ihr klar, dass sie künftig auf der Hut sein musste.

«Also, ich halte fest, Doktor Perez Corrales: Ich schätze Ihr Engagement für unsere Patienten und dass Sie dadurch das Ansehen unserer Klinik hochhalten. Deshalb fordere ich Sie auf: Machen Sie weiter so.» Leiser fuhr Albright fort: «Halten Sie mich über alles auf dem Laufenden.»

Damit war die Unterhaltung beendet.

Bevor sich Narcy erhob, sagte sie: «Was ich Sie noch fragen wollte: ich habe gehört, Doktor McAvoy sei seit zwei Tagen nicht zur Arbeit erschienen. Wissen Sie, wie es ihm geht?»

Albright lächelte milde. «Er hat für ein paar Tage Urlaub genommen. Auf Wiedersehen, Doktor Perez Corrales.»

Mit Genugtuung beobachtete Earl Albright, wie die Ärztin zur Tür ging, sie öffnete und schnell hinter sich zuzog. Dann schaltete er die Gegensprechanlage aus. Sogleich öffnete sich die Tür zum Nebenzimmer. «Sag mal, bist du wahnsinnig?», wurde er angeraunzt. «Ich muss mir da drüben anhören, wie du sie dazu ermunterst, ihre Nase noch tiefer in die Sache zu stecken. So war das überhaupt nicht ausgemacht.»

«Nur keine Panik», beschwichtigte Albright. «Ich habe alles unter Kontrolle.»

«Es sieht aber gar nicht danach aus.»

«Ist aber so. Die Lage erlaubt kein übereiltes Vorgehen.»

«Earl, ich sag dir, medizinisch argumentiert die vollkommen richtig, und dass mit McAvoy was nicht stimmt, hat die längst spitzgekriegt.» Schlaksige Arme fuchtelten wild in der Luft herum, wobei die Ärmel des grauen Anzugs fast bis zu den Ellbogen zurückrutschten. «Du hättest ihr auf der Stelle den Marsch blasen müssen.»

«Nur Geduld», erwiderte Albright ruhig. «Die kleine Zicke ist

ehrgeizig. Sie wird über ihren eigenen Eifer stolpern. Wir müssen sie nicht rauswerfen, die wirft sich selber raus. Jetzt nur schön überlegt weitermachen wie vereinbart.» Er schob das Körbchen mit den Croissants über den Tisch. «Bedien dich», forderte er auf, nahm selber eins, biss hinein und sagte dann mit vollem Mund:
«Nur Geduld, Donovan.»

Narcy sah den Aktenstapel Blatt für Blatt durch, aber sie fand das Papier nicht. Ihre Konzentration ließ allmählich nach. *Das hat man davon, wenn man nur einen Apfel zu Mittag isst. Irgendwann rächt sich der Energiemangel.* Narcy fragte sich, weshalb wohl ausgerechnet Ärzte zu selbstausbeuterischem Lebensstil neigten. Noch einmal ging sie den Papierstapel durch. Diesmal von unten nach oben.
Den ganzen Tag schon saß sie über ihrem Bericht. Das heißt, wenn sie nicht gerade auf der Geriatrie die Dekubitusinfektion am Rücken einer alten Frau untersuchte oder auf der Chirurgie die entzündete Operationsnaht am Unterschenkel eines jungen Sportlers begutachtete oder den hartnäckigen Bronchialhusten bei .... ach, sie wusste schon nicht mehr, wer sie wohin zu welchen Notfällen gerufen hatte.
Auch der zweite Suchdurchgang förderte das Papier nicht zutage. Sie hätte es jetzt dringend benötigt, um an dem Bericht weiterschreiben zu können. Dringend benötigt hätte sie auch etwas für ihren Magen.
Sie begann die Dokumente eines nach dem anderen auf der kleinen Schreibplatte auszulegen. Am Nachmittag war sie auch auf Zimmer 226 gewesen. Immerhin hatte es dort keine weiteren Infektionen gegeben. Zwar hatte sich Kevin Stuarts Lichtempfindlichkeit etwas verstärkt, aber bei ihm schien die Krankheit langsamer zu verlaufen als bei den anderen Kindern.

Narcy gab auf. Das lag weder am fehlenden Mittagessen noch an den zahllosen Unterbrechungen. Ohne den unauffindbaren Obduktionsbericht von Raffaelo Perrini konnte sie nicht weitermachen.

Sie wählte eine Telefonnummer. Während das Klingeln zu hören war, stellte sie sich vor, wie der Pathologe jetzt langsam vom Obduktionstisch zum Telefon an der Wand schlurfte. In seiner Abteilung eilte es nie.

«Sie haben den Obduktionssaal angewählt, kann ich etwas für Sie tun?», meldete sich endlich eine Stimme, die monotoner klang als ein Obduktionsbefund vom Diktaphon. Es war Perceley.

«Sie können etwas für mich tun, Doktor Perceley. Hier spricht Doktor Perez Corrales. Wie steht es mit dem Obduktionsbericht von Raffaelo Perrini?»

«Tut mir Leid, Miss, ich war mit Herrn Perrini nicht persönlich bekannt.»

«Doktor Perceley! Raffaelo Perrini war ein fünf Wochen altes Baby, das an der neuartigen Infektion gestorben ist. Sie werden sich daran doch erinnern können.»

«Ach, den Kleinen meinen Sie. Ja, ich erinnere mich. Den hatte vor mir schon einer unter dem Messer.»

«Raffaelo hatte einen Leistenbruch, und operiert hat ihn Ihr Freund McAvoy.»

«Dacht ich's mir doch. Der Schnitt war ziemlich lausig geführt.»

Narcy fuhr nervös mit der Hand durch ihre schwarzen Locken. *Perceley macht mich noch wahnsinnig.* «Ich rufe Sie nicht deswegen an. Ich will wissen, ob ich den Bericht kriegen kann. Der fehlt nämlich in meinen Unterlagen.»

«Natürlich können Sie diesen Bericht haben. Sicher werden Sie verstehen, dass ich ihn nicht persönlich nach oben bringen kann, wenn ich Ihnen sage, dass ich im Moment bis zu den

Ellbogen in einem verkrebsten Unterleib stecke. Würde es Ihnen etwas ausmachen, umständehalber zu mir zu kommen?»
«Bin schon unterwegs.»

Fünf Minuten später stand Narcy im Obduktionssaal. Natürlich hatte Perceley sie brandschwarz angelogen. Er steckte nur mit *einem* Arm bis zum Ellbogen in einer Leiche und stocherte mit einer langen Zange lustlos am Darm herum. «Wahnsinn», sagte er zu Narcy, als sie an den Obduktionstisch trat. «Was muss diese Person für einen Lebenswandel gehabt haben?» Mit der freien Hand knübelte er die auf den Filter heruntergerauchte Zigarette aus seinem Mundwinkel und warf die Kippe in den Eimer für Organabfälle. «Schnappen Sie sich das gewünschte Dokument doch gleich selber.» Er deutete mit der Linken auf einen metallenen Aktenschrank. «Den Namen kennen Sie ja, und das Alphabet auch – nehm ich an.» Narcy fiel auf, dass im lang gestreckten, bis zur Decke weiß gekachelten Obduktionssaal nur über einem der insgesamt vier Arbeitstische die Operationsleuchte brannte. «Arbeiten Sie hier noch ganz alleine?», fragte Narcy, während sie zu dem besagten Aktenschrank hinüberging.
«Leider», stöhnte Perceley. «Die Kollegen sind bereits alle weg. Es ist ja auch schon siebzehn Uhr vorbei. Aber dieser Kunde hier ist mir noch von der Gerichtsmedizin auf den Tisch geschneit. Die haben im Moment nur zwei Tische zur Verfügung, weil ihr Saal renoviert wird. Da kann es schon mal Engpässe geben. Heute hat es mich getroffen. Aber das haben wir bald.»
Manchmal beneidete Narcy die Pathologen. Sie waren die einzigen Ärzte mit regelmäßigen Arbeitszeiten. Ihre Patienten, sofern man sie noch als solche bezeichnen konnte, warteten anstandslos in einem der großen Kühlfächer, bis sie unters Skalpell genommen wurden.

Am Aktenschrank öffnete Narcy die Schublade O/P.Q. *Olsen, O'Neill, Orbison,* überflog sie die Namentäfelchen in der Hängeregistratur. *Palmer, Parkins, Perceley* … Narcy zuckte zusammen und las den Namen nochmals: Perceley, Allan. «Doktor Perceley, hier hängt ein Obduktionsbericht mit Ihrem Namen.»

Perceley antwortete, ohne den Blick vom Operationsfeld zu heben. «Den habe ich schon mal vorbereitet. Wissen Sie, Ordnung ist mir wichtig.»

Narcy sah irritiert zu Perceley hinüber. Der verzog keine Miene und widmete sich konzentriert der Untersuchung des Darms, den er unterdessen vollständig aus dem Körper herausgezogen und auf dem Chromstahltisch neben der Leiche ausgebreitet hatte.

«Ich finde hier keinen Bericht für Perrini. Wo könnte der sein?»

«Im Kühlfach.»

«Den Obduktionsbericht meine ich, nicht den Jungen.»

Perceley schnippelte seelenruhig an dem Darm herum und sagte: «Seine Akte muss in genau jener Schublade sein, die Sie augenblicklich geöffnet haben.»

«Und wenn nicht?»

«Dann haben wir ein Problem.» Perceley legte das Operationsbesteck mit einer entschlossenen Bewegung auf den Tisch, zog die Gummihandschuhe aus und kam zu Narcy herüber. «Wenn er hier nicht ist, ist er nirgendwo sonst. Wie schon gesagt: Ich halte Ordnung.» Mit dem Knie stieß Perceley die Schublade zu und ging wortlos zu einer Chromstahltür, öffnete zwei massive Verschlusshebel, wuchtete die schwere Tür auf und verschwand im kalten Nebel, der aus der Kühlkammer waberte. Narcy folgte ihm.

«Jetzt haben wir wirklich ein Problem», sagte Perceley, während er seinen Blick über die Schilder an den Schubladen glei-

ten ließ. «Hier sind die Fälle nur nach ihren Nummern abgelegt. Die Nummer von Perrini war auf seinem Obduktionsbericht vermerkt.»
Narcy schlug den Kragen ihres Kittels hoch. «Und wie finden wir jetzt das Schubfach mit Raffaelo?»
«So.» Perceley zog eine beliebige Schublade eine Handbreit heraus. Als ein Paar großer Füße erschien, schob er das Fach gleich wieder zu. Dann begann er eine Schublade nach der anderen zu öffnen. Narcy zog mit klammen Fingern an einem eiskalten Chromstahlgriff. Zum Vorschein kam ein Paar weiß gefrorener Füße mit einem Etikett an einem der Großzehen: eine alte Person. Narcy gab der Schublade einen Stoß; sie glitt geräuschlos zurück und rastete mit einem Klicken ein. Nach kaum einem halben Dutzend Schubladen waren ihre Finger steif vor Kälte. Verzweifelt sah sie Perceley nach, der sich von Schublade zu Schublade immer hastiger bis zum hinteren Ende des Kühlraums durcharbeitete. «Ergibt das Sinn, so zu suchen?»
«Bin gleich durch. So viele bewahren wir hier nicht auf. Nur die, die noch nicht für die letzte Reise freigegeben sind.» Er schlug die letzte Schublade zu und richtete sich auf. «Wir haben tatsächlich ein großes Problem. Hier ist Perrini nicht.»
«Wo ist die Leiche dann?»
«Weit kann sie nicht gekommen sein.» Perceley kratzte sich am Hinterkopf. «Es sei denn, jemand hat sie getragen.»

Das Käsesandwich schmeckte nicht. Narcy kaute lustlos auf dem Brot herum, aber irgendwie musste sie ja dafür sorgen, dass sie nicht auseinander fiel. Das Brot war geradezu scheußlich, und abgesehen davon hatte das Erlebnis in Perceleys Keller nicht dazu beigetragen, ihren Appetit anzuregen. Noch nie hatte sie die Pathologie gemocht. Seit der ersten Anatomiestunde, in der sie das Handwerk des Heilens mit dem Zerlegen von Toten zu erlernen begonnen hatte, reagierte sie geradezu allergisch auf den Geruch von Formalin. Auch jetzt, wo ihre Nase eigentlich Roquefort hätte riechen müssen, roch sie nur Leichen.

Perceley war schier aus der Fassung geraten, als er einsehen musste, dass auch sein pedantischer Ordnungssinn nicht hatte verhindern können, dass in seiner Abteilung ein Obduktionsbericht samt dazugehöriger Leiche fehlte. Narcy hatte vorgeschlagen, umgehend den Direktor anzurufen, auch wenn er aus der Oper hätte geklingelt werden müssen. Doch bei Perceley fand sie kein Gehör für solche Hast. Nicht wegen der Oper, sondern wegen seiner Stelle. Er werde Bericht und Leiche wiederfinden, koste es, was es wolle, sonst koste es ihn den Job, hatte er gesagt. Narcy musste ihm hoch und heilig versprechen, niemandem von diesem Vorfall zu erzählen.
Endlich gab sie den Versuch auf, den Kalorienverlust eines anstrengenden Tages mit einem aufgeweichten Brot zu kompensieren, und wickelte das angebissene Sandwich in eine Papierserviette. Sie schlüpfte in ihre Regenjacke, nahm den kleinen Rucksack und verließ die Kantine.
Kaum waren hinter ihr die Lifttüren mit leisem Zischen zugeglitten, setzte sich der Fahrstuhl in Bewegung. Die Lämpchen neben der Tür zählten die Stockwerke herunter.

In der ersten Etage holperte der Fahrstuhl. Die Leuchtanzeige sprang auf E: Ausgangshalle. Dann – ein Ruck. Narcys Knie knickten ein, und sie griff nach der Handstange. Dann hielt der Lift.
Und es war still.
Nur Narcys Atem war zu hören. Sie stand keuchend in einer Ecke des Aufzugs und hielt sich links und rechts am Handlauf fest, auf einen plötzlichen Absturz gefasst.

Es geschah nichts.
Die Anzeige E blinkte. Der Aufzug musste also kurz vor der Eingangshalle festsitzen. Narcy gab sich einen Ruck. *Kein Grund zur Panik, wozu gibt es denn ein Nottelefon.* Sie drückte mit der Hand gegen das Türchen des Telefonkastens, welches sofort federnd aufsprang. Im selben Moment schrillte das Telefon. Narcy fuhr zusammen. Reflexartig riss sie den Hörer aus der Halterung. «Hallo?»
Keine Antwort.
«Hallo, wer ist da?»
Niemand meldete sich.
«Ich bin's! Doktor Perez Corrales. Ich sitze im Aufzug fest.»
Narcy presste den Hörer ans linke Ohr. Jemand atmete am anderen Ende der Leitung. «Hören Sie mich? Ich stecke hier fest. Jemand muss mich hier rausholen.»
Narcy hörte nur jemanden atmen. *Ein Mann.* Eine Gänsehaut lief ihr über den Rücken, blitzschnell hängte sie den Hörer ein. *Verdammt! Warum hat er den Aufzug angerufen? Weiß er, dass ich im Lift bin? War es ein Fehler, meinen Namen zu nennen?*
Sie starrte auf das Schild neben dem Telefonkasten.
Bei Notfall Ruhe bewahren, stand da zu lesen.
Panik ergriff sie. Entschlossen nahm sie den Hörer wieder von der Gabel, um die 5656 zu wählen, die Notfallnummer. Kein Freizeichen war zu hören. Nur der Atem.
«Hängen Sie sofort auf!» Ihre Stimme überschlug sich. «Gib sofort diese Leitung frei! Verdammt nochmal!»
Das Atmen, sonst nichts.

Plötzlich erlosch das Licht. Die Halogenlämpchen glommen rötlich nach, danach herrschte Dunkelheit. Sosehr sie ihre Augen auch anstrengte, es war nichts zu erkennen. Sie glaubte zwar an verschiedenen Orten im schwarzen Nichts kleine

Lichtblitze zu sehen. Aber als Ärztin wusste sie, dass das spontane Entladungen der Nerven in der Netzhaut waren. Nach einer gewissen Zeit im Dunkeln würde auch das aufhören. Es sei denn, sie geriet vollends in Panik und begann Dinge zu sehen, die es gar nicht gab. Angstblitze in der Dunkelheit. Paniksternchen in der Finsternis. Narcy atmete tief durch. *Ganz ruhig.* Noch immer hielt sie den Telefonhörer in der Hand. Das bedeutete: Der Kerl am Draht hörte alles mit, was im Lift geschah. *Keine Angst zeigen. Cool bleiben.* Sie ertastete mit der anderen Hand das Spiralkabel des Hörers und fuhr vorsichtig daran entlang. *Das ist es genau, was er will. Deine Angst spüren. Deine Panik hören. Auskosten, wie du durchdrehst.* Ihre Hand fand den Telefonkasten, die Gabel. Sie hängte den Hörer ein. Und wartete.

Was würde geschehen, wenn sie endlich freikam? Wartete er vor der Tür? Hing vielleicht alles zusammen? Die Vernebelungstaktik der Direktion, der plötzliche Einsatz des CCD, der fehlende Bericht, die verschwundene Leiche, der blockierte Lift, das unheimliche Atmen am Telefon, alles. Narcy fasste sich an die feuchte Stirn: kalter Angstschweiß.

Ich bin überreizt.

Jäh flammte das Licht wieder auf. Es war so grell, dass es Narcy in den Augen schmerzte. Im selben Moment setzte sich der Aufzug sanft in Bewegung, als ob nichts gewesen wäre. Er konnte höchstens einen Meter über dem Erdgeschoss stecken geblieben sein, denn er hielt sogleich wieder an, und die Tür glitt mit einem leisen Zischen auf.

Die Eingangshalle schien menschenleer. Narcy ging am Geschenkeshop vorbei. Die Auslage war weggeräumt, ein metallener Rollladen heruntergelassen. Auf den Stühlen in der Wartezone saß dösend ein junger Schwarzer. Eilig steuerte Narcy auf den Schalter des Nachtportiers zu. Sie wollte den Vorfall sofort melden. Der Portier hob kaum den Blick von seiner Zeitschrift, als sie an den Schalter trat, und sagte: «Gute Nacht, Madam.»

«Gute Nacht», erwiderte Narcy und wandte sich zum Ausgang. Er hätte ihr die Geschichte sowieso nicht geglaubt. Und wenn, was hätte er schon tun können? Sie musste raus aus der Klinik. Nach Hause. Ausruhen. Schlafen.

Plötzlich verlangsamte sich ihr Schritt. *Was, wenn er da draußen wartet?* Sie blieb im gläsernen Windfang stehen und spähte in die Dunkelheit hinaus. Zwei Taxen standen vor dem Eingang. Die Fahrer schwatzten miteinander. Sonst war niemand zu sehen. *Jetzt nur keinen Verfolgungswahn.* Sie trat in die Nacht hinaus. Narcy bemerkte nicht, wie sich ein Mann aus dem Schatten eines Backsteinpfeilers löste und ihr folgte.

«Doktor Perez Corrales», ertönte eine tiefe Stimme hinter ihr. Narcy erstarrte vor Schreck.

London, Choumert Road

Als das Taxi hielt, sah David zu seinem Haus hinüber. Wie eine dunkle Zahnlücke lag es zwischen den Nachbarhäusern, aus denen warmes Licht durch die Fenster drang. Er hatte überhaupt keine Lust, dieses kalte Haus zu betreten. Aber er hatte es auch im Strandhaus nicht mehr ausgehalten. Den ganzen Tag hatte er an Mike denken müssen. Diese Unruhe hielt ihn gepackt und trieb ihn wieder nach London zurück. Kaum war er aber angekommen, hatte er sich entschieden, doch nicht zu Mike zu fahren; er kam sich irgendwie blöd vor.

Hastig hielt er dem Fahrer einen Geldschein hin. «Ist schon gut», murmelte er, als dieser seine pralle Geldbörse öffnete, um das Rückgeld zusammenzusuchen. David stieg aus, packte den kleinen Samsonite und verabschiedete sich knapp. Er wandte sich der Häuserzeile zu, und sofort kroch der Londoner Nieselregen durch sämtliche Öffnungen in seinen Regen-

mantel, überzog die Brillengläser mit feinsten Wassertröpfchen. David schlug den Kragen hoch und ging auf sein Haus zu. Mit unsicherem Schritt tappte er über die Stolpersteine des Gartenwegs und trat voll in eine Pfütze.
«Passt ja perfekt», schimpfte er und schloss die Tür auf.
Er stellte den Koffer in eine Ecke und warf den Mantel auf die Garderobe, dann wählte er am Telefon eine Nummer.
Mike nahm nicht ab.
Passt wirklich perfekt!
David setzte sich resigniert in den EasyRider und grübelte herum, bis er eindöste. Als er wieder erwachte, warf er den Fernseher an, um sich abzulenken. Es hatte soeben die Nachrichtensendung auf *Channel Four* begonnen.

Evening News, Channel Four

Im Bild: St. James Hospital von außen.
Kommentar: In dieser Klinik breitet sich eine höchst aggressive Krankheit aus. Bisher ist sie vor der Öffentlichkeit geheim gehalten worden.

Foto eines neugeborenen Mädchens dunkler Hautfarbe.
Fünf Kinder haben sich angesteckt. Zwei davon sind gestorben.

Vom Foto wegzoomen, eine Frau hält das Foto in der Hand. Einblender: Ellen Livingston. Die Frau erzählt.
Kurz nach der Geburt ist Laura krank geworden. Die Ärzte haben uns gesagt, sie hätte die Grippe. Doch es ist ganz schnell schlimmer geworden. Nach zwei Tagen ist sie gestorben.

Die Frau bricht in Tränen aus. Redet mit Mühe weiter.
Laura, sagen die Ärzte, war das erste Kind, das erkrankt ist. Ich

war dabei, als sie starb. Es war grauenhaft. Sie hat gezittert und sich aufgebäumt. Am Schluss … am Schluss hat sie sich die Zunge zerbissen. Alles war voll Blut, und ich … ich war dabei. Ich wollte sie halten … sie retten. Doch ich konnte nichts für sie tun …

Ein kleines Kind in einem heftigen epileptischen Anfall. Es zittert am ganzen Körper, den Rücken nach hinten durchgebogen. Es schlägt mit dem Kopf nach hinten auf die Matratze, die Augen sind nach oben weggedreht. Einblender: *Archivbild.*
So ähnlich könnte der Todeskampf von Laura Livingston ausgesehen haben. Ob solche Komplikationen wirklich auf eine Grippeinfektion zurückzuführen sind, ist äußerst fraglich. Die Ärzte stehen vor einem Rätsel. Denn solche Bilder passen nicht zu einer herkömmlichen Grippe. Die üblichen Grippemedikamente haben bei den kranken Kindern versagt.

Ein Krankenhauskorridor, abgedeckt mit Plastikplanen. Menschen in Biosicherheitsanzügen betreten ein Krankenzimmer. Einblender: *Archivbild.*
Deshalb hat das Center for Commutable Diseases den Fall übernommen. Die Kinder stehen seit gestern unter Quarantäne, damit sich die Krankheit nicht ausbreitet.

Blick in einen großen Saal, in dem alte Menschen an Tischen sitzen.
Zufall oder nicht. Zur selben Zeit wie im St. James Hospital sind auch im Altersheim Saint Mary's seltsame Krankheitsfälle aufgetreten.

Alte Frau liegt im Krankenbett.
Bei sechs Menschen brach scheinbar ebenfalls eine Grippe aus. Doch sehr schnell traten Symptome auf, die keiner bekannten Krankheit zuzuordnen sind. Eine fünfundachtzigjährige Frau ist bereits gestorben, wie die Kinder in einer Art epileptischer Attacke.

Alte Frau im Krankenbett, dann Kind in epileptischem Anfall.
Unklar ist, ob zwischen den seltsamen Krankheitsfällen ein Zusammenhang besteht. Vor allem: Wie groß ist die Gefahr einer Epidemie?

David starrte auf den Bildschirm, ohne die Bilder wahrzunehmen, die dort weiter vorüberflimmerten. Eben hatte er Ellen im Fernsehen gesehen. Ellen, die er mit Sandy beim Besuchstag in der Schule kürzlich hochschwanger getroffen hatte.
Ellens Baby ist gestorben!
Die Nachrichtenbilder begannen sich um ihn zu drehen, veranstalteten in seinem Gehirn eine hässliche Karussellfahrt. David wurde schwindlig. Er umklammerte den Metallrahmen des *EasyRider*-Sessels.
Es trieb ihn zum Telefon.
Dort suchte er in dem kleinen Notizheft, das daneben lag, nach der Nummer des St.-Mary's-Altersheims, wo Mutter wohnte.
Und wo eine Frau gestorben war.
Eine Frau, die gleich alt war wie Mutter.

8. Tag

London, St. James Hospital

Die ganze Welt schien sich ihr entgegenzuwälzen: Ärzte mit flatternden Rockzipfeln und ernsten Mienen eilten durch den Korridor. Besucher irrten orientierungslos umher und hielten nach den Zimmern ihrer Angehörigen Ausschau. Ein Bett, aus dem ein riesiger Gips aufragte, wurde von zwei Pflegern durch die Menge geschoben. Krankenschwestern schlängelten sich von links nach rechts und umgekehrt durch das Gewirr, als müssten sie eine Schnellstraße überqueren. Narcy kämpfte sich vorwärts. Sie war auf dem Weg in die Kantine. Die Visite auf der Kinderstation hatte sie sich für den Nachmittag vorgenommen. Etwas hielt sie davon ab. Immerhin – so redete sie sich ein – war es schon ein gutes Zeichen, dass sie bisher kein Beeper-Alarm zu den Kindern gerufen hatte. Vielleicht hatten die verschärften Hygienemaßnahmen ja tatsächlich etwas bewirkt. «Hoffen wir es», sagte Narcy zu sich selbst und betrat die Kantine.

Sie kaufte ein Sandwich und eilte damit in ihr Büro, um ihre Beobachtungen zur Heilung eines Bänderrisses auf der Chirurgie in den Computer zu tippen. Danach würde sie sich direkt zur Visite in die Kinderabteilung begeben. Es gab keine Ausrede mehr. Aber in ihrem Innersten wusste sie bereits, dass sie mit dem Quarantänezimmer Schwierigkeiten haben würde. *Nur noch dieses Sandwich und die paar Notizen.*

Als sie sich an den Schreibtisch setzte, atmete Narcy tief durch. Ihr Blick wanderte über das Durcheinander von Notizen, Auszügen aus wissenschaftlichen Zeitschriften, Büchern, Broschüren und einer Menge Kleinkram. Mittendrin ragte ein gerahmtes Foto aus dem Chaos: Isabel, die kokett in die Kamera lachte. Beim Anblick ihrer Schwester kam ihr in den

Sinn, dass Isabel sich nicht wieder gemeldet hatte, um über die Infektionen in Mexiko zu berichten. Narcy nahm sich vor, sie gegen Abend anzurufen, wenn es in Mexiko etwa Mittag war. Entschlossen gab sie sich einen Ruck und konzentrierte sich wieder auf die Arbeit.

Sie warf den Computer an.

Gleichzeitig ging der Beeper los.

Narcy fuhr zusammen und wühlte hastig das kleine Gerät aus der Tasche. Auf dem Display war eine Nummer zu lesen, die sie noch nie gesehen hatte, aber sie wusste sofort, wem sie gehörte. Sie griff zum Telefon und wählte. Sie hörte der Stimme am anderen Ende der Leitung zu. Ihre Stirn legte sich in Falten, dann sagte sie in den Hörer: «Bin gleich da.»

Als Narcy den Hörer auf die Gabel legte, hämmerte nur noch ein Gedanke durch ihr Gehirn: *Jetzt stecke ich in Schwierigkeiten.*

Dann eilte sie aus dem Büro.

Albright empfing sie mit dem missmutigsten Direktorengesicht, das sie je an ihm gesehen hatte. Er stand hinter seinem Schreibtisch und tippte mit dem Zeigefinger auf eine Videokassette, die vor ihm lag. «Doktor Perez Corrales», sagte er, «ich bin zutiefst enttäuscht von Ihnen.»

Narcy schluckte leer und suchte nach einer Antwort. Doch Albrights Überraschungscoup hatte ihr die Sprache verschlagen. Was sollte sie dazu auch sagen?

Nur Minuten später verließ sie das Büro des Direktors wieder, und sie steckte noch viel tiefer in Schwierigkeiten, als sie sich zuvor auszumalen gewagt hatte. Bis auf weiteres war sie vom Dienst suspendiert und mit einem Hausverbot belegt. Albright hatte ihr eine Viertelstunde Zeit gegeben, um die Klinik zu verlassen.

Als der Reporter von *Channel Four* sie gestern Abend vor dem Krankenhaus abgefangen hatte, war sie zu Tode erschrocken. Unmittelbar zuvor die Angst im stecken gebliebenen Aufzug, und dann kam da die Stimme von hinten aus dem Dunkeln. Bis sie überhaupt kapiert hatte, dass da nur jemand mit ihr reden wollte, hatte es ein Weilchen gedauert. Dann aber war sie stinksauer geworden, weil der Typ ihr regelrecht aufgelauert hatte. Sie wollte nichts mit ihm zu tun haben und hatte ihm das ja auch schon am Telefon unmissverständlich klar gemacht. Doch der Mann hatte sich nicht abschütteln lassen, war neben ihr hergelaufen und hatte ihr dabei erzählt, was er von den Infektionen wusste. Es war alles Wesentliche. Ellen Livingston hatte in der News-Redaktion angerufen und sich über das St. James Hospital beschwert. Der Reporter berichtete von Ellen Livingstons Verdacht, dass ihr Doktor McAvoy nicht die Wahrheit über Lauras Krankheit erzählt haben könnte. Was Narcy ja auch glaubte, und so hatte sie sich schließlich von Gallagher doch zu einem Kaffee überreden lassen. Sie hatte sich dem Journalisten gegenüber trotzdem nur sehr vorsichtig geäußert und ihm lediglich die Fakten bestätigt, die er ohnehin schon hatte. Sie besaß keine Erfahrung im Umgang mit Medienleuten und fürchtete, ausgenutzt zu werden. Doch den Bericht, den er anfertigte, fand sie fair. Gallagher hatte sich sogar an die Abmachung gehalten, ihren Namen nicht zu erwähnen.
Trotzdem hatte Albright herausgefunden, woher der Reporter seine Informationen hatte. Wer ihm dies verraten haben musste, war Narcy klar. Es gab im Krankenhaus nur eine Person, die wusste, dass sie mit einem Mann namens Gallagher Kontakt gehabt hatte: Steve. Er hatte mit angehört, wie der Reporter von *Channel Four* sie angerufen hatte. Wut packte Narcy. Sie hatte Steve vertraut.
Als sie bei ihrem Büro ankam, stand vor der Tür bereits ein

Angehöriger des Sicherheitsdienstes. Mit der Miene eines Totengräbers trat er hinter ihr ins Büro und schaute zu, wie sie einige persönliche Sachen zusammensuchte. Narcys Blick fiel auf die Dossiers der kranken Kinder, die immer noch zuoberst auf dem ganzen Durcheinander lagen. Plötzlich sah sie das kleine Mädchen ganz deutlich vor sich. Seinen Todeskampf. Narcy wusste, dass sie verloren hatte. Nicht nur den Kampf um das Leben des Kindes, auch den Kampf um die Wahrheit, den Kampf gegen das Ärzte-Establishment, dem nicht das Wohl der Patienten, sondern die eigene Karriere wichtiger war. Narcy wischte sich mit dem Handrücken über die Augen, die sich mit Tränen füllten. Sie war am Ende, die Geschichte war aus.
«Madam, gehen wir», sagte der Wachmann ungerührt.

London, Studio Channel Four

Er war beileibe kein Anfänger mehr. Seit fünfzehn Jahren arbeitete Matthew Gallagher in der News-Redaktion von *Channel Four*, und er hatte in dieser Zeit schon manche gute Story an Land gezogen. Aus diesem Grund verstand er nicht, dass seine Kollegen seinen Beitrag vom Vorabend derart kritisierten. Er fand, es war eine gute Geschichte, und man hatte sie bringen müssen. Okay, was die Bilder betraf, hatten die Redaktionskollegen vielleicht Recht. Die Bilder hätten stärker sein können. Mehr Authentizität, weniger Archiv. Doch Matthew Gallagher war der Meinung, dass man bei einem Primeur bezüglich der optischen Gestaltung auch mal ein Auge zudrücken durfte. Besonders dann, wenn sich daraus eine Fortsetzungsgeschichte entwickeln ließ. Und genau darin lag das Potenzial dieser Story. Er würde an der Geschichte dranbleiben und sicher noch mindestens einen Nachzieher liefern können.

«Versteht ihr?» Mat sah energisch in die Runde. «Zuerst müsst ihr die Leute mit einem Häppchen anfixen, damit sie dann nach der ganzen Geschichte schreien, die nur ihr liefern könnt – nächstes Mal. So funktioniert eben Newsjournalismus.» Es war zum Verzweifeln. Manchmal fühlte er sich in dieser Redaktion mit seinen gut vierzig Jahren wie der Großvater. Immer jünger waren die Journalistinnen und Journalisten um ihn herum, und immer forscher gingen sie vor. Doch sie arbeiteten auch immer unfundierter. Alles musste schnell gehen und hip sein. Für ihn war Nachrichtenjournalismus eine Kunst, die sorgfältig gepflegt, und ein Business, das hart kalkuliert sein wollte. Es konnte eben nicht alles nur schnell gehen, man musste auch den Nachrichten Zeit lassen, um sich zu entwickeln. «Mein Motto ist nicht: Heute gesendet, morgen vergessen», herrschte Mat eine der missmutigen Rotznasen an.

«Wunderbar, deine medientheoretische Abhandlung», unterbrach ihn Alistair Dunhill, der Redaktionsleiter. «Uns interessiert aber eigentlich nur eines: Ist das Ding gefährlich oder nicht?»

«Mein Gott, lasst mich doch einfach weiter recherchieren. Sobald ich mehr Details habe, können wir den Nachzieher bringen. Immerhin ist in dieser Sache das CCD schon ausgerückt. Und die kümmern sich ja wohl nicht um jeden Babydurchfall.»

«Okay. Nachzieher Babydurchfall, sofern Knochen am Fleisch.» Dunhill grinste in die Runde. «Nächstes Thema.»

London, Nunhead-Friedhof

«Das Leben hinterlässt Spuren im Gesicht eines Menschen, und es hinterlässt Spuren im Wesen eines Menschen. Und genauso hinterlässt ein Mensch Spuren in der Welt, und er hinterlässt Spuren in uns, die bleiben, wenn der geliebte Mensch von uns gegangen ist.» Der Pfarrer redete so monoton, wie der Regen auf die Schirme trommelte. David Evans betrachtete die Urne, die durch nichts an den Menschen erinnerte, dessen sterbliche Überreste sich darin befanden, und fragte sich, wo Mutters Spur verlief. Sie hatte immer versucht, ihre Söhne zu gläubigen Menschen zu erziehen. War Samuel einer geworden? David wusste es seltsamerweise nicht. Er hatte mit seinem Bruder nie über solche Dinge gesprochen. Davids Blick verharrte auf dem Topf mit Mutters Asche, während er wie aus der Ferne den Pfarrer vom ewigen Leben sprechen hörte. *Das ewige Leben!* Für David stand fest, dass man länger tot war als lebendig, also müsste man eher vom ewigen Tod reden. Den Glauben an Gott hatte David verloren, bevor er ihn richtig hatte entwickeln können.

David musterte die verschlossenen Gesichter des knappen Dutzend Leute, die um das offene Grab auf dem Nunhead-Friedhof standen. Er erkannte eine Frau aus dem Altersheim, die er einmal in Mutters Zimmer getroffen hatte. Drei Leute aus der Nachbarschaft waren da. Die anderen kannte er nicht. Ein Häufchen zittriger Alter im kalten Niesel.

Den einzigen Farbtupfer in dieser traurigen Gesellschaft bildete der rote Schal von Mike. David war ihm dankbar, dass er ihn zur Beerdigung begleitet hatte. Warum Mike trotz Regen seine *Killerloop*-Sonnenbrille aufgesetzt hatte, wollte er ihn später fragen.

Der Pfarrer sprach ein Gebet, aber David hörte nicht hin. Dass Mutter so rasch gestorben war, hatte ihn kalt erwischt. Sein letzter Besuch im Saint Mary's hatte ihn danach noch lange beschäftigt. Er konnte sich nicht erinnern, dass Mutter jemals derart von Emotionen durchgeschüttelt worden war. Als hätte sie gespürt, dass es das letzte Mal sein würde. Dabei hatte sie überhaupt nicht krank gewirkt. Während er im

Strandhaus gewesen war, sei sie an einer Grippe erkrankt, hatte ihm die Altersheimleiterin gesagt. Man wisse ja, dass Grippe für ältere Leute gefährlich sein könne. Doch dass Mutter so schnell gestorben war, gab David zu denken. Es war kein sanfter Tod gewesen. Das Fieber sei unaufhaltsam gestiegen, hatte die Heimleiterin gesagt, dann habe Mutter über Empfindungsstörungen in Armen und Beinen geklagt, sei von Krämpfen geschüttelt worden, und schließlich sei sie einer epileptischen Attacke erlegen.

David lief ein Schauer den Rücken hinunter.

Dieser Fernsehbericht gestern hatte Mutters Tod in einen Zusammenhang mit einer ganzen Serie von geheimnisvollen Erkrankungen gestellt. Es war ihm zutiefst unheimlich.

Er suchte Mikes Blick, konnte hinter den dunklen Gläsern jedoch nicht seine Augen erkennen.

David versuchte sich ins Gedächtnis zu rufen, wie Mutter gewesen war, bevor sie eine alte, gebrechliche Frau wurde. Fürsorglich war sie gewesen, und ängstlich besorgt. In seiner Erinnerung trug sie immer eine geblümte Schürze – und arbeitete hart. Gelacht hatte sie kaum, was David auch verstehen konnte, da er ihr ja vorwiegend Sorgen bereitet hatte. Eine Szene hatte sich ihm unauslöschlich eingeprägt. Nie würde er ihr vor Schreck starres Gesicht vergessen, als sie in die Küche gekommen war und gesehen hatte, wie er und sein Bruder mit einem großen Messer an einem faustgroßen, blutigen Fleischklumpen herumsäbelten. Die beiden Jungen unterhielten sich wie zwei Ärzte und diskutierten den Aufbau einer Niere. Die Brüder hatten sehen wollen, wie es darin aussah. Samuel hatte sie aus dem Schlachthaus geholt. Für Mutter musste das der entscheidende Moment gewesen sein, in dem ihr die Krankheit ihres jüngsten Sohnes unausweichlich und in Fleisch und Blut vor Augen trat. Seine Nierenkrankheit nämlich hatte sie bis dahin geflissentlich ignoriert oder sogar abgestritten. Das

plötzliche Eindringen der Wahrheit in ihr Bewusstsein musste traumatisch gewesen sein.
Der Pfarrer hob die Urne mit einer Kordel an und ließ sie langsam ins Grab hinunter. Seine Bewegungen hatten eine gewisse Eleganz, eine beinahe liebevolle Behutsamkeit. Dann warf er mit einer kleinen Schaufel etwas feuchte Erde in das Grab. David war an der Reihe und tat es ihm gleich. Eine alte Frau warf einen kleinen Blumenstrauß hinterher. David gab die Schaufel an die Frau weiter und trat einen Schritt zurück. Er hatte sich unheimlich stark gefühlt, als er mit Samuel die Schweineniere zerlegt hatte. David konnte seinem großen Bruder das Organ erklären, da er sich zuvor jahrelang mit seinen defekten Nieren auseinander gesetzt hatte. Er war auf der *Virtual Kidney Website* unzählige Male durch das Organ gewandert und kannte sich darin so gut aus, als wäre er durch seine eigene kranke Niere gekrochen. David hatte klar vor Augen, wie die Nierenvene durch das Nierenbecken eintritt und sich in unzählige Gefäße verzweigt, die danach zu den Bowman'schen Kapseln laufen, wo sich die Blutkapillaren zum Glomerulus verknäulen. Der Ort, an dem das Blut gefiltert wird. Im Glomerulus werden die Blutkörperchen zurückgehalten, nur Flüssigkeit passt durch die winzigsten Poren und durchströmt nach dieser Filterung als Primärharn die Henel'sche Schleife. David wusste genau, wo in diesem langen Gefäß welche Stoffe resorbiert werden, bis der Harn eingedickt ist und schließlich in die Blase fließt. Und bei jeder seiner Reisen durch diese virtuelle Niere hatte er sich gefragt, weshalb bloß die Dinger bei ihm nicht mehr funktionierten.
David hatte Samuel mit der Niere damals auch Dankbarkeit dafür bekunden wollen, dass er ihm eine seiner Nieren spendete. Er hatte gehofft, dass er Samuel den Eingriff etwas erleichtern könnte, indem er ihm alles genau erklärte. Er wollte aus der Operation ein gemeinsames Erlebnis machen, nach-

dem ihn seine Krankheit immer aus dem normalen Leben seines Bruders ausgeschlossen hatte. Es war für sie beide wichtig gewesen, diese Niere zu zerlegen.
David sah, wie Mike zögerte, als ein alter Mann ihm die Schaufel in die Hand drückte. Er nickte ihm auffordernd zu. Mike nahm die Schaufel und warf etwas nasse Erde ins Grab. Dann stellten sich die Leute an, um David ihr Beileid auszusprechen. Die greise Miss Chambers weinte, als sie David die Hand drückte.
Nachdem sich die Trauergäste verabschiedet hatten, sahen David und Mike zu, wie der Friedhofsgärtner das Grab sorgsam mit schwerer Erde auffüllte und dann Mikes weiße Callasblüten darauf stellte. Ohne den Blick zu heben, sagte David: «Danke, dass du gekommen bist.»
«Ist schon okay.»
«Sie tut mir so Leid. Nicht, weil sie gestorben ist, sie war ja schon alt. Aber *wie* sie gestorben ist und weil sie nichts vom Leben gehabt hat. Mutter hat immer nur gearbeitet und sich gesorgt. Und dann musste sie so von dieser Welt.» David hielt einen Moment inne. «Ich hätte sie gerne noch einmal gesehen.»
Mike schwieg ratlos.
«Komm mit», forderte ihn David unvermittelt auf, und die beiden Männer gingen unter Davids großem Schirm über den akkurat gerechten Kiesweg zum hinteren Teil des Friedhofs. Die Grabsteine standen dort weiter auseinander. Zielstrebig suchte David seinen Weg zwischen den millimetergenau gestutzten Reihen der Buchsbäumchen. Vor einem Stein aus schwarzem Marmor blieb er stehen.
Die silberne Inschrift darauf lautete: *Du bist den Weg vorausgegangen, wir folgen dir. Samuel Evans.*
David schaute auf das Grab und schwieg.
«Hast du diesen Samuel Evans gekannt?», fragte Mike.

«Ja.»
«Ein Verwandter?»
«Mein Bruder.»
«Das tut mir Leid.» Mike drehte sich zu David und schaute ihn durch die Sonnenbrille an. «Woran ist er gestorben?»
David hatte gewusst, dass Mike ihn das fragen würde. Aber er hatte ihn ja zum Grab seines Bruders geführt und diese Frage so herausgefordert. «Da gibt es zwei Antworten.»
«Wieso zwei Antworten?»
«Samuels Tod hatte zwei Gründe.»
Mike hob die Sonnenbrille über die Augen, welche er sofort zusammenkniff.
«Samuel ist bei einem Autounfall gestorben.» Er hielt inne. «Und wegen mir.»
Mike fasste David an dem Unterarm, der den Schirm über sie hielt. «Wegen dir?»
«Er hatte einen Autounfall. Frontalkollision.» David redete, als würde er sich die Geschichte selbst erzählen. «Ein Betrunkener fuhr auf der falschen Straßenseite. Der Geisterfahrer ist durch die Windschutzscheibe geschleudert worden, hat aber schwer verletzt überlebt. Samuel war angegurtet. Das hat ihm das Leben nicht gerettet, sondern genommen. Der Sicherheitsgurt hat ihm innere Verletzungen beigefügt. Unter anderem wurde eine Niere zerstört.»
«Nieren hat man ja zwei.»
«Stimmt. Aber Samuel hatte nur noch eine. Die andere hatte er ein paar Jahre zuvor mir gespendet.»
«Oh, Scheiße», entfuhr es Mike.
«Kannst du laut sagen.» David sah starr zu Boden. «Samuel ist gestorben, weil er mir zuvor das Leben gerettet hatte … und weil für ihn nach dem Unfall kein Spender gefunden wurde.»
David spürte, wie Mike den Arm um ihn legte. In seine Trauer mischte sich tiefe Dankbarkeit.

London, Restaurant Don Lazaro

Matthew Gallagher hatte das Gesicht eines Abenteurers. Zwei tiefe Furchen führten von den Nasenflügeln zu den Mundwinkeln. Die scharf geschnittene Nase animierte Narcy zu der Vorstellung, wie er mit einem Beduinentuch um den Kopf geschlungen in Mexiko nach Azteken-Schätzen grub. Auch ein Tropenhelm hätte sich gut an ihm gemacht. In seinen Augen mit dem Fältchenkranz lag jene unergründliche Mischung aus Wehmut und Draufgängertum, die Narcy zwang, immer wieder hinzuschauen. Doch im Moment drückte sein Blick vor allem Bedauern aus. «Es tut mir wirklich Leid. Ich hätte niemals gedacht, dass die Klinikleitung so radikal reagieren würde.»

«Immerhin bin ich nicht entlassen», meinte Narcy sarkastisch, «nur *freigestellt.*»

Der Reporter fuhr sich mit der Hand verlegen durch das wirre Haar. «Und wissen Sie, wie lange diese Freistellung dauern wird?»

Sie hob die Schultern. «*Bis auf weiteres*, lautet die offizielle Formulierung.»

«Ich mache mir Vorwürfe. Schließlich trage ich die Hauptschuld daran. Ich habe Ihnen gestern ja regelrecht aufgelauert.»

«Ist schon gut», winkte Narcy ab. Nachdem Albright sie gefeuert hatte, war ihr der neuerliche Anruf von Matthew Gallagher ganz gelegen gekommen. Ein bisschen Ablenkung konnte nicht schaden. «Ich hatte mich da in etwas eingelassen, das offenbar gefährlicher ist, als ich geglaubt habe», sagte sie. «Ich hoffe nur, dass Ihre Arbeit etwas bewirkt, das den Kindern hilft.»

«Das hoffe ich auch», antwortete Gallagher. «Andererseits glaube ich nicht, dass das Thema damit erledigt wäre. Ihre

Freistellung beweist, dass da noch mehr dran ist.» Narcy traf ein entschlossener Blick. «Und ich habe nicht vor, mir diese Story entgehen zu lassen.»
«*Buenas noches señores.*» Der Kellner stellte Mineralwasser, warme Nacho-Chips und ein Keramikschälchen mit pikanter Soße auf den Tisch und erkundigte sich auf Spanisch, ob die Gäste schon gewählt hätten. Sich in einem mexikanischen Restaurant zu treffen war Matthew Gallaghers Idee gewesen. Welcher aber der beste Mexikaner in London sei, hatte Narcy entschieden: *Don Lazaro*. Jetzt bestellte sie für zwei Personen eine assortierte Platte mit Tacos: Huhn, Schwein, Rind und Don Lazaros Spezialität: Tintenfisch. Dazu Reis mit schwarzen Bohnen und eine Schale *Guacamole*, die herrliche Paste aus Avocado und verschiedenen Kräutern.
Matthew Gallagher kratzte seinen Dreitagebart. «Wie geht es für Sie nun weiter?»
Narcy überlegte, ob er wohl nur hinter der «Story» her war. «Ehrlich gesagt: keine Ahnung», antwortete sie.
«Denken Sie denn, dass die Sache aus medizinischer Sicht abgeschlossen ist?»
Narcy zögerte. «Denke ich nicht.»
«Also, was werden Sie nun tun?»
Sie schaute ihm gerade ins Gesicht. «Ich bin freigestellt. Was kann ich da noch tun?»
Gallagher sah ihr in die Augen und erwiderte: «Das nehme ich Ihnen nicht ab.»
Narcy runzelte die Stirn und sagte nichts.
«Die Sache wurmt Sie gewaltig», fuhr er fort und fixierte sie weiterhin herausfordernd. «Nicht wahr?»
Narcy konnte nicht anders, als seinen Blick zu erwidern. «Würden Sie Ihre Freistellung mit links nehmen?»
«Das ist es nicht», behauptete er forsch, «Sie fürchten, den Kindern nicht helfen zu können.»

Narcy fühlte sich irgendwie ertappt und sagte trotzig: «Ich *konnte* nicht helfen. Die Sache ist für mich erledigt.»

«Noch haben Sie das Spiel nicht verloren», beharrte Gallagher.

«Was soll das heißen?» Natürlich machte sich Narcy Sorgen um die Kinder, aber es ging ihr auch um sich selbst. Innerlich kochte sie noch immer vor Wut über den Rausschmiss.

«Sehen wir es doch mal ganz pragmatisch», fuhr Gallagher nüchtern fort. «*Ich* möchte wissen, was dahinter steckt, weil ich eine gute Geschichte will. *Sie* möchten wissen, was dahinter steckt, weil Sie … den Kindern helfen wollen. *Ich* komme aber alleine nicht weiter, weil mir die medizinischen Kenntnisse fehlen. *Sie* kommen alleine nicht weiter, weil Sie nicht über das investigative Können verfügen.»

Narcy war klar, worauf er hinauswollte, doch irgendetwas hielt sie zurück. Konnte sie ihm vertrauen? In den letzten Tagen waren all ihre Bedenken, Anregungen, Versuche zu helfen übergangen oder torpediert worden. Sie fühlte sich nicht ernst genommen. Das schmerzte.

Schon bei Ines hat es geschmerzt.

«Also, erhöhen wir den Einsatz», fuhr Gallagher fort. «Sie helfen mir, ich helfe Ihnen. Zusammen geben wir ein gutes Paar ab.» Er stutzte einen Moment, als ob er sich der Doppeldeutigkeit des letzten Satzes erst bewusst geworden wäre, nachdem er ihn gesagt hatte.

Narcy spürte ein Flattern in der Magengegend. Wie hoch war das Risiko bei der Sache? Konnte sie das definitiv den Job kosten? Sie legte die Gabel zur Seite und wiegte den Kopf hin und her. Gleichzeitig ahnte sie, dass das Flattern in ihrem Innern nicht nur von der Angst um den Job kam. Sie blickte Matthew Gallagher lange in sein Abenteurergesicht und entdeckte, dass sich in den Fältchen um seine Augen ein kleines Lächeln verborgen hielt.

«Überlegen Sie es sich», sagte Gallagher aufmunternd. Das Lächeln in seinen Augenwinkeln blitzte kurz auf. «Vielleicht helfen Ihnen dabei meine Überlegungen zum CCD auf die Sprünge.»

«Hmm», meinte Narcy bloß geistesabwesend.

«Für meine Recherchen habe ich natürlich auch mit dem CCD Kontakt aufgenommen. Zuerst wollten sie mich mit dem *Press Officer* abspeisen. Ich habe aber nicht nachgegeben, bis ich zum Chefvirologen vorgelassen wurde. Ein gewisser Donovan McDuff. Konnte dann ein kurzes Interview mit ihm drehen, das ich aber im Report nicht verwendet habe.»

Narcy schüttelte den Kopf, als müsse sie sich zwingen, klar zu denken. «Und wie soll das kurze, nicht gesendete Interview mit dem Chefvirologen des CCD meine Entscheidung beeinflussen?»

«Ich glaube, genau wie Sie, dass das CCD mehr weiß, als es bekannt gibt.»

Narcy rutschte unruhig auf der Stuhlkante hin und her.

«Als ich McDuff befragte, war er überaus nervös. Unbrauchbar für den Film. Was mich aber irritiert, ist, dass ich das Gefühl nicht loswerde, ihn zu kennen. Ich weiß aber nicht, woher.»

«So?» Sie versuchte ihr Interesse zu verbergen.

«Also haben wir nicht nur ein gemeinsames Interesse an der Geschichte, sondern trauen beide dem Hauptprotagonisten nicht.»

«Das stimmt», antwortete Narcy zögernd.

«Mit welcher Absicht könnte das CCD die Wahrheit verschweigen?»

«Es gibt eben keinen Grund dafür. Und darum macht's auch keinen Sinn. Wahrscheinlich sehe ich bloß Gespenster.»

Gallagher machte ein verschwörerisches Gesicht. «Korruption vielleicht?»

«Doch nicht so hohe Beamte im Gesundheitswesen», wehrte Narcy ab. «Das sind integre Leute.»
Gallaghers Miene machte deutlich, was er von dieser Einschätzung hielt. «Ich staune. Kommen Sie nicht aus Mexiko? Und *Sie* glauben an die Unbestechlichkeit von Beamten!»
«Das ist doch was ganz anderes.»
«Glauben Sie wirklich? Bei uns sind die korrupten Beamten bloß geschickter im Verbergen.»
«Wenn Sie meinen», erwiderte Narcy lakonisch. Sie fand diese Diskussion müßig.
Gallagher holte tief Luft. «Ich kenne McDuff – bestimmt. Sein Name steht aber nicht in meiner Adresskartei. Es ist auch weniger sein Name, der mir bekannt vorkommt, als sein Gesicht. Irgendwo habe ich ihn schon gesehen.» Gallagher ließ seinen Blick durchs Lokal schweifen, als könnte er dort einen Anhaltspunkt finden. «Ich bin die Sendekartei des *Channel* durchgegangen. Tatsächlich taucht McDuff in einer News-Meldung auf, als er zum Chefvirologen des CCD ernannt wurde. Doch das war es nicht. Ich muss ihn im Zusammenhang mit einer größeren Geschichte gesehen haben. Doch mit welcher?» Er zerwühlte sein Haar und schaute Narcy mit zusammengekniffenen Augen an. «Also, Sie helfen mir, ich helfe Ihnen.»
Das feine Lächeln verschwand selbst bei diesem entschlossenen Gesichtsausdruck nicht aus seinen Augenwinkeln. Narcy spürte ein Gefühl im Bauch, das sie an den letzten Sommer erinnerte, als sie mit Isabel in Acapulco Bungee-Jumping ausprobiert hatte. Irgendwann ist man an dem Punkt, von wo es kein Zurück mehr gibt. Ob die Angst berechtigt ist, kann man nur erfahren, wenn man trotzdem springt. Narcy machte eine hilflose Bewegung mit der Hand. «Einverstanden.»
Auf Gallaghers Gesicht breitete sich eine jungenhafte Freude aus. «Danke. Übrigens: meine Freunde nennen mich Mat.»

Sie schenkte ihm ein erlöstes Lächeln. «Narcy.» Sie stießen mit den Gläsern an.

Kaum war das Essen da, machte sich Matthew Gallagher darüber her. Narcy kam gar nicht mehr dazu, guten Appetit zu wünschen.

Zwischen zwei Bissen sagte der Reporter: «Konzentrieren wir uns doch mal rein auf die Fakten. Welche klaren Hinweise gibt es, die unseren Eindruck stützen, dass an der Geschichte was faul ist?»

Narcy erzählte ihm, wie sie von Anfang an nicht ernst genommen worden war, wie dann plötzlich für das betroffene Zimmer auf der Kinderabteilung Quarantäne angeordnet und sie daran gehindert worden war, diese Maßnahme zu hinterfragen. «Und schließlich», sagte sie, «ließen die Verantwortlichen Beweismaterial verschwinden.»

«Beweismaterial?», echote Mat mit vollem Mund.

«Ja, einen Obduktionsbericht inklusive dazugehörender Leiche.»

«Inklusive dazugehörender ...» Seine Gabel blieb auf dem Weg vom Teller zum Mund in der Luft hängen, und er blickte Narcy entgeistert an.

«... Leiche», sagte Narcy triumphierend. Dann berichtete sie kurz, wie sie und der Pathologe vergeblich nach Bericht und Leiche gesucht hatten. «Bis jetzt ist keines von beiden wieder zum Vorschein gekommen. Und die Direktion hat dem Pathologen untersagt, mir weitere Auskünfte zu geben.»

Mat schluckte den letzten Bissen runter. «Jetzt geht's aber rund.»

«Es geht noch runder. Der Chefarzt der Kinderklinik, von dem ich glaube, dass er sich infiziert hat, ist unauffindbar.»

«Das reinste Bermuda-Dreieck.» Mat stieß einen Pfiff durch die Zähne aus.

«Der Direktor behauptet, der Kinderarzt sei im Urlaub, was

ich nicht glaube. Ich bin sicher, er hat sich durch Blutkontakt mit der Krankheit angesteckt. Als ich ihn zum letzten Mal gesehen habe, saß er mit einer dunklen Sonnenbrille im Büro und hat wie ein Irrer seine Modellautos hin und her geschoben.»

«Was?»

Narcy beschrieb die Szene genauer. «Und eines seiner heiß geliebten Modelle hat er sogar zerstört. So was würde McAvoy bei vollem Bewusstsein nie tun.»

«War da vielleicht ein schwarzer Jaguar E unter den Modellen?», dämmerte es Mat.

«Keine Ahnung, aber er selbst fuhr einen.» Sie stutzte. «Aber wie kommst du auf einen Jaguar E?»

Der Reporter wischte sich mit der Serviette den Mund ab, schob den Teller beiseite und sagte: «McAvoy ist tot.»

Narcy blieb der Mund offen stehen.

Gallagher erzählte ihr von der Szene einige Nächte zuvor hinter dem St. James Hospital, als ein Sarg offenbar in der Direktionsetage hatte abgeholt werden müssen. Einer der Männer hatte erwähnt, dass der Mann sich im Todeskrampf in zertrümmerten Modellautos auf dem Boden gewälzt hatte.

Nun war es an Narcy, ihn entgeistert anzuschauen.

«Bis jetzt dachte ich, es sei eine Medizinstory, nun wird ja ein echter Krimi daraus.» Hastig klaubte Mat aus seiner Jackentasche einen Notizblock hervor und begann zu schreiben. «Ich muss das mal ordnen. Wir haben die Kinderabteilung im St. James. Zwei tote Babys, weitere Infizierte und einen toten Arzt. Das alles soll aber geheim gehalten werden. Gleichzeitig im Altersheim eine Tote. Ob ein Zusammenhang besteht, wissen wir nicht, aber …»

«Mein Gott!», rief Narcy. «Das habe ich vollkommen vergessen!»

«Was?»
«Bezahlt dein Sender die Anrufe auf deinem Mobiltelefon?»
Mat konnte sich keinen Reim auf die Frage machen, bejahte aber trotzdem.
«Her damit.»
Er reichte Narcy sein Handy. Sie tippte eine sehr lange Nummer ein. Von dem, was sie danach in höllischem Tempo auf Spanisch redete, verstand Mat kein Wort. Ihr Gesicht verfinsterte sich zusehends. Dann verabschiedete sie sich hastig und gab ihm das Gerät zurück.
«Mexiko hat's auch.»
«Ich verstehe nur Tequila.»
Narcy erzählte ihm, was sie eben über die Infektionen in Mexico City von ihrer Schwester erfahren hatte. «Das erste kranke Mädchen ist gestorben, sein Partner auch. Außerdem sind in ihrem Umfeld vier weitere Leute erkrankt. Es fängt mit Grippe an, greift auf das Nervensystem über, und bei manchen Patienten gibt's knotige Hautveränderungen.»
Mat schlug mit der flachen Hand auf den Tisch. «Dann ist vielleicht auch dieser Typ kein Spinner!»
«Jetzt verstehe ich Tequila.»
«Jemand hat in der Redaktion angerufen. An sich ist das nicht außergewöhnlich. Nach jedem Bericht über ein medizinisches Thema drehen die Leute durch und glauben, sie hätten genau die Krankheit, über die wir berichtet haben. Reine Hysterie. Aber wir hören allen geduldig zu und lesen die Mails. Man weiß ja nie.»
«Und nach deinem Bericht von gestern hatten nun alle diese neue Infektion?»
«Viele behaupteten, ihre Kinder lägen von Zuckungen geschüttelt im Bett. Aber einer hatte gar nichts mit Kindern am Hut, sondern behauptete, er wisse, dass diese Krankheit auch in Tokio aufgetreten sei. CNN habe darüber berichtet.»

Narcy wurde eifrig. «Dann wären es schon vier voneinander unabhängige Infektionsherde.»
«Ist so etwas möglich?»
«Schwer zu sagen.»
«Also nicht unmöglich?»
«Nein, unmöglich ist es nicht.» Narcy überlegte einen Moment. «Aber wenn an verschiedenen Orten dieselbe Infektion auftritt, muss etwas oder jemand die Infektion dort hintragen.»
«Wie beim Rinderwahn», unterbrach Mat, «wo verseuchtes Futter an verschiedensten Orten gleichzeitig Kühe angesteckt hat?»
«So ähnlich.»
«Wer oder was könnte denn in unserem Fall die Infektion verbreiten?»
«Das weiß ich auch nicht. Aber wenn dem so ist, bricht die Krankheit vielleicht noch an vielen weiteren Orten aus. Dann braut sich was Ernstes zusammen.»
«Und jemand will das geheim halten.»
In diesem Moment fiepte Mozarts Kleine Nachtmusik aus Mats Reporterweste. Er zückte erneut das Mobiltelefon.
«Jaa?» Mat klemmte den kleinen Apparat zwischen Wange und Schulter, um sich Notizen zu machen. «Wer ist am Apparat?», fragte er in den Hörer und blickte sich suchend im Lokal um. «Sagen Sie mir zuerst, wer Sie sind.» Mat horchte angestrengt ins Telefon und legte die Stirn in Falten. Dann schaltete er das Telefon aus.
«Was war das denn?», fragte Narcy.
«Hast du gesehen, ob eben jemand hier im Restaurant telefoniert hat?»
«Ich hab nichts gesehen.»
«Hast du jemandem erzählt, dass wir uns heute Abend treffen?»

«Nein.» Sie sah besorgt aus. «Aber was soll das?»
«Wir werden beobachtet.» Mat beugte sich vor und senkte die Stimme. «Ein Mann war dran. Er weiß, dass wir im *Don Lazaro* sitzen.»
«Wir?»
«Ja, *wir.* Er weiß, dass du und ich hier sind.»
Narcy blickte sich nervös um. «Was hat er sonst noch gesagt?»
«Ich soll die Finger davon lassen.»
«Wovon lassen?»
«Weiß nicht. Er hat nur gesagt: *Ich weiß, dass du mit Narcy im* Don Lazaro *bist, lass die Finger davon.* Vielleicht warst du gemeint, und es war ein gekränkter Verehrer …»
«Ich habe keine gekränkten Verehrer.»
«Oder die Recherche. Dann war's …»
«Oder ich *und* die Recherche.» Sie blickte ihn mit weit aufgerissenen Augen an, als hätte sie die Tragweite dieses Anrufes erst in diesem Moment erfasst. Ihre Gedanken überschlugen sich. Wer konnte ein Interesse daran haben, sie einzuschüchtern? Steve? Nahm er ihr übel, dass sie die Verabredung hatte platzen lassen? Oder Albright, der verhindern wollte, dass sie sich weiter um die Fälle kümmerten? Narcy hatte geglaubt, er habe sie freigestellt, weil er seine Autorität verletzt sah. Doch jetzt begann der Rausschmiss ganz andere Dimensionen anzunehmen. Warum wollte er nicht, dass sich die Presse einmischte? Ließ Albright sie beschatten? Sie biss sich auf die Unterlippe. Plötzlich tauchte vor ihrem geistigen Auge die Szene im Lift auf. Hatte das alles System?

9. TAG

London, St. James Hospital

In panischer Angst riss Hisham Sadeghi die Hände in die Höhe und rief: «Stopp, stopp!» Doch der Karren mit der schmutzigen Wäsche schoss in hohem Tempo auf ihn zu. Der schmächtige Ägypter suchte mit den Augen verzweifelt einen Fluchtweg im engen Korridor. Im letzten Moment drückte er sich in einen Türrahmen. Der Wagen verfehlte ihn nur um Haaresbreite und knallte neben ihm an die Betonwand. Sadeghi brüllte Dinge durch den Keller, an denen Allah sicher keine Freude hatte. Bülent Gonüler grinste; ihn ließ der Wutausbruch des Kollegen offensichtlich kalt. Genauso wenig schien es ihm etwas auszumachen, dass er zusammen mit dem immer noch fluchenden Ägypter die beim Aufprall vom Wagen katapultierte Wäsche wieder aufheben musste. «*Sorry, my friend, no problem*», lachte er und hieb dem schmächtigen Ägypter auf die Schulter. «Ist ja nichts passiert.»

Der Ägypter hatte erst seinen dritten Tag in der Wäscherei und konnte unmöglich wissen, dass der stämmige Türke in den Katakomben des St. James Hospital der unangefochtene Platzhirsch war und dies jedem Neuen auf seine eigene Art und Weise klar machte. Gonüler grinste noch immer. Er war überzeugt, dass sich Sadeghi schnell an die Gesetze der Unterwelt gewöhnen würde.

Im Untergeschoss des St. James Hospital waren neben der Wäscherei auch die Reinigungstruppen stationiert. Hier arbeiteten Immigranten aus allen möglichen Ländern, die meisten nur für kurze Zeit. Täglich tauchten neue Gesichter auf. Deshalb wunderte sich an diesem Morgen niemand, als die junge Frau durch den Hintereingang eintrat. Einzig Gonüler schickte der Latina einen anerkennenden Pfiff hinterher. Ihre

Figur war top, ihre Bewegungen bestimmt und ihr Gesichtsausdruck selbstbewusst. Das forderte einen richtigen Mann heraus. Gonüler freute sich, bei Gelegenheit Bekanntschaft mit dem Mädchen zu machen.

Doktor Narcy Perez Corrales würdigte den türkischen Wäschereiangestellten keines Blickes. Sie versuchte sich an den Weg zu erinnern, denn sie hatte diese Tür erst ein Mal bei einer Evakuierungsübung benutzt. Das ihrem Büro am nächsten gelegene Nottreppenhaus führte in die Wäscherei hinunter. Neben diesem Treppenhaus gab es, wie sie sich erinnerte, auch einen Versorgungslift für die Reinigungskräfte.

Diesen Lift suchte Narcy. Sie war übermüdet. Zu mehr als drei Stunden Schlaf hatte es letzte Nacht nicht gereicht. Aber die Schufterei hatte sich gelohnt. Nach dem Drohanruf hatten sie sofort das Lokal verlassen und waren ins Fernsehstudio gefahren. Während Mat auf dem internationalen *News Exchange* recherchiert hatte, war Narcy die Eintragungen in *Promed* durchgegangen. Er fand heraus, dass auf dem internationalen Fernsehmarkt tatsächlich ein Bericht über eine seltsame Infektion in Tokio angeboten worden war. Sie selbst hatte im Internetforum, in dem weltweit Infektiologen Fachinformationen austauschen, Details über die Infektionen in Tokio und Mexiko in Erfahrung gebracht. Tatsächlich schien an beiden Orten dieselbe Infektion aufgetreten zu sein.

Narcy ging um einige Wäschewagen herum und hielt Ausschau nach dem Aufzug. Sie war froh, dass sie hier niemand kannte und sich auch kein Mensch wunderte, dass sie das Telefon neben dem Aufzug benutzte. Nach mehrmaligem Läuten meldete sich Anne Heimann. Sie freute sich, von Narcy zu hören, doch die Freude wich sofort aus ihrer Stimme, als sie begriff, dass Narcy im Krankenhaus war und sie sehen wollte.

«Bist du lebensmüde? Albright beißt dir den Kopf ab, wenn er dich sieht.»

«Er wird mich nicht sehen. Ich muss aber noch etwas Dringendes erledigen. Hilfst du mir dabei?»

Nachdem in der Chefetage niemand etwas von Narcys Einwänden hatte wissen wollen und Steve sie fallen gelassen hatte, schien Anne die einzige Person in der Klinik zu sein, der sie noch vertrauen konnte. Obschon sie lediglich gute Kolleginnen waren, hoffte Narcy auf weibliche Solidarität.

«Bei aller Sympathie für dein Engagement», sagte Anne. «Ich will nicht auch noch den Job loswerden. Wir können uns nach Feierabend treffen.»

Narcy musste unvermittelt zur Seite treten, um nicht von einem Wäschewagen, den Gonüler steuerte, getroffen zu werden. Der Türke grinste sie an. Narcy sagte laut ins Telefon: «Schatz, tu mir bitte den Gefallen.» Kaum war der Türke an ihr vorbei, redete sie in normaler Lautstärke weiter. «Heute Abend ist zu spät. Anne, es muss jetzt sein. Ich brauche nur den Kittel mit meinem Aufnäher, damit ich getarnt durch die Klinik komme. Ich erkläre dir alles später. Anne, bitte.»

Anne Heimann schluckte leer. «Den Kittel. Und wo soll ich den hinbringen?»

«Kennst du den Versorgungslift?»

«Nein.»

«Das ist der Aufzug gleich neben der Nottreppe ganz hinten auf unserem Korridor.»

«Den habe ich noch nie benutzt.»

«Ist ja auch egal. Geh einfach dort nach hinten und warte vor dem Aufzug.»

Anne holte Narcys Ärztemantel und ging langsam durch den Korridor. Sie wollte auf keinen Fall, dass sie jemand vor dem Versorgungslift stehen sah, denn dort warteten Ärzte nicht. Auf halbem Weg öffnete sich eine Tür, und Steve Sayer trat auf den Korridor. «Na, Anne, kleiner Spaziergang?»

Sie räusperte sich. «Ja, ich muss nachdenken, komme an einem Bericht nicht weiter.»
«So lange, dass du sogar Ersatzkleider mitnehmen musst?»
Bevor Anne antworten konnte, war Steve um die Ecke verschwunden.
Hinten am Versorgungslift leuchtete das Lämpchen auf. Anne musste sich sputen. Die Tür glitt auf. In der Kabine stand Narcy.
Anne trat ein, und der Aufzug fuhr wieder los.
«Danke», sagte Narcy. Sie schlüpfte in den Arztkittel. «Ich weiß, du würdest alles anders machen, aber lass es mich auf meine Art tun.»
Anne schaute Narcy mit einer Mischung aus Traurigkeit und Besorgnis an.
«Kevin ist gestorben.»
«Wie?»
«Wie die anderen. Das Fieber stieg trotz der Medikamente, dann kamen die Nervenstörungen, schließlich der Tod im Krampf.» Sie hielt einen kurzen Moment inne. «Ich war dabei.»
Narcy legte Anne die Hand auf die Schulter.
Der Lift stoppte, die Tür ging auf, und eine dicke Schwarze zwängte sich mit einem Putzwagen in die Kabine. Sie nickte grüßend, Anne war es offensichtlich peinlich, in diesem Fahrstuhl angetroffen zu werden, doch die Putzfrau würdigte die beiden Ärztinnen keines weiteren Blickes.
«Immerhin …» Anne fuhr sich mit dem Handrücken über die Augen. «Immerhin weiß das CCD jetzt, woher der Erreger kommt.»
Narcy zog die Augenbrauen zusammen. «Haben sie euch informiert?»
«Gestern Abend wurde eiligst eine Sitzung einberufen. Da wusste ich noch nichts von deinem Rauswurf. Albright hat in der Sitzung gesagt, du seist krank. Und ein Informationsleck

habe zu dem tendenziösen Fernsehbericht geführt. Das sei höchst unangenehm, da er sowieso vorgehabt hätte …»
«… zu informieren bla, bla, bla. Hat er auch noch Brauchbares abgesondert?»
«Es war mir klar, dass mit dir etwas passiert sein musste, sonst hättest du an der Sitzung teilgenommen. Der Chefvirologe vom CCD war da. Donovan McDuff. Er sagte, bei dem Erreger handle es sich um eine Art Zoonose.»
«Was sie schon beim Hongkong-Virus herausgefunden – oder behauptet – haben.»
«Angeblich hat das CCD die Situation unter Kontrolle. Donovan hat dann einen ausführlichen Vortrag über Zoonosen gehalten. HIV, Dengue, Ebola seien schon Routine. Aber es soll in den letzten Jahren offenbar immer mehr solcher Krankheiten gegeben haben, die vom Tier auf den Menschen überspringen. Das hier habe ich mitgeschrieben.» Anne zog einen Zettel aus dem Kittel und reichte ihn Narcy.
Diese überflog die Notiz, während Anne hastig erklärte, was sie da mit krakeliger Schrift notiert hatte. Oben auf dem Papier hatte sie eine Tabelle mit Symbolen für Tiere gezeichnet: Mäuse, Fledermäuse, Hühner, Schweine. Daneben standen Jahreszahlen, fremdartige Namen und Ortsbezeichnungen. Die Serie der neuen Zoonosen hatte 1993 begonnen, las Narcy. Im Süden der USA waren Dutzende von Menschen an einer Abart des bekannten Hanta-Virus gestorben. Es begann mit Fieber, Husten, dann erstickten die Leute. Das Virus kam von Hirschmäusen.
Das Hendra-Virus wurde 1994 in der Nähe von Brisbane entdeckt, als ein Pferdetrainer an Hirnhautentzündung starb. Dreizehn Rennpferde riss er mit in den Tod. Das Virus kam von Flughunden. Von dort war es zuerst auf das Pferd übergesprungen, dann auf das Schwein, und schließlich auf den Menschen.

1997 fand man wieder in Flughunden ein neuartiges Lyssa-Virus. Zwei Menschen wurden von infizierten Tieren gekratzt. Die Menschen bekamen eine Art Tollwut und starben.
Der Aufzug war im obersten Stockwerk angelangt. Nachdem hier die Putzfrau mit einem tiefen Seufzer ihren Wagen auf den Korridor hinausgeschoben hatte, drückte Narcy einen Knopf. Die Kabine fuhr wieder abwärts.
«Da.» Anne deutete mit dem Finger auf das Papier. «Hier wird es für unsere Fälle interessant.» Narcy las. 1997 starben in Hongkong sechs Menschen an einer Influenza, die von dem Virus H5N1 ausgelöst wurde. Zwei Jahre später trat H9N2 auf, das ebenfalls eine Art Grippe auslöste. «Beide Male stammte der Erreger von Geflügel.»
«Also doch!» Narcy klang enttäuscht.
«Warte noch, lies noch das hier.»
1999 starben in Malaysia über hundert Menschen an Nipah, einer neuen Art von Hirnhautentzündung. Das erste Opfer war ein Schweinebauer. Er hatte zuerst Fieber, dann trat Übelkeit mit Bewusstseinsstörungen hinzu. Nach sieben Tagen war er tot.
Narcy musste unwillkürlich an Laura denken: die Zuckungen, die Krämpfe bis in den Tod.
«Der Erreger war ein Schweinevirus, das von Mücken auf den Menschen übertragen worden war. Und in unserer Probe hat das CCD nun einen absolut neuen Erreger gefunden. Eine Mischung aus einer Hühnergrippe *und* einem Schweinevirus.»
Narcy stemmte die Hände in die Hüfte und dachte nach. «Ziemlich abenteuerliche Kombination. Was hältst du davon?»
«McDuff wirkt sehr kompetent.»
«Ich meine, glaubst du, dass ein Schweinevirus und ein Hühnervirus sich einfach vereinigen und dabei eine für den Menschen tödliche Krankheit entsteht?»

«Ob das möglich ist ...» Anne zog die Mundwinkel nach unten. «Ich bin Kinderärztin.»
Beide schwiegen einen Moment.
«Übrigens», sagte Anne, während sie auf die Leuchtziffern über der Lifttür blickte, «wir haben einen neuen Chef auf der Kinderabteilung.»
«Was ist mit McAvoy?»
«Der ist angeblich schwer erkrankt und wird bis auf weiteres nicht wieder arbeiten.»
«Wer ist der Neue?»
Der Aufzug hielt an. Die Tür glitt auf.
«Steve Sayer.» Anne trat auf den Flur hinaus und drehte sich noch einmal um. «Narcy, pass auf dich auf.»
Die Lifttür schloss sich
Steves Rechnung ist also aufgegangen. Ob er selbst damit gerechnet hat, dass es mit seiner Karriere so schnell vorwärts geht? Narcy dachte an den feisten Albright, wie er ihr selbstgefällig gegenübergesessen hatte. Er schien nach Belieben Leute, die ihm genehm waren, um sich zu scharen. Wer nicht spurte, flog raus.
Narcy musste sich jetzt jedenfalls auf das Vorhaben konzentrieren, dessentwegen sie in die Klinik gekommen war. Sie wusste, es war illegal. Vielleicht war es auch unnötig, nach dem, was sie eben von der Virusanalyse des CCD erfahren hatte; aber dieser Gedanke hatte in diesem Moment keinen Raum in Narcys Kopf. Sie – sie selbst wollte herausfinden, woran Laura und die anderen Kinder gestorben waren. Wenn sie beweisen wollte, dass sie Recht gehabt hatte, und wenn sie jemals ihre Ehre als Infektiologin wiederherstellen wollte, dann musste sie jetzt weitermachen. Das Problem war nur, dass sie dafür ins Laborgebäude hinübermusste. Dieses aber lag von hier aus am genau entgegengesetzten Ende des Haupttraktes. Sie musste also das gesamte Gebäude durch-

queren. Durch die Verwaltungsabteilung, da war es am unwahrscheinlichsten, erkannt zu werden.
Narcy fuhr erneut in den vierten Stock hoch, verließ den Lift und hastete dort den Korridor entlang. Niemand begegnete ihr. Nur aus einer Tür, die nicht ganz geschlossen war, hörte sie eine aufgeregte Stimme. Narcy verlangsamte den Schritt.
Ein Mann sprach in hämmerndem Stakkato.
«Nein, vom St.-Mary's-Altersheim wusste ich nichts.»
Narcy blieb an der Tür stehen.
«Unglaublich, was sie uns da weismachen wollen», erwiderte ein anderer Mann. Dem Akzent nach war er kein Brite. «Unglaublich, Mister McDuff.»
«Ich kann nur wissen, was man uns meldet. Und überhaupt gibt es noch keinerlei Hinweise darauf, dass es derselbe Erreger ist», wehrte sich der Mann, offenbar der besagte McDuff, von dem Anne eben erzählt hatte.
«Aber die Öffentlichkeit glaubt das jetzt. Und das zwingt uns zu reagieren. Reagieren ist aber kein gutes Informationsmanagement. Wir müssen *agieren*. Britische Zurückhaltung ist hierbei nicht angebracht.»
«Meinen Sie vielleicht, Schweizer Neutralität helfe hier weiter?», fauchte McDuff.
Die Stimme, die sich jetzt einmischte, erkannte Narcy sofort: Albright. «Nun machen Sie doch nicht eine Nationalitätenfrage daraus. Vielmehr müssen wir uns doch jetzt fragen …»
Vom Ende des Flurs war das Zischen der Lifttür zu hören. Sofort setzte sich Narcy wieder in Bewegung. Eine junge Frau stieg mit einem Stapel Papier im Arm aus dem Aufzug. Eine Sekretärin. Sie lächelte Narcy zu, als sie aneinander vorbeigingen. Dann verschwand die Frau in einem der Büros. Narcy machte auf dem Absatz kehrt und ging sofort zur Tür zurück, hinter der die Männer diskutierten. Der Ausländer hatte wieder das Wort.

«… überlassen Sie das uns. Bei uns arbeiten Kommunikationsprofis und keine Beamten. Was wir jetzt brauchen, ist ein Spot auf den richtigen Punkt. Und ich meine nicht das Licht einer Taschenlampe. Wir brauchen einen starken Spot. Ich versichere Ihnen, wenn sich im grellen Scheinwerferlicht der Medien genug Attraktives abspielt, guckt niemand, ob es im Dunkeln drum herum auch noch was zu entdecken gibt.»

Narcys Herzschlag hämmerte in ihren Schläfen. Sie blickte sich hastig um, damit nicht unversehens jemand auf dem Schall schluckenden Teppich den Korridor entlangkam.
Aber da kam niemand.
«Das gefällt mir gar nicht», hörte sie Albright knurren.
Der Ausländer ließ sich nicht beirren. Seine Stimme entfernte sich und kam dann wieder näher. Offenbar ging er im Raum auf und ab, während er sprach. «Keine Bange, Mister Albright. Sehen Sie das Ganze mal so: Es gibt keine andere Möglichkeit. Der Gesundheitsminister würde es bestimmt nicht begrüßen, wenn meine Firma das Werk in Manchester schließen müsste, weil uns die Insel kein günstiges Geschäftsklima mehr bietet. Auch der Wirtschaftsminister hätte kaum Freude, wenn wir ihm dreitausend Arbeitslose mehr bescheren würden. Und die Aktiengewinne, die Sie beide aus unserem Wohlergehen ziehen, sind ja auch nicht zu verachten. Allein der Imageschaden für Ihre Klinik hingegen, Mr. Albright, wäre beträchtlich. Ich glaube kaum, dass das St. James Hospital danach im privatisierten Gesundheitswesen eine Überlebenschance hätte. Was Sie persönlich betrifft: Selbstverständlich werden wir Ihnen beiden großzügige Zuschüsse zukommen lassen, wenn wir diese Geschichte überstanden haben. Das sind doch Argumente – oder wie sehen Sie das?»
«Wir lassen uns nicht erpressen», protestierte McDuff, doch er klang schon ziemlich antriebsschwach.

«Aber Mister McDuff!», beruhigte ihn der Ausländer. «Wer redet denn hier von Erpressung. Wir wollen Ihnen ja nur helfen. Ich erinnere Sie noch einmal an Vicky und Cordelia. Sind das nicht Gründe genug, mit uns zu kooperieren?»
Wer war das denn? Narcy konnte mit den beiden Mädchennamen nichts anfangen.
«Was sind denn schon ein paar tote Tiere?», fuhr der Ausländer fort. «Diesbezüglich bin ich sicher, dass wir uns mit dem Landwirtschaftsministerium zu einer …»
Die Tür wurde von innen ins Schloss gedrückt.
Narcy fuhr zusammen. Sie blieb einen Moment erstarrt stehen und versuchte einzuordnen, was sie eben gehört hatte. Wer war der Mann, der da drin Albright und McDuff unter Druck setzte? Und worauf wollte er *das Scheinwerferlicht* richten?
Doch sie hatte keine Zeit zum Grübeln. *Ich muss weiter.*
Sie durchquerte die Administrationsabteilung, um dann über das Treppenhaus in die Kinderabteilung zwei Stockwerke tiefer zu gelangen. Dort benutzte sie nicht den viel frequentierten Korridor, sondern nahm gleich den Weg durch den Verbindungsgang zum Laborblock. Das Laborgebäude war vom Haupttrakt abgetrennt. Ursprünglich hatte es als Unterkunft für das Personal gedient, später waren die Schwesternzimmer zu Laboratorien umgebaut worden, und durch eine Passarelle hatte man auf Höhe des zweiten Stockwerks eine Verbindung zur Klinik hergestellt.
Narcy hastete durch den engen Gang, links und rechts reichten Fenster bis zum Boden. Gut zehn Meter unter sich sah sie Autos, die vom Parkplatz auf die Straße hinausfuhren. Ein seltsames Gefühl befiel sie. Sie beschleunigte den Schritt. Als sie das Laborgebäude erreichte, bog sie nach rechts ab. Sie hatte das Gefühl, verfolgt zu werden. Sie blieb stehen und spähte zurück.

Niemand.
Auch im Labortrakt herrschte über Mittag wenig Betrieb. Trotzdem bedeutete der Aufzug ein zu großes Risiko. Narcy entschied sich deshalb für das Nottreppenhaus. Sie wuchtete die schwere Brandschutztür auf, und noch bevor diese hinter ihr ins Schloss gefallen war, hetzte Narcy zwei Stufen auf einmal nehmend die Treppe hinunter. Im Halbdunkel der Notbeleuchtung musste sie höllisch aufpassen, keinen Fehltritt zu tun. Erstes Untergeschoss. Mit pochendem Herzen sprang Narcy weiter die düstere Treppe hinunter, von den engen Spitzkehren war ihr schon ganz schwindelig. Sie erreichte das U2, öffnete die Feuertür und sah in einen dunklen Korridor.
Kein Laut war zu vernehmen. Es war etwas anderes, ob man zu einem Routinegang in einen dunklen Korridor trat oder zu einer illegalen Handlung.
Sie zögerte.
Was war schon dabei?
Entschlossen trat sie in den langen Gang, die Hände wie abwehrend über den Kopf erhoben. Flackernd sprang das Licht an, als sie ins Kontaktfeld der Bewegungssensoren trat. Rasch ging sie an glänzenden Chromstahltüren vorbei. Bei der dritten stoppte sie, legte beide Hände um den großen Hebel und wuchtete ihn nach unten. Dann ergriff sie die Klinke, drückte den blauen Knopf auf der Innenseite und zog mit aller Kraft die Tür auf. Eiskalter Nebel waberte ihr entgegen. Das tat gut auf dem erhitzten Gesicht. In diesem Tiefkühlraum lagerten bei minus zwanzig Grad Celsius die biologischen Proben. Narcy kannte das Warnschild am Eingang:
LEBENSGEFAHR
ZUTRITT NUR IN SCHUTZKLEIDUNG.
Ein Mensch ohne Schutzkleidung würde in dieser Kälte innerhalb kurzer Zeit ernsthafte gesundheitliche Schäden erlei-

den, überleben konnte man dort drin allenfalls ein paar Stunden. Trotzdem ließ Narcy die roten Daunenjacken am Haken vor der Tür hängen. Sie hatte nicht vor, lange im Tiefkühler zu bleiben, sie wusste ja, wo sie suchen musste. Als sie in dem lang gestreckten Kühlraum die Schubfächer entlangeilte, ging ihr Atem rasch. Die kalte Luft schmerzte in der Nase, zog sich beißend bis in die Bronchien hinunter. Sie öffnete Fach Nummer 36A und zog eine blaue Schublade heraus. Feine Eiskristalle rieselten zu Boden. Narcy warf einen kurzen Blick zur Tür, die sie offen hatte stehen lassen. Auch auf der Innenseite der Tür gab es den riesigen Verschlusshebel und die Sicherheitstürfalle; aber nur von außen konnte man den Raum mit einem Schlüssel abschließen. Es nahm sich jedoch nie jemand die Mühe, das zu tun. Die Schlüssel hingen von jeher unbenutzt außen an jeder Tür.

Narcys Hände zitterten vor Kälte und Nervosität, als sie die Schublade durchwühlte. Sie fand rasch die richtige Probe. Lauras Blut, tiefgefroren. Das Glasröhrchen, das sie herauszog, war mit Eis beschlagen. Narcy wischte es ab und betrachtete die rote Substanz. Nur ein dünnes Glas trennte sie von dem Erreger, der den Tod bedeutete. Bald würde sie wissen, was es war.

Sie nahm einen kleinen Styroporblock und steckte das Röhrchen in eines der dafür vorgesehenen Ausbohrungen. Tiefgekühlt konnte Blut jahrelang aufbewahrt werden. Wenn die Probe aber aufgetaut wurde, war sie in kürzester Zeit unbrauchbar. In diesem Styroporblock würde das Material einige Stunden frisch bleiben. Vom Wühlen in der Tiefkühlschublade waren ihre Finger klamm geworden. Sie drückte den Deckel auf die Isobox und schob sie dann in die Tasche ihres Arztkittels. Narcy eilte zum Ausgang des Tiefkühlraums zurück. Draußen stemmte sie sich mit dem ganzen Körper gegen die Panzertür. Das Schloss schnappte ein. Erst jetzt

fühlte Narcy ihren rasenden Puls. Sie lehnte mit dem Rücken an der Chromstahltür und schloss die Augen.
Zum Glück hatte sie bei der Untersuchung darauf bestanden, dass McAvoy nicht wie üblich nur zwei Proben nahm.
Für alle Fälle.
Narcy tat einige tiefe Atemzüge, bevor sie mit ihrer Beute den Gang und dann das Nottreppenhaus hinaufhetzte. Keuchend öffnete sie die schwere Feuertür und trat auf den Korridor im ersten Stock.
«Ja, wen haben wir denn da?»
Sie zuckte zusammen. Als Narcy herumfuhr, sah sie eine breitschultrige Gestalt auf sich zukommen.
«Hallo, Narcy», rief Steve, während er betont lässig auf sie zuschlenderte. Sein Arztkittel stand leger offen, auf seinem Gesicht lag das übliche Surfergrinsen. Nur die Stimme klang angespannter als sonst. «Es freut mich, dich zu sehen.»
Das kann er unmöglich meinen.
Steve hatte sie erreicht. Er öffnete mit einer Hand die Brandschutztür und drängte Narcy hinaus. Die Eisentür fiel hinter ihnen mit einem dumpfen Knall ins Schloss, dröhnend füllte das Echo das Treppenhaus.
Steve grinste noch immer. Jetzt, wo er im schummrigen Licht dicht vor ihr stand, erkannte Narcy in seinen Augen tatsächlich Freude.
Dreckige Vorfreude.
Wie damals in der Unterführung.
Narcys Herz schlug so hart gegen ihre Rippen, dass sie nicht in der Lage war, etwas zu sagen. Sie wusste genau, dass es in solchen Momenten das Beste war, mit dem Mann zu sprechen. Wie nur sollte sie das tun, wo ihr doch die Angst die Kehle zusammenschnürte? Nur diese Angst nicht zeigen; das war genau, was er wollte.
Rede mit ihm!

Steve lachte hämisch.

Aber sag nichts Negatives, nichts, was ihn provoziert.

Narcy würgte die Panik hinunter. «Ich habe gehört, du bist aufgestiegen.»

«Ich nutze meine Chancen, wenn sie sich bieten.» Er musterte Narcy betont langsam von unten nach oben. «Ich dachte, du hättest Urlaub», fügte er schleppend an.

«Stimmt. Ist nicht alltäglich, dass man sogar im Urlaub noch in die Klinik kommt, wie?» Sie zwang sich zu lächeln.

Red mit ihm, lenk ihn ab.

«Und dann gleich noch ins Probelager. Musstest wohl noch was erledigen?» Er strich sich lässig eine Strähne aus der Stirn.

«Ähm … ja.» Sie presste die Hand auf ihre Kitteltasche, damit er den darin verborgenen Styroporblock nicht sah. «Mir ist eingefallen, dass …»

Blitzschnell legte er ihr einen Finger auf den Mund. «Musst gar nichts sagen. Ich werde auch nichts sagen. Niemandem. Würde dir das helfen?» Sein Finger drückte hart gegen ihre Lippen. «Ich bin sicher, dass dir das helfen wird. Aber wenn ich niemandem erzählen soll, dass ich dich hier getroffen habe, hätte ich gerne was dafür.» Er packte ihre Lippen zwischen Daumen und Zeigefinger und quetschte sie zusammen. Narcy wollte schreien, doch ihre Lippen waren versiegelt. Sie erwartete, im nächsten Moment ihr eigenes Blut im Mund zu schmecken.

«Nur ruhig, ganz ruhig», sagte Steve. «Nicht doch. Schreien nützt nichts. Hier hört dich niemand. Wir sind ganz allein. Nur du und ich.»

Sie versuchte sich wegzuducken, doch er packte sie hart am Oberarm.

«Nicht doch, nicht doch. Es reicht doch, wenn der Herr Direktor böse ist mit dir. Du willst bestimmt nicht, dass auch Steve böse werden muss?»

Narcy spannte die Muskeln am Oberarm, damit er seinen Klammergriff etwas lockerte. Prompt ließ er sie los, aber wie ein Blitz peitschte seine Hand in ihr Gesicht.

Narcy wusste, was kommen würde. Sie presste mit aller Kraft ihren Rücken gegen die kalte Stahltür, als würde sie sich dadurch öffnen lassen. Dann wollten ihr plötzlich die Beine wegknicken. Sie kämpfte dagegen an, die Besinnung zu verlieren; gleichzeitig wünschte sich Narcy nichts sehnlicher, um das alles nicht noch einmal erleben zu müssen.

Nicht noch einmal.

Urplötzlich bedeckte Steve ihren Mund mit nassen, gierigen Küssen. Seine Hand an ihrer Kehle machte Narcy jegliches Ausweichen unmöglich. Sie starrte in seine Augen. Dann sanken sich ihre Lider. Sie wollte nicht länger in diesen Ozean aus Eiswasser schauen müssen.

Seine widerliche Zunge drang in ihren Mund ein, fuhr hin und her, und wühlte all den alten Hass in Narcy wieder auf.

Beiß zu!

Sie konnte nicht.

Im nächsten Moment trat er schmatzend einen Schritt zurück und begaffte sie. Gierig.

Schlag ihn ins Gesicht, tritt ihm in die Eier!

Ihre Hände suchten Halt am Türgriff hinter ihr. Sie wusste, was kommen würde.

Großer Gott, hilf mir!

Mit einer schnellen Bewegung riss er ihren Arztkittel und die Bluse darunter auf. Seine Hände griffen kalt nach ihren Brüsten, drückten und quetschten, bis Narcy nicht anders konnte, als zu schreien. Doch das hätte sie besser nicht getan. Die Ohrfeige traf sie mit voller Wucht. Das Blut, das sich jetzt im Mund ausbreitete, schmeckte so bitter wie ihre Panik.

Beep, beep, beep.

Sofort ließ Steve von ihr ab.

Er zog den Beeper aus dem Kittel und blickte auf das Display. «Da schau an, der Herr Direktor.»
Narcy traute sich kaum zu atmen.
«Mir soll es recht sein.» Er wischte sich den Mund ab und fuhr sich durch die Haare. «Vorfreude ist die schönste Freude. Und jetzt rück die Probe raus.»
Narcy war unfähig, sich dem Befehl zu widersetzen. Ihre Hand fuhr in die Kitteltasche, die Finger tasteten nach dem Styroporblock. Dann streckte sie Steve mit zittriger Hand ein kurzes Glasröhrchen mit gefrorenem Blut entgegen.
Er nahm das Röhrchen, schob Narcy zur Seite und öffnete die Brandschutztür. Dann drehte er sich noch einmal um. «Ach ja, was ich noch sagen wollte: Diese kranken Kleinchen interessieren dich nicht mehr. Wir verstehen uns.»
Steve trat auf den Korridor hinaus und schlug die Tür hinter sich zu. Wieder dröhnte das ganze Treppenhaus. Noch viel länger dröhnte es in Narcys leerem Hirn. Das Zittern, das ihre Unterlippe erfasst hatte, breitete sich wie eine seismische Welle in ihrem ganzen Körper aus, fuhr in die Arme und hinunter in die Beine, die jetzt erst versagten. Narcy rutschte mit dem Rücken langsam die Betonwand entlang nach unten. Weil sich im Treppenhaus nichts mehr bewegte, ging das Licht aus. Sie blieb am ganzen Körper bebend im Dunkeln sitzen. Tränen stiegen in ihre Augen. Tränen von Wut und Hass.
Die Kinder interessieren mich, bis ich alles weiß!

London, Howard Road

«Wie riecht's denn hier?», fragte David Evans, als er schnuppernd Mike Brooms Wohnung betrat.
«Habe gerade eine Viertelstunde lang Eukalyptusdampf inhaliert», antwortete Mike mit heiserer Stimme. «Hat wahnsinnig gut getan.» Ein Lächeln quälte sich auf sein Gesicht.

«So wie du klingst, hat's aber nur der Seele gut getan. Deine Stimme ist rau wie Schmirgelpapier.» Er schloss die Tür hinter sich. «Wie geht's dir?»
«Ehrlich gesagt: saumies. Deswegen hab ich dich auch angerufen.» Mike zog ein Taschentuch hervor und schnäuzte sich. Er, der sonst immer stilsicher sportlich gekleidet war, sah in seinem Morgenmantel jämmerlich aus, auch wenn darunter ein edler Seidenpyjama hervorlugte.
David folgte seinem Freund ins Wohnzimmer, und beide ließen sich vor dem Kaminfeuer auf dem Boden nieder. David setzte sich mit dem Rücken an das Sofa gelehnt neben Mike.
«Ich hab Tee aufgesetzt. Gießt du bitte ein?», bat Mike.
David nahm den gusseisernen Teekrug vom Stövchen und goss zwei Tassen voll ein. Schweigend saßen sie nebeneinander und schauten ins Feuer. Schließlich sagte Mike: «Danke, dass du gekommen bist.»
«Ich bin dir sehr dankbar, dass du zu der Beerdigung gekommen bist. Es hat mir gut getan.» David hielt einen Moment inne. «Hat dich das erschreckt, als ich von mir und Samuel erzählt habe?»
Mike blies in den dampfenden Tee. «Nein, ich bin froh, dass du es mir gesagt hast.»
«Hmm.»
Mike nahm einen Schluck, überlegte lange und sagte dann: «Manchmal habe ich diesen seltsamen Wunsch.»
«Einen seltsamen Wunsch?»
«Wir kennen uns ja noch nicht lange. Ich meine, *gut* kennen wir uns noch nicht lange. Aber ich möchte gerne so viel von dir wissen, als würden wir uns schon lange kennen.»
David musste über diesen Satz nachdenken. Auch er hatte das Bedürfnis, mehr über Mike zu erfahren, aber nur, weil er ihn besser verstehen wollte. *Noch* besser. Damit sie einander vertrauter würden. *Noch* vertrauter. Sofort fragte sich David,

warum er denn noch mehr Vertrautheit mit Mike suchte. Er empfand doch in den letzten Tagen schon eine Nähe, wie er sie zuvor noch mit niemandem erlebt hatte. Was also würde dieses Sich-noch-besser-kennen-Lernen noch bringen?
Plötzlich schrie Mike laut auf. Mit schmerzverzerrtem Gesicht ließ er die Tasse fallen. Der Tee spritzte nach allen Seiten. Reflexartig versuchte David auszuweichen, um nicht getroffen zu werden. Mike heulte: «Zum Teufel!»
David sprang auf und eilte in die Küche, um einen Lappen zu holen. Damit tupfte er, so gut es ging, den Tee von Mikes durchnässter Hose und vom Teppich auf. «Was war das?», fragte er, während er mit dem Lappen hantierte.
Mike gab keine Antwort. Er erhob sich mit verstörtem Blick und ging ins Schlafzimmer. Erst als er in trockenen Kleidern zurückkehrte, sagte er: «Weiß auch nicht. Keine Ahnung. Ich habe die Tasse schon eine Weile in den Händen gehalten. Natürlich habe ich gemerkt, dass der Tee heiß war, aber nicht unerträglich heiß. Plötzlich aber fuhr mir ein Schmerz durch die Finger, als hätte ich in Feuer gegriffen.»
«Und wie fühlt es sich jetzt an?»
Mike rieb die Hände aneinander. «Völlig normal.»
David überlegte. «Aber vorhin waren deine Hände überempfindlich?»
«Überempfindlich, ja, so könnte man es sagen.»
David wehrte sich gegen den Gedanken, der sich jetzt aufdrängte. Aber dieser begann unaufhaltsam in sein Bewusstsein einzudringen und ließ sich nicht mehr aussperren. Aber in seinem Innersten wusste David es besser.
Er räusperte sich und gab sich Mühe, seine Stimme normal klingen zu lassen. «Und die Brille gestern, hast du die getragen, weil deine Augen überempfindlich waren?»
Mike sah ihn erschrocken an. «Du meinst, das könnte etwas miteinander zu tun haben?» Seine Stimme glitt kratzend weg

und endete in einem beinahe lautlosen Flüstern. «Meinst du, dass das …» Die weit aufgerissenen Augen sagten alles.
David musste den Blick abwenden. Seine Gedanken rasten. Was wusste Mike über die Krankheit? Wie viel sollte er ihm sagen? Er rang nach Worten. «Ich weiß nicht, Mike.» Es klang hilflos. «Ich habe nur gedacht …» Seine Stimme vibrierte.
«Du hast an die Kinder gedacht, die sie im Fernsehen gezeigt haben, und an deine Mutter. Bei allen hat es mit einer Grippe angefangen …», Mike schwieg eine kurze Ewigkeit lang, «… und dann auf die Nerven übergegriffen.»
David fasste Mikes Hand. «Ich will nicht, dass du es auch hast.»
Mike schob trotzig die Unterlippe vor. «Hat das etwas mit *wollen* zu tun?»
«Tu doch nicht so abgeklärt. Du musst sofort zum Arzt.»
Mike gab keine Antwort. Stattdessen erhob er sich ächzend, nahm ein Scheit vom Stapel neben dem Kamin und legte das Holz ins Feuer. Danach blieb er mit gesenktem Kopf neben der Feuerstelle stehen und schaute zu, wie die Flammen nach dem Scheit leckten. «Nein.»
David starrte ihn ungläubig an. «Was heißt nein?»
Mike sah nicht zu David hin, als er mit fester Stimme antwortete. «Nein heißt, dass ich zu keinem Arzt gehen werde.»
David blieb vor Schreck wie festgenagelt auf dem Boden sitzen. «Sag mal, spinnst du? Du willst doch gesund werden!»
«David, du musst auch *das* über mich wissen.» Mike löste den Blick von den Flammen. «Ich weiß, dass ich nicht mehr gesund werde. Weißt du, ich habe auch meine Geschichte.» In seinen Augen lag trotzige Entschlossenheit. «Ich bin HIV-positiv.»
«HIV-positiv!» In Davids Kopf begannen sich Mikes Worte schnell und immer schneller zu drehen, bis sie als ein wüstes

Geschmier alle seine Gedanken zuzudecken drohten. David wollte den Schwindel bremsen. Er würgte hervor: «HIV-positiv. Das, das macht mir nichts aus. Ich, ich …» Seine Stimme versagte, und das Drehen in seinem Kopf hörte nicht auf. «Ich …», hörte er seine eigene Stimme wieder sagen. Irgendetwas musste es geben, um diesen Wirbel zu bremsen. David spürte, dass ein Wort, nur *ein* Wort, die Erlösung bringen konnte. Er holte tief Luft und sagte: «Ich liebe dich.»
Sofort stand der Wirbel still, stand die ganze Welt still.
Er hatte seine eigene Stimme gehört, als sei er es nicht selbst gewesen, der gesprochen hatte. Und doch hatte er es gesagt. Hatte etwas gesagt, das er noch nie zu einem Mann gesagt hatte. Das er überhaupt kaum je in seinem Leben zu irgendwem gesagt hatte. Und nun sah David in Mikes Gesicht auf, der noch immer am Kamin stand und den Blick erwiderte.
Mike schien durch die Worte nicht so erschüttert zu sein wie David. Er lächelte und strich sich eine Haarsträhne aus dem Gesicht. Dann löste er sich langsam vom Kamin.
«Dummkopf», sagte er. «Ich glaube dir das sogar.» Er setzte sich wieder auf den Teppich und lehnte sich neben David ans Sofa. «Ich trage das Virus, das meine Immunabwehr kaputtmacht, schon in mir. Deswegen hatte ich auch diese Gelbsucht. Nur mit allen möglichen Chemiecocktails haben sie mich wieder auf die Beine gekriegt. Jetzt habe ich vielleicht diese neue Seuche. Aber ich werde den Chemikern nicht mehr als Versuchskaninchen herhalten. Was meinst du, wie das abläuft, wenn du dich denen auslieferst?» Mike redete plötzlich eindringlich und schnell, sein Gesicht war ganz hart. «Die schauen dir in den Mund, in die Augen, in die Ohren, in den Arsch. Sie durchleuchten dich, sie durchsonden dich, sie durchbohren dich. Dann pumpen sie dich mit Gift voll und saugen dir das Blut raus. Sie töten dich. Ohne mich.»
Eine Träne löste sich aus seinem Augenwinkel.

David fasste Mike um die Schultern und streichelte sein Haar. Er wollte etwas sagen, das Mike helfen, etwas, das ihn trösten sollte. Es fiel ihm nichts ein.
Mike ließ seinen Kopf an Davids Schulter sinken. «Verstehst du? Ich werde abtreten, wann und wie ich es für richtig befinde.»
«Hör auf!», flehte David. «Bitte!»
«Da gibt es leider kein Aufhören. Ich habe in den letzten Jahren zu viele Freunde verloren, ich weiß das.» Mike brach ab, hob den Kopf und fragte dann mit plötzlich wieder sachlicher Stimme: «Wie lange haben die anderen überlebt?»
David wagte nicht, ihn anzuschauen. Es war ihm, als würde er gezwungen, seinem Freund das Todesurteil zu verkünden. «Vielleicht eine Woche.»
«Gut. Dann haben wir noch eine Woche, um uns kennen zu lernen. Schenk mir diese Woche.»
Das helle Entsetzen packte David, doch er spürte, dass es keine andere Möglichkeit gab. Langsam drehte er den Kopf und flüsterte kaum hörbar: «Du bist wahnsinnig – absolut wahnsinnig. Ich schenk dir die Woche. Ich schenk dir alles.»

Glennworth

Hinter Glennworth, einem kleinen Nest im Süden Londons, hatte Mat den *Motorway* verlassen und steuerte den Volkswagen jetzt durch eine Allee von Kopfweiden. Von der Talsenke herauf leuchteten lang gestreckte Ziegelbauten rot aus der saftig grünen Landschaft. Vor den Gebäuden liefen Menschen durcheinander. Offenbar herrschte große Aufregung.
Die Einladung an die Presse war gegen Mittag via SMS gekommen. Sogleich hatte Mat Narcy angerufen und sie gebeten mitzufahren. Doch sie wollte zuerst nicht. Was ihn wunderte, denn nach dem Essen bei *Don Lazaro* schien sie ge-

willt, die Recherchen zu unterstützen. Schließlich hatte sie sich doch überzeugen lassen, dass ihre medizinischen Kenntnisse bei dem bevorstehenden Dreh nur von Vorteil sein konnten. Aber auf der ganzen Fahrt war sie sehr reserviert gewesen. Als Mat sie gefragt hatte, was los sei, hatte sie «nichts» geantwortet. Auch über ihre Mission im Probenlager hatte sie kaum ein Wort verloren. Nur dass sie ein Erfolg gewesen sei. Offenbar war sie vor ihrem ersten Einsatz bei Dreharbeiten nervös.

Gut hundert Meter von den niedrigen Gebäuden entfernt hielt Mat vor einem gelben Plastikband, das quer über den Weg gespannt war. Darauf stand:

BIOHAZARD

Der *Veterinary Service* hatte den Hof weiträumig abgesperrt und mit der Aktion offenbar schon begonnen. Mat beobachtete, wie ein großer Mann den Kiesweg empor auf sie zuschritt. Auf seinem weißen Overall prangte das *Biohazard*-Logo. Aus den Ställen war lautes Quieken zu hören. Dazwischen immer wieder dumpfe Knalle. Mat wusste, was das bedeutete.

«Was jetzt da drinnen mit den Schweinen passiert», sagte er zu Narcy gewandt, «geschah in den neunzehnneunziger Jahren mit über drei Millionen Rindern. Die Kühe haben damals geduldig gewartet, bis sie dran waren, aber die Schweine da unten ahnen, was auf sie zukommt.» Er hob die rechte Hand an die Schläfe. «Peng. Tod durch den Bolzen in Sekundenbruchteilen.»

«Du meinst, *das* lassen die uns filmen?»

«Ganz bestimmt. Darum haben sie uns eingeladen. Damit können sie der Öffentlichkeit beweisen, dass sie wirklich etwas gegen die Seuche tun.»

Der Mann im weißen Overall war dicht an den Wagen herangetreten.

«Guten Tag. Darf ich Ihren Ausweis sehen?»
Mat zückte den Presseausweis. «Matthew Gallagher, *Channel Four* News.»
«*Thanks,* Sir. Fahren Sie dort rechts hinter das Wohnhaus, da können Sie parken, Ihre Kollegen sind schon da. Zwei Dinge wollen Sie bitte beachten: Gehen Sie nur dorthin, wo es unsere Leute erlauben. Und vor allem kein Tier berühren.» Er tippte in militärischer Manier an die Schläfe und öffnete das Absperrband.
«Läuft ja flott», kommentierte Narcy.
«Etwas sehr flott», murmelte Gallagher, als er den Kiesweg zu den Gebäuden hinunterrollte. *Weshalb hat der Wachposten von Kollegen gesprochen?* Mat hatte sich doch nur mit dem Kameramann verabredet. Hinter dem Wohnhaus kurvte er um einen Schaufelbagger herum. Es wimmelte von Leuten in weißen Overalls, einige trugen gelbe Kanister auf dem Rücken. Und da sah er auch ein halbes Dutzend Reportagewagen. Alle waren da: BBC, CNN, n-tv, sämtliche lokale Stationen aus ganz Großbritannien. Mehrere Crews waren bereits am Drehen.
«Das geht ja zu wie auf einem Volksfest.»
Kaum hatte er den Motor abgestellt und war ausgestiegen, kam eine große, dunkelhaarige Frau an den Wagen. «Willkommen, Mister Gallagher, ich bin Holly Eubanks», stellte sie sich vor. Ihr Lächeln war professionell, aber das maßgeschneiderte, dunkelblaue Deux-Pièces wollte nicht so recht in diese Szenerie passen. «Ich bin die Pressebeauftragte des Gesundheitsministeriums.» Sie reichte Mat ein Klarsichtmäppchen. «Hier finden Sie alle relevanten Fakten zum aktuellen Problem. Inklusive Vergleiche mit dem Rinderwahn.»
Sehr seltsam, dachte Mat und fragte: «Warum werden die Tiere auf diesem Hof eliminiert?» Er vermied absichtlich das Wort *töten,* er wollte nicht provozieren.

Noch nicht.

«Wir schreiten ein, sobald auf einem Hof Anzeichen einer Schweinegrippe auftreten», antwortete Holly Eubanks. «Sie werden gleich sehen, dass wir heute dieselben Maßnahmen ergriffen haben, mit denen es dem *Veterinary Service* damals gelungen ist, BSE einzudämmen.»

«Hm», machte Mat. Er hatte seinerzeit mehrere Berichte zum Rinderwahn produziert. Immerhin waren um die 180 000 britische Rinder erkrankt, die Europäische Union hatte die Insel mit einem Exportverbot für Rinderprodukte belegt, wodurch in Großbritannien etwa 44 000 Jobs verloren gegangen waren. Angesichts dieser Fakten von *Krankheit eindämmen* zu sprechen schien ihm ziemlich gewagt. Doch Holly Eubanks sprach unbeirrt weiter. «Sehen Sie, es ist wichtig, dass wir bei der aktuellen Schweinekrankheit so früh wie möglich intervenieren.» Sie sah sich hastig um. «Jetzt machen Sie sich bitte mal ein Bild von dem Ganzen, und wenn Sie gerne jemanden für ein Interview hätten, melden Sie sich bei mir.»

«Ich weiß jetzt schon, wen ich interviewen möchte», sagte Mat.

«Bitte», fragte Holly Eubanks zurück.

«Ist Donovan McDuff vom CCD hier?»

«Aber sicher, Sir.»

«Dann bestellen Sie ihm bitte, dass ich ihn sprechen möchte, wenn wir hier mit Filmen durch sind», sagte Mat.

«Alles klar», antwortete die Pressesprecherin.

Und weg war sie.

Mat sah dem blauen Kostüm nach, wie es sich elegant zwischen den weißen Overalls hindurchschlängelte. «Das läuft *zu* flott», sagte er zu Narcy, welche die ganze Zeit über ziemlich verloren neben ihm gestanden hatte.

«Was macht dich misstrauisch?», fragte sie.

«Noch nie habe ich bei solchen Gelegenheiten einen *Press Officer* vor Ort gesehen. Und übrigens: Woher wusste die meinen Namen?»

«Vom Wachposten an der Einfahrt», antwortete Narcy.

«Hmmm?»

«Sie hatte einen Knopf im Ohr.»

Bevor Mat etwas sagen konnte, erhielt er einen Schlag in die Rippen – die Pranke von Will Lancaster. Der Kameramann war ein Schrank von einem Mann. Dieser Eindruck wurde noch verstärkt, da er jede Tasche seiner tarnfarbenen Reporterweste mit irgendwelchen Gegenständen voll gestopft hatte. Die unzähligen Ausbeulungen von Kassetten, Batterien, Telefon, Filter und diverser anderer Utensilien verliehen ihm das Aussehen eines Kampfsoldaten. Will war der Mann fürs Grobe. Der Kameramann scheute keinen noch so harten Einsatz und keinen Aufwand für ein gutes Bild. Mat arbeitete gern mit ihm zusammen.

«Doktor Perez Corrales», stellte er dem Hünen Narcy vor.

«Ich bin Will», sagte der Kameramann und stellte ihr ein sperriges Stativ vor die Füße. «Auf das passt du nun auf, als wär's dein Augapfel. Bleib damit immer schön hinter mir. Wenn ich es brauche, schrei ich laut.» Dann stapfte er, ohne zurückzublicken, mit geschulterter Kamera in Richtung Schweinestall davon.

«Der meint das nicht böse», raunte Mat Narcy zu. «Aber bei seinen vielen Kriegseinsätzen haben die Umgangsformen etwas gelitten.»

Im Stall herrschte ein ohrenbetäubender Lärm. Die große Halle war mit Metallgittern in verschiedene Boxen unterteilt. Darin hetzten in panischer Angst die Schweine umher und versuchten den Schlachtkommandos zu entkommen. Jeweils zwei Männer in Overalls jagten hinter einem Tier her. Wenn sie es gepackt hatten, setzte sich einer rittlings auf das Genick des Tieres und klemmte dessen Kopf zwischen den Schenkeln fest. Der andere Mann drückte dem Tier eine Pistole gegen die Stirn und tötete es mit einem Bolzenschuss. Das Schwein sackte mit einem letzten Quieken in sich zusammen, und die Männer stürzten sich auf das nächste Opfer.

«Nullachtfünfzehn oder Action?», brüllte Will Mat zu.

Was für eine Frage. Mat hasste nichts mehr als Bilder mit Normalbrennweite vom Stativ aus Schulterhöhe. «So sieht jeder Mensch die Welt», erklärte er Narcy. «Wir müssen Bilder wählen, die man nicht schon im Kopf hat. Also nah ran, Kamera auf Höhe der Schweine, die gleich krepieren.» Als er Narcys Gesicht sah, die entsetzt auf die Schlachterei starrte, wurde er sich bewusst, dass es wohl nicht der richtige Moment war, um ihr seine Vorstellungen über emotionalisierende Kameraführung näher zu bringen. «Will, ich will Action», rief er dem Kameramann zu.

Will streckte den Daumen in die Höhe wie ein Pilot und legte los. Mat beobachtete, wie er einem Arbeiter in die Quere kam und von diesem barsch vertrieben wurde. Will ließ sich nicht beeindrucken. Immer wieder ging er mit der Kamera ganz nahe ans Geschehen ran. Kletterte auf Gerüste, um eine Totale zu drehen. Rannte den Arbeitern hinterher. Filmte die ausdruckslosen Augen des Schlächters, während er die Pistole abdrückte. Und aus nächster Nähe das letzte Zucken der Schweineschnauze, kurz bevor der Bolzen ins Gehirn einschlug.

Mat versuchte die Tiere in einer Box zu zählen. Er kam auf etwa zwanzig Stück. Wenn er dies auf die ganze Halle hochrechnete, kam er auf gut fünfhundert Schweine. In einigen Boxen war die Arbeit schon getan. Männer in Overalls schleppten die leblosen Leiber über den Fußboden nach draußen. Mat rannte zu seinem Kameramann und zupfte ihn am Ärmel. «Will, lass uns nach draußen gehen. Gleich beginnt der Abtransport.» Narcy hetzte mit dem sperrigen Stativ hinter den beiden Männern her. Sie verfluchte sich dafür, das sie mitgekommen war. Aus dem Krankenhaus war sie ja einiges gewohnt, aber auf solche Bilder war sie nicht gefasst gewesen. Zudem war das Stativ verdammt schwer und schlug ihr beim Tragen dauernd gegen das Schienbein.

«Brauchst du das Ding noch?», rief sie dem Kameramann nach.

«Na klar. Da draußen gibt's einen Schwenk über fünfhundert Tote. Das schafft nicht mal Will Lancaster aus der Hand.» Sein unrasiertes Gesicht verzog sich zu einem Grinsen, das Narcy an Jack Nicholson erinnerte. Sie stolperte hinter ihm her.

Vor der Halle türmten sich die rosa Leiber in bizarren Verrenkungen. Ein Kadaver nach dem anderen warfen die Männer auf den Haufen. Ihre weißen Anzüge waren blutverschmiert. Mat sah befriedigt, dass Will schon die Kamera auf sie hielt.

«Mach weiter so. Ich such die Interview-Tante», rief er dem Kameramann zu.

Wills Antwort war ein nach oben gereckter Daumen.

Wenig später kam Mat zurück. Im Schlepptau hatte er Holly Eubanks und einen Herrn in einem grauen Anzug, der ihm zu weit war und am ganzen Körper flatterte. Narcy vermutete, dass es sich um McDuff vom CCD handelte, nach dem Mat vorhin bei der Pressesprecherin ja verlangt hatte. Wenn es tatsächlich so war, wie Mat vermutete, dass sich der Journalist und der Gesundheitsbeamte schon einmal begegnet waren, dann konnte sich McDuff offenbar nicht mehr daran erinnern – oder tat wenigstens so. Auch Mat ließ sich nichts anmerken und postierte McDuff für das Interview. Hinter dem Beamten sollte die Kamera die aufgetürmten Tierleichen ins Visier nehmen. McDuff kniff hinter den dicken Brillengläsern nervös die Augen zusammen.

«Bereit?», fragte ihn Mat.
McDuff nickte.
Doch der Kameramann machte keine Anstalten loszulegen.
«Was ist, Will?», sagte Matt ungeduldig.
Will deutete bloß mit dem Kopf auf Holly Eubanks. Die Pressesprecherin stand dicht neben McDuff und wollte nicht von seiner Seite weichen.
«Mrs. Eubanks, bitte», rief Mat und machte eine Handbewegung, als wollte er einen Schwarm Fliegen von seinem Butterbrot wegscheuchen.
Die Pressesprecherin trat mit dünnen Lippen einen winzigen Schritt zur Seite.
Will drückte auf den Knopf. Rotlicht.
«Mister McDuff», begann Mat, «hier werden etwa fünfhundert Schweine abgeschlachtet, warum?»
«Auf dem Hof wurden Anzeichen von Schweinegrippe festgestellt. Wie Sie wissen, ist die Schweinegrippe der Ursprung einer neuen, für den Menschen ansteckenden Krankheit. Um weitere Infektionen zu verhindern, werden alle mit Grippeverdacht eliminiert.»
«Wie viele Tiere auf diesem Hof waren krank?»
«Eines. Aber es könnten natürlich schon sehr viel mehr Tiere infiziert sein. Deshalb müssen nach dem Tierseuchegesetz alle Tiere eines betroffenen Hofes eliminiert werden. Wir wollen jedes Risiko vermeiden.»
«Wie haben sich die Kleinkinder, die im St. James Hospital gestorben sind, an dieser Schweinegrippe angesteckt?»
McDuff überlegte. «Der genaue Ansteckungsweg ist wissenschaftlich noch nicht restlos geklärt. Aber es handelt sich in diesen Fällen ja auch nicht um eine reine Schweinegrippe. Die Patienten wurden von einer Kombination aus Schweine- und Hühnergrippe befallen. Und für einen solchen neuen Erreger sind natürlich alle möglichen Infektionswege denkbar.»

«Menschen in einem Altersheim sind auch betroffen. Könnte man daraus schließen, dass vielleicht der Konsum von Schweinefleisch infektiös ist?»
«Das ... das würde ich ausschließen. Schweinefleisch ist bedenkenlos zu verzehren.» Von McDuffs schmalen Lippen war nur mehr ein Strich zu sehen.
«Wie können Sie das ausschließen, wenn Sie den genauen Infektionsweg noch nicht kennen?»
«Wie gesagt, die Abklärungen laufen.»
«Warum werden dann die Tiere getötet?»
«Um keine Risiken einzugehen. Ich erinnere an den Rinderwahn. Dort hatte man leider viel zu lange gewartet, bis wirkungsvolle Maßnahmen ergriffen wurden.»
«Sie kennen den Übertragungsweg nicht, töten aber die Tiere und lassen das Fleisch auf dem Markt?»
Mat schielte zur Seite. Er bemerkte, dass sich auf Holly Eubanks' professionell lächelndem Gesicht Ärger spiegelte. Sie gab sich alle Mühe, die Mundwinkel oben zu behalten, während McDuff stockend in die Kamera sprach: «Ähm, wie gesagt, ähm, es gibt keine Anzeichen dafür, dass das Fleisch gefährlich wäre.»
«Aber wie können Sie das denn ausschließen, wenn Sie den genauen Infektionsweg noch nicht kennen? Warum wird präventiv nur bei den Schweinemästereien eingegriffen? Also beim schwächsten Glied in der landwirtschaftlichen Produktionskette? Bei den Mästern, die ohnehin schon in einer schwierigen wirtschaftlichen Lage stecken?» Mat merkte, dass er zu emotional wurde. Er musste seine Aggressivität zügeln.
McDuff rang um eine Antwort. Doch bevor er sie gefunden hatte, fragte Mat weiter. «In einem Slum von Mexiko hat es ähnliche Krankheitsfälle gegeben, und dort haben die Leute direkten Kontakt mit Schweinen.»

«Ich habe davon gehört.»
«Warum werden in Mexiko keine Tiere getötet?»
«Das müssen Sie die mexikanischen Gesundheitsbehörden fragen.»
«In Tokio sind Prostituierte infiziert.»
«Ja», sagte McDuff. Es klang jedoch wie *ach, ja?*.
«Sind Ihnen diese Fälle bekannt?»
«Ähm … wir sind an den wissenschaftlichen Abklärungen.»
«Die Fälle sind im Internet nachzulesen.»
«Wie gesagt, wir sind dran. Aber …»
Plötzlich begann McDuff wild gegen die Kamera zu gestikulieren. «Das sprengt den Rahmen dieses Interviews, Mister …»
«Gallagher.»
«Mister Gallagher. Sie entschuldigen mich.»
Er stürmte davon. Die Pressesprecherin lief hinterher.

Unterdessen hatte der gelbe Caterpillar-Bagger begonnen, die Kadaver auf einen Lastwagen zu laden. Er schien von einem Mann angeleitet zu werden, der mit einem Funkgerät auf dem Platz herumeilte. Will näherte sich dem Bagger so weit wie möglich, damit ihm dieser quer durch das Bild fuhr. Ein Arbeiter wies ihn an: «Zurück!»
Mat und Narcy wichen ebenfalls zurück. Die Ärztin fragte sich, wann wohl endlich das Stativ gebraucht würde. Als der Bagger den Blick auf das Geschehen wieder freigab, sah Mat mitten im Getümmel Donovan McDuff – der ihm immer noch von irgendwoher bekannt vorkam.
Mit lautem Gepolter stürzte eine Ladung toter Schweine aus der Baggerschaufel auf den Camion; dann fuhr der Caterpillar mit stampfendem Motor wieder an der Fernsehcrew vorbei, um die nächste Fuhre zu holen. «Lass mich diese Einstellung nochmals drehen», brüllte der Kameramann gegen den

Motorenlärm. «Dann machen wir von hinten die Totale.» Mat nickte.

Als wieder eine Ladung Kadaver auf den Laster polterte, sah Mat McDuff bei jenem Mann stehen, der den Baggerführer per Funk dirigierte. Er schaute mit starr geöffneten Augen durch dicke Brillengläser hindurch zu Mat herüber. Bedeutete der Blick Aggression? Angst? Mat wusste, dass ihn diese Augen schon einmal so angestarrt hatten.

Im nächsten Moment heulte ein Dieselmotor auf. Der Caterpillar schoss wie eine Rakete auf die Fernsehleute zu. Mat packte den Kameramann, der immer noch durch das Okular schaute, am Ärmel und versuchte, den massigen Mann von der Stelle zu zerren. «Narcy, mach, dass du wegkommst!»

Narcy starrte ungläubig auf das gelbe Monster, das schlingernd auf sie zuraste. Aus dem Augenwinkel registrierte sie, in welche Richtung Mat und der Kameramann flüchteten. Sie packte das Stativ, die Augen noch immer gebannt auf den röhrenden Bagger gerichtet. Doch als sie hinter Mat herrennen wollte, verfing sich ihr Fuß im Dreibein des Stativs, und sie schlug der Länge nach hin.

London

«Nun stell doch dieses verdammte Radio leiser!» Sammy Vomazka schrie aus voller Kehle gegen den Bass an, der an der Autostereoanlage voll aufgedreht war. Doch Richie Tosh schüttelte seinen Lockenkopf im Takt der Musik. Er hatte für nichts Ohren, außer für seinen Reggae. Ein Wunder, dass er es überhaupt schaffte, den Wagen durch den Feierabendverkehr von London zu lenken.

«Was ist los, Mann?», brüllte Richie. Ob das seine Antwort oder gegen den Taxifahrer gerichtet war, der ihnen von der *Waterloo Road* her den Weg abschnitt, wusste Sammy nicht, denn Richie hupte gleichzeitig und tippte sich mit dem Finger an die Stirn. Dann drängelte er nach links, da er die *Blackfriars Road* erwischen musste. Der nächste Auftrag war nördlich der Themse zu erledigen.

«Du sollst die Musik leiser stellen. Ich werde noch taub.»

«Mann, das ist Reggae. Der fährt nur so ein.»

«Fahren sollst nur *du*, und zwar so sicher, dass ich heute Abend meine Familie noch sehe.»

Sammy hatte manchmal seine Zweifel, ob es wirklich nur die Musik war, die Richie auf Touren kommen ließ, oder ob da nicht auch noch irgendwelche Psychosubstanzen im Spiel waren. Im letzten Moment schaffte Richie die Ausfahrt vom *Circle*. Sammy nutzte die Gelegenheit und drehte die Lautstärke am Radio zurück. Richie protestierte nicht, schüttelte aber weiter seine Rastalocken. Während es im Schritttempo in Richtung *Blackfriars Bridge* vorwärts ging, sinnierte Sammy weiter. Wenn bei Richie Chemie im Spiel war, dann sicher illegales Zeug. Wobei, wenn Sammy es sich recht überlegte, sein Kollege gar nicht zu Illegalem greifen müsste, denn sie fuhren ja mit ihrem Lieferwagen täglich ein Sortiment durch die Straßen, das für einen Junkie das Paradies bedeutet hätte. Vielleicht hatte es Richie tatsächlich geschafft, was abzuzweigen. Sammy verwarf den Gedanken, denn er selbst übte bei den Lieferscheinen peinlich genau Kontrolle. Das war schließlich sein Job, und da kannte er keinen Spaß. Doch bei Richie Tosh wusste man nie so genau. Er behauptete ja auch, er sei um sieben Ecken herum mit Peter Tosh verwandt. Angeblich ein berühmter jamaikanischer Reggae-Musiker.

«So, alter Knabe», grinste Richie. «Siehst du, wie sicher ich dich durch London chauffiere. Da vorne sind wir schon am Ziel, die Reihe ist an dir.»

In den Lieferwagen von *W. H. Smith* waren die Rollen klar

verteilt. Der eine fuhr, der andere lieferte aus. Eine Apotheke kam ins Blickfeld, und Sammy löste seinen Sicherheitsgurt.
«*Sir*, sind wir bereit zum Absprung?», feixte Richie.
«Mach du nur Witze. Würdest den Gurt besser anlassen.» Er selber legte den Gurt immer an. Auch wenn sie nur um einen Block herumfahren mussten.
«Nee, nee, Mann. Das kann mir der Staat nicht vorschreiben.»
«Es kann immerhin um dein Leben gehen …»
«Ich sag's doch, Mann. Ich fahre vorsichtig.»
Sammy blickte seinen Kollegen kopfschüttelnd an. Richie steuerte den Wagen an den Straßenrand vor der Apotheke.
«Und außerdem, Mann, bin ich unsterblich, bin schon einmal dem Tod vom Karren gehüpft.» Richie riss das Hemd aus der Hose, zerrte den Hosenbund nach unten und tippte mit dem Zeigefinger auf die lange Narbe, die er damit entblößte. «Das bringt mir für den Rest des Lebens Glück.»
«Und so einen Scheiß glaubst du?», höhnte Sammy, während er die Tür öffnete.
«Muss ja, Mann, sonst hätte es sich nicht gelohnt – oder?»
Auch wenn Sammy Richie eigentlich mochte, in diesem Punkt verstand er ihn nicht. Er wusste, dass der Jamaikaner irgendwann mal ein Problem gehabt hatte, das eine größere Operation nötig gemacht hatte. Was es genau gewesen war, hatte ihm Richie nie verraten, auch wenn er enorm stolz auf die Narbe war. Sammy vermutete, dass er einem Landsmann ins Messer gelaufen war. Ob es sich so verhielt oder nicht, war ihm letztlich egal. Er hatte sich längst damit abgefunden, dass sein Kollege durch diese Geschichte irgendwie gesundheitlich geschwächt war und deshalb nur als Fahrer arbeitete. Sammy, der gut zwanzig Jahre älter war, übernahm immer die Lieferung. Bei jedem Wetter.
Er zog den Kragen seines weißen *W.-H.-Smith*-Arbeitskittels hoch und ging ans Heck des Lieferwagens. Dort klopfte er an

die Karosserie. Die Ladetür sprang auf, nachdem Richie den Sperrhebel in der Fahrerkabine betätigt hatte. Sammy wallte weißer Nebel entgegen. Im Kühlraum lag nur noch eine volle Plastik-Kiste. Die letzte Lieferung an diesem Tag. Die Medikamente waren ihnen am Morgen in blauen Boxen fein säuberlich nach Filialen geordnet ausgehändigt worden. Sie brauchten sie nur zuzustellen.

In der Apotheke war Sammy bekannt. Seit Jahren schon arbeitete er für *W. H. Smith*. Er stellte die Kiste auf den Verkaufstisch und kramte den Lieferschein hervor. Sein Job war es, bei der Auslieferung jedes Medikament auf der Liste abzuhaken. Es waren sehr teure Substanzen. Zudem solche, die leicht verderblich waren und deshalb in den Filialen nur in kleinen Mengen gelagert wurden.

«Dreihundert Kapseln Ampicillin», begann die blonde Apothekerin. Sammy machte einen Haken auf der Liste. Zusammen gingen sie Posten für Posten durch. Dann schaute ihn die Apothekerin mit ihren blauen Augen an und wartete, bis Sammy den nächsten Namen auf der Liste gefunden hatte.

«Hier», sagte Sammy. «Alles klar. Nur die Sicht wird nicht klarer mit den Jahren.»

Die Apothekerin lächelte milde. «Das liegt bestimmt an der winzigen Schrift auf diesem Formular.»

«Sie schmeicheln mir. Schade, dass Sie nicht Augenärztin sind, ich würde mich von Ihnen auf der Stelle untersuchen lassen.»

«*Sie* sind der Schmeichler.» Das Lächeln der Apothekerin hatte sich in das verschmitzte Grinsen verwandelt, welches Sammy an ihr so mochte. «Hier, noch drei Packungen Penicillin, und wir sind durch.»

Sammy machte den letzten Haken und strahlte die Apothekerin an. «Wunderbar. Und ich bin auch durch.»

Gut gelaunt trat er aus der Apotheke zum Lieferwagen.

Doch der *W.-H.-Smith*-Lieferwagen stand nicht mehr da.

Evening News, Channel Four
Bericht Matthew Gallagher

Im Bild: Schweine in einem Stall. Männer in weißen Overalls fangen sie ein und töten sie mit Bolzenschüssen.

Hunderte von Schweinen werden dieser Tage getötet. Die Tiere sind wahrscheinlich der Brutreaktor für ein neues Killervirus. Der Erreger ist für das Schwein selber ungefährlich, für den Menschen aber bedeutet er den sicheren Tod.

St. James Hospital

Im St. James Hospital hat die neue Seuche letzte Nacht ein weiteres Kind getötet, einen wenige Wochen alten Jungen. Damit erhöht sich die Zahl der Opfer, zusammen mit der Frau, die im Altersheim Saint Mary's gestorben ist, auf vier.

Hühner im Stall

Das Killervirus ist laut CCD durch eine genetische Neukombination entstanden. Die dortigen Infektiologen gehen davon aus, dass das Virus einer Hühnergrippe Schweine befallen …

Schweine im Stall

… und sich dort mit dem Virus der Schweinegrippe neu kombiniert hat. Jedes kranke Schwein kommt als Brutreaktor infrage.
Der wissenschaftliche Beweis steht jedoch noch aus.

Tote Schweine auf einem Haufen

Warum werden die Tiere getötet, bevor geklärt ist, von wo die Gefahr ausgeht?

Ein Herr in grauem Anzug. Einblender:
Donovan McDuff, CCD
Um keine Risiken einzugehen. Ich erinnere an den Rinderwahn. Dort hatte man leider viel zu lange gewartet, bis wirkungsvolle Maßnahmen ergriffen wurden.

Mexico City. Im dichten Dunst steht die Nationalbibliothek.
Channel Four liegen Berichte vor, die darauf hindeuten, dass die gleiche Krankheit auch in anderen Städten ausgebrochen ist.

Drogensüchtige in Mexiko setzen sich eine Spritze. Mehrere junge Menschen liegen apathisch herum. Einblender: ***Archivbilder***
In Mexico City starben bereits zwei junge Menschen aus dem Drogenmilieu, acht weitere sind infiziert, drei von ihnen liegen im Koma.

Tokio Krankenhaus. Einblender: ***Bilder CNN***
In Tokio traten ebenfalls im Prostituierten-Milieu erste Fälle auf. Auch hier gibt es bereits mehrere Todesfälle.
Es ist völlig unbekannt, ob diese Leute Kontakt mit Schweinen hatten und weshalb die Krankheit gleichzeitig an verschiedenen Orten der Welt auftritt.

Donovan McDuff
McDuff: Ich habe davon gehört.
Reporter: Warum werden in Mexiko keine Tiere getötet?
McDuff: Das müssen Sie die mexikanischen Gesundheitsbehörden fragen.
Reporter: In Tokio sind Prostituierte infiziert.

Donovan McDuff

McDuff, entnervt: Ja.

Reporter: Sind Ihnen diese Fälle bekannt?

McDuff: Ähm … wir sind an den wissenschaftlichen Abklärungen.

Reporter. Die Fälle sind im Internet nachzulesen.

McDuff: Wie gesagt, wir sind dran. Aber …

McDuff gestikuliert wild, rennt dann davon.

Bagger hebt eine Schaufel voll toter Schweine hoch und lässt sie auf die Ladefläche eines Lastwagens fallen.

Es drängt sich die Frage auf, warum ohne wissenschaftliche Beweise derart drastische Maßnahmen ergriffen werden, welche nur wieder jenen schaden, die ohnehin schon in einer schwierigen wirtschaftlichen Lage stecken: den Schweinemästern.

Krankes Kind im Krankenhaus

Maßnahmen, von denen sich die erkrankten Kinder vorerst keine Hilfe versprechen können.

10. Tag

London, Docklands

Normalerweise brachte ihn die Mistkarre in Rage, wenn sie am Morgen nicht anspringen wollte. Das wollte sie seit einigen Wochen des Öfteren nicht, und jedes Mal nahm er sich vor, den alten Volkswagen in die Werkstatt zu bringen. Natürlich verschob er es jedes Mal wieder. Mittlerweile wusste Matthew Gallagher selbst nicht mehr, ob er sich mehr über das streikende Auto oder seine eigene Nachlässigkeit aufregte. An diesem Morgen war alles anders.
Zwar hatte er den Motor auch heute wieder längere Zeit quälen müssen, doch an diesem Morgen waren das *Peanuts.* Denn die Zuschauerzahlen vom Vorabend waren hervorragend.
Wie viele Leute die Nachrichten gesehen hatten, wusste Matthew Gallagher schon beim Frühstück, als er die Einschaltquote via SMS auf das Mobiltelefon gemeldet bekam. Zwar belächelten ihn die Kollegen für solche Technikspleens, besonders die jungen Damen in der Redaktion, die mit spitzen Fingernägeln ihr Notebook öffneten, als sei es ein Beautycase, von Computern aber keine Ahnung hatten. Doch ihm taten solche technischen Innovationen geradezu körperlich wohl, vergleichbar höchstens mit dem ersten Schluck *Guinness* nach einem anstrengenden Arbeitstag. Ganz anders erging es ihm natürlich, wenn er auf dem Display seines Telefons eine schlechte Sehbeteiligung vermeldet sah. Doch was kümmerte ihn das an diesem Morgen? Die Quote war gut. *Was heißt gut? Sie war Spitze!*
Weniger gut hingegen war Narcys Unfall bei den Dreharbeiten gewesen. Um ein Haar hätte der Bagger sie erwischt. Aber Mat hatte sich zum Glück nach ihr umgeschaut und gesehen,

dass sie hingefallen war. Blitzschnell hatte er sie am Arm gepackt und zur Seite geschleift. Nur Sekundenbruchteile später hatte der Bagger das Stativ zermalmt.

Narcy hatte danach nicht mehr viel gesprochen. Sie wollte auf direktem Weg nach Hause gebracht werden, hatte auch keine Lust mehr, beim Schnitt des Beitrages dabei zu sein. Wofür Mat volles Verständnis hatte. Er machte sich Vorwürfe. Schließlich war es seine Idee gewesen, Narcy zum Dreh in die Schweinemästerei mitzunehmen. Ihr Einstieg in die Welt des Fernsehens war alles andere als glatt verlaufen. Die schrecklichen Bilder von der Abschlachterei, die Berge von toten Tieren: Mat hatte sich geirrt in der Annahme, dass eine Ärztin so etwas mit Leichtigkeit ertragen würde. Und dann der Bagger, dieser angebliche «Unfall». McDuff war hinterher wie vom Erdboden verschluckt gewesen, unauffindbar. Stattdessen war die Pressesprecherin herbeigeeilt und hatte unter tausenderlei Entschuldigungen ein Riesentheater aufgeführt. Auch der Baggerführer hatte sich schier verausgabt vor Reue und etwas von verklemmten Hebeln gefaselt. Mat hatte ihnen kein Wort geglaubt. Er war sicher, dass es sich um einen absichtlichen Angriff gehandelt hatte. Narcy zuliebe hatte er jedoch geschwiegen. Nach allem, was sie erlebt hatte, hätte ihr dies wohl den Rest gegeben. Und Mat wollte sie keinesfalls überfordern. Er wollte mit ihr diesen Fall lösen. Trotz allem, was geschehen war, huschte ein feines Lächeln über Mats Gesicht, während er an Narcy dachte.

Der Wagen vor ihm bewegte sich. Er drückte aufs Gaspedal und schloss auf. Wie immer um diese Zeit war die Innenstadt verstopft. Schon hielt der Wagen vor ihm wieder, und der Fahrer griff nach der Zeitung. Im Mini Cooper in der Kolonne nebenan saß eine Blondine, die sich bei jedem Halt einen Fingernagel lackierte. An diesem Morgen hätte sie sich mindestens zehn Hände bemalen können.

Mat schaltete den Motor aus, ließ seine Gedanken wieder zu Narcy wandern. Die Frau beeindruckte ihn. Sie war kompetent, beharrlich und trotzdem charmant. Gestern allerdings hatte sie schlecht ausgesehen – und deshalb wollte er ihr an diesem Morgen etwas Erholung gönnen. Am Nachmittag jedoch würde er sie anrufen. Denn seit gestern Nacht wusste er wieder, wer McDuff war und dass Narcys Misstrauen gegen den Chefvirologen des CCD absolut angebracht war.

McDuff war nicht der still im Hintergrund arbeitende wissenschaftliche Beamte, als der er sich gern ausgab. Im Hintergrund hielt er sich zwar tatsächlich, aber von dort aus zog er geschickt und unauffällig die Fäden. So wie er sie schon einmal gezogen hatte. Wo – das war Mat gestern spätabends plötzlich in den Sinn gekommen. Als er am Schneidetisch mit dem News-Cutter zigmal die Berge von Kadavern neben McDuffs unscheinbarem Gesicht mit der Brille aus Panzerglas betrachtet hatte, war es ihm wie Schuppen von den Augen gefallen.

Wieder startete Mat den Motor. Jetzt nur nicht die Lücke zu groß werden lassen. Er klebte am Heck des Vordermannes, während die Kolonne träg wie Sirup zur Themse hinunterquoll.

Nach der Vertonung des Beitrages hatte sich Mat, eingedeckt mit alten Videobändern, in eine Videokabine eingeschlossen. Er hatte das gesamte Material, das er für seine Reportagen über den Rinderwahnsinn gedreht hatte, gesichtet. Weit nach Mitternacht, Mat war kurz davor aufzugeben, fand er auf einem Band das Kauzgesicht mit der Hornbrille: Donovan McDuff. Wie immer im Hintergrund, aber deutlich erkennbar. Und sofort war ihm auch wieder eingefallen, welche Rolle McDuff damals …

Killervirus in London!

Gebannt starrte Mat auf den Aushang der *Sun,* der an der

Ecke Essex Road und Upper Street an einer Zeitungsbox hing. Die Kollegen vom Boulevardblatt hatten die Story aufgenommen. Seine Stimmung war auf dem besten Weg in Richtung Euphorie.

Natürlich hatte das Gesundheitsministerium an andere Schlagzeilen gedacht, als es gestern die Presse nach Glennworth einlud. Die Regierung wollte zeigen, wie effizient man der neuen Schweinekrankheit begegnete. Doch er, Matthew Gallagher, hatte dafür gesorgt, dass die Print-Kollegen die heiße Story nicht verpassten. Die Infos über die anderen Fälle hatten sie von ihm. Bei solchen Gelegenheiten konnte man ihnen schon mal ein *Goodie* rüberschieben, denn sie waren mit ihrer Geschichte ja erst am nächsten Tag draußen. *Das* verstand Mat unter professionellem News-Management.

Er drehte das Autoradio an – man geigte Händel – und stellte sich die Gesichter der vorlauten Grünschnäbel vor, wenn in der Redaktionssitzung das Medienecho auf seinen Bericht besprochen wurde. Was hatten die an seinem ersten Bericht herumgemäkelt! Dabei war das nur das Präludium gewesen, um das Thema des Furiosos anzukündigen. Und in diesem Fall war er sicher, dass er dem Furioso noch eins würde draufsetzen können. Das machte ihm nicht mal der alte Händel nach.

Wieder musste Mat auf die Bremse treten. An manchen Tagen hatte sogar ein Stau sein Gutes. Er kurbelte das Fenster herunter. «He, du da, bring mir mal eine», schrie er. Der Zeitungsverkäufer rannte sogleich von seinem Stand auf die Straße und reichte Mat eine *Herald Tribune*. Als Mat ihm eine Pfundnote hinstreckte, fuhr die Kolonne wieder an. Er warf die Zeitung auf den Beifahrersitz und gab Gas. «Behalt den Rest», rief er dem Jungen zu. Sollte er doch an seinem Glückstag teilhaben.

An der nächsten Kreuzung blätterte er die *Tribune* durch. Seine Geschichte war auch hier vertreten. Um in dieses Blatt zu kommen, musste man schon harte News liefern. Bei der Einmündung zur *Pentonville Road* sah Mat je einen Verkaufskasten der *Sun* und der *Tribune* nebeneinander. Davor marschierte ein Verkäufer mit dem *Daily Mirror* hin und her. Die Londoner Presse hatte die Story aufgegriffen. Kurz entschlossen fuhr der Reporter seinen Wagen auf den Bürgersteig. Er zog die Digital-Videokamera aus der Fototasche auf dem Beifahrersitz. Die Batterie war immer geladen, eine leere Kassette stets eingelegt. Er sprang aus dem Wagen und schlängelte sich durch die Menschenmenge.

«Junge, ich kauf dir drei Stück ab, wenn du mir einen Gefallen tust.» Mat spuckte auf den Boden. «Genau hier rufst du jetzt dein Blatt aus, okay?» Er drückte dem Verkäufer das Geld für drei Zeitungen in die Hand, nahm aber nur eine. Dann hob er die Kamera ans Auge und gab dem Verkäufer ein Handzeichen.

«Kauft den *Mirror*», brüllte der Junge.

Links und rechts von ihm hatte Mat die Kästen der *Sun* und der *Tribune* scharf im Bild.

Die Aufnahme saß.

«Danke», rief er und klappte den Monitor der Handycam ein. Am Auto klemmte prompt ein Strafzettel unter dem Scheibenwischer. Er warf den Wisch ins Auto. Natürlich wusste er, wie man Strafzettel als Mittagessen getarnt in die Spesenrechnung schmuggelte. Hauptsache, die Story kochte.

London, Cropley Street

Narcy mochte nicht einmal den Kopf heben, geschweige denn aufstehen. Sie hielt die Augen geschlossen und spürte trotzdem durch die Augenlider, dass es im Zimmer hell war. Als sie sich stöhnend auf die Seite drehte, schmerzte der rechte

Oberschenkel, als hätte jemand einen Bleiklotz darauf gelegt. Das war der Bluterguss, der sich schon gestern Abend an der Stelle gebildet hatte, wo sie beim Hinfallen auf der Schweinefarm das Kamerastativ getroffen hatte. Narcy tastete mit geschlossenen Augen nach der Stelle und drückte leicht mit dem Daumen darauf. Sofort verwandelte sich der dumpfe Schmerz in einen stechenden. Narcy ließ resigniert den Arm fallen und blieb reglos liegen. Nach ein paar Atemzügen öffnete sie doch die Augen. Vor ihr stand auf dem Nachttisch neben dem Bett der Wecker: 10 Uhr 25. Sofort kniff sie die Augen wieder zu.

Sie hatte mies geschlafen, vielmehr die halbe Nacht wach gelegen. Endlos waren die Bilder an ihr vorbeigezogen. Die Szene, die sie hinter der Tür auf der Direktionsetage belauscht hatte. Steve im Treppenhaus. Dann die Schlachterei auf der Schweinefarm. Die Schreie der Tiere, die Berge von Kadavern – und der Bagger, der auf sie zugeschossen kam. Wenn Mat sie nicht im letzten Moment gepackt hätte …

Narcy drehte sich auf den Rücken und atmete tief durch. *Die Beine werden warm, sie werden schwer. Die Arme werden warm, sie werden schwer.* Schon oft war sie froh darüber gewesen, autogenes Training zu beherrschen. Aber noch nie hatte sie sich derart darauf gefreut, dass sich die Wärme in ihrem Körper ausbreitete. Sie ließ den Atem sanft ausströmen und sog ihn konzentriert in Richtung Solarplexus wieder ein. Und schon waren sie wieder da: die blutigen Tierkadaver. Narcy fuhr sich durch das Haar und fühlte dabei, dass es nass war von Schweiß.

Nochmals von vorn. Die Beine, die Arme, der Atem, die Wärme, der Solarplexus – und der Bagger. Narcy drehte sich auf den Bauch.

Nur nicht aufregen.

Sie wollte einfach bloß liegen bleiben. Den ganzen Tag würde

sie keinen Schritt aus der Wohnung tun, so viel stand fest. Sie wollte nichts von dieser Welt sehen und nichts hören. Wollte an alles denken, nur nicht an diese Geschichte.
Ein neuer Anlauf. Langsam auf den Rücken drehen. Die Arme neben dem Körper. Sie werden lang, sie werden schwer, sie werden warm. Da tauchte die kleine Laura vor ihr auf, und Narcy war hellwach, obschon sie sich hundemüde fühlte. Ihr Gewissen ließ sie nicht in Ruhe. Als würde die berühmte Fee aus der Waschmittelreklame neben ihr stehen und ihr immer wieder ins Ohr flüstern: *Wenn jemand herausfinden kann, woran Laura gestorben ist, und wenn jemand verhindern kann, dass weitere Menschen an dieser Krankheit sterben, dann bist du es.*
Da mischte sich noch ein Gedanke in ihr erwachendes Bewusstsein. Mochte sich Mat mit seinem draufgängerischen Reporterinstinkt noch so ins Zeug legen, ohne zusätzliche Hilfe würden sie es nicht schaffen. Das hatte Narcy schon gestern eingesehen. Und darum hatte sie gleich nach ihrer geheimen Aktion in der Klinik ihren alten Freund Alvaro angerufen. Alvaro Widmer hatte sich gefreut, nach all den Jahren wieder einmal etwas von Narcy zu hören. Sie hatten einige Semester zusammen studiert, bis er genug von der Medizin und von Mexiko gehabt hatte. Da sein Vater Schweizer war, war es für Alvaro relativ einfach möglich gewesen, an die Universität nach Zürich zu wechseln, wo er ein Studium der Molekularbiologie aufnahm. Als Narcy ihm von den Geschehnissen am St. James Hospital erzählte, war er sofort bereit, ihr einen Gefallen zu tun. Hoffentlich brauchte er dafür nicht allzu lange.

London, Gesundheitsministerium

KILLT DEN KILLER, BEVOR ER UNS KILLT!
stand in großen Lettern auf dem Banner, das die beiden

Frauen in der Luft hin und her schwenkten. Sie hatten sich die Gesichter pink angemalt und trugen schweinerosa Overalls, an die dicke Hinterbacken und Ringelschwänzchen angenäht waren.
GESUNDE NAHRUNG IST EIN MENSCHENRECHT! verkündeten die Flugblätter, die ein junger Mann in alle Richtungen warf. Auf dem Flyer war ein Bild des Gesundheitsministers zu sehen. Neben ihm ein Mädchen mit blonden Zöpfen. Beide bissen herzhaft in ein Schweinekotelett. «Geiles Bild, was?», schrie eine Frau, die sich vor dem Gesundheitsministerium durch die Menge wühlte. Sie hatte auf dem Plakat, das sie trug, dem Gesundheitsminister eine Schweinenase verpasst.
Oben an der breiten Treppe zum Haupteingang des Ministeriums standen eine Reihe von Polizisten in blauem Overall, Helm und Kampfstiefeln. Sie hielten transparente Schutzschilde vor sich, durch die man ihre angespannten Mienen ausmachen konnte. Plötzlich dröhnte ein markdurchdringendes Grunzen über den Platz. Ein Demonstrant, der auf der Ladefläche eines pinkfarbenen Pick-ups stand, stellte triumphierend ein Bein auf eine große Lautsprecherbox und machte das Victory-Zeichen in Richtung der Kamera von *Channel Four,* die auf ihn gerichtet war. Dann griff er nach einem Mikrophon und skandierte: «Gestern Rinderwahn, heute Schweinekram.»
Sofort fiel die Menge ein. «Gestern Rinderwahn, heute Schweinekram.» In diesem Moment fuhr eine schwarze Karosse vor, und Winston Kirkpatridge, der Gesundheitsminister, stieg aus. Er zögerte. Mit einem solchen Empfang hatte er, trotz Vorwarnung, nicht gerechnet.
«Guten Morgen, Herr Minister!», brüllte ihm der Demonstrant mit dem Mikrophon entgegen. Dies war offenbar das Zeichen für die anderen Demonstrierenden. In Sekunden-

schnelle verschwand Kirkpatridges etwas zu kurzer und zu enger hellbrauner Regenmantel in einer Herde von vorrückenden rosaroten Menschen. Die Luft war erfüllt von Quieken und Grunzen. Dazwischen skandierte die Menge ihre Slogans.

«Fresst die Schweine doch alleine!»

Der Minister gab sich alle Mühe, unbeeindruckt zu erscheinen. Er versuchte, die Treppe hochzusteigen, als ob nichts wäre. Doch die Demonstranten umringten ihn immer enger und hinderten ihn am Fortkommen. Kirkpatridges Miene verdüsterte sich, und er begann zwei Stufen auf einmal zu nehmen. In diesem Moment kam aus einer Seitenstraße ein weiterer pinkfarbener Pick-up geschossen und fuhr durch die Menge zum Fuß der Ministeriumstreppe. Sogleich begannen zwei als Schweine verkleidete Männer, von der Ladefläche herab johlend Innereien auf die Treppe zu werfen: bluttriefende Mägen, Därme, Lungen, Nieren.

«Killt den Killer, bevor er uns killt!», brüllte der Mann ins Megaphon. Die Gedärme schmeißenden Demonstranten auf dem Pick-up wurden immer übermütiger. Die ersten blutigen Fetzen klatschten an die Fassade des Ministeriums. Und dann flogen Innereien in alle Richtungen, sie fielen auf die Treppe, spritzten auf die Straße, der erste Polizist wurde von einem schlingernden Darm getroffen.

«Treten Sie vom Gebäude zurück!», befahl eine blecherne Megaphonstimme. «Dies ist ein Befehl der Polizei. Treten Sie vom Gebäude zurück!» Gleichzeitig begannen die Polizisten in Kampfmontur über die auf dem Boden verstreuten Innereien wegzusteigen. Eine geschlossene Mauer aus blauen Overalls und durchsichtigen Kampfschilden rückte die blutige Treppe hinunter gegen die Demonstranten vor. Kirkpatridge versuchte, sich hinter dem Polizeiriegel in Sicherheit zu bringen, doch der Pulk der Demonstranten hatte sich so dicht

um ihn geschlossen, dass der Minister weder vor noch zurück konnte.
«Fresst die Schweine doch alleine», brüllten ihm die Leute entgegen.
Da verlor der Magistrat die Nerven. Er schwang seinen Aktenkoffer im hohen Bogen um sich und schlug dabei einem Demonstranten das Plakat aus der Hand. Die Polizisten begannen zu rennen. In das Schweinegrunzen mischten sich die ersten Schreie von Panik. Der erste Schlagstock sauste auf ein Demonstranten-Schweinchen nieder. Die Polizisten kämpften sich einen Weg durch die Menge zum Minister, eine Frau glitt auf der von Blut glitschigen Treppe aus und schlitterte auf dem Rücken einige Stufen hinunter. Polizisten und Demonstranten begannen wild aufeinander einzuprügeln. Gedärm sauste durch die Luft, jetzt gezielt als Geschoss gegen einzelne Polizisten eingesetzt.
Der erste Schuss aus einem Gummischrotgewehr zerriss die Luft. Männer schrien, Frauen kreischten. Ein Mädchen, das im Tumult zu Boden geworfen worden waren, schrie wie am Spieß und versuchte mit den Armen seinen Kopf zu schützen. Sie wurde von einem Polizisten gepackt und aus der Kampfzone geschleppt. Ein junger Mann rannte mit blutüberströmtem Gesicht davon. Ein zum Bersten gefüllter Schweinemagen sauste in Richtung Kirkpatridge. Der Minister sah das Geschoss kommen, hob die Hand, konnte aber nicht verhindern, dass ihn das triefende Organ traf. Es zerplatzte mit voller Wucht in seinem Gesicht.

«Stopp!» Matthew Gallagher drückte die Taste am Videogerät und lehnte sich siegesbewusst in seinem Bürosessel zurück. Diese Demonstration war ein weiteres starkes Element in der laufenden Berichterstattung, und sie war – das konnte man in aller Bescheidenheit sagen – aufgrund der starken

Presseresonanz zustande gekommen. Die er hervorgerufen hatte.

«Geile Bilder», sagte Lindsay Williams mit vor Ekel vibrierender Stimme. Sie schüttelte ihren roten Krauskopf. «All das Blut und diese glibberigen Gedärme auf der Treppe. So was kriegst du sonst nur im Actionfilm.»

«Aber dieses Blut ist echt», betonte Mat.

«Voll geil», quietschte Lindsay noch einmal. «Und wo kriegst du solche Infos her?»

Mat schaute sie mitleidig an. Lindsay gehörte auch zur Gilde derer, die den Laptop mit spitzen Fingern öffneten. Trotzdem beschloss er, großzügig zu sein. Die Volontärin war ihm den ganzen Nachmittag zur Betreuung zugeteilt, und vielleicht konnte aus ihr ja noch was werden. Begeisterungsfähig war sie jedenfalls. Er zog das Handy aus einer der unzähligen Taschen seiner Reporterweste und wedelte damit vor ihrem Gesicht hin und her. «SMS», flötete er dabei. «Man kann damit nicht nur Liebesgeflüster, sondern auch Nachrichten übermitteln, verstehst du? Informationen, Inhalt.»

Lindsay beschloss, beim nächsten Themenvorschlag gegen Gallagher zu stimmen.

«Bin ich damit nochmal in der Hauptausgabe?», wandte sich Matthew Gallagher an Alistair Dunhill, den Chef der News-Redaktion, der neben ihnen in der Videokabine stand.

«Ich gebe dir dafür zwei Minuten. Das heißt, wenn du noch O-Töne hast.»

Mat setzte eine mitleidige Miene auf. «Alistair, hältst du mich für einen Anfänger?»

Dunhill klopfte dem Reporter auf die Schultern und verließ die Videokabine. «Natürlich habe ich Stimmen», sagte Mat zu der Volontärin. «Aber ich sage dir, was noch viel wichtiger ist als gute Originaltöne, sind die ‹magic moments›. Die sind das A und O des Fernsehjournalismus. Ein Schreiberling kann bei solch einer Demo einfach am Rand stehen und alles aus sicherem Abstand beobachten. Danach beschreibt er, was er gesehen hat. Aber als Fernsehmensch musst du ran, ganz nah. Du kannst nicht einfach erzählen, der Minister hätte einen Magen voll Blut an den Kopf gekriegt. Du musst das filmen. Was du nicht auf Band hast, ist nicht geschehen.»

Plötzlich wurde die Tür aufgerissen.

«Mat, Telefon!», rief eine Frau in die Videokabine hinein.

«Auch das noch», knurrte Mat und trat schimpfend ins Großraumbüro. Die Sekretärin wies auf ein Telefon. «Dieser Typ, der schon einmal wegen dieser Krankheit angerufen hat. Er will *dich* sprechen.»

«Gallagher.» Mat setzte sich auf die Tischkante und lauschte in den Hörer. Er nickte, dann hielt er die Hand auf die Sprechmuschel, zischte: «Lindsay, komm her!», und drückte die Lautsprechertaste am Apparat.

«Das macht mich fertig. Verstehen Sie?», quäkte eine blecherne Stimme. «Ich kannte die Mutter eines der verstorbenen Kinder. Meine Mutter ist daran gestorben. Und ...» Es bereitete dem Anrufer hörbar Mühe weiterzusprechen. Lindsay trat aufgeregt von einem Fuß auf den anderen. «... und vielleicht ist auch einer meiner Freunde schon daran erkrankt.»

«Ich verstehe natürlich, dass Sie jetzt Angst haben», antwortete Mat mit einem viel sagenden Blick zu Lindsay.

«Ich, ich dachte, es wäre vielleicht wichtig für Sie. Vielleicht kann ich Ihnen irgendwie helfen.» Die Stimme des Anrufers wurde brüchig. «Oder Sie mir.»

«Für uns ist jeder Anruf wichtig, aber der Ihre scheint mir doch einzigartig zu sein», antwortete Mat. «Darf ich mir kurz Ihren Namen und die Telefonnummer notieren.» Er schrieb sich beides auf einen Zettel. «Sehr gut. Hören Sie, ich stecke gerade mitten in einer Besprechung für die Sendung von heute Abend und muss gleich zum Schnitt. Darf ich Sie in einer

etwas ruhigeren Minute zurückrufen?» Der Anrufer war, wie es schien, enttäuscht, aber einverstanden.
«Jetzt aber nichts wie los in den Schnitt», rief Mat Lindsay zu und sprang auf
«Mat, noch ein Anruf!», meldete sich wieder die Sekretärin quer durch den Raum.
«Mary, ich bitte dich! Gib mir doch nicht jeden Pipifax weiter!»
«War das eben Pipifax?»
Mat schmiss die Lederjacke, die er sich schon auf die Schulter geschwungen hatte, wieder auf den Stuhl zurück.
«Selber Apparat», rief Mary.
Eigentlich wusste Mat, dass Mary Cassidy Kleinkram von ihren Leuten fern hielt. Sie war wie ein Fels in der Brandung, selbst wenn in der News-Redaktion die Hölle los war. Nichts konnte sie aus der Ruhe bringen. Schon oft waren Sendungen nur zustande gekommen, weil Mary ihren Kopf immer bei der Sache hatte, auch wenn die Redakteure hyperventilierend für Chaos sorgten. Alle wussten das, und darum nahm man ihr auch gewisse Marotten nicht übel.
«Gallagher, wer ist am Apparat?», meldete er sich gehetzt, um dann sogleich den Tonfall zu ändern. «Narcy!», rief er erfreut. Lindsay raunte er zu: «Die Ärztin aus der ersten Reportage.» Aber diesmal schaltete er den Lautsprecher nicht ein, sondern setzte sich in den Stuhl.
Narcy war aufgeregt. Sie hatte Mat schon mehrfach zu erreichen versucht, aber die Sekretärin hatte sie immer damit vertröstet, dass er noch nicht in der Redaktion erschienen sei und wahrscheinlich während des Drehs die Voicebox des Mobiltelefons nicht abgehört habe. Narcy wollte wissen, ob Mat von der Demonstration vor dem Gesundheitsministerium erfahren habe. Sie hatte im Radio einen Bericht gehört.
Mat lehnte sich genüsslich zurück. «Schau dir in drei Stunden

die News an. Bei uns erfährst du nicht nur, *dass* der Minister mit Blut bespritzt wurde, sondern du siehst auch gleich, *wie*. Eins zu eins. Und du kriegst ein Interview, sozusagen live aus dem Schweinebauch. Aber ich habe noch eine ganz andere Überraschung für dich.»

Er erzählte ihr kurz von dem Mann, der eben angerufen hatte. «Er sagt, er kenne jemanden, der vermutlich die Krankheit habe. – Nein, nicht im Krankenhaus. – Ein junger Mann.» Er horchte. «Natürlich werden wir das, aber unmöglich heute. Ich habe ihm gesagt, wir würden zurückrufen.» Mat war aufgestanden und tänzelte nervös hin und her. Er hätte Narcy ja auch noch dringend von seiner Entdeckung im Archiv erzählen, McDuffs mieses Spiel aufdecken müssen. Doch dafür war jetzt wirklich nicht der Moment. Er musste dringend in den Schneideraum.

«Klar kannst du ihn anrufen. Ich gebe dir gleich die Nummer.» Er suchte in seinen Taschen. «Lindsay, hilf mir bitte mal den Zettel suchen, auf dem ich die Nummer dieses Mannes notiert habe. Der muss runtergefallen sein.»

Die Praktikantin kroch unter den Schreibtisch.

«Moment, Narcy, wir suchen.»

«Matthew, Post für dich», flötete Mary Cassidy durch die Redaktion. In der Hand schwenkte sie einen dicken Briefumschlag.

«Mary, bist du wahnsinnig? Nicht jetzt!»

Sie baute sich vor Mat auf und fixierte ihn mit dem gestrengen Sekretärinnenblick, den sie – wenn nötig – so gut beherrschte. Wobei allerdings die Tatsache, dass die kleine Frau dazu den Kopf ins Genick legen musste, der Pose etwas abträglich war. «Mat, ich bin extra für dich zum Haupteingang hinuntergedüst, weil ein Kurier dort etwas *sehr* Dringendes für dich abgegeben hat. Angeblich für die Sendung heute Abend. Absender Greenpeace.»

«Na, dann mach es doch auch extra für mich auf. Narcy, bleib bitte dran.»
«Was war es denn für ein Zettel?», meldete sich Lindsay, die mittlerweile unter dem Tisch durchgekrochen war und im Papierkorb wühlte.
«Halt irgend so ein Fresszettel!», rief Mat.
«Mat, sieh mal, was im Umschlag war.» Mary streckte ihm einen dünnen Aktenordner entgegen. Mat starrte ungläubig auf die Beschriftung. Dann rief er aufgeregt ins Telefon: «Narcy, wie hieß der Junge, dessen Obduktionsbericht verschwunden ist?»
«Raffaelo Perrini.»
«Wir haben soeben ein Dossier zugeschickt bekommen. Da steht dieser Name drauf. Raffaelo Perrini. Kommt von Greenpeace.»
«Was hat das Dossier für eine Farbe?»
«Blau.»
«Das ist der Obduktionsbericht!», rief Narcy. «Mach schnell auf.»
«Sind schon dabei.» Mat wandte sich zu Mary Cassidy.
«Mach auf.»
Mary drehte das Dossier und hob die Metalllasche des Verschlusses. Gleichzeitig schoss eine gelbe Stichflamme aus der Akte. Ein ohrenbetäubender Knall mischte sich mit Marys gellendem Schrei. In Sekundenschnelle schrumpfte ihre modische Frisur zu einem schwarzen, gekrausten Rest zusammen. Ungläubig auf die brennenden Haare starrend, spürte Mat, wie ihm jemand eine glühende Rasierklinge über die Stirn zog. Gleichzeitig hatte er das seltsame Gefühl, als würde er sich selbst in einem Film zusehen, wie ihm das Blut über die Augen und über das Gesicht lief. Vor ihm ging Marys Kleid in Flammen auf. Es roch nach verkohltem Fleisch. Erst jetzt erfasste die Druckwelle Mat mit voller Wucht. Bevor er

zu Boden ging, konnte er noch erkennen, wie Mary endlich die Hand hob, um die Augen vor den Flammen zu schützen. Doch der blutige Stumpf, den sie sich vor das Gesicht hielt, kam zu spät.

London, Pennwick Grove

Die Häuser am Pennwick Grove standen dicht aneinander gedrängt, waren klein und ziemlich heruntergekommen. Aber die Leute lebten gern in dieser Gegend, weil man sich hier wie auf dem Dorf fühlte. Jeder kannte jeden, es galt die Devise ‹Leben und leben lassen›, auch wenn mal einer über die Stränge schlug. Im Garten von Haus Nummer 173 tollte kreischend eine Schar Kinder herum. Aus einem offenen Fenster drang lautes Gelächter auf die Straße.
«Kinder, Essen!», rief ein Mann in den Garten hinaus. Sofort stoben die Kinder schreiend auseinander. «Kinder, sofort reinkommen!», brüllte der Mann nun. Großvater Rodney Brown konnte es nicht leiden, wenn sich die Bengel nicht um seine Anweisungen scherten. «Sofort ins Haus, sonst gibt's nichts zu futtern!»
Das saß.
Die Rasselbande stürmte durch die Tür.
Großmutter Martha Brown stellte den Braten auf den Tisch und löste die Küchenschürze, die sie über dem geblümten Sonntagskleid trug. Sie mahnte die Kinder zur Ruhe, als sie sich laut plappernd hinter den Tisch drängten. Es war eng im Wohnzimmer, um den Tisch herum blieb kaum mehr Platz. Rodney hatte sogar den Sekretär zur Seite rücken müssen. Aber alle hatten Platz gefunden. Pamela und Sandra, ihre beiden Töchter, waren mit ihren Familien zu Besuch. Da kamen immerhin ein Dutzend Personen zusammen! Es war schön, sie alle wieder einmal beisammenzuhaben. Wenn nur die

Kinder nicht immer so einen Lärm veranstalten würden, dachte Martha. Aber sie wollte heute nachsichtig sein, schließlich feierte man nicht alle Tage seinen Sechzigsten.
Rodney erhob sich und klopfte mit einem Löffel an sein Glas. «Meine liebe Martha, liebe Kinder. Ich war noch nie ein großer Redner, aber heute *muss* ich etwas sagen.» Er schielte auf den Zettel, der vor ihm auf dem Tisch lag. «Ich bin stolz, dass aus unserer Familie etwas geworden ist. Als Mummy und ich uns vor achtunddreißig Jahren kennen gelernt haben, hatten wir nichts. Aber wir haben hart gearbeitet. Ich erinnere mich, als ob es gestern gewesen wäre, wie ich auf der Suche nach Aufträgen mit dem alten Ford ganz London abgeklappert habe. Oft war ich zwölf Stunden und länger unterwegs, während Mummy zu Hause den Laden geschmissen hat. Die ersten Jahre waren wirklich schwer. Aber wir haben es geschafft.» Rodney blickte treuherzig zu seiner Frau. Martha strahlte ihn gerührt an, während er weiterredete. «Leider konnte das Geschäft nicht in der Familie bleiben, ihr seid eure eigenen Wege gegangen, aber es waren gute Wege. Heute feiern wir Mummy. Sie ist jetzt sechzig Jahre jung und darf in den verdienten Ruhestand treten. Ich hänge noch zwei Jahre an und hoffe, dass …», er schluckte leer und fuhr dann mit belegter Stimme fort, «… dass wir dann zusammen noch viel Schönes unternehmen können. Mummy, lass uns auf dich und auf uns anstoßen.» Erleichtert fügte er hinzu: «Und nun ist diese verdammte Rede zu Ende. *Cheers!*»
Lautstark wiederholte die ganze Familie den Trinkspruch, und alle erhoben ihr Glas. «Mummy, jetzt musst du was sagen», rief Tom, einer der Schwiegersöhne, und die anderen schrien: «Ja, Mummy, auch eine Rede!» Zögernd erhob sich Martha und wischte sich die feuchten Hände am Kleid ab. Die Narbe am Unterbauch juckte, wie immer, wenn sie aufgeregt war. Sie schaute verlegen in die Runde und holte tief Luft.

Doch dann brachte sie kein Wort heraus, sondern musste sich die Tränen von den Wangen wischen. Gleichzeitig strahlte sie vor Glück.

Als sie sich wieder gefasst hatte, sagte sie: «Ihr wisst doch, dass ich so was nicht kann.» Sie sah Hilfe suchend zu Rodney. Dieser blickte vergnügt in die Runde. «Sag doch einfach, Liebe geht durch den Magen. Und dann legen wir los!», rief er prustend.

Martha seufzte befreit auf. «Na dann, greift zu.»

Das ließ sich die Familie nicht zweimal sagen, denn Mummy kochte wirklich den besten Hackbraten westlich des Urals, wie Rodney immer sagte. Zur Feier des Tages hatte er eine Flasche Rotwein aufgemacht. Er hatte sie in einer Weinhandlung in der City geholt. Der Verkäufer hatte ihn regelrecht ausgefragt: was es zu essen gebe, wie das Temperament seiner Frau sei. Rodney konnte sich nicht vorstellen, was das alles mit dem Wein zu tun haben sollte. Schließlich war er mit zwei Flaschen nach Hause gekommen, die ihn ein Vermögen gekostet hatten. Aber man feierte ja nicht alle Tage einen runden Geburtstag.

Rodney nahm den letzten Schluck aus seinem Glas, froh, dass es leer war. «Hey, Junior», sagte er zu einem seiner Enkel, «steig mal in den Keller hinunter und hol drei große Draft.»

«Warum ich?», fragte der Junge.

«Weil du der Stärkste bist.»

«Was krieg ich dafür?»

«Einen Klaps auf den Hintern, und nun ab die Post.»

Dann kam der große Moment, in dem Mummy das Geschenk auspackte: eine Kombiküchenmaschine. «Die kann alles, außer hobeln», strahlte Rodney.

Gegen zwanzig Uhr mahnte Pamela, die jüngere der beiden Töchter: «Es wird Zeit.» Ein klares Zeichen an ihren Gatten, dass sie unverzüglich aufzubrechen wünschte. Früher, als die

Kinder noch klein gewesen waren, hatte es geheißen «es ist Zeit für Tim» oder «für Sam». Heute fielen die Kinder als Vorwand weg, aber die verschlüsselte Botschaft gemäß den ehelichen Umgangsformen wurde von der ganzen Familie erkannt. Es dauerte dann nicht länger als eine halbe Stunde, bis sich die Festgesellschaft aufgelöst hatte.

Nachdem der Letzte zur Tür hinausgegangen war, band sich Martha seufzend die Küchenschürze um. Da stellte sich Rodney hinter sie, umfasste ihre Hüfte und sagte: «Heute mach ich das für dich.» Er küsste ihren Nacken.

«Nicht so stürmisch.» Martha wand sich aus seiner Umarmung. «Eines nach dem anderen, mein Bär.»

Rodney blickte sie mit feuchten Augen an. «Mein Bär, hast du gesagt. Mein Bär! Ich liebe dich, mein Bienchen. Wenn das die Auswirkungen der Pensionierung sind, dann, Teufel nochmal, lass ich mich vorzeitig pensionieren.» Er band sich voller Elan die Küchenschürze um. «Und nun ruh dich aus. Das hier hab ich gleich.» Pfeifend begann er mit dem Abwasch, während Martha in den Garten hinaustrat.

Tief atmete sie die kalte Nachtluft ein und spürte in diesem Moment so etwas wie Glück. Sie hatte in ihrem Leben wahrlich viel zu kämpfen gehabt, hatte harte Jahre erlebt, doch es war nun alles gut geworden. Sie blickte durch die Dunkelheit zur Straße hin. Es war niemand mehr zu sehen. In dieser Gegend gingen die Leute früh zu Bett. In den meisten Häusern waren die Lichter bereits gelöscht. Alle mussten am Morgen zeitig aus den Federn. Martha ging die paar Schritte über den Rasen zur Gartenmauer und stützte sich mit den Ellbogen darauf ab. Sie schloss die Augen und dachte an ihre Familie, die ihr dieses wundervolle Fest bereitet hatte. Ein warmes Gefühl der Liebe durchströmte sie.

Plopp machte es kaum hörbar, und Martha sackte in sich zusammen.

In der Küche kam Rodney zum Grande Finale des Abwaschs: zur verkrusteten Bratenschale. «Ich hab's geschafft, mein Bienchen», rief er nach getaner Arbeit. Warf mit einer theatralischen Geste die Schürze über eine Stuhllehne und trat an die Schwelle der Küchentür.
«Marthabienchen!»
Er spähte in den Garten. «Marthabienchen?»
Von der Straße her hörte er, wie der Anlasser eines Autos betätigt wurde.
Rodney ging zur Gartenmauer.
Dann sah er einen Lieferwagen von *W. H. Smith* davonfahren. Wer hat wohl in der Nachbarschaft zu so später Stunde ein Medikament geliefert bekommen?

Cambridge, Transimmune Institute

Roger Black schrak auf. Er war derart in die Papiere vertieft gewesen, dass er nicht bemerkt hatte, wie Robin Wilcox sein Büro betreten hatte. Erst als dieser die Tür hinter sich ins Schloss hatte fallen lassen, war Black auf ihn aufmerksam geworden. Mit einem Blick, der gleichermaßen Verständnislosigkeit wie Verzweiflung ausdrückte, schwieg er Wilcox an.
«Und?», fragte dieser endlich.
«Und was?», gab Black gereizt zurück.
Wilcox schloss daraus, dass sein Partner die Frage sehr wohl verstanden hatte. Die beiden Wissenschaftler hatten seit dem schicksalhaften Treffen mit Probst und McDuff kaum mehr ein Auge zugetan. Seit fünf Tagen und ebenso vielen Nächten hatten sie sämtliche Unterlagen, die ihnen das CCD zugänglich gemacht hatte, vorwärts und rückwärts studiert. Hatten sie bis ins letzte Detail seziert. Gab es tatsächlich nur diese eine Erklärung? Waren wirklich Experimente des *Transimmune Institute* für den neuen Erreger verantwortlich?

Sie hatten über den Daten gebrütet und versucht, sie anders zu interpretieren. Gegen vier Uhr heute Morgen war Wilcox am Schreibtisch eingenickt; Black hatte ihn zum Schlafen geschickt. Doch Wilcox hatte es im Ruhezimmer nicht lange ausgehalten. Nun stand er zerknittert wieder in Blacks Büro, während draußen eine blassblaue Morgendämmerung aufzog. Wilcox fuhr sich mit der Hand übers Gesicht und sagte: «Ich meine, hast du etwas gefunden? Ein Resultat?»

Black ließ sich Zeit mit der Antwort. Auf seiner Stirn bildeten sich noch ein paar Falten mehr, als die Müdigkeit ohnehin schon hineingefurcht hatte. Er hing in seinem Sessel wie ein k. o. geschlagener Boxer in den Seilen und gab sich nicht einmal Mühe, dies zu verbergen. Seine Antwort war ein kaum hörbares Flüstern. «Es ist so, wie McDuff sagt.»

Wilcox' Schultern sackten schlaff nach vorne. Er zog einen Stuhl an den Schreibtisch und ließ sich Roger Black gegenüber darauf fallen. Irgendwie hatte er bis zu dieser letzten Minute noch geglaubt, sie könnten die Theorie des CCD widerlegen.

Black blätterte resigniert in einem Stapel Endlospapier und seufzte. «Ich kenne diesen Bandwurm nun beinahe auswendig.» Der Computerausdruck zeigte unendliche Reihen von Buchstaben und Symbolen. Sie stellten sämtliche bekannten DNS-Abschnitte des Schweins dar. Black hatte darin unzählige Stellen mit Leuchtstift in verschiedenen Farben markiert und Hunderte von Pfeilen und Strichen hingekritzelt. «Ich habe den ganzen Ausdruck ein übers andere Mal mit diesem Schnipsel verglichen.» Black hob ein einzelnes A4-Blatt mit der Genstruktur des neuen Erregers darauf in die Höhe. «Und ich kann mir, verdammt nochmal, keinen anderen Reim als McDuff drauf machen.»

Beide Wissenschaftler starrten schweigend auf den Computerausdruck. Bis jetzt waren sie immer stolz darauf gewesen, dass sie im Genom des Schweins wie in einem Buch lesen konnten, sodass ihnen sogar gelungen war, darin einige Wörter umzuschreiben. Sie hatten im Buch des Lebens einer Tierart einige Korrekturen angebracht – zum Wohl des Menschen. Doch nun mussten sie erkennen, dass ihnen die Komplexität des genetischen Bauplanes einer Spezies zum Verhängnis geworden war.

«Dass ich den Befund des CCD bestätigen muss, ist schlimm», fuhr Black fort. «Aber noch viel schlimmer sind die Konsequenzen, die für uns aus dieser Erkenntnis erwachsen.»

«Hör auf.» Wilcox sützte den Kopf in die Hände. Es war die Zerstörung ihres gemeinsamen Traumes.

«Der genetische Fingerabdruck ist eindeutig», beharrte Black. «Der Erreger hat sich in einem unserer ersten Patienten entwickelt. Wir wissen nicht, in welchem. Aber es gibt nur sieben, die infrage kommen. Die sieben aus der ersten Serie der vorklinischen Experimente. Wir können leicht herausfinden, bei wem es geschah. Also können wir diese Person finden, sie von der Umwelt isolieren, sie heilen.» Er seufzte abermals. «Falls wir dazu überhaupt die Mittel haben. Doch das ist nicht einmal das Hauptproblem. Viel schlimmer ist: Wenn es einmal passiert ist, kann es wieder passieren. Außer den sieben ersten aber ist keiner der weiteren Patienten mehr markiert. Bei denen haben wir keine Chance mehr, den Ursprung zu finden. Wir hatten Patienten aus mehr als einem Dutzend Ländern. Wenn wir Pech haben, bricht die Krankheit wie platzende Eiterbeulen rund um die Erde aus. Geschieht es zwingend, oder nur unter bestimmten Voraussetzungen? Können andere Erreger entstehen? Vielleicht noch gefährlichere, noch aggressivere?» Black raufte sich die Haare. «Das wird unkontrollierbar!»

Wilcox fragte resigniert: «Wie konnte uns nur so ein Fehler passieren?»

«*Uns* ist kein Fehler passiert!», rief Black und richtete sich in seinem Stuhl kerzengerade auf. «Robin, das ist ganz wichtig. Unsere Methode ist so angelegt, dass alle bekannten Fehlerquellen ausgeschlossen sind. Wir halten nicht nur sämtliche gesetzlichen Sicherheitsvorschriften ein, sondern haben viele zusätzliche Sicherheitsvorkehrungen eingebaut. *Wir* haben alles in unserer Macht Stehende getan, um eine Gefahr auszuschließen. Aber *die Natur* hat mit dem, was wir verändert haben, weiter experimentiert. Sie hat etwas gemacht, von dem niemand ahnte, dass es möglich ist.»

«Du meinst also: Nichtwissen ist kein Fehler?» Wilcox fuhr sich mit der Hand über die glänzende Glatze. «All denen da draußen ist es doch völlig egal, wie wir es uns zurechtlegen. Die werden den Fehler anprangern.»

«Dazu hat niemand das Recht», begehrte Black auf. «Man kann uns nicht etwas Unvorhersehbares als Fehler in die Schuhe schieben. Die Öffentlichkeit hat über unsere Arbeit immer Bescheid gewusst. Wir haben nie etwas verheimlicht, haben alle Resultate publiziert. Die Öffentlichkeit war bei unserer Forschung immer mit dabei, wenn du so willst. Mit Gesetzen hat sie uns Schranken gesetzt; ihre Experten- und Ethikkommissionen haben unsere Experimente bewilligt; und ihre Forschungsgremien haben uns dafür die Kredite gegeben. Die Öffentlichkeit hat unsere Arbeit gutgeheißen, weil sie medizinischen Fortschritt bedeutete, von dem jeder Einzelne zu profitieren hoffte. Wenn nun doch was schief gegangen ist, hat niemand das Recht, mit dem Finger auf uns zu zeigen.»

«Du übersiehst», bremste ihn Wilcox, «dass es zwei Arten von Öffentlichkeit gibt. Jene, die in den Gremien sitzt, und jene, die auf die Straße geht. Ich fürchte, die beiden werden in dieser Frage nicht einer Meinung sein. Wenn diese Geschichte publik wird, gibt's Stunk.»

«Hmm», Black krauste die Stirn und strich sich mit beiden Händen über die grau melierten Schläfen. «Ich fürchte, du hast Recht.»
Wilcox seufzte. Er erhob sich und ging zur Tür. «Kaffee?»
«Heute einen Doppelten, schwarz und ohne Zucker.»
«Verstehe.»
Kurze Zeit später kam Wilcox mit zwei großen Tassen wieder. Sofort füllte anregender Kaffeeduft den Raum. Black griff nach einer der Tassen und begann umzurühren, als hätte er wie immer Milch und Zucker genommen.
«Es gibt jetzt schon Stunk», sagte Wilcox und legte zwei Zeitungen auf den Tisch.
Black warf einen Blick auf die Schlagzeilen. Sofort hielt die Hand, mit der er rührte, inne, als wäre der Kaffee schlagartig eingefroren. «So schnell?»
«Offenbar war die ganze Presse, Funk und Fernsehen, auf der Schweinefarm in Glennworth.»
«Probst hat das also tatsächlich eingefädelt.»
«Hat er. Das versteht er unter *den Scheinwerfer auf die richtige Stelle lenken*. Und die Ministerien machen mit. Wie vorgesehen, berichten alle darüber. Moment …» Wilcox überflog die Berichte, die in beiden Blättern mit farbigen Bildern illustriert waren. «Aber offenbar wird die Orchestrierung gestört. Alle wollen wissen, weshalb die Schweine abgeschlachtet werden. Wo die medizinischen Beweise dafür seien, dass die Maßnahmen wirklich nötig sind.»
«Womit sie ja auf dem richtigen Dampfer sind.»
«Natürlich. Diese Berichte greifen alle einen Report von *Channel Four* auf. Da ist jemand skeptisch geworden.»
«Nennt er *Transimmune* oder uns mit Namen? Weiß er, woher der Erreger kommt?», fragte Black nervös.
«Moment …» Wilcox las eilig bis zum Schluss, dann blickte er auf. «Er weiß es nicht.»

«Uff.» Blacks verkrampfte Haltung entspannte sich etwas.

«Noch nicht, aber er stellt genau die richtigen Fragen. McDuff soll in den News gestern schlecht ausgesehen haben.»

«Ein schlauer Kerl, dieser Reporter.»

«Oder ein dummer.»

«Ein dummer?»

«Wer heikle Fragen stellt, legt sich mit vielen an, mit zu vielen vielleicht.» Wilcox blickte grimmig. «Der Mann lebt gefährlich.»

Black starrte ihn an, als wäre er eben aus einer Narkose erwacht. Nach McDuffs schockierenden Enthüllungen hatte er sich wie besessen in wissenschaftliche Analysen gestürzt. War in der Arbeitswut untergetaucht, um die Katastrophe zu widerlegen. Diese Arbeitswut hatte wie die Immunabwehr seines Bewusstseins gewirkt und ihn betäubt. Doch tief im Innern hatte er gewusst, dass es längst um ganz andere Fragen ging. Er sprang vom Stuhl auf und stieß dabei so heftig gegen den Tisch, dass die Kaffeetasse darauf umkippte. Verständnislos starrte er auf die braune Brühe, die sich rasch ausbreitete und das Schweinegenom in einer Lache ersäufte. «Die Patienten! Probst hat sie als lebendes Beweismaterial bezeichnet. Was, verdammt nochmal, macht er mit den Patienten?!»

11. TAG

London

Matthew Gallagher stöhnte laut auf und fasste sich an den Kopf, der bei der Vollbremsung des Taxis gegen das Autodach geprallt war. Ein Wagen hatte ihnen den Weg abgeschnitten.
«Bist du okay?», fragte Narcy besorgt. Sie fand es gar keine gute Idee, schon am Tag nach dem Bombenanschlag wieder zu arbeiten.
«Halb so schlimm.» Mat versuchte ein Lächeln, doch jede Bewegung schmerzte noch höllisch. Er trug einen dicken Verband um den Kopf. Darunter zog sich eine Naht mit dunkel angelaufenen Rändern quer über die Stirn. Ein Splitter der Bombe hatte ihm eine lange Wunde ins Fleisch gerissen, die mit sieben Stichen hatte genäht werden müssen. Auch der rechte Arm schmerzte, doch das war zu vernachlässigen. Mat konnte nicht sagen, ob ihn die Druckwelle der Bombe niedergeworfen hatte oder ob er instinktiv in Deckung gegangen war. Mit Sicherheit aber hatte der Sturz ihn vor schwereren Verletzungen bewahrt.
Lindsay Williams, die Praktikantin, die im Augenblick der Detonation unter dem Schreibtisch den Zettel mit der Telefonnummer gesucht hatte, war ohne eine einzige Schramme davongekommen. Von den anderen, die sich in der Nähe befanden, hatten neun Leute leichte bis mittelschwere Schnitt- und Schürfwunden erlitten. Aber um Mary Cassidy stand es schlimm. Sie lag mit Brandverletzungen dritten Grades im Gesicht und an den Armen auf der Intensivstation im *Hammersmith Hospital.* Die Ärzte hatten gesagt, dass Hauttransplantationen nötig sein würden. Doch das Allerschlimmste war die Hand. Sie war zerfetzt. Irreparabel.
«Mat, ich mach mir schreckliche Vorwürfe, dass ich euch

dazu gedrängt haben, den Ordner zu öffnen.» Narcys Gesicht war der Schlafmangel der letzten Nächte deutlich anzusehen. Wenn sie es sich nüchtern überlegte, wusste sie zwar, dass das Geschehen nicht ihre Schuld war. Aber wie nüchtern konnte man nach einem solchen Ereignis bleiben?

Sie hatte am Telefon einen Riesenknall gehört und zuerst nicht begriffen, was da passiert war. Geradezu unwirklich hatte die Geräuschkulisse auf sie gewirkt, wie aus einem Actionfilm: nach dem Knall die Schreie, Weinen, hysterisches Kreischen. Narcy hatte ins Telefon geschrien: «Mat, was ist los?» Es hatte niemand mehr geantwortet.

Zitternd hatte Narcy aufgehängt und sofort die Notfallnummer der Polizei gewählt. Der Beamte hatte ihr nicht glauben wollen, dass in der News-Redaktion von *Channel Four* eine Bombe explodiert sei. So funktionierten manchmal die anonymen Bekenneranrufe, wenn die IRA in der Innenstadt einen Sprengsatz gezündet hatte. Narcy jedoch hatte sich mit Namen vorgestellt, die Nummer, die sie angab, hatte mit jener auf seinem Display übereingestimmt. Der Beamte hatte die Sache für einen üblen Scherz gehalten. «Sie wissen also, dass im Fernsehen eine Bombe explodiert ist. Sie selbst sind aber ganz woanders. Haben Sie vielleicht die Bombe ins Studio geschickt? Oder haben Sie die Explosion im Fernsehen gesehen? Was für einen Kanal haben Sie denn gerade geschaut?»

«Es ist mir verdammt nochmal nicht nach Späßen zumute!», hatte Narcy ihn angeschrien. «Schicken Sie sofort ein paar Krankenwagen zu *Channel Four*!» Doch der sture Beamte hatte sie nicht ernst genommen, bis – noch während er mit Narcy telefonierte – auf einer anderen Leitung ein Anruf direkt vom Channel einging. Dann endlich hatte er die Feuerwehr und mehrere Ambulanzen losgeschickt.

«Nun vergiss mal deine Schuldgefühle», beschwichtigte Mat.

«Wir hätten den Umschlag sowieso geöffnet. Und was mich persönlich betrifft: wie gesagt, halb so schlimm.»
«Mat, hör auf, den starken Mann zu markieren. Ich kann deine Verletzung sehr wohl beurteilen. Wenn ich deine Ärztin wäre, hätte ich dich für vier Tage krankgeschrieben.»
«Krank?», protestierte Mat. «Da kann ich ja nur froh sein, dass du nicht meine Ärztin bist.» In dem Moment, als er *meine Ärztin* sagte, spürte er einen kleinen Stich im Herzen, und er dachte, warum eigentlich nicht? Ein irritierender Gedanke. Das Taxi fuhr wieder an, und Mat ließ sich von der Beschleunigung in den Sitz drücken. Er lehnte den Kopf an die Nackenstütze. «Wie kannst du in dieser Situation nur an Arbeitsunfähigkeit denken?»
«Ich würde sogar *Bettruhe* verordnen.»
«Vergiss es. Hier bietet sich eine einmalige Chance. Wir berichten nicht nur über eine Story, sondern sind selber ein Teil davon. So etwas gibt es in einem Journalistenleben nur einmal. Diese Chance muss ich nutzen, denn das Journalistenleben ist statistisch gesehen eines der kürzesten.»
«*Das* glaube ich dir seit gestern aufs Wort.»
Mat drehte den Kopf zu ihr, ohne ihn von der Nackenstütze zu heben. Mit seinem weißen Turban und dem zerfurchten Gesicht sah er aus wie ein Beduine. Nur die bleiche Haut wollte nicht ins Bild passen. «So schrecklich das alles ist, und ich sollte in diesem Moment, wo Mary auf der Intensivstation liegt, wirklich nicht so etwas denken, aber in einer winzigen Ecke meines Bewusstseins bin ich auch stolz auf unser Team. Alistair Dunhill, mein Chef, hat sofort in einem anderen Gebäude auf dem Fernsehgelände ein Studio organisiert, damit die News trotzdem rausgehen. Und Lindsay, das Redaktionsküken, ist regelrecht zur Höchstform aufgelaufen. Die hat den Film genauso fertig geschnitten, wie wir ihn vorbesprochen hatten. Im Krankenhaus habe ich, kurz nachdem sie

mich zusammengeflickt hatten, sogar noch mitgekriegt, dass sie am Schluss des Films in der Autorenzeile nicht mal meinen Namen vergessen hat.» Er schnalzte anerkennend.

Die News waren ohne jeden Unterschied zu einem beliebigen anderen Tag über den Sender gegangen. Dies war der ausdrückliche Wunsch von Elmour Kirke gewesen, der von Scotland Yard sofort mit der Untersuchung des Falles beauftragt worden war. Dunhill und Kirke hatten sich darauf geeinigt, die Bombe gegenüber der Öffentlichkeit zu verschweigen. Man wollte den Absender nicht wissen lassen, ob seine tödliche Post ihr Ziel erreicht hatte. «Lassen wir sie noch etwas im Ungewissen», hatte Kirke zu Dunhill gesagt. Es könne durchaus sein, dass die Post nicht sogleich geöffnet würde, und so gewinne er für die Fahndung einige Tage Vorsprung, bevor die Gegenseite Maßnahmen ergreifen könne.

«Und was gedenkst du jetzt zu unternehmen?», unterbrach Narcy Mats Gedanken.

«Natürlich weitermachen.» Er war verblüfft.

Sie auch. «Das ist jetzt doch wohl Sache von Scotland Yard.»

Narcy hatte letzte Nacht gut zwei Stunden bei Scotland Yard aussagen müssen und dabei zu Protokoll gegeben, dass ihr der Name, der auf dem explodierten Aktenordner gestanden hatte, bekannt war. Und dass der Obduktionsbericht eines Patienten dieses Namens samt der Leiche aus dem St. James Hospital verschwunden sei. Seltsamerweise hatte die Polizei keine Kenntnis davon gehabt, obwohl Albright die Sache doch hatte aufklären wollen. «Vergiss Scotland Yard», sagte Mat höhnisch. «Die tappen vollkommen im Dunkeln. Auf dem Umschlag war zwar als Absender *Greenpeace* vermerkt, aber das war natürlich eine Finte. Die haben mit der Sache nichts zu tun. Woher der Umschlag wirklich kam, wird die Polizei nie herausfinden, selbst wenn die Spurenspezialisten alle Papierschnitzel, die sie finden, wieder zusammensetzen.

Außerdem steht inzwischen fest, dass der Bote, der den Umschlag abgegeben hat, weder von der Post noch von einem offiziellen Kurierdienst kam. Also nicht *eine* Spur.»

«Scotland Yard ist sicher nicht so unfähig, wie du ihnen unterstellst.»

«Hab doch nicht so viel Vertrauen in die Polizei», widersprach Mat. «In meinem Beruf glaubt man nur, was man mit eigenen Recherchen bestätigen kann.»

Narcy starrte aus dem Fenster. London zeigte sein dezemberliches Grau in Grau. Sie drehte den Kopf und sah Mat an. «Sag mal, kennst du keine Angst?»

«Wenn hier überhaupt etwas herauszufinden ist, dann nur, indem wir die Spur der Infektionen zurückverfolgen. Ich bin sicher, dass wir auf einer heißen Fährte sind, und das passt jemandem nicht.»

«Ob du keine Angst kennst, habe ich gefragt.»

Mat blickte verdutzt. «Angst?»

«Na, zum Beispiel davor, dass die Bombe das nächste Mal *dich* zerfetzt. Die war ja wohl nicht aus Zufall an *dich* adressiert. Oder dass ein Bagger *dich* platt walzt. So ganz nebenbei.»

«Der Bagger war ein Unfall.»

«Mat, du weißt, dass es kein Unfall war. Und du weißt ganz genau, dass ich das auch weiß.»

«Du weißt das?»

«Stell dir vor: ja.»

Er schwieg.

Narcy hätte sich die Haare raufen können. *Der Mann ist unmöglich.* Aber gleichzeitig musste sie auch zugeben, dass er wohl leider in einigen Dingen Recht hatte. Scotland Yard kümmerte sich um den Bombenanschlag, und nicht um die kranken Kinder. Die Misere im St. James blieb bestehen; dort mussten sie selber weitermachen. Und wenn sie den Kindern helfen wollte, hatte sie nur mit Mat eine Chance – eine kleine.

Sie betrachtete die Regentropfen auf dem Glas des Seitenfensters, die vom Fahrtwind getrieben eine schräg nach hinten verlaufende Spur hinterließen. Ihr Blick verlor sich auf dem nassen Pflaster, das vorbeiflitzte. Als der Wagen vor einem mehrstöckigen alten Haus hielt, warf sie Mat einen entschlossenen Blick zu. «Okay, machen wir weiter.»

Mat setzte sein unverschämtes Jungengrinsen auf, das Narcy an ihm mochte und das sein wettergegerbtes Gesicht zehn Jahre jünger aussehen ließ. Dann ließ er das mit einem leisen *autsch* aber gleich wieder bleiben und packte den Türgriff. Doch bevor er ausstieg, hielt er inne und sah Narcy forschend an. «Wenn du das gefährlichste Virus aller Zeiten konstruieren müsstest, wie sähe das aus?»

Narcy überlegte nur ganz kurz. «Es müsste wandlungsfähig sein wie das Grippe-Virus. Es müsste so lange inaktiv im Opfer schlummern wie Herpes, so stabil sein wie Polio und eine so große Anzahl von Organismen befallen können wie Tollwut.»

«Klingt gefährlich.»

«Viren sind gefährlich. Und die gefährlichsten von allen sind die Grippe-Viren. Die verändern sich derart schnell, dass schlicht alles passieren kann.»

«Und wie gefährlich ist …» Er versuchte umständlich, sich unter dem dicken Verband am Hinterkopf zu kratzen. «Wie ansteckend ist diese Hühner-Schweinegrippe?»

«Bis jetzt haben sich erst Neugeborene, ganz Alte und Drogensüchtige damit infiziert.»

«Für uns also auf den ersten Blick nicht gefährlich. Trotzdem ist es vielleicht besser, dass ich das hier habe mitgehen lassen.» Er wühlte in seinem ausgebeulten Sportsack und förderte etwas zutage, das Narcy nur allzu gut kannte. «Ich denke, die können nicht schaden.»

«Was willst du denn damit?»

«Jemandem die Hand schütteln und ihm ein paar Fragen stellen.» In seiner Hand baumelten zwei Paar Latexhandschuhe und zwei OP-Masken. «Jemandem, der uns der Lösung des Rätsels einen Schritt näher bringen könnte.»
Endlich wurde Narcy klar, warum er ihr – als er sie mit dem Taxi abgeholt hatte – nicht gesagt hatte, wo sie hinfuhren. «Jetzt gehst du zu weit. Das ist pietätlos, und überhaupt: Wenn jemand so krank ist, gehört er ins Krankenhaus.»
«Wo dann wieder ein Corpus Delicti verschwindet. Und du nichts mehr darüber erfahren wirst. Das hatten wir schon mal.»
«Aha, und nun soll ich hier wohl diagnostizieren, ob dein Jemand diese Krankheit hat?»
Mat sah sie unschuldig an. «Wer wäre da besser geeignet als du?»
Er streckte dem Taxifahrer einen Geldschein hin und stieß dann schwungvoll die Tür auf, um voller Tatendrang aus dem Taxi zu springen. «Verdammt, mein Arm!»

Im stilvoll restaurierten Treppenhaus stiegen sie die knarrenden Stufen bis in den fünften Stock hoch. Dort blieb der Journalist vor einer Holztür stehen, in deren obere Hälfte Scheiben aus Tiffany-Glas eingesetzt waren.
«Hier muss es sein.» Mat drückte auf den Klingelknopf.
Von innen hörte man einen gedämpften Ruf, der so klang wie *Komme gleich.*
Mat drehte sich zu Narcy um, griff in seinen Sportsack und zog ein billiges Stethoskop heraus, wie es in jeder Apotheke für den Heimgebrauch zu bekommen war. «Für Frau Doktor», sagte er und hängte es Narcy um den Hals.
Die Tür öffnete sich. Ein großer, fülliger Mann mit leicht vorgebeugter Körperhaltung trat heraus. Die Stirnfransen hingen ihm wirr in das bleiche Gesicht.

Er sieht zwar ziemlich schlecht aus, dachte Narcy, aber todkrank nun auch wieder nicht.
«David Evans ist mein Name.» Der Mann streckte Mat die Hand entgegen. «Danke, dass Sie gekommen sind.»
Er führte sie in ein großes Wohnzimmer, wo vor dem Kaminfeuer ein zweiter Mann in einer Landschaft aus Kissen lag. Er trug einen seidenen, dunkelblauen Bademantel, sein blondes Haar klebte am Kopf. Mit geröteten Augen blickte er Narcy und Mat entgegen. Doch Mike Broom, als der er ihnen vorgestellt wurde, gab sich Mühe, freundlich zu lächeln. Sein Händedruck war schlaff.
«Mike ist sehr schwach.» David Evans sah hilflos auf den in den Kissen Liegenden herab. «Begonnen hat es wie eine Grippe. Und gestern hatte er erste Nervenstörungen.» Er erzählte ihnen, dass sein Freund auf Licht empfindlich reagiere und sich wegen plötzlicher, unerklärlicher Schmerzen Tee über die Hose geschüttet habe. «Ich sehe da Parallelen zu den Fällen, über die das Fernsehen berichtet hat. Aber Mike will unter keinen Umständen zum Arzt.»
Narcy trat näher an Mike Broom heran. «Sind Sie einverstanden, wenn ich Sie untersuche?»
Er nickte.
Narcy blickte Mat an. «Lasst uns doch einen Moment alleine.» Dann fragte sie David: «Haben Sie eine Taschenlampe?»
«In der Küche. Unter der Bar in der Schublade», krächzte Mike und deutete mit dem Kopf zur gegenüberliegenden Tür. Sogleich verschwand David in der Küche.
«Und einen Kaffeelöffel, bitte», rief ihm Narcy hinterher.
Dann hörte man das Klappern von Besteck, während sich Narcy im Wohnzimmer umsah. Ihr Blick schweifte über antike Stilmöbel und moderne Accessoires. Ihr war, als hätte sie ein Einrichtungsmagazin aufgeschlagen. Der Besitzer dieser Wohnung hatte Geschmack. Und wohl auch etwas Geld.

«Hier, bitte, Lampe und Löffel.» David war aus der Küche zurück.
«Die ist gut», bemerkte Narcy erfreut, als sie die dunkelblaue *Maglite* entgegennahm. Dann blickte sie Mat auffordernd an. Der Journalist hatte bislang stumm daneben gestanden und gestaunt. Er hatte angenommen, dass er bei diesem Treffen die Zügel in der Hand halten, ein professionelles Interview mit dem Kranken und seinem Betreuer führen würde. Doch stattdessen hatte sie nun auf ihre sanfte Art das Heft in die Hand genommen. Sie strahlte eine natürliche Autorität aus, die er gleichzeitig als menschliche Wärme empfand. Das gefiel ihm, und er akzeptierte diese Rollenverteilung. Er drehte sich zu David um.
«Wo können *wir* unsere Sprechstunde abhalten?»
«Dort drin.» David ging erneut auf die Küchentür zu. «Da gibt's auch was zu trinken.» Über die Schulter fragte er Narcy: «Darf ich Ihnen auch etwas bringen?»
«Nein danke. Später vielleicht.» Die Ärztin hatte sich bereits den Mundschutz übergestreift und sich auf eines der purpurfarbenen Seidenkissen neben Mike gekniet.
Narcy schätzte den Mann auf etwa gleich alt wie sie selbst. Sein Körper war abgemagert, schwach, die Haut wächsern und heiß. Narcy hob den Kaffeelöffel. «Darf ich mir Ihren Mund anschauen?»
Mike öffnete seinen trockenen Mund. Als Narcy mit dem Löffel die Zunge hinunterdrückte und mit der Lampe hineinleuchtete, sah sie sofort die geschwollenen Mandeln, die Rachenentzündung, eine weißlich belegte Zunge.
«Haben Sie Fieber?»
«Ja», sagte Mike mit rauer Stimme. Narcy hätte nicht fragen brauchen, der Mann strahlte Hitze ab wie ein Ofen.
«Ist Ihnen denn hier am Kamin nicht zu heiß?»
«Nein, ich friere.»

Er berichtete von seiner Erkältung, von dem gelben Schleim, der aus seiner Nase kam. Narcy war alles unheimlich bekannt. Sie stellte ihm noch einige Fragen, die er alle kurz und schnörkellos beantwortete. Schließlich forderte sie ihn auf, den Bademantel zu öffnen. Das Geräusch, das sie mit dem Stethoskop auf den Lungen hören konnte, passte in das Bild einer Infektion. Doch was sie auf der rasierten Brust sah, war ungewöhnlich. Diese Art von Hautveränderungen hatte Narcy bisher erst bei Patienten gesehen, die von einem der schlimmsten Killer der modernen Medizingeschichte befallen worden waren. Das heimtückische Virus stammte von Affen und hatte sich in der menschlichen Population zur weltweiten Epidemie ausgebreitet. Sie war sich nicht ganz sicher, aber es sah verdammt nach einem Kaposi-Sarkom aus.

Einen Moment lang rang sie mit sich, ob sie den Patienten danach fragen sollte. In dieser Wohnung fiel ihr das schwerer als im gewohnten Umfeld der Klinik. Hier fühlte sie sich als Eindringling in die Privatsphäre eines anderen. Doch sie mahnte sich zur Professionalität und begann vorsichtig: «Sie haben hier Flecken auf der Haut.»

Seine Antwort war trocken. «Ich weiß.»

«Das scheint Sie nicht zu beunruhigen?»

«Ich habe es erwartet. Früher oder später …»

So viel Abgeklärtheit brachte Narcy aus dem Konzept. Sie hatte schon einigen Patienten erklären müssen, dass sie an einer schweren Krankheit litten, an einer tödlichen Krankheit vielleicht. Das war jedes Mal eine schwierige Aufgabe gewesen, die den Einsatz ihrer ganzen Persönlichkeit gefordert hatte.

Und dieser Mann hier reagiert derart cool.

Mike musste ihr die Verblüffung angemerkt haben, obschon er sie nicht ansah, sondern ihrem Blick fortwährend auswich.

«Ich bin HIV-positiv.»

«Sie sind HIV-positiv?»

«Yes, Doc.»
Eine Pause.
«Seit zwei Jahren.» Seine knappen Worte klangen trotzig, und Narcy verstand plötzlich, weshalb Mike zu keinem Arzt mehr gehen wollte. Sie hatte das schon an anderen Aids-Patienten beobachtet. Vor allem solche, die in ihrem Umfeld schon Leute an derselben Krankheit hatten sterben sehen, verfielen irgendwann in Gleichgültigkeit. An diesem Punkt musste Mike Broom angelangt sein. Offenbar kam es ihm nicht mehr darauf an, ob er an Aids starb oder an der Hühner-Schweinegrippe.
Und plötzlich sah Narcy den Zusammenhang zwischen den kranken Kindern im St. James Hospital, den Patienten in den Altersheimen und den Drogensüchtigen im Mexiko. Sie musste unbedingt Matthew davon erzählen.
Doch noch wusste sie gar nicht, ob der HIV-positive Mann, der wie ein Häufchen Elend vor ihr saß und dabei fast in den aufgetürmten Kissen verschwand, mit dieser neuen Infektion angesteckt war. Definitiv beantworten ließ sich die Frage nur mit einem Bluttest, aber dafür war sie jetzt nicht ausgerüstet. Wenigstens konnte sie noch nach einem weiteren Indiz suchen. Einem, das ihr an jedem der kranken Kinder aufgefallen war.
«Ich möchte mir gerne noch Ihre Augen anschauen», sagte Narcy.
Mike versuchte sich in seinem Kissenberg etwas aufzurichten. Er stöhnte laut.
«Bleiben Sie nur.» Narcy, die noch immer auf dem Kissen kniete, stützte sich mit der linken Hand ab und beugte sich vor. «Schauen Sie mir bitte in die Augen.» In der rechten Hand hielt sie die Taschenlampe.
Mikes wässrige blaue Augen erfassten Narcys Mundschutz, tasteten sich dann nach oben und landeten in einem Paar tief-

dunkler Augen, in deren Braun ein Kränzchen aus zartem Orange um die Pupille auszumachen war. Er blickte in diese leuchtende Flamme, sah dort das Leben und verlor sich darin.

Narcy versuchte den Blick des Mannes auszuhalten. Einen Blick, der in sie eindrang, als wolle er sie aussaugen. Sie blickte zurück, durch seine blaue Angst hindurch in seine blanke Verzweiflung hinein, die sie sogleich umfing und nicht entkommen ließ.

Langsam hob Narcy die Hand mit der Lampe.

Mike blickte sie unverwandt an.

Sie schaltete das Licht ein.

Mike hatte es nicht bemerkt. Er wollte sich nicht von dem starken, warmen Leben in Narcys Augen losreißen.

Narcy hob die Lampe und leuchtete dem Mann in die Augen. Mikes Blick blieb in Narcys Augen festgekrallt, doch die Pupillen flackerten wild auf und zu, als wollten sie allen Schmerz aus seinem Körper speien. Zwei oszillierende schwarze Löcher, welche die kalte Angst aus seiner Seele pumpten. Narcy hätte ihre Augen am liebsten geschlossen, doch sie schaffte es nicht, sich von Mikes Blick loszureißen.

Schließlich klappten seine Lider nach unten und erlösten Narcy von diesem Sog. Seine Gesichtsmuskulatur verkrampfte sich, und ein gellender Schrei entfuhr ihm. Dann warf er der Kopf nach hinten und nach vorn, kippte ihn hin und her, in wilden Zuckungen, als hätte ihn Narcy mit dem Lichtstrahl unter Strom gesetzt.

London, Docklands

In der ehemaligen Fabrikhalle deutete wenig darauf hin, dass sie jetzt ein Wohnraum war. Es sah eher nach einer Altmöbelhandlung aus. Kein Stück passte zum anderen. Wenn man von der Frühstücksbar aus nach rechts hinüberblickte, sah man zuerst auf die Rückwand eines mächtigen Metallschrankes. Dahinter lugte eine zerwühlte Decke hervor, die auf einem niedrigen Fouton lag. Am Boden vor der Schlafstelle lagen ein Paar zerlatschter Nikes und eine achtlos hingeworfene Jeansjacke.

Geradeaus war ein gigantischer Flachbildschirm aufgebaut. Davor stand ein abgewetztes Ledersofa, umringt von metallenen Stativen, die früher einmal für Filmleuchten verwendet worden waren, auf denen vier Lautsprecherboxen im Technolook aufgestellt waren. Ein paar Schritte links vom Sofa gab es einen langen Tisch mit gusseisernen Füßen und einer Holzplatte, der so manches Gelage anzusehen war. Die Stühle um den Tisch herum waren ebenso wild zusammengewürfelt wie die restlichen Möbel. Narcys Blick fiel auf eine ausgewaschene Grabsäule, die eine indianische Gottheit darstellte und an ihre Heimat erinnerte.

«Nimmst du noch Tee?», fragte Mat.

Narcy hielt ihren verlorenen Blick auf das Fenster geheftet und streckte ihm wortlos die große Tasse hin. Sie hatte die Füße auf die Sitzfläche des Barhockers hochgezogen und hielt mit dem anderen Arm die Knie umschlungen. Sie fröstelte.

Natürlich hatte sie damit gerechnet, dass das Licht bei Mike Broom eine Reaktion auslösen würde. Er hatte ja selbst gewisse Nervenstörungen beschrieben. Aber dass die Reaktion so extrem ausfallen würde … Mike hatte für Sekunden das Bewusstsein verloren, danach war er wie aus einer Trance erwacht und verwirrt gewesen.

«Nie im Leben habe ich in solche Augen geblickt», meinte Narcy nachdenklich.

Mat ließ sich Zeit beim Einschenken und reichte ihr dann die Tasse.

«Ich fühle mich, als hätte ich in das Innerste dieses Menschen hineingesehen.» Sie nahm einen Schluck Tee. «Seine Angst war so abgrundtief, so nackt, dass ich mich selbst davor gefürchtet habe. Schrecklich. Trotzdem konnte ich mich nicht losreißen.» Sie zog sich die Sweatshirt-Jacke enger um die Schultern.

Mat hätte ihr gerne die Kapuze über den Kopf gezogen, damit sie es noch etwas wärmer hätte. «Ich habe noch nie so einen Anfall gesehen», sagte er schließlich. «Grässlich. Meinst du, er hat die Hühner-Schweinegrippe?»

«Ich bin mir sicher. Es sind dieselben Symptome wie bei den Kindern. Nur stärker. Dazu noch diese Hautveränderungen, die haben die Kinder nicht, aber ...» Plötzlich erinnerte sich Narcy wieder, dass sie Mat noch gar nicht davon erzählt hatte. «Mat, ich sehe da einen Zusammenhang zwischen all den Krankheitsfällen.»

Mat blickte sie erwartungsvoll an.

«Immunschwäche. Neugeborene und Alte haben ein schwaches Immunsystem, genau wie Drogensüchtige und HIV-Positive.»

«HIV-Positive!» Er wurde hektisch. «Heißt das, Mike ist HIV-positiv? Und das sagst du erst jetzt!»

Narcy zuckte mit den Schultern. Es war überhaupt nicht ihre Absicht gewesen, Mat etwas zu verheimlichen. Aber sie war von dem Erlebnis mit Mike derart benommen gewesen, dass sie bis jetzt schlicht nicht fähig gewesen war, strukturiert zu denken. Sie fühlte sich deshalb nicht bemüßigt, auf Mats unverhohlenen Vorwurf einzugehen. «Bisher haben sie nur Leute infiziert, die immunschwach waren. Kein gesunder Erwachsener hat sich angesteckt.» Sie hielt einen Moment inne. «Außer McAvoy. Und der hat den Erreger durch direkten Blutkontakt gekriegt.»

Mat pfiff durch die Zähne. «Ansteckung nur bei Immunschwäche und direktem Blutkontakt. Das bedeutet, dass die

Krankheit nicht für alle gefährlich ist, dass sie auf bestimmte Risikogruppen beschränkt bleibt.»

«Mach dir keine Hoffnungen. Das hat man bei Aids anfänglich auch gedacht. Wenn so was grassiert, sind die Risikogruppen nur der Anfang. Früher oder später weitet es sich aus.»

«Verdammt, das macht Sinn!», sagte Mat.

«Aber wir kommen nicht weiter.»

«Und ob wir weiterkommen!», entgegnete er. «Wir haben einen Patienten. Wir haben *unseren* Patienten, von dem niemand sonst weiß!» Mat sprang vom Hocker und begann vor der Frühstücksbar hin und her zu tigern. «Narcy, das ist die Chance, das – ist – *die* – Sto – ry!»

«Mat, ich bitte dich. Wir haben einen Sterbenden vor uns, und du denkst an die Sto – ry! Siehst du die Welt eigentlich nur als Story oder Nicht-Story?»

«Ich lebe von den Storys.»

«Und das Gefühl? Das Mitgefühl?» Sie sprang wütend vom Barhocker. «Ist ein Journalist auch irgendwann mal ein Mensch?»

«Genau darum geht es hier. Um Menschen. Mikes Schicksal interessiert das Publikum rein menschlich.»

«Und darum willst du ihn vorführen wie einen kranken Tanzbären? Wunderbar! Das wird dir sensationsgeile Zuschauer vor die Glotze locken und die Einschaltquote sichern.» Die Hände in die Hüfte gestemmt, baute sie sich vor Mat auf. «Der Zweck heiligt nicht die Mittel. Und in diesem Fall erst recht nicht! Wenn du das willst, kannst du ohne mich weitermachen!»

Mat starrte sie mit offenem Mund an. «Ich dachte, ich dachte …» Bei so viel gegen seine Person gerichtete Empörung kam er ins Stottern. «Ich dachte, du bist auf meiner Seite?»

«Auf deiner Seite? Kommt ganz drauf an, welche Seite du meinst. Ich bin auf der Seite der Patienten und der Wahrheit.

Bei der Suche nach der Wahrheit brauche ich dich jetzt, genauso wie du mich brauchst, um zu deiner Story zu kommen. Ich weiß, wir haben abgemacht: Hilfst du mir, so helf ich dir. Aber es gibt eine moralische Grenze.»

«Ach ja?», höhnte er. «Und wo die verläuft, bestimmt die assoziierte Ethikkommission in Gestalt von Frau Doktor Perez Corrales.»

«Matthew Gallagher! Mach dich nicht lustig über mich.» Narcy tat einen Schritt auf Mat zu und blitzte ihn aggressiv an. «Ich brauche keinen Journalisten-Sarkasmus.»

«Das hat doch nichts mit Sarkasmus zu tun, sondern schlicht mit der Tatsache, dass du keine Ahnung von den Medien hast.» An seinen Schläfen waren dicke Zornesadern hervorgetreten. «Du lebst im Glaspalast des Krankenhauses, ich aber auf der Straße der Realität. Und ich habe die verdammte Pflicht zu informieren. Ich habe die Welt abzubilden, wie sie ist.»

«Ich will der Welt aber nicht zuschauen, wie sie ist. Ich will, dass sie besser wird. Du bist es, der keine Ahnung hat. Du kannst dir gar nicht vorstellen, was ich täglich mache. Ich flicke die zusammen, die auf deiner Straße der Realität vor die Hunde gegangen sind. Du lässt sie vor die Hunde gehen und filmst sie noch dabei. Du würdest noch den Weltuntergang filmen!»

Mat wollte diese Frau nur noch zum Schweigen bringen. «Ganz genau!», schrie er ihr ins Gesicht.

Narcy erstarrte für einen Moment, dann kreischte sie erbost auf, und ihre Ohrfeige traf ihn mit voller Wucht.

Es herrschte Stille.

Mats Gesicht blieb zu einer zornigen Maske eingefroren. Narcys dunkle Schönheit war in Wut erstarrt. Wie versteinert standen sie sich gegenüber. Keiner sagte ein Wort. Schließlich fand er ihre Augen, sie die seinen. Keiner wich dem Blick des anderen aus. Und in diesem Moment wussten beide, dass sie nur das eine wollten:

Die Wahrheit finden.
Plötzlich wich alle Spannung aus Narcys Körper. Unvermittelt sackte sie in sich zusammen. Im letzten Moment konnte Mat sie auffangen. Sie weinte herzerweichend an seiner Schulter, und er trug sie zum Fouton hinüber, wo er sie vorsichtig hinlegte. Er sagte nichts, streichelte ihr nur sanft über die Wange, wo die Tränen feuchte Spuren hinterließen. Narcy zitterte am ganzen Körper. Die Anstrengung der letzten Tage schien sich plötzlich zu lösen und aus ihr herauszubrechen. Endlich begann sie stockend zu reden.
«Es geschah am Tag vor meinem fünfzehnten Geburtstag.»
Mat wartete und fragte dann: «Was ist passiert?»
«Es war *unser* fünfzehnter Geburtstag. Ich habe eine Schwester – Isabel. Wir sind Zwillinge. Isabel und ich, wir haben immer alles zusammen gemacht. Wir sind zusammen zur Schule gegangen, haben zusammen Sport getrieben, hatten dieselben Freunde.»
Mat merkte, dass sie in der Hektik der letzten Tage noch gar nicht dazu gekommen waren, einander aus ihrem Privatleben zu erzählen. Er betrachtete ihr ovales Gesicht mit den hohen Wangenknochen, die etwas Indianisches hatten. Sie war schön. Kannte er sie überhaupt?
«Wir sind auch praktisch immer zusammen aus dem Haus gegangen und zurückgekehrt. Außer am Tag vor unserem fünfzehnten Geburtstag. Da waren wir mit Freunden im *Babaloo*, einer Diskothek in der *Zona Rosa*. Bei uns zu Hause ist der fünfzehnte Geburtstag etwas sehr Wichtiges. Alle Familien feiern diesen Tag groß, denn dann werden aus den Mädchen Frauen. Das Fest beginnt immer schon am Vortag, indem die Mädchen mit allen Freunden richtig auf den Putz hauen. Sergio war an dem Abend auch dabei, ein Junge aus unserer Clique. Er war zwei Jahre älter als ich, und er gefiel mir – ich ihm auch. Aber wir waren kein Paar. Meine Eltern

waren strikt dagegen, dass wir vor dem fünfzehnten Geburtstag einen Freund hatten. Sie liebten uns, aber sie waren sehr streng.»

Es kostete sie offenbar große Mühe zu sprechen. Immer wieder hielt sie inne, als müsse sie sich dazu überwinden.

«Wir gingen noch in einige andere Bars und hatten viel Alkohol getrunken. Das tun viele Mädchen, wir betrinken uns am fünfzehnten Geburtstag zum ersten Mal. Dann hat Sergio mich gefragt, ob er mich nach Hause bringen dürfe. Ich wollte nicht. Aber Isabel fand das lustig und versprach, den Eltern nichts zu sagen. So hat Sergio mich begleitet. Wir gingen zum ersten Mal Hand in Hand. Das war aufregend.»

Sie hielt inne.

Mat streckte vorsichtig seine Hand aus und strich ihr über das pechschwarze Haar. «Und dann?»

«In der Fußgängerunterführung an der *Plaza de la Sabana* versuchte er mich zu küssen.»

«Ist es ihm gelungen?»

«Ich habe ihm gesagt, dass ich das nicht wolle. Er bedrängte mich. Ich habe geschrien, er solle das lassen. Er hielt mich fest. Ich wehrte mich und kam irgendwie frei und lief weg. Sergio rannte mir nach. Dann fiel ich hin, wegen der hohen Schuhe, die ich mir extra für diesen Tag gekauft hatte. Er stellte sich über mich. Er hat gelacht. Ein Lachen, das ich noch nie von ihm gehört hatte. Es machte mir Angst.»

Mat griff vorsichtig nach ihrer Hand und drückte sie.

«Ich konnte nicht aufstehen, weil er mit gespreizten Beinen über mir stand. Dann hat er sich auf mich geworfen. Mich zu Boden gedrückt. Den Rock hochgeschoben. Und dann hat er mich vergewaltigt. Es tat so furchtbar weh und ging alles so schnell. Ich konnte mich nicht wehren. Dann hat er mich in der Unterführung liegen gelassen.» Narcy bebte am ganzen Körper und gab etwas wie ein Wimmern von sich.

«Ist ja gut», flüsterte Mat. Er wusste nicht, was er anderes hätte sagen sollen.
Sie atmete tief durch und redete weiter. «Ich weiß nicht mehr, wie ich nach Hause gekommen bin. Die ganze Nacht habe ich nur geweint und den nächsten Tag auch. Dann habe ich alles meiner Mutter erzählt. Eine ganze Woche konnte ich nicht ins *Colegio* gehen. Als ich dann wieder hinging, war alles anders. Ich wurde eine schlechte Schülerin. Aber das war nicht das Schlimmste. Ein paar Wochen später merkte ich, dass ich schwanger war.»
Gallagher erstarrte. Plötzlich war er sich nicht mehr sicher, ob es in diesem Moment richtig war, Narcy zu berühren. Er fühlte sich ihr zu nah, fühlte sich als Eindringling und ließ ihre Hand los. Doch Narcy griff sofort wieder danach.
«Ich wollte es sofort wegmachen lassen. Aber meine Eltern waren dagegen. Eine katholische Familie, ein Rechtsanwalt und eine Lehrerin können sich das moralisch nicht leisten, sagten sie. Sie hätten genug Geld und würden für das Kind zahlen. Papa hat mit Sergios Vater geredet, er war Professor an der Uni. Sie haben sich irgendwie geeinigt. Was genau ausgemacht wurde, weiß ich nicht. Aber Sergio kam von da an nicht mehr zu uns in die Schule. Ich habe gehört, er sei in ein strenges Jungeninternat geschickt worden.»
Sie hielt einen Moment lang den Atem an. «Dann kam das Baby: Ines.»
Abermals liefen Narcy die Tränen über die Wangen. Mat tupfte sie ihr ab und fragte bange: «Wo ist Ines heute?»
«Wenige Tage nach der Geburt wurde sie krank.»
«Krank, wie die Kinder im Krankenhaus?»
«Es war so schrecklich. Die Krankenschwestern haben mich schlecht behandelt. Sie dachten, das ist wieder so eine, die nicht aufgepasst hat. Sie haben mir immer gezeigt, wie sie mich und Ines verachteten. Obwohl Papa für das beste Kran-

kenhaus in der Stadt bezahlte, ging es Ines immer schlechter. Die Ärzte behaupteten nun, man könne nichts machen.»
«Mein Gott», sagte Mat.
«Ines starb. Da habe ich gemerkt, wie sehr ich sie schon liebte. Und ich habe ihr geschworen, alles zu tun, damit so etwas nicht wieder vorkommt, damit Babys nicht sterben müssen. Ich wollte Ärztin werden. Meine Eltern haben mich von Anfang an unterstützt. Ich konnte Nachhilfeunterricht nehmen, und so habe ich die Schule irgendwie geschafft. Noch heute denke ich oft an meine Tochter. Ich weiß noch genau, wie sie ausgesehen hat.»
Endlich verstand Mat. Darum also wollte sie den Kindern im St. James Hospital unbedingt helfen. Deswegen lehnte sie sich so verbissen gegen Ärzte auf, die die Patienten nicht für voll nehmen, die nicht die ganze Wahrheit sagen, die mehr auf ihr eigenes Renommee achten als auf das Wohl der Patienten. Doch Narcy war noch nicht am Ende ihrer Geschichte angelangt. Was Mat nun zu hören bekam, ließ ihn erstarren.
«Vor zwei Tagen geschah es beinahe wieder. Steve ist mir im Gang begegnet und hat gelacht wie damals Sergio. Er hat mich auch genauso angesehen wie damals Sergio. Er hat mich gepackt wie Sergio. Es war schrecklich. Ich wusste immer genau, was als Nächstes kommen würde. Ich wollte mich wehren. Aber ich konnte wieder nichts dagegen tun. Wie damals. Ich hatte immer die Bilder von damals vor Augen. Ich wollte wegrennen, wollte ihm wehtun, wollte sterben. Aber ich konnte nicht.»

London, Howard Road

Rot sterbend hing die Sonne über den Dächern der Nachbarhäuser. Unzählige rauchende Kamine ragten im Gegenlicht in den Himmel. Davids Blick verlor sich im verlöschenden Horizont, während hinter ihm Mike neben dem nur noch schwach glimmenden Kaminfeuer schlief. Er hatte sich nicht gerührt, als ihm David vorhin die Decke über die Schultern gezogen hatte. Er lag so ruhig und friedlich da, als wäre er glücklich. Dabei tobte in ihm ein Krieg. *Hat das Virus die Schlacht schon gewonnen?* David erschrak über diese Frage. Er hatte zum wiederholten Mal den wild um sich schlagenden Mike vor Augen, die entsetzt daneben kauernde Ärztin, den entgeistert dastehenden Journalisten. Und sofort spürte er auch wieder seine eigene lähmende Hilflosigkeit.

Ist der Besuch der Ärztin eine gute Idee gewesen?

David hatte ihn angerufen, weil er einfach das Bedürfnis gehabt hatte, dem Reporter als Repräsentant des Fernsehens seine Ängste wegen der neuartigen Krankheit mitzuteilen. Sie waren ja auch durch Fernsehberichte geschürt worden. Und so hatte er ihnen auch Hilfe bei der Suche nach dem neuen Erreger angeboten. David war über seinen Vorschlag selbst erschrocken. Er war ihm wohl mehr herausgerutscht, um den Anruf vor dem Journalisten zu rechtfertigen. Und auch vor sich selbst. David hatte nicht wirklich geglaubt, dass er helfen konnte. Doch irgendetwas musste er tun, um das Versprechen zu erfüllen, das er Mike gegeben hatte. *Ich werde alles für dich tun.* Aber was konnte er schon tun?

War er letztlich nicht dazu verdammt zuzusehen, wie ihm der geliebte Mensch, den er eben erst gefunden hatte, unter den Händen wegstarb? Genauso, wie er schon einmal hatte zusehen müssen. Bei Samuel. Weil David krank war, hatte sich sein Bruder einen gesunden Teil seines Körpers herausschneiden lassen. Samuel hatte ihn vor dem Tod bewahrt.

Als Jahre später bei dem Autounfall Samuels verbliebene Niere zerstört wurde, konnte David ihm nichts zurückgeben. Er konnte nichts tun. Bei Mike müsste er doch wenigstens versuchen, etwas zu tun.

Als die Sonne schließlich untergegangen war, gab es für David keinen Zweifel mehr daran, dass der Besuch des Journalisten und der Ärztin eine gute Sache gewesen war. Er hatte Gewissheit gebracht. Selbst wenn diese Gewissheit Tod bedeutete, war sie doch besser als Ungewissheit. Ungewissheit nährt falsche Hoffnung. Ungewissheit tötet auch, langsam und grausam.

David wandte sich vom Fenster ab. Im Kamin glomm nur noch eine schwache Glut. Er ging zu Mike hinüber und betrachtete ihn lange. In David hatte an diesem Nachmittag ein Keim zu wachsen begonnen. Gesetzt hatte ihn Matthew Gallagher mit seiner Frage, ob David irgendeine Vorstellung davon habe, wie sich die Krankheit verbreite. Aus diesem Keim wuchs nun eine Ahnung, eine grauenhafte Ahnung hervor …

12. TAG

London, Docklands

Narcy hob den Kopf, blinzelte und rieb sich die Augen. Sie blickte in einen mit Wolken gesprenkelten Morgenhimmel. Im Gegenlicht erstreckte sich eine endlos scheinende Steppe, aus der gigantische Elefanten und Giraffen ragten.

Wo war sie?

Allmählich erkannte sie in den exotischen Silhouetten die Lagerhallen und Kräne der Docklands, des einstmals ölig-rußigen Industrieviertels an der Themse, das sich längst zum gefragten hochpreisigen Wohnviertel gewandelt hatte. Die Steppe der ehemaligen Industriezone war zu neuen Jagdgründen geworden für Leute aus Kunst, Werbung, Presse und Fernsehen.

Fernsehen!

Ach so!

Narcy hatte in die Realität zurückgefunden. Sie lag auf einem Fouton und blickte durch eine breite Fensterfront. Langsam drehte sie sich um und sah Matthew Gallagher, der mit dem Rücken zu ihr an der Frühstücksbar hantierte.

Erst jetzt bemerkte Narcy, dass sie in Straßenkleidung auf dem Fouton lag. Jemand hatte ihr sogar die Kapuze der Sweatshirt-Jacke über den Kopf gezogen. Sie selbst tat das nie. Dankbar blickte sie Mat an und ließ den Kopf wieder auf das Kissen zurücksinken. Sie schloss die Augenlider halb und beobachtete ihn durch den Vorhang ihrer langen Wimpern. Mat bewegte sich zielgerichtet, aber nicht hastig, und summte dazu leise eine Melodie. Er halbierte Orangen und drückte sie in einer Saftpresse aus. Dann schnitt er Brot auf einem Brett.

Narcy blieb regungslos liegen und schaute ihm zu.

Schließlich sagte sie leise: «Danke.»

Mat drehte sich um und wischte die Hände an einem Kü-

chentuch ab, das er sich wie eine Schürze umgebunden hatte.
«Danke wofür?»
«Dass du mir zugehört hast … und für die Kapuze.»
Er lächelte. «Und ich danke dir dafür, dass du mir alles erzählt hast.» Er drehte sich um und ergriff einen großen Teller, mit dem er theatralisch vor Narcy dienerte. «Magst du Lachs?»
«Mmh, wo hast du denn den hergezaubert?»
«Ach, ich war kurz aus dem Haus. Vorne an der Ecke gibt es diesen Schickimicki-Delikatessenladen. Ich kaufe dort selten ein. Viel zu teuer. Aber manchmal ist er ganz nützlich.»
«Wie viel Uhr ist es denn?», fragte Narcy und gähnte.
«Beim dritten Ton ist es genau neun Uhr, fünfzehn Minuten, dreißig Sekunden.»
«Piep», fügte Narcy lachend hinzu. Sie erhob sich vom Fouton und schlurfte verschlafen zu Mat an die Frühstücksbar. Wie ein Stein musste sie geschlafen haben. Sie hatte überhaupt nicht bemerkt, dass Mat das Loft verlassen hatte.
«Ach ja», sagte Mat beiläufig, während er etwas Dill über die Lachsscheiben streute. «Ich weiß jetzt, wer McDuff ist.» Er stellte den Teller mit dem Lachs vor Narcy hin.
«Du weißt was?»
«Ich habe herausgefunden, woher ich McDuff kenne.»
Jetzt war Narcy hellwach.
«Der unscheinbare Wissenschaftsbeamte, der sich immer schön im Hintergrund hält, ist verantwortlich für den größten Skandal der britischen Landwirtschaft und des Gesundheitswesens. Donovan McDuff verantwortet den Tod von mehreren Millionen Rindern und mindestens zwei Dutzend junger Menschen. McDuff ist schuld daran, dass sich der Rinderwahnsinn ausbreiten und auf den Menschen übergreifen konnte.»
Narcy verschluckte sich an dem Stück Sauerteigbrot, das sie eben abgebissen hatte. «Bitte noch einmal», hustete sie.

Mat legte den Stapel Papier mit den Resultaten seiner nächtlichen Archivrecherchen auf den Tisch. «Im Jahr 1985 zeigte die erste Kuh auf einem Hof in der Grafschaft Kent die Symptome einer bisher unbekannten Krankheit. Sie war nervös, gereizt, die Bewegungen waren gestört. Nach kurzer Zeit starb sie. Die Obduktion brachte ein Gehirn zum Vorschein, das aussah wie ein Schwamm mit großen Löchern. Das war der erste Fall von BSE, der *Bovine Spongiforme Encephalopathie.* Innerhalb von zwei Jahren war BSE überall in England angelangt. Etwa 400 Fälle, an verschiedensten Orten gleichzeitig, sodass für die Ansteckung kein Erreger infrage kam, der von Hof zu Hof hätte verschleppt werden müssen. Aber das weißt du ja alles besser als ich.»

Narcy nickte. «Das Tiermehl war es.»

«Genau, und darum wurde 1988 in Großbritannien die Verfütterung dieses Tiermehls verboten, und die Bauern durften BSE-Tiere nicht mehr ins Schlachthaus bringen. Doch das Verbot wurde massenhaft umgangen, weil die Regierung viel zu wenig Entschädigung zahlte. Die Landwirte schlachteten die Tiere, sobald irgendwelche Symptome auftraten, und verkauften sie trotzdem. Die Regierung wusste das, unternahm aber nichts dagegen, weil man annahm, dass BSE für den Menschen ungefährlich sei. Und auch unter den Rindern würde die Krankheit von selbst wieder verschwinden, behaupteten sie. Daran änderte auch die Tatsache nichts, dass die EU den Import von britischem Rindfleisch verbot.

Dann starb Max, ein Kater. Auch sein Gehirn sah aus wie ein Schwamm. Ganz Großbritannien geriet in Panik. Konnte man sich also durch den Verzehr von Rindfleisch mit BSE anstecken? Nein, sagte die Regierung noch immer, Max sei ein Einzelfall. Doch jetzt begann die ganze Presse, allen voran wir vom *Channel Four*, mit einem Trommelfeuer der Kritik. Worauf dem damaligen Landwirtschaftsminister John Peterson nichts Gescheiteres in den Sinn kam, als mit seiner Tochter Cordelia öffentlich einen Hamburger zu verspeisen, um die Harmlosigkeit des British Beef zu beweisen. Reine Vernebelungstaktik.»

«Cordelia», wiederholte Narcy sinnierend. Sie erinnerte sich an das Bild und an den Vorfall. «Gleich danach starben doch zwei Bauern an der Creutzfeldt-Jakob-Krankheit», warf sie ein. «Die zerstört das menschliche Gehirn ähnlich wie BSE, ist aber normalerweise extrem selten und befällt nur alte Menschen.»

«Genau. Und im gleichen Jahr erkrankte auch ein Mädchen. Dann ging's Schlag auf Schlag. Ein weiteres Mädchen von sechzehn Jahren erkrankte, dann ein achtzehnjähriger Schüler. Für die Regierung noch immer kein Beweis dafür, dass BSE jetzt auch Menschen befiel und bei ihnen CJD auslöste. Die taten einfach nichts, obschon die *British National CJD Surveillance Unit* dringend dazu riet, Maßnahmen zu ergreifen. Jahrelang haben sie das ignoriert. Viel zu spät ließ sich die Regierung von den Experten doch noch überzeugen und ordnete die rigorose Schlachtung britischer Rinder an. Millionen Rinder sind dabei draufgegangen. Und mindestens zehn Menschen. Alle sehr jung.» Mat holte tief Luft.

«Sag mal», Narcy drehte eine ihrer schwarzen Locken, als könnte sie so einen noch unklaren Gedanken schärfen. «Weißt du, wie das erste Mädchen hieß, das gestorben ist?»

Mat war stolz, auch diese Information präsent zu haben. «Vicky Rimmer hieß sie. Warum?»

«Weil ich diesen Namen kürzlich erst gehört habe. Und die Tochter des Landwirtschaftsministers hieß Cordelia. Ein außergewöhnlicher Name …» Narcy legte die Stirn in Falten. «Genau! Beide Namen habe ich gehört, als ich das Gespräch auf der Direktionsetage belauscht habe. Mit diesen Namen wird McDuff erpresst!»

«Verdammt nochmal, genauso ist es.» Wütend legte Mat ein Foto auf die Frühstücksbar. «Hier, der damalige Landwirtschaftsminister Peterson, der zusammen mit seiner Tochter Cordelia genüsslich einen Hamburger verspeist. Wie niedlich! Das arme Kind hatte keine Ahnung, für welch miese Propaganda es missbraucht wurde. Und da, hinter den beiden ...»
«McDuff!» Narcy starrte auf das Bild.
«Donovan McDuff. Der Mann im Hintergrund. Er war es, der der Regierung einflüsterte, es seien noch keine wirklich einschneidenden Maßnahmen zu ergreifen. Ja, er wollte bis ganz zum Schluss nicht handeln, weil die Zusammenhänge noch nicht schlüssig bewiesen seien. Er hielt sich immer im Hintergrund, so wie auf diesem Bild. Ganz unscheinbar, ganz unschuldig. Für die meisten, die damals versagt haben, war die Karriere im Eimer. Einzig McDuff hat es geschafft, seinen Namen aus der Rinderwahn-Geschichte rauszuhalten, und ist heute Chefvirologe beim CCD.»
«Und tut dort heute genau das Gleiche wie damals bei BSE. Nur diesmal unter Zwang.»
«Das spielt keine Rolle», fauchte Mat. «Der Effekt ist derselbe. Wenn der Chefvirologe vom CCD sich äußert, glaubt ihm die Regierung.»
«Aber warum will jemand, dass McDuff wieder lügt?», fragte Narcy. «Wer will die Wahrheit über diese Krankheit verschleiern?»
«Jemand, der Geld damit verdient, wenn die Wahrheit nicht an den Tag kommt, und Geld verlieren würde, wenn sie rauskäme. Viel Geld, meine ich. Die riskieren dafür sogar Tote – und nicht nur durch die Seuche. Das passt doch alles zusammen: die verschwundene Kinderleiche, deine Entlassung, der Bagger, die Bombe.»
«Klingt einleuchtend», sagte Narcy in einem Ton, der deutlich machte, wie unglücklich sie über diese Erleuchtung war.

Mat stützte ratlos den Kopf in die Hände.
Sie goss sich Orangensaft nach.
Geistesabwesend schob ihr Mat sein Glas hin. «Hast du Mike gefragt, wo er sich angesteckt haben könnte?», fragte er.
«Er hat keine Ahnung», antwortete Narcy.
«Hmm.»
Narcy starrte auf den zerkratzten Parkettboden unter ihrem Barhocker und fragte: «Warum sind wir eigentlich dorthin gegangen?»
«Weil David Evans uns darum gebeten hat.»
«Das auch. Aber was bezweckten *wir* damit?»
«Das ist für mich oft nicht klar, wenn ich in der Recherche bin. Aber das ist gut so. Denn zu viele Erwartungen trüben den Blick für Neues. Als Journalist darfst du nicht irgendwo hingehen, um etwas Bestimmtes zu finden, sondern du musst hingehen und neugierig sein. Wenn du mit definierten Erwartungen hingehst, findest du mit großer Wahrscheinlichkeit nichts Neues heraus. Wenn du aber jemanden interviewst und einfach neugierig bist, dann findest du manchmal die echten Geschichten.»
«Und, welche hast du bei David gefunden?»
Mat griff in seinen Sportsack, der an der Lehne seines Hockers hing, und zog einen Palm-Organizer heraus. «Evans ist ein Computerexperte, geschieden, viel unterwegs. Alles stinknormal und langweilig. Aber er kann uns als Türöffner bei weiteren Recherchen dienen.»
«Wie das?»
«David Evans kennt nicht nur Mike, sondern noch zwei weitere Menschen, die krank wurden: Das Baby, das als Erstes starb, war die Tochter einer Bekannten, dann starb seine Mutter, und jetzt hat er natürlich Angst, er selbst sei auch infiziert.»
«Natürlich hat er diese Angst», meinte Narcy. «Aber hat er Symptome?» Sie machte ein sorgenvolles Gesicht.

«Ich weiß nicht, wie weit diese Angst berechtigt ist. Aber er scheint mir ziemlich hypochondrisch veranlagt zu sein. Ist angeblich immer am Herumkränkeln.»

«Moment mal, Mat. Wisch sein Gefühl nicht einfach so beiseite. Lass mal nachdenken: Wenn er tatsächlich infiziert wäre, warum wird er dann nicht richtig krank? Und zu welcher Risikogruppe gehört er?» Narcy kaute auf ihrer Unterlippe herum. Sie erwartete nicht, dass Mat diese Frage beantworten könnte. «Wir müssen ihn unbedingt nochmals sehen.»

«Nichts lieber als das.» Mat rutschte vom Hocker, ging zum Bürotisch hinüber und schnappte sich das Funktelefon. Er tippte mit dem Stift auf dem Palm herum und reichte dann beides Narcy. «Hier ist seine Nummer», sagte er.

Unter Davids Nummer meldete sich niemand.

Auch bei Mike keine Antwort.

Narcy legte den Hörer enttäuscht zur Seite. «Wenn David infiziert ist, aber nicht richtig krank wird, könnte er wichtig werden für uns. Aber der Mann ist ein Rätsel.»

«Und er spricht auch in Rätseln», sagte Mat. «Hör dir mal seine Antwort auf meine Frage an, wie er sich selbst hätte infizieren können.» Er drückte auf «Play».

Aus dem winzigen Lautsprecher des Aufnahmegeräts klang die blecherne Stimme von David Evans. *«Ich habe Angst, dass ich auch krank werde.»*

«Jetzt kommt es», ging Mat dazwischen.

«Ich komme mir vor wie ein Fußgänger, der an einem Haus vorbeigeht. Und jedes Mal, wenn er unter einem Balkon geht, fällt zuerst knapp vor ihm und dann gleich scharf hinter ihm ein Blumentopf auf den Gehweg. Nun weiß er nicht, soll er langsamer gehen oder schneller, damit er nicht vom nächsten Topf getroffen wird. Weil er sich nicht entscheiden kann, geht er im selben Tempo weiter und betet, dass die Blumentöpfe bleiben, wo sie sind.»

Stopp.
«Was meint er damit?» Mat sah Narcy ratlos an.
Ihr Blick ging zur Fensterfront. Draußen hatte das hellblaue Licht des Mittags das Rot des Morgens vertrieben. Das in den Raum fallende Sonnenlicht überzog die Unordnung in dem großen Loft mit geometrischen Schattenlinien, die von den Fenstersprossen herrührten. In diesem regelmäßigen Gittermuster schien plötzlich jedes Stück des zusammengewürfelten Interieurs in ein Koordinatensystem zu gehören.
Narcy musste unwillkürlich an die Chaostheorie denken. Vielleicht war das gar keine einfache Unordnung, sondern das Chaos, aus dem Kreativität entspringt? Es kann an der unzulänglichen Sichtweise liegen, wenn man die vollkommene Ordnung im totalen Chaos nicht erkennt. Narcy begann Mats Loft zu mögen.
Dann schaute sie Mat an, als habe sie die Botschaft von David Evans verstanden. «Und wer stößt die Blumentöpfe runter?»

London, Tottenham Court

Zufrieden putzte der Rechtsanwalt Drew Irwin seine Goldrandbrille, bevor er die Aktentasche zuklappte. Ida Strauss, die neben ihm auf der Holzbank saß, war zu keiner Bewegung mehr fähig. Zu groß war ihre Rührung und Freude. Die knapp dreißigjährige Frau hatte in den letzten Monaten so viel durchgemacht, dass sie nun nicht glauben konnte, dass alles vorbei sein sollte. Erst als sie sah, wie ihr ehemaliger Vorgesetzter beim städtischen Elektrizitätswerk gesenkten Hauptes den Gerichtssaal verließ, löste sich ihre Spannung, und sie begriff, dass sie Recht bekommen hatte – und zwanzigtausend Pfund Schmerzensgeld dazu.
Drew Irwin berührte die Frau an der Schulter, und sie verließen zusammen den Saal. Drew führte seine Klientin rasch

durch den Pulk von Journalisten, die vor dem Gerichtssaal warteten. «Kein Kommentar», sagte er mit fester Stimme. «Ich bitte Sie, lassen Sie uns durch.» Wie immer war das Medieninteresse groß, wenn sich der Prozess um sexuelle Belästigung am Arbeitsplatz gedreht hatte und der Anwalt von der *Liga gegen Gewalt* gestellt worden war. Die Klägerin hätte sich mit ihrem Sekretärinnengehalt niemals einen Rechtsvertreter leisten können. Drew betrachtete diese Einsätze als seine Art sozialer Arbeit. Sie wollte und konnte er sich leisten, da er bei Prozessen, in denen er Geschäftsleute aus der jüdischen Gemeinde Londons vertrat, umso besser verdiente.

Drew verabschiedete sich von seiner Klientin und ging auf direktem Weg in die Tiefgarage des Gerichtsgebäudes. Nachdem er in seinen Bentley gestiegen war, schaltete er als Erstes die Musik ein. Das Streichquartett in b-Moll KV 458 von Wolfgang Amadeus Mozart tat seiner Seele wohl, und er spürte, wie sich in ihm wohlige Feierabendstimmung ausbreitete, auch wenn er nun noch gut eine Stunde im unsäglichen Verkehrschaos von London vor sich hatte.

Als er sich in die zähe Automasse der *Tottenham Road* einfädelte, hatte Irwin den Gerichtstag schon so gut wie vergessen. Er stellte die Klimaanlage ein Grad höher und gab sich den mozartlichen Liebkosungen hin. So war auch der ärgste Stau zum Aushalten.

Gut fünfzig Minuten später bog er am *Richmond Gate* in den *Ham Dip* ein. Hier begann nun wirklich der Feierabend. Denn sein Weg führte nun nur noch durch den *Richmond Park*. Hier war, kurz bevor der Park mit Einbruch der Dunkelheit geschlossen wurde, kaum mehr Verkehr. Drew Irwin nahm immer diese Abkürzung zur *Queen's Road*, so sparte er sicher eine Viertelstunde Fahrt auf dem Weg nach *Combe*, wo er mit seiner Familie direkt neben dem *Comb Hill Golf Course* eine viktorianische Landvilla bewohnte.

Sobald er in den Park gefahren war, griff er zum Telefon. Das tat er an dieser Stelle immer, um Lucille Bescheid zu sagen, dass er in wenigen Minuten eintreffen würde. Seine Frau war guter Laune; sie hatte am Nachmittag Entwürfe bei *Art 'n' Deco* präsentiert. Ihre Stoffdesigns hätten der Besitzerin sehr gut gefallen, ob man allerdings ins Geschäft komme, sei noch nicht klar. Lucille hatte erst kürzlich ihren Beruf als Designerin wieder aufgenommen, da die Kinder jetzt immerhin so viel Selbständigkeit erreicht hatten, dass sie gut auch mal ein paar Stunden auf die Mutter verzichten konnten. Irwin mochte die Entwürfe seiner Frau und fand es gut, dass sie wieder in den Beruf einsteigen wollte. Ob ihr das nun heute oder morgen gelang, spielte bei ihren finanziellen Verhältnissen keine Rolle.

Der Fahrweg durch den Park führte unter tief hängenden Trauerweiden hindurch. Vom See zur Linken stiegen die ersten Nachtnebel auf und hüllten die Landschaft in einen trüben, hellgrauen Schleier, als Irwin sich einem langsam fahrenden Lieferwagen näherte.

«Na dann, Schatz, lass uns nachher sprechen, ich muss kurz überholen. Vor mir schleicht so ein Wagen von *W. H. Smith* her. Der weiß wohl nicht, dass der Park in wenigen Minuten geschlossen wird.»

Irwin betätigte den Blinker rechts. Sowie er zum Überholen ansetzte, scherte der blau-weiße Lieferwagen nach rechts aus, ohne ein Zeichen gegeben zu haben. «Hast du sie nicht mehr alle?», brüllte Irwin, trat auf die Bremse und betätigte die Hupe. Um Haaresbreite konnte er eine Kollision verhindern. Der Lieferwagen setzte seine Fahrt fort, als ob nichts gewesen wäre. Irwin kratzte sich an der Narbe am Unterbauch, die immer juckte, wenn er sich aufregte.

Der Lieferwagen fuhr in Irwins Richtung, verlangsamte seine Fahrt jedoch immer mehr, bis er nur noch im Schritttempo

rollte. Irwin wurde es zu bunt. Er hupte nervös, zog nach rechts und drückte aufs Gas. In diesem Moment stellte sich der Lieferwagen quer zur Fahrbahn. Irwin war in Gedanken wohl doch noch von Mozart eingehüllt gewesen, jedenfalls blieb ihm keine Zeit zu reagieren. Er hörte Blech auf Blech knallen. Glas zersplitterte. Und für den Bruchteil einer Sekunde sah Irwin, wie der weiße Airbag aus dem Lenkrad katapultiert wurde und sich aufblähte. Dann hatte er ihn mit einem Faustschlag im Gesicht. Die Wucht des Aufpralls presste ihm den Goldrand der Brille in die Haut, bis sich diese unter dem edlen Metall zu einer klaffenden Wunde aufspreizte. Blut rann Irwin über die Wangen auf den steifen Hemdkragen.
Im nächsten Moment nahm Drew Irwin in der hereinbrechenden Dämmerung neben sich einen Schatten wahr; er drehte den Kopf zum Seitenfenster. Ein Mann richtete einen schwarzen Gegenstand auf ihn. Instinktiv drückte Irwin die Türverriegelungstaste und sah im selben Moment in blendend helles Mündungsfeuer. Das Streichquartett war im vierten Satz angelangt, einem *Allegro assai*, als es in Drew Irwins hellem Kopf dunkel wurde.

St. James Hospital

Als Erstes sah Allan Perceley die halbmondförmigen, mit Blut verkrusteten Schnittwunden im Gesicht des einstmals sicher gut aussehenden, aber jetzt leider etwas aufgeschwemmten Mannes. «Na, na, daran stirbt man doch nicht gleich», brummte der Pathologe. Über Nacht war ihm nun also ein angesehener jüdischer Anwalt beschert worden. Drew Irwin, als der sich der Tote durch den Zettel an seiner linken Großzehe auswies, sollte bei einem Autounfall ums Leben gekommen sein.
Der vornehme Herr war von der Ambulanz in eine Kühl-

schublade gesteckt worden, wo ihn Perceley gefunden hatte. Er sehnte den Tag herbei, an dem die Renovierung des Obduktionssaals im Gerichtsmedizinischen Institut endlich beendet sein würde, denn dort gehörten Opfer von Gewalttaten hin. Nur weil das St. James das dem Institut am nächsten gelegene Krankenhaus war, wurde Perceley in letzter Zeit regelmäßig mit Mehrarbeit eingedeckt.

Bevor er den Herrn auf den Untersuchungstisch gelegt hatte, hatte er noch kurz den Bericht der Ambulanzfahrer durchgelesen. Darin hatte gestanden, dass der Wagen des Anwaltes vom Parkwächter gefunden worden sei, als dieser seine letzte Fahrt durch den Richmond Park machte. Der andere Wagen, der in die Kollision verwickelt gewesen sein müsste, sei verschwunden gewesen. Es sei gar nicht so leicht gewesen, die Leiche aus dem Bentley zu holen. Der Wagen sei zentralverriegelt gewesen, und man habe die edle Karosse zur Bergung mit dem Schneidbrenner öffnen müssen. Bei dem Gedanken an den Schneidbrenner, wie er sich durch das Blech fraß, schauderte Perceley. Er warf die halb fertig gerauchte Dunhill in den Kübel für Organabfälle und machte sich an das Öffnen der Leiche.

Der tote Körper war aufgedunsen. Aber das war bei Leuten aus der Oberschicht nichts Außergewöhnliches. Zu gut und zu viel gegessen, zu wenig Bewegung, dachte Perceley. Doch als er den Yves-Saint-Laurent-Gürtel geöffnet hatte und den Hosenbund aufschlug, war ihm sofort klar, weshalb der Mann aufgedunsen aussah. In der Leistengegend prangte rechts eine etwa zwölf Zentimeter lange Narbe. Perceley aktivierte mit dem Fuß das Diktaphon und sagte monoton: «Nierentransplantation.»

Der Pathologe kam gut voran. Die Todesursache fand er in Form von Blei in der rechten Herzkammer. Danach suchte er nicht mehr nach etwas Spezifischem, sondern bemühte sich einfach um einen Überblick. Vielleicht konnte daraus ein Hinweis für die Fahndung resultieren. Bei solchen allgemeinen Untersuchungen hatte Perceley tatsächlich schon interessante Entdeckungen gemacht. Er erinnerte sich an die Frau, die von ihrem Mann erstochen worden war und bei der Perceley einen bis dato unentdeckten Unterleibskrebs gefunden hatte, an dem sie in Jahresfrist ohnehin gestorben wäre. So etwas nannte Perceley eine *überflüssige Gewalttat.*

Als er zur rechten Niere des Anwaltes vorgestoßen war, murmelte er: «Seltsames Ding.» Dann drückte er das Fußpedal und sagte ins Diktaphon: «Nierenveränderung, unspezifisch.» Was im Klartext bedeutete, dass er keine Ahnung hatte, weshalb ihm das Organ so seltsam vorkam. Aber er hatte ja auch nicht alle Tage einen ermordeten Transplantationspatienten auf dem Tisch, und so hatte er auch noch nie gesehen, wie ein Transplantat nach einigen Jahren im fremden Körper aussah. In diesem Moment piepte Perceleys Armbanduhr: zehn Uhr, Zeit für die Kaffeepause. Er seufzte, zog die Latexhandschuhe aus und fummelte aus der hinteren Hosentasche ein zerdrücktes Päckchen Dunhill. Er brauchte unbedingt eine. Dann schob er den Obduktionstisch in Richtung Kühlraum. Das war eine der angenehmen Seiten, die Perceley am Leben als Pathologe schätzte: die regelmäßige Arbeitszeit.

«Kommst du auch mit nach oben?», fragte er Linda, die Pathologieassistentin, die im vorderen Teil des Saales damit beschäftigt war, Gewebeproben unter der Ultraviolett-Lampe zu betrachten.

«Nur noch diese hier, dann bin ich durch», antwortete sie.

Perceley schob den Wagen mit der geöffneten Leiche hinter Linda vorbei und hielt zwei Schritte nach ihrem Arbeitsplatz an. Dann nahm er einen tiefen Zug aus der Dunhill und zog den Wagen rückwärts erneut an Linda vorbei. Wieder hielt er an. Dann stieß Perceley den Wagen wieder vorwärts, blieb

stehen und zog den Wagen abermals rückwärts an ihr vorbei.
«Was machst du da eigentlich?», fragte Linda genervt, ohne den Blick vom Mikroskop zu nehmen.
«Ich untersuche ein Präparat.»
«Du tust was?»
«Ich betrachte ein Gewebepräparat unter UV.»
Linda war von ihrem Chef einiges gewohnt, aber manchmal war er wirklich sehr seltsam. Sie wandte sich zu ihm um.
«Hast du so etwas schon einmal gesehen?», fragte Perceley. Er schob die Leiche wieder durch den ultravioletten Lichtstrahl, der aus dem UV-Kabinett drang.
Linda hatte so etwas noch nie gesehen. Mit offenem Mund starrte sie auf die Leiche.
«Worauf tippst du?», fragte Perceley.
Lindas Mund blieb offen.
«Ich würde sagen, Fluoreszenzfarbstoff», meinte Perceley trocken und inhalierte tief. «Grün.»
Lindas Kiefer klappte wieder hoch. Dann sagte sie: «Ich bin ja nicht farbenblind. Aber warum, um Gottes willen, hat der Kerl eine fluoreszierende Niere?»
«Genau das wollte ich dich gerade fragen.»

London, Docklands

Mat und Narcy waren in der Frage *Wer stößt die Blumentöpfe hinunter?* bis zum Abend nicht weitergekommen. Sie hatten beschlossen, weitere Fakten über die Krankheit zusammenzutragen. Mats Hände flitzten über das Keyboard seines Notebooks.
«Wie lautet die Adresse?»
Narcy diktierte: «www.promedmail.org/pls/promed/promed.searchhtml.pmedtoday.»
«Und das alles auswendig?»

«Was glaubst du denn? Ich bin schließlich täglich auf der Newsseite von Promed.» Sie reckte den Hals, um das Inhaltsverzeichnis auf dem Display besser sehen zu können. Promed listete hier sämtliche Meldungen von Infektiologen aus Krankenhäusern rund um die Welt auf. Allein die Titel der Nachrichten lasen sich wie ein Kompendium des Grauens: Ebola in Kenia, Anthrax in Minnesota, Tollwut in Rumänien, Botulinus in Moskau. Narcy überflog die nach dem Zeitpunkt der Veröffentlichung geordneten Beitragstitel, bis sie gefunden hatte, was sie suchte. «Neuigkeiten aus dem St. James.»

«Schon angeklickt.»

Zeile für Zeile baute sich die Meldung auf dem Bildschirm auf. Noch bevor die Nachricht komplett war, stöhnte Narcy auf: «Mein Gott. Noch eins gestorben, und zwei neu infiziert.» Sie blickte entsetzt auf die Meldung, die schon wieder verschwand, denn Mat war auf der Übersichtsseite noch eine Meldung aufgefallen.

Narcy ging in Gedanken die Kinder im St. James durch: Eins neben dem anderen sah sie die Bettchen mit den kleinen Patienten auf Zimmer 226. Welches von den armen Würmchen wohl in der Quarantäne gestorben war?

«Da unten, Mexiko!», trieb Mat die Suche voran. «Drei weitere erkrankt und einer aus der ersten Gruppe gestorben.»

Rasch überflog Narcy die Meldung. «Wieder alles Drogensüchtige», murmelte sie. «Immerhin ist die Seuche noch nicht aus den Risikogruppen ausgebrochen. Das gibt uns etwas Zeit.»

«Schwacher Trost», knurrte Mat. Er hatte im Moment überhaupt keine Idee mehr, wie sie weiterkommen könnten. «Ich habe Hunger», sagte er verdrossen. «Magst du Pizza?»

«Mögen schon», antwortete Narcy geistesabwesend, «und Hunger habe ich auch, aber im Moment überhaupt keine Lust, die Recherche hier zu unterbrechen.»

«Bin schon unterwegs.» Er stand auf und zog sich die Lederjacke über. «Drei Blocks weiter ist ein Pizza-Hut. Was darf's denn sein?»
«Eine Pizza, die ist wie ich», antwortete Narcy.
«Hmmh?»
«Überleg mal, Mat, und mach nicht auf üble Laune. Eine Mexicana.»
«Extrascharf wohl auch noch», knurrte er und zog die Tür hinter sich zu.
Als er eine halbe Stunde später wiederkam, hatte sich seine Laune wieder aufgeheitert. Der Spaziergang hatte ihm gut getan, obwohl das Wetter garstig war. «Hallo, hier kommt die Mexicana», rief er, als er eintrat, und klopfte sich die letzten nassen Schneeflocken von der Jacke.
«Und wir haben ein Problem», antwortete Narcy.
«Hätte mich ja gewundert, wenn nicht.» Mat strich sich die Haare zurück, die oben an seinem Turbanverband herausguckten. «Willst du nun doch keine Mexicana?»
«Nein, keine Angst. Die Pizza ist absolut in Ordnung. Aber schau dir mal an, was ich mir zu den Infektionen überlegt habe.» Sie griff sich aus dem Durcheinander auf dem Schreibtisch ein Blatt Papier und zeichnete einen Kreis. Daneben schrieb sie TOKIO. «Hier haben wir die erste Infektion.»
Sie zog eine Linie nach links und zeichnete einen neuen Kreis für LONDON.
«Zweite Infektion. Laura im St. James Hospital.»
Sie zeichnete links von London einen Kreis: Mexiko.
«Nummer drei. Die Prostituierte aus dem Armenviertel.»
Narcy fuhr mit dem Stift von Mexiko nach London zurück.
«Und wieder London. Vierter Fall: im Altersheim, fünfte Infektion: ein HIV-Positiver.»
«Und was soll mir dein Gemälde sagen?»
«Nur Geduld. Jetzt kommt der Knüller. Wenn ich in Promed

nach Fällen mit ähnlichen Symptomen, aber unidentifiziertem Erreger suche, erhalte ich als ersten Fall eine steinalte Früchtehändlerin von *King's Cross.* Ihren Tod hat der Ehemann als eine Art epileptischen Anfall beschrieben, an dem sie nach einer schweren Grippe gestorben sei. Der Arzt, der den Totenschein ausgefüllt hat, befand eine Obduktion nicht für nötig. Die offizielle Todesursache ist Grippe.»

«Du meinst, die Frau könnte aber genauso gut die neue Seuche gehabt haben, da sie sehr alt, also immunschwach war.»

«Richtig. Ein weiteres Opfer war ein alkoholkranker Nachtwächter in einem Universitätsinstitut in Amsterdam.»

«Alkoholiker sind immunschwach.»

«So ist es. Drittes Opfer: ein Eisenbahnschaffner in London. Besonderes Merkmal: herztransplantiert.»

«Auch immunschwach.»

«Ganz genau, Doktor Gallagher. Transplantationspatienten müssen zeitlebens Medikamente nehmen, die ihr Immunsystem unterdrücken, da dieses sonst das fremde Organ angreifen würde. Organempfänger sind sozusagen künstlich Immunschwache. Und damit haben wir eine weitere Risikogruppe gefunden. Vielleicht hilft uns das beim Erkennen von weiteren Fällen.» Narcy wurde immer eifriger. «Wichtig ist aber, dass diese drei Fälle in den zwei Wochen vor dem Ausbruch in Tokio gemeldet worden sind. Und jetzt schau mal, wo und wann die Infektionen aufgetreten sind.»

Mat betrachtete Narcys Skizze und las die Städte in der richtigen Reihenfolge: «London, Amsterdam, London, Tokio, London, Mexiko, London …» Auf dem Blatt war ein Stern entstanden. Im Zentrum: London. «Immer wieder London.»

«Der Erreger zieht eine Spur des Todes hinter sich her», sagte Narcy. «Wie eine Giftkröte ihren Schleim. Und er kommt immer wieder nach London. Wie wollen wir dieses Infektionsmuster erklären?»

«Vielleicht ein Bioterrorist, der seinen Erreger auf der Welt verteilt.»
«Das glaubst du ja selbst nicht.» Narcy zerknüllte das Papier und warf es in den Papierkorb. «Für deine Sto – ry wäre das wohl knackig. Aber es macht keinen Sinn. Terrorismus funktioniert mit Drohungen, Forderungen und Bekennerschreiben. Von alledem ist hier nichts zu sehen.»
Mat zuckte ratlos die Schultern. «Ein irrer Biologe?»
«Der sich den Luxus leisten kann, auf der ganzen Welt herumzujetten, nur um seine Biowaffe loszuwerden? Höchst unwahrscheinlich.»
In diesem Moment flötete aus Mats Jacke Mozarts Kleine Nachtmusik. Er griff nach dem Handy und meldete sich.
«Hallo», brüllte ihm eine Stimme so laut entgegen, dass es sogar Narcy verstand. Mat verzog das Gesicht und hielt das Telefon von sich weg. «Alistair Dunhill, mein Chef. Ein Ekel», flüsterte er.
«Wie läuft's denn bei dir?», rief Dunhill.
«Wir kommen voran», log Mat.
«Wir?», fragte Dunhill erstaunt, und Mat hörte, wie er geräuschvoll den Rauch einer Zigarette ausstieß.
«Die Ärztin aus dem St. James hilft mir», knurrte er widerwillig. Es ärgerte ihn, dass er seinem Chef darüber Mitteilung machen musste.
«Oh, die Ärztin aus dem St. James», echote Dunhill. «Was mich eigentlich interessiert: Hast du bald einen Beitrag zusammen?»
«Mach mich nicht nervös, Alistair. Wir sind am Arbeiten.»
«Ich will euch nicht nervös machen, und dass du mit der Ärztin arbeitest, will ich doch hoffen. Aber es ist meine Pflicht, dich daran zu erinnern, dass in Anbetracht der Zeit, die du schon in diese Recherche investierst, der nächste Beitrag fällig ist.»

Mat verdrehte gereizt die Augen. «Alistair, ich verspreche dir, die Story wird ein Hammer.»
«Jetzt schraubst du die Erwartungen aber gewaltig hoch, Mat. Trotzdem muss ich dir eine Deadline setzen. Bis morgen Abend will ich ernsthaft über deine Resultate informiert werden. Mündlich reicht. Aber dann werde *ich* entscheiden, ob die Geschichte ein Knüller ist oder nicht. Und nun wünsche ich frohes Arbeiten, mit deiner medizinischen Betreuerin.» Er legte auf.
Mat schüttelte den Kopf. «Typisch Dunhill. Hereinplatzen, herumschreien, abdampfen.»
«Lass uns weitermachen», sagte Narcy.
«Du bist gut. Weitermachen, wo denn? Wir haben alle Spuren zu Ende verfolgt. Und diese Leckereien hier werden auch kalt.» Er wandte sich frustriert den Kartons mit den Pizzen zu. Doch urplötzlich hieb er mit der Faust auf den schweren Eichentisch. «Warum zum Teufel haben wir nicht gleich nachgeschaut?»
«Was nachgeschaut?»
«Ob schon eine Mail aus der Schweiz da ist.»
Wie hatte sie so etwas nur vergessen können! Narcy richtete sich kerzengerade auf, zog hastig das Notebook zu sich her und tippte das Passwort für ihr Mailkonto ein. Wenn die Antwort aus der Schweiz in der Mailbox war, wären sie einen Schritt weitergekommen.
Sie würden endlich die genetische Identität des Erregers erfahren. Würden endlich das Resultat der unabhängigen Genanalyse von Lauras Blut kriegen. Von jener zweiten Blutprobe, die sie aus dem Gefrierraum geholt, aber nicht Steve ausgehändigt hatte. Trotz der Panik war sie geistesgegenwärtig genug gewesen, nur ein Röhrchen aus dem Styroporblock in ihrer Kitteltasche zu ziehen. Steve war zu erregt, zu aufgeregt oder zu wütend gewesen und nicht auf die Idee gekommen,

den ganzen Block zu verlangen. Nachdem Narcy aus dem St. James Hospital geflüchtet war, hatte sie sofort Alvaro Widmer angerufen und ihm danach per Kurier Lauras Blutprobe nach Zürich geschickt. Alvaro hatte versprochen, die Analyse bei einer Routinearbeit nebenbei mitlaufen zu lassen und seinem Professor nichts davon zu sagen.
Wenn seine Mail eingetroffen war, würden sie wissen, woher der Erreger kam, dann könnten sie schon am Ziel ihrer Recherchen sein! Allmählich wurde die Seite *Posteingang* aufgebaut. Dann stieß Narcy einen spitzen Schrei aus. «Sie ist da!»

London, Choumert Road

David Evans saß auf der untersten Treppenstufe im Korridor seines Hauses, hielt die Augen geschlossen, den Kopf gesenkt und ließ seinen Gedanken freien Lauf. Er hatte es bei Mike nicht mehr ausgehalten und war nach Hause gegangen. Jetzt aber hatte er fürchterliche Angst, ihn zum letzten Mal gesehen zu haben.
Er wollte wieder zu ihm.
Aber er musste weg. Musste weg, um sich zu erholen.
Zu viel hatte sich in den letzten Wochen und Tagen aufgetürmt: die Reisen, die Plackerei, Mutters Tod, die Krankheitsfälle rund um ihn herum – und er mittendrin war auch arg angeschlagen. Das war ihm immer wieder durch den Kopf gegangen, bis er die Gedanken auf ihre Essenz destilliert hatte: *Warum werde ich nur halb krank?*
In einem tiefen Atemzug hob sich sein Brustkorb, um dann wieder zusammenzusacken. Erst jetzt merkte er, dass er immer noch auf der Treppe saß und ihm die feuchten Kleider am Körper klebten: der Londoner Nebel. David fror. Ihm brummte der Schädel, die Augen schmerzten. Trotzdem öffnete er sie. Und in diesem Moment wusste er es.

Jetzt hat's mich erwischt!

Er hatte Sehstörungen. Das Licht der Straßenlampen, das durchs Fenster in den dunklen Korridor fiel, sah er durch einen milchigen Schimmer.

Er blinzelte. Die Schlieren verschwanden nicht.

Jetzt hat's mich erwischt!

Er drehte den Kopf langsam nach links, nach rechts, wieder nach links. Der Blick blieb getrübt.

Kalter Schweiß schoss ihm aus allen Poren. Er zitterte vor Angst, fühlte sich gleichzeitig aber auch bestätigt. Wenigstens war er sich jetzt sicher.

Langsam hob er die linke Hand, um sich die Augen zu reiben. Dabei stieß er an die Brille.

Die Brille!

Beim Betreten des Hauses hatten sich die Gläser beschlagen! David riss sich die Brille von der Nase. Sofort verschwand der Schimmer um das Licht der Straßenlampe.

Er versuchte, den metallenen Geschmack der Angst, der seinen Mund füllte, hinunterzuschlucken und tief durchzuatmen. Aber gleichzeitig fühlte er so etwas wie Enttäuschung. Für einen Moment flackerte in ihm der Wunsch auf, mit Mike zu gehen, wohin er auch immer ginge. Doch der dunkle Gedanke dauerte nur den Bruchteil eines Augenblicks. Schon wurde er durch das Schrillen des Telefons zerrissen. David rappelte sich auf und beeilte sich, den Hörer vom Wandapparat zu reißen, bevor der Anrufbeantworter loslegte. Aber schon hörte er seine eigene Stimme quäken. «Dies ist die sieben, eins, sieben, drei ...»

«Hallo, ich bin hier», unterbrach er die Ansage, «zwei, fünf acht ...», endlich traf er im Dunkeln die Stopp-Taste.

«Hören Sie, ich bin hier, dieser blöde Apparat ...»

«Schon gut», unterbrach ihn eine Frauenstimme, «die gehen immer dann los, wenn man gerade zur Tür reinkommt.»

David quittierte den Satz mit einem schnaubenden Laut, der als Lachen gedacht war, aber eher nach Seufzen klang. Er kannte die Stimme im Hörer, kam aber nicht darauf, wer es sein konnte.

«David, ich bin es, Ellen Livingston.»

«Ellen, du?»

«Ich hoffe, ich störe nicht?»

«Nein … nein», stammelte David. «Du störst nicht.» Er schluckte leer. «Ich glaube, ich weiß, warum du anrufst.»

«Du weißt es schon?»

«Wegen Laura, nicht?»

Er hörte einen unbestimmbaren Laut.

«Sie haben es in den Nachrichten gebracht.»

Ellen gab keine Antwort.

«Es tut mir Leid.» Seine Kehle wurde eng.

«Es tut mir schrecklich Leid», brachte er mit Mühe hervor.

Endlich hatte Ellen ihre Sprache wiedergefunden. «Du hast mich im Fernsehen gesehen?»

«Ja.»

«Ich war es, die die Medien alarmiert hat.»

David sagte nichts.

«Verstehst du das?», fragte sie.

«Ja, ich kann das verstehen.» Mehr wollte er dazu aber nicht sagen.

«Für mich war es wichtig, dass ich Lauras Geschichte der Öffentlichkeit mitteilen konnte. Ich weiß, dass es ihr nichts mehr hilft. Aber vielleicht anderen Kindern.» Sie stockte. «Ich kann nur hoffen, dass es dich nicht in Schwierigkeiten bringt.»

«Wieso sollte mich das in Schwierigkeiten bringen?», fragte er zögernd.

«Ich weiß nicht. Der Reporter hat mich so seltsame Dinge gefragt.»

«Seltsame Dinge?»
«Ja, er hat gefragt, ob ich oder Laura mit jemandem, der krank war, Kontakt gehabt hätten.»
David war, als würde sich eine kalte Faust aus Stahl um sein Herz schließen.
«David, du hattest doch eine Erkältung, als du mich und Laura im Krankenhaus besucht hast.»
Der kalte Stahl drückte unbarmherzig zu.
«Meinst du, das hat etwas mit der Krankheit zu tun gehabt? Ich will nichts Böses heraufbeschwören, aber es geht mir jetzt eben durch den Kopf.»
Die Stahlkralle begann sich langsam zu drehen, als wolle sie Davids Herz erwürgen. Er hielt den Atem an.
«Ich habe dem Reporter aber nichts davon gesagt.»
David schloss die Augen und ließ den Atem geräuschvoll aus den Lungen strömen. Die Stahlkralle löste ihren Griff.
«David, bist du noch da?»
«Ich bin noch da.»
«Sag doch etwas. Was meinst du dazu?»
Ganz leise sagte David:
«Danke, Ellen.»

13. Tag

Zürich

Sie hatten frühmorgens den ersten Flieger genommen. Im Flughafen Zürich bestiegen sie, wie Alvaro geraten hatte, den direkten Zug in die City. Vom Hauptbahnhof aus waren es mit dem Taxi kaum fünf Minuten bis ins Universitätsviertel. Als der Wagen hielt, sagte der Fahrer in schweizerisch gefärbtem Englisch: «*Twenty-five Francs. Please.*»

«Da hat doch kürzlich ein Trendscout behauptet, von allen Städten auf der Welt sei in Zürich das Leben am angenehmsten», murrte Mat und streckte dem Fahrer einen Geldschein hin. «Die Taxispesen haben die wohl übersehen.»

Wie in manchen europäischen Städten war auch in Zürich die Universität mit den Jahren aus allen Nähten geplatzt und hatte sich wie ein Krebsgeschwür in die angrenzenden Stadtviertel gefressen. Ihre Einrichtungen waren auf verschiedene, altehrwürdige Sandsteinbauten verteilt. Narcy und Mat stiegen die kopfsteingepflasterte Moussonstraße hoch, an deren Ende sich eine der weltweit wichtigsten Institutionen auf dem Gebiet der Aids-Forschung befand: das Schweizer Retroviren-Referenzlabor. Der eilig hingeklotzte Elementbau passte zu den historischen Gebäuden in seiner Umgebung wie die Faust aufs Auge. Aber innen wurde Forschung der Spitzenklasse betrieben – und hier arbeitete Alvaro, der Narcy den Gefallen getan hatte, eine Blutprobe zu untersuchen.

Mat stieß die gläserne Schwingtür zu dem nüchternen Pavillon auf. Einen Empfang gab es hier nicht, stattdessen war die schmucklose Eingangshalle mit Aktenschränken voll gestellt. Ein langer Korridor führte sie an einer Reihe weit offen stehender Türen entlang, durch die man in winzige Büros und in mit medizinischen Geräten voll gestopfte Laborräume hineinsah. Ganz hinten im Korridor entdeckten sie schließlich eine Gruppe von Leuten, die in einer improvisierten Kaffee-Ecke saßen und diskutierten oder in Zeitschriften blätterten. Als Narcy und Mat auf die Leute zugingen, sprang ein großer, sportlicher Mann auf.

«*Hola mi amiga!*», rief er und umarmte Narcy. Angesichts der stürmischen Begrüßung kam sich Mat sofort deplatziert vor. Kurz bevor er schlechte Laune bekam, wandte sich der Mann auch ihm zu. «Ich bin Alvaro, herzlich willkommen.» Er zeigte auf Mats Kopfverband. «Was ist denn da passiert?»

«Ach.» Mat zuckte mit den Schultern. «Nur eine Bombe.»

Alvaro lachte laut. «Guter Spruch! Werde ich mir merken. Ich hau mir nämlich meinen Kopf beim *Freeclimben* ab und zu an Felsvorsprünge.» Darauf verfiel er wieder ins Spanische und plauderte unbekümmert auf Narcy ein, während er sie und Mat ein Stockwerk höher in sein Büro führte. Mat vermutete, dass die beiden über ihre gemeinsame Vergangenheit redeten, wie auch immer die ausgesehen haben mochte.

Alvaros Büro war eine winzige Zelle, die von unten bis oben mit Papieren und wissenschaftlichen Zeitschriften voll gestopft war. «Setzt euch.» Alvaro zeigte auf den dreibeinigen Hocker, der noch neben seinem Bürostuhl Platz fand. Narcy und Mat sahen einander unentschlossen an. Alvaro entschuldigte sich, griff kurzerhand nach dem Papierkorb, fischte einige zerknüllte Papiere heraus und stellte den Plastikeimer – Öffnung nach unten – vor Mat hin. «Bitte.»

«Nur keine Umstände», entgegnete Mat übertrieben höflich und hockte sich auf den Abfallkorb, während sich Narcy auf den Hocker setzte.

«Ziemlich heißer Cocktail, den du mir da geschickt hast», kam Alvaro zur Sache. «So etwas habe ich noch nie gesehen. Woher hast du das?»

Narcy erzählte von den Infektionen in London, von ihrem

Verdacht, dass an anderen Orten der Welt derselbe Erreger aufgetreten sein könnte, und dass sie daran gehindert würden, die wahre Ursache dieser Infektionen aufzuklären.

«Wow, ein heißer Cocktail mit einer noch heißeren Geschichte», staunte Alvaro. «So was lässt sich allerdings kaum geheim halten.»

«Trotzdem versucht die britische Gesundheitsbehörde genau das.»

«Hier sind wir aber in der Schweiz, und mir haben die Briten nichts vorzuschreiben.» Alvaro griff nach einem Stapel Papier. «Deine Probe ist ein Gemisch.»

«Also bist du wie das CCD auf eine Kombination von Hühner- und Schweinegrippe gestoßen?», fragte Narcy sichtlich enttäuscht. Hatte sie sich doch in blindem Eifer in etwas verrannt, angestachelt von Mat?

«Hühnergrippe, ja», sagte Alvaro. «Genau genommen, H5N1, auch bekannt als Hongkong-Virus. Aber daneben habe ich noch Material aus dem Schweinegenom gefunden.»

«Also Schweinegrippe?»

«Nicht ganz. Die Gensequenz stammt nicht von einem Virus des Schweins, sondern direkt aus dessen Erbmaterial.»

Narcy schüttelte den Kopf. «Schön der Reihe nach, bitte.»

«Okay. Ich zeige dir, wie ich vorgegangen bin. Zuerst habe ich den Erreger isoliert. Dann folgte die genetische Sequenzanalyse. Das Ergebnis haben wir hier.» Alvaro begann in den Papierstapeln zu wühlen. Sie waren alle von oben bis unten mit den vier Buchstaben A, T, G und C bedruckt.

Während Alvaro die unendlichen Buchstabenreihen absuchte, drehte sich Narcy zu Mat um. «Das ist der genetische Code des Erregers, den Alvaro für uns geknackt hat.»

«Aha.»

«Hier, schaut euch das an.» Alvaro hatte gefunden, wonach er gesucht hatte. Er zeigte auf eine Stelle im Computerausdruck.

«Diese Buchstabenkombination erkenne ich auf den ersten Blick. Danach suche ich jeden Tag in irgendeiner Probe. Diese Basensequenz ist typisch für Retroviren. Sie ist wie eine Flagge, die signalisiert, hallo, ich bin ein Retrovirus.» Er ließ das Blatt sinken. «Aber welches Retrovirus ist es?»
Alvaro drehte sich auf seinem Bürostuhl um neunzig Grad zu einem Computerterminal, auf dessen Monitor ein Snowboarder eine Endlosschlaufe in der Halfpipe drehte. «In unserer Referenzdatenbank sind alle bekannten Retroviren gespeichert. Aber schau dir das mal an.» Er bewegte die Maus, und die nüchterne Benutzeroberfläche einer Datenbank erschien. «Wenn ich diese retrovirale Sequenz in unsere Datenbank eingebe, ist die Antwort negativ.» Er drückte einige Tasten und klickte mit der Maus auf *SEARCH*. Nach wenigen Sekunden erschien auf dem Bildschirm die Meldung: *FOUND Θ*. Alvaro drehte sich wieder zu Narcy um. «Das heißt, das Ding fällt nicht unter die bekannten Retroviren des Menschen, wie zum Beispiel HIV oder HTLV-1.»
«Du bist aber absolut sicher, dass es ein Retrovirus ist?», fragte Narcy.
«Absolut sicher. Sonst hätte es nicht diese Anfangssequenz, die ist hundertprozentig retroviral. Die Frage ist nur, welches Retrovirus ist es?» Alvaro blickte Narcy forschend an. Von Mat nahm er offensichtlich an, dass der ohnehin nichts verstand.
«Ich habe in anderen Datenbanken weitergesucht. Fündig geworden bin ich in den veterinären. Die Sequenz ist retroviral», er machte eine theatralische Pause, «*und* sie ist im Erbgut jedes Schweins enthalten. Das heißt, es ist ein so genanntes endogenes Retrovirus. Bekannt als PERV, *Porcine Endogenic Retro Virus.*»
Triumphierend blickte er seine Besucher an. Doch Mats Gesicht war ein einziges Fragezeichen. «Ein endogenes Retrovirus?»

Gnädig erbarmte sich Alvaro des Journalisten. «Allen Viren gemeinsam ist, dass sie ihr Erbgut in eine lebende Zelle einschleusen müssen, damit diese die Produktion von neuen Viren übernimmt. Alleine sind die Viren nicht lebensfähig. Doch wie sie die fremden Zellen in ihre Gewalt bringen, das kann auf ganz verschiedene Weise geschehen.»

Mat nickte: So weit war alles klar.

«Im einfachsten Fall», fuhr Alvaro fort, «besteht das Erbgut des angreifenden Virus aus so genannter *Desoxyribonukleinsäure,* kurz DNS. Die DNS ist das berühmte Molekül, das aussieht wie eine verdrehte Strickleiter. Das hast du sicher auch schon irgendwo auf Darstellungen gesehen. Chemisch betrachtet hat es die Struktur von zwei Fäden, welche durch Sprossen verbunden sind. In allen höheren Lebewesen, ob Tier oder Pflanzen, liegt das Erbgut in dieser so genannten DNS-Doppelhelix vor.»

Mat nickte.

«Nun gibt es aber auch viele Viren, deren Erbgut nur aus einem einzelnen Faden von RNS, *Ribonukleinsäure,* besteht. Dieses Molekül ist weniger stabil als DNS, was dem Virus aber keinen Nachteil, sondern Vorteile bringt. Denn geringere Stabilität bedeutet in der Genetik höhere Flexibilität. Darum kann sich das Erbgut eines RNS-Virus sehr schnell verändern. Es kann sich schneller an neue Umweltbedingungen anpassen. Und das bedeutet wiederum, dass es schwieriger abzuwehren ist. Denn das Immunsystem des Opfers hinkt immer hinter dem sich verändernden Angreifer her. Zu dieser Gruppe der RNS-Viren gehören unter anderem auch die Grippeviren. Darum ist die Suche nach Grippeimpfstoffen auch so schwierig, weil die Forscher, genau wie das Immunsystem, langsamer sind als die Angreifer.

Diese RNS-Viren vermehren sich mit zwei Strategien. Die einen kapern direkt die zu ihrer Vermehrung nötigen Teile einer Zelle. Daneben gibt es aber die wesentlich raffiniertere Klasse von RNS-Viren: die Retroviren. Die sind echt clever und auch heimtückisch. Denn sie können sich in der angegriffenen Zelle geschickt verstecken. Aids und gewisse infektiöse Formen von Krebs werden durch solche Viren verursacht. Natürlich kauern die sich nicht hinter den Zellkern und rufen *ätsch, such mich.* Verstecken meine ich im chemischen Sinn. Sie können ihr RNS-Erbgut mit einem Enzym, das sie extra dafür mitgebracht haben, in doppelsträngige DNS zurückübersetzen, darum heißen sie *Retro*-Viren. Nach dieser Rückübersetzung sieht ihr Erbmaterial aus wie jenes des Opfers, und es verhält sich auch genauso. Deshalb kann es direkt ins Erbgut des Opfers eingebaut werden. Dadurch kann das Immunsystem sie nicht erkennen und demzufolge nicht bekämpfen. Die Retroviren sind so perfekt getarnt. Sie schlummern im Erbgut des Wirtes, bis sie wieder aktiv werden. Diese Inaktivität kann unter Umständen Jahre dauern. Retroviren sind genetische Zeitbomben.»

«Darum kann es bei Aids und Krebs nach der Ansteckung so lange dauern, bis die Krankheit ausbricht», warf Narcy ein.

«Das sind raffinierte Kerle», nickte Alvaro. «Doch es kommt noch raffinierter. Unter diesen Retroviren gibt es als Spezialfall die so genannten *endogenen Retroviren.* Diese sind nicht nur in den infizierten Zellen eines Individuums zu finden, sondern in allen Zellen, nicht nur in einem kranken Individuum, sondern in einer ganzen Art. Das heißt, ein endogenes Schweine-Retrovirus ist in jedem Schwein auf dieser Erde zu finden.»

«Das heißt, alle Schweine sind infiziert?», fragte Narcy dazwischen.

«Heißt es eigentlich, aber das macht nichts, denn die endogenen Retroviren sind schon so lange im Erbgut des Schweins vorhanden, dass sie regelrecht dazugehören. Man stellt sich vor, dass diese endogenen Retroviren ins Erbgut gelangt sind, indem sie vor langer Zeit einmal Geschlechtszellen, also Eier oder Spermien, infiziert haben. Von dort sind sie bei der Fortpflanzung an jede Zelle der Nachkommen weitergegeben worden.

Übrigens trägt jede Tierart, und auch der Mensch, im Erbgut Material, das ursprünglich von Retroviren stammt. In unserem Erbgut sind das, nach Schätzungen, sogar bis zu fünf Prozent der gesamten Erbmasse. Diese DNS-Abschnitte tragen keine eigentliche Erbinformation; manche Forscher reden auch von Genschrott. Normalerweise sind solche endogenen Retroviren für ihren Wirt keine Gefahr», schloss Alvaro seine Erklärungen. «Aber hier ist jetzt eines erwacht.»

Er sah Mat und Narcy herausfordernd an, als wolle er prüfen, ob die beiden die Tragweite seiner Erkenntnis erfasst hätten.

Narcy *hatte* sie erfasst. «Und was hat diesen schlummernden Parasiten geweckt?»

Alvaro wiegte den Kopf, bevor er antwortete. «Stress.» Er studierte wieder den Ausdruck. «Das heißt: immunologischer Stress. Ich kann es nur so erklären, dass im Träger des endogenen Retrovirus eine Infektion einen immunologischen Schock bewirkt hat und dadurch eine molekularbiologische Neukombination ausgelöst wurde.»

«Moment, Moment», protestierte Mat. «Geht das auch auf Deutsch?»

«Also, konkret», erbarmte sich Alvaro erneut. «Ein Huhn infiziert ein Schwein mit Hühnergrippe. Das Schwein geht daran beinahe zugrunde, aber nur beinahe. Im letzten Moment erholt es sich. Weil aber die Immunabwehr für eine Weile außer Gefecht gesetzt war, beginnt ein Prozess, in welchem ein endogenes Retrovirus des Schweins reaktiviert wird. Dieses kombiniert sich mit dem Vogelvirus. Das Ergebnis ist ein neuer Erreger.»

Mat staunte den Molekularbiologen an. «So klingt das logisch, aber auch verdammt gefährlich.»
«Genauso würde ich es auch einschätzen», sagte Alvaro.
Narcy machte ein verzweifeltes Gesicht. «Aber wo konnte so etwas passieren?»
«Frag mich etwas Einfacheres», seufzte Alvaro. «Ich kann nur vermuten, dass ein einziges krankes Schwein genügt hat. Von dort kam dann die neue Krankheit irgendwie auf den Menschen.»
«Das ist doch unmöglich», sagte Narcy mehr zu sich selbst.
«Unmöglich ist nichts in der Biologie», widersprach Alvaro. «Zufälle gibt es immer. Die Natur lebt vom Zufall. Ohne zufällige Veränderung in der Genetik gäbe es keine Evolution.»
«Verdammt.» Narcy drückte die Faust gegen die zusammengepressten Lippen und rekapitulierte dann: «Ein Schwein war also der Brutreaktor für einen neuen Erreger, so wie das CCD es auch behauptet. Nur ist die Neukombination wesentlich spektakulärer als eben nur eine Schweine-Hühnergrippe.»
«Aber weshalb», meldete sich Mat, der die Sprache wiedergefunden hatte, «wollen die das nicht zugeben?»
«Weil das Schwein ein ganz besonderes war.» Alvaro begann wieder im Computerausdruck zu suchen. «In eurer Probe fand ich noch ein kleines Schnipselchen, einen Abschnitt, der nur ein einziges Gen umfasst.» Er tippte mit dem Zeigefinger auf eine markierte Stelle. Daneben hatte er von Hand hingekritzelt: *GFP.*
Seine Miene verfinsterte sich. «Es war ein genmanipuliertes Schwein.»
«Was?», japste Narcy.
«Du hast richtig gehört. Das GFP, das *Green Fluorescent Protein*, verwendet man bei gentechnischen Experimenten als Marker. Darum bin ich ganz sicher, das Ding stammt aus einem Laborstamm.»

Mat hatte kapiert, und ob. Er sprang aufgeregt vom Papierkorb auf. «Und bei einem solchen Gentechexperiment ist etwas schief gelaufen!»
«Und darum soll mit allen Mitteln verhindert werden, dass jemand das rauskriegt, dass *wir* das rauskriegen», ergänzte Narcy.
Mat nickte grimmig. «Dazu passen die Vertuschungsmanöver im St. James, dazu passen die Einschüchterungsversuche und der Anschlag.»
«*Mierda*», Narcy verbiss sich das Wort auf der Zunge und schaute Mat stumm ins Gesicht. Genau so musste es sein. Doch wie weiter?
«Das ist ja eine Bombe», entfuhr es Mat, und er dachte dabei an seine Story.
«Das ist eine *genetische* Bombe», antwortete Alvaro, und er dachte dabei an den Erreger.
«Und was wird», Narcy dachte entsetzt an die Konsequenzen, «diese Bombe auslösen?»
Alvaro warf einen schrägen Blick auf Mats Verband. «Sie wird explodieren.»
«Alvaro, ich bitte dich!», sagte sie streng. «Ich meine, kannst du aufgrund der genetischen Struktur sagen, was dieser Erreger bewirkt. Kannst du sagen, ob es wirklich dieses Ding ist, das die Leute krank macht?»
«Genau sagen kann man das aufgrund der genetischen Struktur natürlich nicht. Aber spekulieren: Das Virus könnte übertragen werden wie Grippe, also via Tröpfcheninfektion. Es könnte Symptome auslösen, wie Grippe sie hervorruft. Ob es ebenso infektiös ist, weiß ich nicht. Aber dann steuert ja auch das Schweineretrovirus PERV seinen Teil bei. Und was das macht, kann niemand sagen. Das kennt niemand, da es sich über Jahrtausende im Schwein versteckt gehalten hat. Das ist zu allem fähig.»

Narcy starrte ins Leere. «Wer hat die Experimente gemacht? Was ist dabei schief gegangen?»
«Keine Ahnung. Ich kenne mich mit dem GFP nicht aus», antwortete Alvaro. «Außerdem könnte dieser Marker absichtlich oder unabsichtlich in den Erreger gelangt sein. Entweder hat jemand diesen Erreger absichtlich zusammengebaut, dann wäre das GFP drin, damit man den Bock immer wieder findet. Vielleicht ist aber auch bei einem Gentechexperiment was schief gelaufen. Dann wäre das GFP aus reinem Zufall in den Erreger gelangt. So oder so kannst du froh darum sein. Denn dieses eine Gen ist die Spur zu seinem Herkunftsort. Du musst nur herausfinden, wer es bei welchen Experimenten eingesetzt hat.»
«Aha», lachte Narcy bitter, «wenn es weiter nichts ist!»
Es war ihr absolut klar, dass ihnen im britischen Medizin-Establishment niemand bei dieser Suche helfen würde. Es gab deshalb nur die eine Möglichkeit: den Erreger selbst bis an seinen Ursprung zurückzuverfolgen und dann damit den Erzeuger dieses Killers zum Sprechen zu bringen.

London, Polizeihauptquartier

Phil Westwood war ein drahtiger Mittfünfziger und außer sich vor Wut. «Wie kann so etwas nur passieren?» Vor Zorn hatte er sich unter den Armen zwei große Flecken ins Hemd geschwitzt. Aufgebracht tigerte er vor Robert Flanagans Schreibtisch hin und her. «Wir wissen, dass ein *W.-H.-Smith*-Wagen mit dem Verschwinden von mindestens zwei Personen zu tun hat. Deshalb hatte ich euch gebeten, diese Wagen im Auge zu behalten. Dabei hatte ich ein *offenes* Auge gemeint. Aber was passiert? Es kann einer mit einem solchen Wagen vor eurer Nase zu einem Mord fahren. Mann, Rob, wo habt ihr bloß hingeguckt?»

Robert Flanagans Dreifachkinn wackelte wie Pudding, als er empört nach Luft schnappte. «Meine Leute haben, verdammt nochmal, rund um die Uhr allein durch ihre Routineaufgaben einen Höllenstress. Daneben kommen alle möglichen Abteilungen mit Sonderwünschen angetanzt. Wir sind nett, wir sind kooperativ, wir übernehmen das alles ohne Murren. Danke sagt uns nie einer. Nee.» Wutschnaubend warf Flanagan einen Aktenordner auf den Schreibtisch. Dann hievte er sein Übergewicht aus dem Stuhl hoch, stellte sich breitbeinig hin, stützte die Hände auf den Tisch vor ihm und starrte Westwood feindselig an. «Aber wenn dann mal was schief geht, schiebt ihr uns gleich noch einen Mord in die Schuhe.» Flanagan konnte es nicht leiden, wenn sich Westwood derart aufspielte. Einmal mehr ging es doch nur darum, zu beweisen, wie wichtig die Mordabteilung war und wie deppert sich die Streife anstellte.

Westwood unterbrach sein Hin-und-her-Tigern, blieb Flanagan gegenüber stehen und fixierte ihn mit eisigem Blick. «Ich schiebe euch keinen Mord in die Schuhe. Aber ihr hättet einen verhindern können, wenn ihr diese Apothekenkutsche besser im Blick gehabt hättet.»

«*W. H. Smith* hat über siebzig Wagen auf der Straße. Wir haben in den letzten zwei Tagen jedes sichtbare Fahrzeug gestoppt, einige wurden bis zu fünf Mal am Tag angehalten. Jeder Fahrer hat sich korrekt ausgewiesen. Wie hätten wir wissen sollen, dass ein Fahrer mit gefälschten Papieren und zwei Wagen mit identischen Nummernschildern unterwegs sind?»

«Ihr hättet ja nur in den Laderaum gucken müssen, um zu sehen, dass einer der Wagen umgebaut ist.»

«Und das mitten auf der Straße, mitten in der *Rushhour*, mitten in der City. Sonst noch was?» Flanagan schnappte nach Luft. «Und am Tag danach feuert mich der Bürgermeister, weil wir den Verkehr lahm legen. Freut euch doch darüber, dass wir diesen Apothekenwagen in der Nacht noch gefunden haben. Ihr konntet die Lackspuren daran dem zertrümmerten Bentley zuordnen. Und die Gattin des Toten hat zu Protokoll gegeben, ihr Mann sei kurz vor der Tat von einem *W.-H.-Smith*-Gefährt belästigt worden. Damit ist wohl klar, dass die beiden ersten Verschwundenen auch tot sind. Es sei denn, der Fahrer, der mitsamt dem Wagen verschwunden ist, hält sie versteckt. Aber hast du dir schon überlegt, warum einer mit einem Kühlwagen zum Morden ausfährt? Mann, ich beginne ja schon, den Fall für dich zu lösen.» Der fette Polizist warf die Hände in die Luft. «Ach was, dafür bin ich ja viel zu doof.» Er ließ sich auf den Stuhl plumpsen.

Westwood starrte ihn immer noch wütend an, sagte aber nichts mehr.

«Was starrst du mich so an?», fragte Flanagan und wischte sich den Schweiß von der Stirn.

Westwood schnappte sich einen Stuhl und schwang sich rittlings darauf. «Wozu braucht ein Killer einen Kühlwagen?», fragte er eindringlich.

«Zum Leichenkühlen, ist doch logisch.» Flanagan klang spöttisch.

«Sag das nochmal.»

«Killer mit Kühler kühlt Kadaver.» Er richtete seinen Blick demonstrativ an die Decke. Es war wirklich zu absurd.

«Das ist es!» Westwood schlug auf die Tischplatte. «Vergiss alles, was ich vorhin gesagt habe. Ich bitte dich darum. Du bist genial.»

«Ich weiß.»

«Rob, im Ernst. Du hast ins Schwarze getroffen. Hier wurden Leute nicht einfach umgebracht, die wurden gleich noch eingezogen.»

«Es scheint so, aber wozu?»

«Ich weiß es nicht.» Westwoods Gesicht verzog sich zu einer gequälten Grimasse. «Aber vielleicht hast du noch einen genialen Einfall?»
«Dafür ist ein Streifenpolizist zu doof.»
Westwood griff nach dem Telefon. «Darf ich?»
«Hast du einen Antrag gestellt?»
«Du bist tatsächlich doof», knurrte Westwood und wählte eine Nummer. «Stacy, ich will sofort wissen, was der Kühlwagenfahrer und die alte Dame, die beide verschwunden sind, und der tote Anwalt gemeinsam haben. Durchkämmt von allen dreien die Biographie. Besonders interessiert mich, was in ihren Körpern auch nach dem Tod noch interessant sein könnte.» Er knallte den Hörer auf die Gabel und sah Flanagan triumphierend an.

Einige Minuten später klingelte das Telefon. Bevor Flanagan abnehmen konnte, hatte sich Westwood schon den Hörer geschnappt.
«Und?»
Er horchte angestrengt.
«Das gibt's ja nicht. Alle drei?»
Er griff nach einem Kugelschreiber und einem Blatt Papier und machte sich Notizen, während der Anrufer sprach.
«Und wie viele gibt es davon?»
Er runzelte die Stirn. «Alles klar.» Nachdem er aufgehängt hatte, hakte er die Daumen an den Hosenträgern ein und wandte sich Flanagan zu.
«Meine Leute haben sich gesputet und die medizinischen Daten der drei Personen geprüft. Und siehe da: Richie Tosh, der Kühlwagenfahrer, Martha Brown, die alte Dame, und Drew Irwin, der Anwalt, hatten eines gemeinsam.» Er ließ die Hosenträgergummis klatschend zurückschnellen. «Alle haben eine transplantierte Niere.»

«Haben dir deine Leute auch gesagt, wieso jemand Transplantatsempfänger wie Sondermüll einsammelt?»

«Nein.» Westwood seufzte. «Der Pathologe hat lediglich gemeldet, dass die Niere des Anwalts eine sonderbare Veränderung aufwies. Sie soll regelrecht grünlich geschimmert haben. Woher das kommt, versucht er noch herauszufinden. Gleichzeitig haben meine Leute bereits damit begonnen, sämtlichen Transplantationszentren einen Besuch abzustatten, um weitere Hinweise zu sammeln.» Er warf sich stolz in die Brust. «Ja, die reagieren prompt, meine Leute.»

Flanagan klatschte einige Male langsam in die Hände, Applaus andeutend. Dann fragte er: «Darf dir der Verkehrspolizist noch einen Tipp geben?»

Westwoods Gesichtsausdruck wurde sofort wieder mürrisch. «Bitte.»

«Ich würde jetzt schleunigst alle Nierenempfänger schützen, bevor euer Mörder noch ein paar von ihnen, ihrer grünen Niere wegen, einsammelt.»

«Gute Idee», strahlte Westwood. «Hilfst du mir dabei?»

Flanagan wiegte den Kopf hin und her. «Du weißt ja, dass die Streife keine Bitte ausschlagen kann. Gib mir 'ne Liste.»

«Wunderbar, Rob. Ich danke dir», sagte Westwood und erhob sich von seinem Stuhl. Auf dem Weg zur Tür drehte er sich nochmals um. «Übrigens: Im Großraum London dürften ein paar tausend zusammenkommen.»

«Arschloch.»

Westwood knallte die Tür hinter sich zu; nur Sekundenbruchteile später grub sich der Tacker, der geflogen kam, splitternd ins Holz.

London, Peckham

David ging den Peckham Rye entlang. Seine linke Hand schmerzte, weil er keine Handschuhe trug und der Griff der Plastiktüte mit den Orangen in die klammen Finger schnitt. Er hatte den ganzen Tag bei Mike verbracht, dem es immer schlechter ging. Doch um nichts in der Welt hatte sich dieser dazu bewegen lassen, zu einem Arzt oder gar ins Krankenhaus zu gehen. David hatte ihm die spröde Haut mit duftendem Öl eingerieben. Das hatte Mike sehr wohl getan. Und sie hatten gut miteinander reden können. Vielleicht noch besser als sonst, weil Mike auf dem Bauch gelegen hatte, während David ihm den Rücken massierte. Wenn man sich nicht in die Augen schauen musste, konnte man offener sein, fand David. Er erinnerte sich an ähnliche Situationen aus seiner Jugend. Wie er und der Vater Seite an Seite am Spültrog gestanden hatten. Der Vater spülte das Geschirr; David trocknete ab; sie brauchten einander nicht anzuschauen beim Reden. Das war nicht oft vorgekommen, aber es waren Momente der Nähe gewesen, die er mit dem Vater nicht oft erlebt hatte.
David wechselte die Plastiktasche in die andere Hand und drückte den Hut tiefer ins Gesicht. So sah er zwar die Leute, die ihm auf dem Gehsteig vor der Bahnstation entgegenkamen, immer erst im letzten Moment. Aber er konnte sich immerhin etwas vor dem Nieselregen schützen, der in jedem Moment in Schnee überzugehen drohte. Damit er im Gedränge nicht mit anderen Personen zusammenprallte, verlangsamte er den Schritt.
Als er die Straßenseite wechseln musste, um nach dem *Peckham Rye* in den *Blenheim Grove* einzubiegen, sah er einen weißen Lieferwagen von *W. H. Smith* am Straßenrand stehen. Die Passanten mussten dem Wagen ausweichen, da er mit zwei Rädern auf dem Bürgersteig geparkt hatte, auch wenn

dort gar keine Apotheke war. David zuckte zusammen. In der U-Bahn hatte er die Schlagzeilen der Zeitung des Mannes gegenüber gelesen. *Zwei verschwunden, einer tot – im Kühlwagen abtransportiert?* Den Informationsfetzen zufolge, die David noch hatte entziffern können, war am Tatort des Verschwindens jedes Mal ein Apotheken-Kühlwagen gesichtet worden. An sich interessierte sich David nicht für Unglücksfälle und Verbrechen, aber der Mann hatte ihm im Gedränge die Seite dauernd vor das Gesicht gehalten. Und vor allem eins hatte seine Aufmerksamkeit geweckt: Die Polizei hatte herausgefunden, dass alle Opfer Nierentransplantationspatienten waren.

Das fand David nun schon beunruhigend. Die Narbe an seinem Unterbauch juckte. Er riss sich zusammen. *Da stand nicht, es sei ein W.-H.-Smith-Wagen gewesen. Es hieß einfach: Kühlwagen. Und davon gibt es Hunderte in London.* Das beklemmende Gefühl hatte ihn noch nicht verlassen, als David in einem Bogen um den Apothekenwagen herumging. In diesem Moment ließ der Fahrer den Motor an und fuhr los.

Davids Gedanken wanderten wieder zu Mike. Bei ihm fühlte sich David aufgehoben – und er konnte ihm auch etwas zurückgeben. Es war wunderbar gewesen, seine Haut mit dem duftenden Öl unter den Händen zu spüren und seine Stimme zu hören. Aber die Intensität des Moments war ungewohnt und so stark gewesen, dass es David schließlich zu viel geworden war – wie schon ein paarmal zuvor in den vergangenen Tagen.

Also war David mit der U-Bahn nach Peckham zurückgefahren. Beim Verlassen der Bahnstation hatte er sich Orangen gekauft, allerdings hätten es ja nicht gleich drei Kilogramm sein müssen.

Seine Gedanken wanderten wieder zu dem Apothekenwagen. Das Firmensignet von *W. H. Smith* fiel ihm überall auf, vermutlich weil es das Geschäft war, in dem er in seinem ganzen Leben am häufigsten eingekauft hatte. All die Medikamente, die er sich immer wieder besorgen musste. Gleich oft war er wohl höchstens im Gigastore gewesen, einem Fachgeschäft für Computerzubehör.

Der Fahrer hatte sich wohl verirrt, als er vorhin so ungeschickt auf dem Bürgersteig geparkt hatte. Vielleicht, überlegte David, hatten sie auch eine Hauslieferung gemacht. Auch ihm brachte ab und zu ein solcher Wagen die Medikamente, wenn er dringend etwas brauchte und nicht aus dem Haus konnte.

Als er in die Choumert Road einbog, lag die Straße in der einsetzenden Dämmerung menschenleer. Schräg gegenüber von seinem Haus stach ihm das blau-weiße Emblem von *W. H. Smith* ins Auge. Der Wagen musste gewendet haben und stand nun mit der Kühlerhaube in Davids Richtung. Dieser blieb stehen. Was wollte das Fahrzeug in dieser Straße? Vor seinem Haus? Er hatte nichts bestellt.

Jetzt befiel ihn die Angst. David fühlte sich doch schon von dieser verdammten Krankheit verfolgt, entwickelte er nun auch noch einen Verfolgungswahn wegen eines Apothekenwagens? Er sah niemanden aus dem Auto aussteigen. David vermeinte zu erkennen, dass in dem Wagen zwei Personen saßen und in seine Richtung schauten. In der Zeitung hatte nicht gestanden, es sei ein *W.-H.-Smith*-Wagen in die Entführungen und den Mord verwickelt. Da hatte aber auch nicht gestanden, es sei *kein W.-H.-Smith*-Wagen. David griff sich in den Mantel und kratzte sich an der Narbe, dann machte er kehrt.

Er ging auf die *Bellenden Road* zurück, um so schnell wie möglich wieder auf den belebten *Blenheim Grove* zu gelangen. Hinter sich hörte er das Geräusch eines startenden Motors. David beschleunigte den Schritt. Ohne sich umzuschauen, bog er um die Ecke und mischte sich unter die Leute. Er ging schneller, stieß immer wieder mit jemandem zusammen. In die *Underground*, dachte er. Ein Schirm fegte ihm fast den Hut vom Kopf. Ein Mann entschuldigte sich, doch David war schon weiter. Wohin würde er fahren? *Zu Mike, dort bin ich sicher.* Er hastete vorwärts. Die Plastiktasche mit den Orangen schlug ihm immer wieder gegen das Knie und behinderte ihn. Kurzerhand warf er sie in den nächsten Abfallkorb an einer Straßenlaterne. Endlich sah er das runde Schild der U-Bahn. Außer Atem stolperte er vorwärts und rempelte sich durch die Menschenmenge. Erst als er durch das Eingangstor der Bahnstation hetzte, getraute er sich, einen Blick über die Schulter zu werfen. Aus dem Augenwinkel sah er direkt vor dem Haupteingang des Bahnhofs den *W.-H.-Smith*-Wagen vorfahren. Sie verfolgten ihn!

David kämpfte sich im Zickzack durch die Flut von Menschen, die sich ihm entgegenwälzte. Ganz natürlich um diese Uhrzeit in einem Außenbezirk; die Pendler kehrten von der Arbeit heim. Nur langsam erreichte er die Drehkreuze, die man passieren musste, um zu den Zügen zu gelangen. Eine Menschentraube hatte sich davor gestaut. David versuchte sich vorzudrängeln. «Sie Rüpel», schimpfte eine Frau. Ein Mann versetzte ihm mit dem Ellbogen einen Schlag in die Rippen. «Entschuldigung», keuchte David und wühlte sich weiter durch die Menge. Er kam zum Drehkreuz, steckte seine Karte in den Schlitz und warf einen Blick zurück. Ein Mann in weißem Kittel pflügte durch die Menge hinter ihm. David zerrte die Karte aus dem Lesegerät und war in zwei Sprüngen auf der Rolltreppe, die in die Tiefe führte. Er stolperte an den Leuten vorbei, die auf der linken Seite aufgereiht standen. Eine riesige Tasche versperrte ihm den Weg. Er kämpfte sich daran vorbei. Als er das Untergeschoss erreicht hatte, erschien oben der Mann im *W.-H.-Smith*-Kittel an der Rolltreppe.

Vor David verzweigte sich der Tunnel. Ihm war klar, dass er mit den Verfolgern im Nacken nicht zu Mike fahren konnte. Doch wohin jetzt? Ein gehetzter Blick zur großen Uhr an der Wand. In einer halben Minute ging der nächste Zug stadtauswärts. Also rechts.

Er hetzte den Tunnel entlang. Hier war es etwas leerer, weil von Peckham aus kaum noch Pendler in die Außenbezirke fuhren. Es blieben zwanzig Sekunden. Sein flacher Atem stach in den Lungen. *Weiter!* Er erreichte die Plattform in dem Moment, als der Zug mit quietschenden Bremsen einfuhr. Eine blechern scheppernde Lautsprecherdurchsage füllte die unterirdische Halle, eine lange Reihe von Schiebetüren öffnete sich zischend, und Heerscharen von ankommenden Pendlern ergossen sich aus der U-Bahn. David ließ sich im Wagen auf den erstbesten Sitz fallen. Er hatte das Gefühl, seine Lungen müssten explodieren. Der Zug fuhr an. Schwer atmend legte David den Kopf an die Fensterscheibe.

Er spürte das Schaukeln des Wagens, und vor seinem geistigen Auge baute sich das Liniennetz der *Underground* auf. Wohin konnte er jetzt gehen? Mike war keine Option. Einfach herumfahren, um Zeit zu gewinnen? Allzu weit durfte er aber mit dieser Bahn nicht fahren, da in den Außenbezirken immer weniger Leute auf den Straßen waren. Gab es nur diesen einen Verfolger? Stand er mit Komplizen in Kontakt? Erwarteten ihn die Häscher schon, wenn David ausstieg? *Unsinn!* So viele Leute konnten die gar nicht aufbieten, dass sie jede Station überwachten. Wer waren die Verfolger überhaupt? Was wollten sie von ihm? David starrte auf die verschwommen vorbeiflitzende Wand des U-Bahn-Schachts vor dem Fenster. Er überlegte fieberhaft – und fand keine Antwort. Wie viele Stationen waren schon vorbei? Höchste Zeit jedenfalls auszusteigen. Noch einen Halt wollte er sich gönnen, bis sein Puls zu einer ruhigeren Frequenz zurückgefunden hatte.

David spürte, wie die Bahn einen leichten Abhang hinunterfuhr, was bedeutete, dass der Bahnschacht unter eine andere Linie tauchte, die sie hier kreuzten. Er überlegte kurz, wie der Fahrplan dieser beiden Linien aussah. Als sein Zug in die *Brooklyn Station* einfuhr, sah er auf der Anzeigetafel, dass zwanzig Sekunden später eine Bahn derselben Linie auf dem gegenüberliegenden Gleis zurück ins Zentrum fahren würde. *Sehr gut!* Er brauchte also nur die Plattform zu überqueren. Dann würde er wieder Richtung London City fahren und hätte noch einmal ein paar Minuten mehr Zeit zum Überlegen. Er wusste noch immer nicht, wohin.

Der Zug verlangsamte, die Bremsen quietschten, die Türen öffneten sich, David trat auf den Bahnsteig hinaus – und sah ihn: den weißen Kittel, der aus dem übernächsten Wagen stieg. Zu warten, bis der Zug in die Gegenrichtung einfuhr, kam nicht infrage. Sofort rannte David los in Richtung Ausgang. Er drängte sich an einem Pulk Leute vorbei, der sich träge durch den gelb gekachelten Fußgängertunnel schob. Was würde er tun, wenn er den Ausgang erreicht hatte? *Viel zu gefährlich!* Auf halbem Weg bog er abrupt nach links ab. Die Katakomben der U-Bahn waren sein Terrain. Nie hätte er sich träumen lassen, dass ihm im Leben hilfreich sein könnte, U-Bahn-Linien, Fahrpläne und den Verlauf der Fußgängertunnel auswendig gelernt zu haben.

Er mischte sich unter die Leute, die zur Plattform der stadtwärts fahrenden Züge der zweiten Linie strebten, die seine alte Linie hier kreuzte. War der Typ im weißen Kittel noch hinter ihm? Er traute sich nicht, zurückzublicken. «Arschloch!», brüllte ihm ein junger Mann nach, den er angerempelt hatte. David hetzte weiter. Sekunden später hörte er dieselbe Stimme hinter sich: «Noch so ’n Wichser, verdammte Scheiße!» Das hatte nichts Gutes zu bedeuten. Er war ihm auf den Fersen. David musste sich etwas einfallen lassen.

Kaum zwanzig Meter weiter kam die Rettung. In der Tunnelwand tauchte eine schmale Nische auf. Darüber ein Schild: *Kein Durchgang, nur für Servicepersonal.* David schlüpfte hinein. Er wusste, dass dies der Verbindungsgang war, der wieder zum Zubringergang jener Linie zurückführte, mit der er hier herausgefahren war. Er hastete im schlecht beleuchteten Servicegang vorwärts. Von den rohen Betonwänden hallten seine Schritte. Er hoffte, dass sein Verfolger nicht bemerkt hatte, wie er im Hauptgang abgebogen war. Einen kurzen Moment blieb er stehen und lauschte. Keine Schritte zu hören. Von beiden Enden des Schachtes wallte von fern das monotone Brummen der Menschenmengen in den Hauptgängen heran. Offenbar hatte der Verfolger den Trick mit dem Servicetunnel nicht bemerkt. David erlaubte sich, langsamer zu gehen. Sein untrainierter Kreislauf hätte diese Rennerei ohnehin nicht mehr lange durchgehalten. Der Tunnel war schmutzig und schlecht beleuchtet. Abseits der großen Menschenströme sah man deutlich, in welcher Finanzmisere die Londoner *Underground* steckte. Es sah noch alles so aus wie früher, als er hier als Junge auf einsamen Erkundungstouren unterwegs gewesen war.

Er erreichte das Ende des Servicetunnels. Im Strom der stadtwärts Reisenden ging er zu seiner alten Linie zurück. Durch diesen Hakenschlag hatte er im Effekt dasselbe erreicht, als wenn er nach seiner Ankunft einfach die Seite des Bahnsteigs gewechselt hätte. Nur hatte er so einen Zug übersprungen. Und seine Verfolger abgehängt. Noch immer hämmerte sein Herz gegen die Rippen. Schweiß rann ihm von der Stirn. Genau in diesem Moment, als er die Plattform erreichte, fuhr einer der neuen, modernen Züge ein. Wie ein willenloses Stück Treibgut ließ er sich von der Masse in einen Wagen spülen, wo er erschöpft auf einen Sitz sank. Der Zug fuhr an. Geschafft. David überlegte, was zu tun sei. Nach Hause gehen? Zu gefährlich. Wenn die falschen Apotheker bemerkten, dass sie ihn verloren hatten, würden sie wohl als Erstes in der Choumert Road nachschauen. Wussten sie von Mike? Vielleicht hatten sie ihn schon seit Tagen beobachtet. Wohin also? Zur Polizei!

Der Zug hielt in der *Loughborough Junction.* Viele Leute stiegen aus, und fast gleichzeitig drängten neue in den Wagen. Und dann sah David inmitten der dunklen Mäntel den weißen Kittel. Er schnellte vom Sitz hoch. Doch die Tür schloss sich vor seiner Nase, der Zug fuhr an. Schlagartig fiel ihm ein, wo der Kerl ihn wieder hatte finden können. Der Fußgängertunnel zur einen Linie hatte jenen der anderen unterquert, und dort sah man wie von einer Art Balkon vom oberen Tunnel in den unteren. Der Mann musste just in dem Moment oben durchgegangen sein, als David unten passierte. Über die Brüstung zu klettern und hinunterzuspringen war für einen sportlichen Menschen ein Leichtes. *Scheißzufall!* David biss sich auf die Unterlippe.

Der weiße Kittel kam durch den Verbindungsgang aus dem hinteren Wagen in den von David. Hätte er doch nur nicht einen Zug mit modernen Wagen erwischt! Wäre er doch nur in ein altes Zugmodell gestiegen, wie sie in der Londoner *Underground* noch zuhauf verkehrten. Dort waren die einzelnen Wagen noch durch Kupplungen voneinander getrennt. Einen kurzen Moment dachte David daran, in den nächsten Wagen zu flüchten. Zu spät. Der Typ drängte sich neben ihn, ohne ihn eines Blickes zu würdigen. Davids Narben am Unterbauch juckten wahnsinnig, doch er wagte es nicht, sich zu kratzen. Die Hand krampfte sich am Haltegriff fest. Der Mann sagte kein Wort.

Solange er zwischen den Leuten war, überlegte David, konnte ihm nichts passieren. Fürs Erste hatte er also noch etwas Zeit, um eine Strategie zu entwickeln, denn die Bahn fuhr noch immer in Richtung Stadtzentrum. Der Mann stand so dicht neben ihm, dass er durch das Rütteln der Bahn immer wieder mit ihm in Berührung kam. Der Mann ignorierte ihn weiterhin. Gefährlich würde es erst werden, wenn die Bahn wieder in die Außenbezirke hinausfuhr und die Wagen leerer würden.

Die Türen öffneten sich zischend, und die Bahn spuckte scheinbar ihren ganzen Inhalt auf den Bahnsteig. David ließ den Griff los und wollte sich in der Menge mittreiben lassen. Immer inmitten von Menschen bleiben und weg von diesem Weißkittel. Er hatte noch nicht den ersten Schritt getan, da sagte der Mann mit gepresster Stimme: «Mr. Evans, wir fahren noch ein Stück.» David zuckte zusammen und starrte den Mann erschrocken an. Doch dieser blickte ungerührt geradeaus. David blieb stehen. Passagiere drängten in den Wagen, die Bahn fuhr an. Verstohlen musterte David das Gesicht des Typen. Es hatte die Ausdruckslosigkeit von Schaufensterpuppen oder Bodyguards – oder Killern. Es war ein Gesicht, wie auf dem Reißbrett dafür designt, dass sein Träger niemals identifiziert werden konnte. David schauderte. Eine Kurve drückte ihn gegen die Brust des Mannes. Sie war hart wie ein Panzer. Der Mann blickte teilnahmslos geradeaus. David ließ mehrere Stationen vorüberziehen, ohne dass er versuchte, etwas zu unternehmen. Er marterte sein Gehirn, doch es wollte ihm kein Ausweg einfallen.

Der Zug hielt. Wieder einmal begann die Menschenmasse aus dem Wagen zu drängen. David ließ den Haltegriff los und setzte zu einem Schritt an. «Noch ein Stück», sagte der Gesichtslose und packte ihn an der Schulter. In dem stahlharten Klammergriff erstarrte David zur Reglosigkeit.

Der Gesichtslose griff in die Brusttasche des Apothekerkittels, zückte ein Handy, tippte einige Tasten und sagte dann leise hinein: «Der Adler ist gelandet.» Er schaute durchs Fenster, als suche er auf der Plattform nach etwas. «Okay, verstanden.» Er steckte das Handy wieder ein. Der Zug fuhr erneut los.

Es wurde knapp. Von hier ab würden die Passagiere immer weniger werden. Warum hielt ihn der Typ zurück? Offenbar wollte er ihn irgendwohin mitnehmen. David schauderte. Dann fasste er einen beherzten Entschluss. «Entschuldigen Sie bitte», wandte er sich an einen großen Mann im Trainingsanzug, der schräg vor ihm stand und eine Sporttasche über der Schulter trug. «Dieser Mann belästigt mich und will mich nicht aussteigen lassen. Könnten Sie mir nicht an der nächsten Station behilflich sein?»

Der Mann blickte ihn verdutzt an.

«Schon gut, Sir», mischte sich der gesichtslose Weißkittel ein. «Unser Patient ist leider etwas verwirrt … aber deswegen ist er ja unser Patient.» Er lächelte.

«Glauben Sie ihm nicht!», rief David. «Das ist ein Verbrecher. Er will mich irgendwo in einem leeren Schacht umbringen. Helfen Sie mir, bitte!»

Der Sportler starrte ihn an, als fühle er sich im falschen Film.

«Oh, entschuldigen Sie», sagte der Weißkittel freundlich. Er zückte eine Plastikkarte, die er sich an die Brusttasche heftete. «Dr. Andrew Porter, Psychiatrische Klinik *Earls Trust*. Leider ist es unserem Patienten wieder einmal gelungen zu türmen. Er fährt dann stundenlang *Underground*. Sie verstehen …»

«Ich … verstehe», sagte der Sportler und schob sich in Richtung Tür. Die Bahn fuhr in die nächste Station ein.

David getraute sich nicht, mit den Leuten auszusteigen, fühlte sich wie gelähmt. Er war krank, langsam, schwach. Sein Bewacher war groß, stark, schnell und hatte Komplizen. Die Ausweglosigkeit der Situation machte David schier wahnsinnig. «Was wollen Sie von mir?», fragte er verzweifelt. Links und rechts von ihnen drängten wieder Leute in die Bahn. David wurde gegen den weißen Kittel seines Bewachers ge-

drückt. Dieser würdigte ihn keines Blickes und sagte mit ausdrucksloser Stimme: «Wir fahren noch ein Stück.»
«Wohin?»
«Das sehen Sie dann.»
«Was haben Sie mit mir vor?»
«Das sehen Sie dann.»
«Warum tun Sie das?»
«Weil ich den Auftrag dazu habe.»
«Warum ich?»
«Sie sind wohl ein interessantes Exemplar.» Das anonyme Gesicht wandte sich David zu.
«Und jetzt ist genug gequatscht.»
Danach ließ er sich auf keinerlei Gespräch mehr ein. David fühlte sich wie ein Schaf, das zur Schlachtbank geführt wird. Willenlos registrierte er, dass um ihn herum genau das geschah, was er befürchtet hatte: Die Pendlerströme verebbten. Je weiter die Bahn sich vom Stadtzentrum entfernte, desto weniger Leute fuhren mit. Am vorletzten Halt stieg eine dicke Frau aus, die regungs- und teilnahmslos im nächsten Wagen gesessen hatte. Dann war der Zug so leer wie Davids Kopf. Die Bahn näherte sich der Endstation, die David sich gut vorstellen konnte. Da wäre nichts außer einem Kiosk, der bereits um zwanzig Uhr schloss, und dem Fahrkartenautomaten.
Als der Zug hielt, sagte der Weißkittel: «Also.»
David blieb stehen.
Der andere machte eine Kopfbewegung in Richtung Ausgang.
«Ich möchte nicht da raus», sagte David leise.
«So, so», sagte der andere und griff in die Außentasche seines Apothekerkittels. Er zog daraus einen schwarzen, rohrförmigen Gegenstand hervor, den David nicht erkennen konnte. David wollte um alles in der Welt verhindern, an dieser Endstation aus der U-Bahn zu steigen. Er musste Zeit schinden,

bis sich die Bahn zur Rückfahrt Richtung Zentrum wieder in Bewegung setzte. Als er jedoch sah, was der Typ aus der anderen Kitteltasche hervorzog, erstarrte er. Der Gesichtslose schraubte das schwarze Rohr von zirka einer Hand Länge auf die Pistole. Dann sagte er: «Gehen wir.»

Wie in Trance setzte sich David in Bewegung. Der Typ mit der Pistole blieb einen halben Schritt hinter ihm. Sie verließen den Bahnsteig und gingen die lange Röhre entlang, die im Vergleich zu den Fußgängertunneln in der Innenstadt modern wirkte, doch offenbar seit Ewigkeiten nicht mehr geputzt worden war. Überall lag Abfall herum, die Wände waren von oben bis unten mit Sprayereien bedeckt: Reviere von Jugendbanden, die hier draußen ihre Kriege ausfochten. Die Scheiben an den Fahrkartenschaltern in der Eingangshalle mussten schon vor Jahren eingeschlagen worden sein. Der Wind blies ihnen eine zerfledderte Zeitung gegen die Beine, als sie durch die verlassene Halle gingen. Vor den letzten Treppenstufen zum Ausgang zögerte David. Im selben Moment spürte er die Pistole im Rücken.

David sandte ein Stoßgebet zum Himmel. Das hatte er noch nie getan. Kalter Angstschweiß trat ihm auf die Stirn. Die Panik, die ihn umklammerte, drückte ihm beinahe den Atem ab, quetschte ihm die Eingeweide zusammen. Er hätte sich am liebsten umgedreht und gekotzt.

Vor dem Ausgang der Station empfing sie das vorstädtische Nichts. Ringsum schäbige Wohnblocks. Eine Straßenlampe flackerte nervös und tauchte den nass glänzenden Asphalt in gelbes Licht. Das abgerissene Blech einer Abschrankung klapperte im Wind. Auf der Straße keine Menschenseele. David dachte, sein Herz müsse jetzt schon stillstehen. Er wartete auf das leise Klicken, mit dem der Killer den Abzugshahn spannen würde. Oder hörte man das nur im Film? David wartete. Auf das Ende.

Irgendetwas schien den Typen zu irritieren. David bemerkte aus dem Augenwinkel, wie er angestrengt durch das zuckende Straßenlicht in die Dunkelheit starrte. Immer noch die Pistole auf David gerichtet, zückte er mit der linken Hand sein Handy. «Verdammt, wo bist du?», fauchte er in das Telefon. «Bist du wahnsinnig. *Harbour* haben wir gesagt. – Ich sag's dir doch. *Harbour*, nicht *Scarborough*.» Er horchte einen Moment, sagte «okay» und steckte das Telefon wieder ein. «Los, runter», knurrte er und schob David mit der Pistole wieder die Treppe hinunter.

Irgendetwas musste schief gegangen sein. Der andere trieb David zurück durch die schmutzigen Tunnel, in denen ihre Schritte laut hallten. Bevor sie die defekte Rolltreppe zum Bahnsteig hinuntergingen, entdeckte David an der Wand eine Digitalanzeige, die erstaunlicherweise noch funktionierte. Es blieben noch dreißig Sekunden bis zur Abfahrt der Bahn. Der andere hatte das auch gesehen und trieb David zur Eile an. Er schob ihn die hohen Stufen hinunter, sodass David beinahe hingefallen wäre. Er sträubte sich. «Vorwärts», fauchte der andere. David zählte die Sekunden. *Nur nicht zu schnell in die Bahn.* «Mach schon», knurrte der andere und stieß ihn an. *Noch sieben Sekunden.* Unvermittelt blieb David auf der Türschwelle stehen und spannte alle Kraft, die ihm noch zur Verfügung stand, gegen den Stoß, den ihm der andere gleich versetzen würde. *Noch drei Sekunden.* Gleichzeitig hob er den rechten Arm. David spürte die Pranke des anderen am Rücken und zog mit aller Kraft den Hebel oberhalb des Türrahmens. Die Tür zischte und glitt zu. Die Bahn setzte sich in Bewegung. Die Hand des anderen ballte sich zwischen den Türflügeln zur Faust. Er begann mit eingeklemmter Hand neben dem Wagen herzulaufen und schrie: «Anhalten!»

David warf einen Blick auf den Hebel oberhalb der Tür, mit dem er als Junge die Spielkameraden ausgetrickst hatte. Auf dem Schild daneben stand: *Türsteuerung aus, Bedienung nur im Notfall.* Zum Glück hatte er beim Verlassen der U-Bahn bemerkt, dass jemand die Plombe entfernt hatte. Sonst hätte er es nicht geschafft, mit einer über den Kopf erhobenen Hand den Hebel zu betätigen.

Dann sah er den anderen. Der hatte es offenbar geschafft, die Füße auf der schmalen Kante unterhalb des Türrahmens unterzubringen. Er klammerte sich an die kleine Regenrinne über der Tür. Sein Gesicht klebte an der Glasscheibe, nur eine Handbreit von David entfernt. Er schaute ihn direkt an, als wollten seine Augen an David einen Halt finden.

Als er den Mann außen an der Tür hängen sah, war David plötzlich froh, in einen der modernen Züge gestiegen zu sein. Denn die waren länger und etwas breiter als die älteren Modelle. Es hatte bei der Anschaffung dieser Wagen große Diskussionen gegeben, ob sie aus Sicherheitsgründen überhaupt zugelassen werden könnten. Denn diese Wagen kamen in engen Kurven mit ihrem Mittelteil der Tunnelwand sehr nah. Näher, als die Vorschriften erlaubten. Doch schließlich waren die Wagen mit einer Ausnahmebewilligung zugelassen worden.

David wusste, dass die erste enge Kurve noch vor der nächsten Station ins Haus stand. Als hätte der andere seine Gedanken gelesen, drehte er plötzlich den Kopf in Fahrtrichtung und begann zu schreien. Er blickte direkt auf die dunkle Tunnelwand, die sich immer näher auf den Lichtschein der Zugfenster zubewegte. Als er das Gesicht wieder zu David wandte, hatte es all seine Ausdruckslosigkeit verloren. David blickte in den weit aufgerissenen Mund, dessen Schreie er im Fahrtlärm nicht hören konnte. Das Entsetzen in den Augen sah er nur für Sekundenbruchteile, bevor der Kopf gegen die Scheibe gequetscht wurde. Dann zogen sich nur noch rote Schlieren über die Tür und das nächste Fenster schräg nach hinten.

14. Tag

London, Channel Four

«Noch Kaffee?», fragte Mat.

Narcy streckte ihm die zitternden Hände entgegen. «Schau mal. Das spricht eher für Beruhigungstee.»

«Okay.» Mat verließ den Arbeitsplatz. Narcy beugte sich sofort wieder vor und starrte entnervt auf den Bildschirm. Im Tohuwabohu des improvisierten Redaktionsbüros von *Channel Four* war an konzentriertes Arbeiten kaum zu denken. Journalisten rannten nervös herum, über Dutzende von Monitoren flimmerten Nachrichtenbilder, ständig klingelten Telefone. Die rauchgeschwängerte Luft war zum Abschneiden und das Ganze nicht zum Aushalten. Narcy sah Hilfe suchend um sich. Warum bloß konnten sich Redakteure nicht in normaler Lautstärke mitteilen? Kein Mensch nahm Notiz von Narcys verzweifeltem Blick. Kurz entschlossen schnappte sie sich einen Kopfhörer, der neben dem Arbeitsplatz lag, und stülpte ihn sich über. Eine Wohltat. Abgeschirmt von der Umgebung fuhr sie mit der Arbeit fort und tippte weitere Befehle ein.

Sie war seit dem frühen Morgen online und hatte unzählige wissenschaftliche Arbeiten studiert. Nach Alvaros Genanalyse stand außer Zweifel, dass der neue Erreger aus der Vogelgrippe H5N1, einem endogenen Retrovirus des Schweins, PERV, und dem Genmarker GFP zusammengesetzt war. Wobei GFP der Beweis dafür war, dass der neue Erreger von einem gentechnischen Experiment stammte. Doch von welchem? Sie hatten in Zürich keine Zeit mehr gehabt, dieser Frage nachzugehen, denn der Rückflug war fest gebucht gewesen. Alvaro selbst hatte keine Erfahrung mit dem *Green Fluorescent Protein.* Aber er fand das Gengemisch, das er im Erreger in Lauras Blut gefunden hatte, höchst interessant und wollte die Probe unbedingt genauer auswerten, um die Resultate in einer Wissenschaftszeitschrift zu veröffentlichen. Narcy aber konnte nicht so lange warten. Sie wollte es *jetzt* wissen: Aus welchem Labor war das neue Killervirus entkommen?

Von links näherte sich eine Hand ihrem Keyboard und stellte eine Tasse mit duftendem Tee ab. Was die gedämpfte Stimme hinter ihr sagte, verstand Narcy nicht. Sie zerrte den Kopfhörer von den Ohren. «Was sagst du?»

«Einmal Pfefferminztee, das beruhigt», flötete Mat und setzte eine Krankenschwestermiene auf.

«Mach dich bloß nicht lustig, sonst lass ich ab sofort *dich* durch die medizinischen Datenbanken surfen.»

Er hob abwehrend die Hände. «Bitte nicht, bitte nicht. War ja nur als Aufmunterung gedacht. Zucker?»

«Nein, danke.» Narcy hielt sich die Tasse unter die Nase und atmete den Pfefferminzdampf ein. Erst jetzt fiel ihr auf, dass Mat an diesem Morgen keinen Verband mehr trug, sondern nur noch ein großes Pflaster quer über die Stirn kleben hatte.

«Schau, was ich über das *Green Fluorescent Protein* herausgefunden habe.» Sie klickte auf dem Computerbildschirm ein Symbol an.

«Ein Gänseblümchen?», wunderte sich Mat.

«Ein Gänseblümchen. Aber kein gewöhnliches. Es leuchtet im UV-Licht.»

«Was soll der Quatsch?»

«Der Forscher, der das gezüchtet hat, will damit beweisen, dass man Gentechnologie auch rein um der Schönheit willen betreiben kann. Er sagt, das Blümchen könne zur Dekoration von Diskotheken verwendet werden.»

«Und was soll das *uns* helfen?»

«Nun, ich dachte, du würdest dich zwischendurch auch einfach mal gern an etwas Schönem freuen.»

«Sehr witzig», ärgerte sich Mat, «und dafür hast du einen Morgen lang an der Kiste gesessen?»
«Entschuldigung, Entschuldigung. War ja nur als Aufmunterung gedacht.» Narcy grinste. «Im Ernst: GFP scheint wahrlich ein zellbiologisches Allzweckwerkzeug zu sein. Es wird eingesetzt bei Pflanzen, Amöben, Fruchtfliegen, Fröschen, Mäusen, und dann in diesem Projekt.» Sie drückte auf die Maus. Auf dem Bildschirm sprang ein weiteres Fenster auf.
Mat lehnte sich vor, um das Bild besser zu sehen. «Ein Schwein!»
«Ein Schwein mit einer grün leuchtenden Schnauze.»
«Ach, wie niedlich», flötete er. «Das wird wohl auch um seiner Schönheit willen in Diskotheken eingesetzt?»
«Mat, das hier ist Ernst.»
«Wunderbar, einen Namen hat das Tier auch.»
«Hör jetzt mal zu.» Sie legte Mat die Hand auf den Unterarm und lächelte ihn von unten an, sodass er seinen Ärger sofort verschluckte. «Dieses Ferkel hat außer der Nase auch fluoreszierende Haxen. Die sieht man hier auf dem Bild nur nicht. Das Tier wurde 1999 gezüchtet, um zu beweisen, dass man jedes beliebige Gewebe genetisch markieren kann. Insbesondere, sagen die Forscher, könne man auch Organe markieren, die man vom Tier auf den Menschen transplantiert.»
Mat stieß einen Pfiff durch die Zähne aus. «Und haben die das gemacht?»
«Ja und nein. Tierorgane werden zwar seit einigen Jahren transplantiert», nickte Narcy. Auf seinen fragenden Blick hin klärte sie Gallagher kurz über Xenotransplantation auf. Sie eigne sich vor allem bei Nierenpatienten, für die kein menschliches Spenderorgan zu finden sei. Die Methode werde aber von den medizinischen Institutionen mit Absicht in der Öffentlichkeit nicht breitgetreten, um die ethischen und moralischen Diskussionen, die bei der Einführung der Me-

thode für heiße Köpfe gesorgt hatten, nicht wieder anzukurbeln. «Allerdings weiß ich nicht, ob die Spenderorgane heutzutage mit GFP markiert werden oder wozu. Ich finde nichts über eine Fortführung dieses Projektes.»

«Also wurden die Versuche nicht weitergeführt?», fragte Mat.

«Könnte sein. Aber genauso gut könnte das pure Gegenteil zutreffen. Denn erstens wird sowieso nur veröffentlicht, was der Karriere nützt. Und zweitens: wenn eine private Biotechfirma die Versuche weitergeführt hat, ist ihr Interesse, die Resultate bekannt zu geben, gleich null. Die geben doch nicht ihre Geheimnisse preis, bevor etwas marktreif ist.»

Mat sprang vor Erregung von seinem Sitz auf. «Das ist es! Die haben das weitergetrieben. Und es ist ihnen ein genmanipuliertes Schwein aus dem Labor entwischt.»

«Ich glaube auch, dass es so war. Aber wenn wir nicht wissen, wer die Versuche weitergeführt hat, stecken wir fest. Wir können ja nicht in irgendeinem Xenotransplantationsinstitut anrufen und fragen: Ist bei Ihnen vielleicht ein Schweinchen durchgebrannt?»

«Hallo miteinander. Wie läuft es denn bei euch beiden?», mischte sich jemand in ihre Unterhaltung ein. Sie schreckten beide auf. Hinter ihnen stand ein Mann, der Narcy angrinste, dabei eine dicke Rauchwolke ausstieß und ihr die Hand entgegenstreckte. «Alistair Dunhill, News-Chef in diesem Laden. Ich nehme an, Sie sind die Ärztin, die unserem lädierten Mat hilft?»

Narcy reichte dem großen Mann im karierten Tweed-Sakko die Hand. Bevor sie etwas sagen konnte, berichtigte Mat säuerlich: «Doktor Perez Corrales hilft nicht *unserem lädierten Mat*, sondern wir arbeiten bei den Recherchen zusammen.»

«Scheint aber nicht viel gebracht zu haben … die Recherche, meine ich.» Dunhills Stimme war zu laut. «Darf ich dich daran erinnern, dass das Ultimatum abgelaufen ist? Wir haben vereinbart, dass du bis gestern Abend Resultate lieferst. Du hast nicht nur nicht geliefert, du warst nicht mal in der Redaktion. Dafür musst du eine verdammt gute Begründung haben.»

«Mach nicht auf Panik, Alistair. Wir waren in Zürich, wo die wirklich heiße Spur hinführte. Wir sind gerade vor einem entscheidenden Schritt.»

«Ich mache nicht auf Panik und will euch erst recht nicht daran hindern, diesen entscheidenden Schritt zu tun. Aber den hättest du gestern tun müssen. Gestern war die Deadline, mein Lieber.»

Mat sah seinen Chef gereizt an. «Alistair, bitte, die Story ist ein Knüller.»

«Das hast du leider schon vorgestern gesagt», entgegnete Dunhill mit so viel Bedauern, dass es gespielt sein musste.

Mats Geduldsfaden drohte zu reißen. «Wir suchen jemanden, der in London ein genmanipuliertes Schwein hält, welches an einer Vogelgrippe leidet und von seinem Besitzer gelegentlich auf der ganzen Welt spazieren geführt wird.»

Dunhill schaute zuerst verblüfft drein, dann tief besorgt. «Matthew, haben die dich auch auf Gehirnerschütterung untersucht?»

«Ich bin vollkommen in Ordnung», knurrte Mat.

«Ich meine ja nur. Dein pausenloser Einsatz in Ehren, aber offensichtlich wird es zu viel für dich. Mach einfach zwei, drei Tage Urlaub und erhole dich. Deine Gesundheit geht vor. Story hin oder her.»

«Ich bin hundert Prozent in Ordnung, verdammt nochmal! Ich kann auch nichts dafür, dass die Geschichte so kompliziert ist.»

«Mat, du verstehst mich nicht richtig. Ich habe gesagt, du sollst Pause machen. Ich gebe dir eine Woche frei. In deinem Alter muss man auf die Gesundheit achten. Aber mach dir

keine Sorgen. Die Jungen im Team können auch mal Überstunden machen.» Er drehte sich abrupt um und eilte davon.
«Arschloch», schimpfte ihm Mat hinterher.
«Lass ihn», versuchte Narcy zu beschwichtigen.
Mat blickte sie resigniert an, und als ob es noch etwas zu retten gäbe, fragte er: «Hast du wirklich alles gecheckt? Datenbanken, Archive, Institute, Universitäten ...»
«Genau dafür habe ich den ganzen Morgen vor dieser Kiste gesessen, Herr Reporter. Ich habe sämtliche Quellen überprüft, zu denen ich Zugang habe. Weiter komme ich nicht, ich bin schließlich Ärztin und kein Hacker. Leider.»
Endlich begriff Mat. «Ende, aus, Story gestorben», sagte er leise und wischte sich mit dem Handrücken über die Augen.
Narcy hörte gar nicht hin. Sie war schon dabei, eine Telefonnummer zu wählen.
«Wen rufst du an?»
«Den Hacker.»

London, Choumert Road

Schockiert hängte David den Hörer auf und starrte auf die kahlen Wände seines Wohnzimmers. Er spürte weder die Gänsehaut, die ihm über den Körper lief, noch die Narben am Unterbauch, die sich vor Aufregung rot entzündet hatten. Das Einzige, was er noch wahrnahm, war ein Dröhnen, von dem er nicht wusste, ob es um ihn oder in ihm war. In seinem Kopf hallte unendlich nach, was ihm die mexikanische Ärztin eben mitgeteilt hatte. Jedes ihrer Worte war ein Schock gewesen. Davids Entsetzen war so groß, dass ihm alles, was er in den letzten Stunden in der U-Bahn erlebt hatte, wie ein Sonntagsspaziergang vorkam. Er war von einem Killer durch die *Underground* gehetzt worden. Wusste nicht, warum sie ihn beseitigen wollten, wusste nur, *dass* es so war. Er hatte dem

Tod ins Auge geblickt und dann plötzlich die Todesangst des Killers vor Augen gehabt. David hatte in dieses Gesicht gestarrt, bis es keines mehr war. Danach war er vollkommen benommen durch die leeren Waggons gegangen, um dann an der nächsten Station auszusteigen. Irgendjemand musste den Mann wohl inzwischen gefunden haben oder was von ihm übrig geblieben war. Es interessierte David nicht. Er war mit dem Taxi nach Hause gefahren und wusste nicht weiter. Wusste nur, dass sie wiederkommen würden.

Die ganze Nacht hatte er dann einfach dagesessen und vor sich hin gestarrt. Er fühlte sich zwischen riesigen Mahlsteinen zerrieben: die Krankheit, die ihn verfolgte; die Killer, die ihn jagten; seine Vergangenheit, die ihn einholte; und Mike, der ihm dabei entglitt.

Und dann – wie lange es draußen schon wieder hell war, konnte David nicht sagen – hatte die Ärztin angerufen. Sie sagte, ein und derselbe Erreger hätte Mutter, Laura und auch die anderen Kinder im Krankenhaus getötet. Dasselbe Virus habe in Mexiko und Tokio Menschen umgebracht. Und auch Mike würde sterben.

Der Erreger, hatte sie gesagt, sei vermutlich bei einem gentechnischen Experiment mit Schweinen entstanden, die als Organspender für den Menschen gezüchtet wurden. Noch sei das allerdings nicht bewiesen. Aber mit seinen Computerkenntnissen könne er ihnen helfen, diese These zu überprüfen.

Sie hat mich um Hilfe gebeten.

David konnte helfen. Und er wollte helfen. Er würde dort suchen, wo ein normaler Computerbenutzer nie hinkäme. Und er würde die Beweise liefern. Es war *die Gelegenheit*, das Versprechen einzulösen, das er Mike gegeben hatte – und sich.

Endlich konnte er helfen!

Trotzdem fühlte sich David schlecht wie noch nie im Leben.

Mühsam erhob er sich vom *EasyRider*-Stuhl. Wie ein Automat bewegte er sich zur Tür, die sich scheinbar wie von selbst öffnete. Die Wände rückten immer weiter von ihm weg. Geräusche drangen nur noch gedämpft zu ihm durch, als müssten sie mühsam ihren Weg durch seine Gehörgänge suchen. Als er in den Gang trat, löste er sich auf. Er schwebte die Treppe zur oberen Etage hoch.

Oben gab es neben dem Schlafzimmer und dem Bad noch einen Raum, den er seit Ewigkeiten nicht mehr betreten hatte. Es war früher Sandys Zimmer gewesen. Ihre Kritzeleien hingen noch immer an den Wänden. Sie musste wohl etwa vier Jahre alt gewesen sein, als ihn Elizabeth verlassen und das Mädchen mitgenommen hatte. Sie habe ihn nur aus Mitleid geheiratet, hatte sie gesagt, weil er so krank gewesen war und sie ihm hatte helfen wollen.

Irgendwann hatte er zwei Malerböcke in Sandys Zimmer gestellt und eine Pressspanplatte darauf gelegt. Auf diesem improvisierten Tisch herrschte jetzt ein Chaos aus Zeitschriften, Videokassetten, Elektronikbauteilen. Irgendwo unter dem Gerümpel stand der Computer. Papiere, Bleistifte, Kugelschreiber. Zwei Tassen mit eingetrockneten Kaffeerändern. Bücher, ein paar CDs. Lose Kabel. Wie ein erratischer Block ragte ein Flachbildschirm aus dem Durcheinander. David pflügte mit dem Unterarm über die Tischplatte. Legte das Keyboard frei und drückte auf den Start-Knopf.

Plötzlich hatte er das schreckliche Gefühl, es sei das letzte Mal, dass er diesen Rechner startete. Wie lange würde es dauern, bis sie ihn holten? Wo war der zweite Mann, der im Apothekenwagen gesessen hatte? Aber irgendwie war das nicht mehr wichtig. Wichtig war, dass er helfen konnte.

Während sich das System aktivierte und auf dem Bildschirm ein Icon nach dem anderen aufleuchtete, reduzierte sich David allmählich auf sein Gehirn. Und das Gehirn erschloss sich seinen eigenen Raum: unendlich weit und trotzdem eng. Gleißend dunkel und dröhnend still. Mittendrin winzig klein und riesengroß: David.

Er ging online und tippte die IP-Adresse des Servers ein, welche ihm die Ärztin gegeben hatte. Viele Universitätsinstitute boten neben ihren Internetseiten einen FTP-Server zur Benutzung an. Dort standen Gästen gewisse Daten zur Verfügung, man konnte aber auch für jemanden etwas deponieren, damit dieser es mit einem entsprechenden Passwort abholte. Über solche Server tauschten Wissenschaftler auf der ganzen Welt ihre Daten aus. David tippte das Passwort ein:

XENESIS

Sofort öffnete sich der unter diesem Namen reservierte Ordner, und David sah die Datei, die zum Abholen bereitlag: der genetische Code des neuen Erregers. Er startete den Download. Mit jedem Byte, das auf die Festplatte geladen wurde, versank David tiefer in seine Trance. Gleich würde er im Besitz des genetischen Fingerabdrucks eines gnadenlosen Killers sein.

Ping machte der Computer leise. Der Download war beendet. David starrte auf die Datei: der Lebenscode des Todesvirus. Damit würde er nun durch den Cyberspace streifen, bis er wusste, aus welchem Labor die Seuche stammte, wo das Fremde entstanden war. Bis er beweisen konnte, was *Xenesis* war.

Ein Schwein. Sie hatte gesagt, es handle sich um ein Schwein. David war sicher, dass er nicht lange würde suchen müssen. Denn er hatte einen Verdacht. Einen schrecklichen Verdacht. Mechanisch huschten seine Hände über die Tastatur und führten ihn sicher durch die Datenwelt. Auf dem Monitor erschien das Eingangsportal des *Transimmune Institute*. Die Benutzeroberfläche forderte ihn auf, das *Log-in* vorzunehmen. David loggte sich als Gast ein. Auch das *Transimmune Insti-*

tute bot Gästen gewisse Zugriffe auf seinem Server. Die Maschine fragte nach dem Passwort.
Das er nicht kannte.
Doch das war kein Problem. Solch ein halböffentlicher Server war nicht sonderlich gut geschützt. In der Regel bestand das Passwort nur aus vier Buchstaben und durfte keine Wiederholungen enthalten. Dies ergab theoretisch etwa dreihunderttausend Möglichkeiten, die er durchprüfen musste. David war optimistisch. Denn für solche Fälle hatte er ein kleines Programm zur Hand, das wie ein elektronischer Dietrich funktionierte. Er schickte es mit einem Tastendruck auf die Reise. Es würde höchstens ein paar Minuten benötigen, um ihm die Tür zu öffnen. Danach aber würde die Suche schwierig werden. Denn er suchte nach Daten, die nicht auf dem Präsentierteller bereitlagen. Heißen Daten, die der Ärztin und dem Journalisten helfen würden, die Wahrheit zu finden.
Und ihm.
Er starrte auf den Monitor, wo die Zahlen allmählich vor seinen Augen verschwammen. Noch einmal gingen ihm die Erklärungen der Ärztin durch den Kopf: die Hühnergrippe, das Schweinevirus, das Marker-Gen. David hatte sich nur die Kürzel gemerkt: *H5N1, PERV, GFP.*
Besonders PERV wollte David nicht aus dem Sinn gehen. Immer wieder kroch dieser Name durch sein Gehirn. Das *Porcine Endogenetic Retro Virus.* Jedes Schwein trug das Ding in sich, hatte sie gesagt. In jeder Zelle seines Körpers, ohne etwas davon zu wissen. Ohne daran zu leiden. Sie hatte gesagt, eines Tages sei das Ding aufgewacht. Nach einem ewig scheinenden Schlaf.
PERV, das Perverse, dachte David. Er wollte es sich genau ansehen. Das Ding, das weder lebt noch tot ist, aber trotzdem killt.

Ping machte der Computer. David schreckte auf. Auf dem Monitor erschien:

$

Der $ wartete darauf, dass er ihm einen ordentlichen Befehl erteilte. Doch David dachte keine Sekunde daran, ordentliche Befehle zu erteilen. Ordentlich kam jeder Student in den öffentlichen Bereich. David aber wollte mitten ins Hirn. Seine Befehle hielten sich nicht an die ordentliche Ordnung. Seine Befehle waren Waffen.

Fein säuberlich hatte er sie alle am linken Rand des Monitors geordnet: Computerviren, mit denen er jedes System unter Stress setzte. Hochinfektiöse Erreger, die er einen nach dem anderen in den Organismus seines Opfers pumpte, bis dessen Abwehrsystem zusammenbrach und ihm jedes Geheimnis preisgab.

Zwei bleiche Hände huschten über die Tastatur. Nicht nervös, sondern schnell und sicher. Es waren Hände, denen man kein Alter ansah. Weich, dünnhäutig, schwach. Aber sie sprachen die Sprache der Maschine. Und darum waren sie mächtig.

Die Hände schrieben einige Zeilen, auf die der $ nicht gefasst war.

David wartete. Die Zeit stand still. Nichts geschah.

Ein neuer Angriff.

Doch die Festung hielt stand und meldete wieder:

$

«Na gut», formten Davids trockene Lippen lautlos. «Wenn du mehr willst, geb ich dir mehr. Nimm das.»

Mit *enter* verabschiedete er die nächste Attacke.

«Und das.»

Enter.

«Ich habe noch mehr auf Lager.»

Enter.

Damit würde er die Schädeldecke seines Gegenübers einschlagen und in sein Gehirn eindringen. Und wenn es dafür jetzt noch nicht reichte, würde das Virus die Dosis erhöhen und noch eins draufsetzen. Es arbeitete nun selbständig und rannte Schlaufe um Schlaufe immer wieder gegen den Schutzschild an, bis er einbrach. Wenn nötig rund um die Uhr. David musste nur warten, bis es so weit war.

Er richtete sich auf und rieb sich den Nacken, ließ den Kopf kreisen. Die Halswirbelsäule knirschte. Er erhob sich von seinem Stuhl und ging in die Küche hinunter. Dort füllte er eine Tasse mit Wasser, hängte den Tauchsieder und einen Teebeutel hinein. Seine Hände fühlten sich taub an. Seine Augäpfel schmerzten, als wären sie in ihren Höhlen angenagelt. Allmählich begannen an der Heizspirale in der Tasse feine Blasen aufzusteigen. *Die Programmierer können ihre Produkte gar nicht gegen sämtliche Manipulationen schützen.* Das Wasser begann an der Oberfläche zu blubbern, und David nahm den Tauchsieder heraus. *Ich muss nur die schwache Stelle im System finden.* David rührte einen Löffel Honig in den Tee. *Das Killerprogramm, das oben für mich arbeitet, hilft meistens.* Mit zittrigen Händen riss er ein Aluminiumsäckchen auf und schüttete das weiße Pulver in den Honigtee. *Auch das hilft meistens.*

Richtig warm wurde ihm erst, als er wieder vor dem Computer saß. Ein einziges kleines Zeichen lachte ihm vom Monitor entgegen.

#

Er war der Chef!

Der Chef griff nach *Watcher*, seiner elektronischen Sonde. Ihr entging nichts von dem, was im Datenstrom vorbeischwamm. Dann schleuste er *tcpdump* ein, der wie ein Spürhund die Fährte aufnahm. Der Chef nahm das Gehirn des Gegners in Besitz, egal, wie kompliziert es war. Er wanderte durch die Gehirnwindungen, als wär's ein Sonntagsspaziergang.

Plötzlich tippte David triumphierend mit einem Finger auf den Monitor.
Er stand vor dem Zentrum.
Jetzt war er König.
König David stieß die Tür zum Zentrum auf. Seine Majestät trat ein und schritt über die steile Treppe hinunter in die Katakombe. Von der riesigen Höhle gingen unzählige Gänge und Kavernen ab. Viele waren mit mächtigen Toren verschlossen, doch David hatte die passenden Schlüssel dabei. Vor einigen Pforten waren Wächter postiert. Er erledigte sie mit einem Giftpfeil aus seinem Köcher. Er fand Räume, die waren voll gestopft mit Dokumenten, andere gefüllt mit Bildern. In allen wuselte und wimmelte es von Daten, die vorbeiflitzten. Es gab Höhlen, so tief, dass man nicht sah, wohin sie führten. Immer weiter drang Seine Majestät ins Labyrinth vor. Während er das unendliche Gewirr von Höhlen, Gängen und Schächten durchschritt, hallten seine Schritte schwer von den Wänden. Aus dem Dunkeln drangen Schreie. Tausendfach gellend vor Todesangst.
Klatschnass klebte Davids Hemd am Rücken. Ihm war heiß.
Er zitterte am ganzen Körper. Ihm war kalt.
Sein Blick wurde trübe. Er verdrehte die Augen, um den brennenden Tränenfilm wegzuwischen. Doch ihm war, als würden Fingernägel aus geschliffenem Stahl hinter die Augäpfel fahren und seinen Blick zurück auf den Monitor zwingen.
Er las die Informationen, zog Kopien davon, verglich, verknüpfte, zog Schlüsse. Suchte weiter. Nach und nach ergänzten sich die einzelnen Teile zu einem Ganzen. Es begann Sinn zu machen. Plötzlich beugte sich David vor und folgte mit dem Finger einer Zeile auf dem Monitor.
«Hab ich dich, du Schwein!»

London, Choumert Road

Das kleine Reihenhaus in der Choumert Road lag unheimlich im Dunkeln. Die Außenbeleuchtung war nicht eingeschaltet. Ein kalter Wind hatte eingesetzt und ließ Narcy frösteln, als sie und Mat über die verworfenen Steinplatten des Gartenwegs zur Haustür stolperten. Sie machten sich Sorgen. *Was ist bloß mit Evans los?* Als Narcy angerufen hatte, war er sofort einverstanden gewesen, ihnen zu helfen. Er brauche höchstens ein paar Stunden. Doch seither hatte er sich nicht wieder gemeldet und war auch nach wiederholten Anrufen nicht ans Telefon gegangen.

Mat drückte die Klingel und wartete. Ein Fensterladen schlug bei jedem Windstoß gegen die Fassade. Aus dem Haus drang aber kein Geräusch. Nichts deutete auf Evans' Anwesenheit hin. Mat klingelte nochmals.

Nichts.

Als er den Türknauf drehte, ging die Tür sogleich auf.

«David», rief Mat ins Haus.

Keine Antwort.

«David, sind Sie da?»

Sachte stieß Mat die Tür ganz auf und spähte in den schummrigen Korridor. Er trat ein, dicht gefolgt von Narcy. Sie spähten angestrengt ins Halbdunkel und tasteten sich vorwärts. In der Küche war neben der Spüle ein Stapel schmutziges Geschirr auszumachen. Das Wohnzimmer war praktisch leer, nur ein seltsam geformter Sessel stand darin. Dann bemerkten sie einen schmalen Lichtstrahl, der vom oberen Stockwerk die Treppe herunterfiel. Eine Tür war oben nur angelehnt.

«David!»

Lautlos stieg Mat vor Narcy die Treppe hoch. Oben drückte er die Tür auf, hinter der Licht brannte. Und da war er, völlig in sich zusammengesunken vor einem Bildschirm, inmitten einer furchtbaren Unordnung: David Evans.

Mat und Narcy blickten einander stumm an. Hatte Evans ihnen nicht gesagt, er fühle sich krank, er habe Angst, sich auch angesteckt zu haben? Mit einer schrecklichen Vorahnung gingen sie auf den Mann zu. Das Parkett knarrte unter ihren Schritten. Da bewegte er sich. David Evans hob langsam den Kopf und drehte ihnen sein ausdrucksloses Gesicht zu. Mit leerem Blick schaute er durch sie hindurch.

«Entschuldigung», stammelte Narcy. «Wir dachten …»

«Schon gut», sagte David mit schwerer Zunge. «Ich bin nur eingenickt.» Er wirkte, als habe ihn eben jemand verprügelt.

«Haben Sie etwas herausbekommen?», fragte Mat.

David schaute ihn starr an und nickte langsam. «Ich weiß alles.»

«Was alles?», fragte Mat vorsichtig.

«Alles.» David blickte Mat mit verquollenen, ausdruckslosen Augen an. «Ich weiß, bei welchen Experimenten das GFP eingesetzt worden ist. Wer es eingesetzt hat. Weiß, wem es eingesetzt worden ist. Und weiß, wo der Erreger entstanden ist.» Seine Stimme war monoton, als würde er einen auswendig gelernten Text herunterleiern.

«Ja, und?», drängte Mat. «Hat es wirklich etwas mit Xenotransplantation zu tun?»

Wie in Trance redete David Evans weiter. «Der neue Erreger entstand nach der Transplantation einer Niere auf einen Menschen.»

«Also doch!», entfuhr es Narcy. Sie warf Mat einen Blick zu, der gleichermaßen Triumph und Schreck ausdrückte. «Haben Sie gesagt, der Erreger sei *nach* der Transplantation entstanden? Der Genetiker in Zürich vermutete, der genetischen Struktur nach zu urteilen, sei der Erreger in einem Schwein entstanden.»

«Ist nicht ein Mensch, der ein Schweineorgan in sich trägt, auch irgendwie ein kleines bisschen Schwein?» David seufzte. «Ich meine das nicht moralisch. Aber biologisch ist es doch so? Ihr Freund in Zürich kann wohl aufgrund der Genstruktur nicht sagen, wo sich das Schweineorgan befunden hat, als der Erreger entstand. Den Viren ist es gleichgültig, ob sie ihre Opferzellen in einer Laborschale befallen oder in einem lebenden Organismus. Es kann also durchaus so sein, dass der neue Erreger in einem Schweineorgan entstanden ist, das sich *außerhalb* eines Schweinekörpers befand.» Er machte eine Pause und betonte dann jedes einzelne Wort. «Der Erreger ist nach der Transplantation entstanden.»

Narcy starrte in Davids verquollene Augen. Wenn dieser Mann Recht hatte, wäre die moderne Transplantationsmedizin grundsätzlich infrage gestellt. David Evans hätte bewiesen, dass man das Risiko der Xenotransplantationen bisher maßlos unterschätzt hatte. Narcy wusste, dass alles unternommen wurde, um zu verhindern, dass mit dem Organ gleichzeitig Krankheitserreger vom Tier auf den Menschen übertragen wurden. Doch auch die ausgeklügeltsten Virentests konnten nur Viren finden, die schon bekannt waren. Und vor allem ließ sich keinesfalls verhindern, dass endogene Retroviren im Spenderorgan auf den Empfänger übertragen würden. Denn die waren Bestandteil der genetischen Information des Spendertiers.

Narcy fand kein medizinisches Argument gegen Davids Behauptung. Bloß eines wunderte sie: Wie war es möglich, dass der Computerexperte das medizinische Problem derart präzise benennen konnte?

Mats Gedanken drehten andere Schlaufen. Von Anfang an hatte er gewusst, dass diese Geschichte etwas Besonderes war, aber nun hatte sie sich zur absoluten Mega-Story entwickelt. Er kauerte vor David auf dem Boden, um ihm direkt in die

Augen zu schauen, und fasste ihn mit beiden Händen an den Knien. «Das ist *die* Story!»

«*Das* ist die Story», murmelte David.

«Eine Katastrophe ist es», ging Narcy dazwischen. «David, Ihre Behauptung ist sehr gewagt. Sind Sie sich sicher?»

«Absolut sicher. Ich war mittendrin und habe alles gesehen.»

Mat stand mit einem Ruck auf. «Dann müssen wir jetzt an die Öffentlichkeit. Was kann ich zeigen?»

«Alles», murmelte David.

Mat musste sich beherrschen. Dieser Evans mit seiner rätselhaften Art, sich auszudrücken, begann ihn zu nerven. «Wie meinen Sie das, *alles*?»

«Genauso, wie ich es sage. Sie können alles zeigen.»

Mat holte tief Luft. Der Mann schien keine Ahnung vom Fernsehen zu haben. «Auch wenn Sie alle Infos in Ihrem Computer haben, nützt mir das nichts. Ich kann nicht Monitore abfilmen. Ich muss echte Bilder haben. Verstehen Sie?»

Der Typ ist wirklich durchgeknallt.

«Ich verstehe», entgegnete David ruhig. «Sie kriegen Ihre Bilder. Ich führe Sie mitten ins Herz. Wenn Sie das wollen.» Auf seinem ausdruckslosen Gesicht erschien ein Lächeln.

Bei Cambridge, Schnellstraße M11

Während sie auf der Schnellstraße nordwärts fuhren, knetete Mat immer nervöser am Lenkrad herum. Es waren nicht mehr viele Wagen unterwegs. Aber offensichtlich waren nur noch die schlechten Fahrer auf der Straße. «Verdammter Idiot!», schimpfte Mat und hielt sich eine Hand vor die Augen, um das grell blendende Fernlicht des entgegenkommenden Wagens abzudecken. Wenigstens war der Idiot nicht noch Schlangenlinie gefahren, wie der letzte Wagen, dem sie begegnet waren. Mat trat aufs Gas. Wenn doch nur dieser Evans ein paar Details mehr über das Vorhaben herausgerückt hätte. Mat konnte es nicht leiden, keinen Überblick zu haben. Und im Moment war er weit davon entfernt. David Evans hatte ihm lediglich aufgetragen, die nötigen Utensilien für einen Einsatz als Videojournalist bereitzuhalten – als ob die bei Matthew Gallagher nicht immer parat lägen – und abends nach Cambridge zu fahren. Die genaue Adresse würde er ihnen dann vor Ort mitteilen.

Als die Lichter von Cambridge vor ihnen auftauchten, war die Spannung kaum mehr auszuhalten. Da läutete Mats Handy. Er zuckte zusammen. Dann meldet er sich.

«Wollte die Verbindung testen», vernahm er im Ohrknopf Davids Stimme. «Alles in Ordnung bei Ihnen?»

«Alles in Ordnung», knurrte Mat. Diese überhebliche Ruhe machte ihn rasend. «Rücken Sie, verdammt nochmal, damit heraus, was wir hier spielen!»

«Sie kriegen die Geschichte meines Lebens», sagte David ganz ruhig.

«Was?» Mat stutzte und nahm den Fuß vom Gaspedal, als könne er so besser hören. «Wie meinen Sie das?»

«Wie soll ich das meinen?»

«Sie haben gesagt, ich kriege die Geschichte *Ihres* Lebens. Was hat das alles mit Ihrem Leben zu tun?»

«Sie haben sich verhört. Ich sagte, Sie kriegen die Geschichte Ihres Lebens, sprich, die beste Geschichte, die Sie je gehabt haben. Ich hänge jetzt wieder auf, die Verbindung ist in Ordnung.» David nannte noch die genaue Adresse, die sie anfahren sollten, und sagte zum Abschluss: «Rufen Sie mich an, wenn Sie dort sind.»

Ohne dass er es bemerkt hätte, war Mat immer langsamer gefahren und schlich jetzt nur noch. Ein Wagen nach dem anderen überholte sie.

«Warum fährst du so langsam?», fragte Narcy. «Was ist los?»

Mat beschleunigte wieder und erzählte, was er gehört zu haben glaubte.
«Bist du ganz sicher?»
«Hundertprozentig. Er hat gesagt: Sie kriegen die Geschichte *meines* Lebens.»
Narcy überlegte einen Moment. «Ehrlich gesagt, habe ich auch schon an so etwas gedacht. David kennt viele der Opfer, er reist viel in der Welt herum, er ist nicht gesund, hat panische Angst vor diesem neuen Virus. Wenn ich seine äußere Erscheinung betrachte, so aufgeschwemmt, könnte er ein Nierenpatient sein. Er behauptet, er wisse, dass ein Patient mit einer Schweineniere für die Seuche verantwortlich ist.» Narcy stockte. Starrte dann Mat mit weit aufgerissenen Augen an. «David Evans *ist* dieser Patient. *Er ist der Ursprung der Krankheit!*»
«Jetzt geht die Phantasie mit dir durch.» Mat schüttelte den Kopf. «Ganz nüchtern betrachtet: warum sollte er die Presse auf sich selbst ansetzen?»
«Ich weiß auch nicht. Aber es passt alles so gut zusammen.»
«Vergiss es. Er war es ja, der uns auf die Spur der Xenotransplantation geführt hat. Der steigt doch nicht von selbst aufs Schafott.»
Narcy schwieg.
Wenige Minuten später erreichten sie die *Wilson Road* in Cambridge.
Mat wählte auf dem Mobiltelefon Evans' Nummer.
«Wir sind da.»
«Ist das Material bereit?»
«Alles bereit.»
«Also, passen Sie auf. Die Aktion kann nur klappen, wenn Sie genau das tun, was ich Ihnen sage.»
«Verstanden.»
«Ich übernehme für Sie die Verantwortung. Aber nur so lange, wie Sie mir aufs Wort gehorchen. Sie sind wie der Cursor

meines Computers. Es kann Ihnen nichts passieren, da ich Sie lenke. Aber wenn Sie nur einen selbständigen Schritt tun, kann ich für nichts mehr garantieren. Ist das klar?»
Mat schluckte leer. David Evans sprach auf einmal ganz anders als sonst. Bei den bisherigen Treffen war er einmal aufgeregt und das nächste Mal lethargisch, aber immer unkonzentriert gewesen. Jetzt war er klar, präzise und präsent. Mat wurde auf einmal bewusst, dass Evans die Sache ernst nahm. Er nickte. «Klar.»
«Gut. Die Aktion beginnt um 22 Uhr 50. Ich schleuse Sie ins Institut. Wir haben dann genau bis 23 Uhr 15 Zeit. In diesen fünfundzwanzig Minuten sind die Wachleute am unaufmerksamsten. Die alte Schicht räumt auf, und bis sich die neue eingerichtet hat, dauert es.»
«Woher wollen Sie das so genau wissen?»
«Ich habe die Activity-Logs eines ganzen Jahres auf regelmäßige Muster analysiert. Immer vor und nach der Ablösung reagieren die Wachleute weniger häufig und zudem langsamer auf Fehlermeldungen, obschon die Anzahl der Fehler im System nicht kleiner ist. Ich kann mir das nur damit erklären, dass sie weniger aufmerksam sind. Das ist unsere Chance.»
«Aha.»
«Sehen Sie den niedrigen Backsteinbau am Ende der Straße?», fragte David.
Mat kniff die Augen zusammen und spähte durch den Sprühregen und die Lichter, die vom nassen Asphalt reflektiert wurden. «Ich sehe ihn.» Er nickte Narcy zu und zeigte auf das Haus.
«Auch wenn es kein Schild gibt, das darauf hindeutet: Dort ist das *Transimmune Institute* untergebracht. Die weltweit führende Einrichtung für Xenotransplantationen», führte David weiter aus. «Lassen Sie uns die Uhren vergleichen. Ich habe 22 Uhr 42.»

«22 Uhr 42», bestätigte Mat.
«Gehen Sie jetzt langsam in Richtung dieses Hauses. Unauffällig. An der Ecke bleiben Sie stehen. Nicht in den Bereich der schmiedeeisernen Gitter treten. Dort werden Sie von den Überwachungskameras erfasst. In sieben Minuten melden Sie sich wieder.»
Mat spürte, wie Adrenalin durch seinen Körper flutete. *Die Überwachungskameras!* Wie um Himmels willen wollte ihn Evans an den Überwachungskameras vorbeischleusen?
«David, wie komme ich ungesehen an diesen Kameras vorbei?»
«Keine Bange. Die sehen nur, was *ich* will. Und jetzt los!»
Instinktiv tastete Mat die Taschen seiner Reporterweste ab, um sich noch einmal zu vergewissern, dass er alles nötige Material eingesteckt hatte. Videokamera, Handy, Batterien, Kassetten, Taschenlampe und so weiter. Dann sah er Narcy an, welche die ganze Zeit stumm auf dem Beifahrersitz gesessen hatte. Er erklärte ihr, was David Evans angeordnet hatte. Narcy hielt den Blick fortwährend auf die Silhouette des *Transimmune Institute* geheftet, als hätte sie ein Angriffsziel ins Visier genommen.
Mat küsste sie flüchtig auf die Wange und öffnete die Autotür. «Drück mir die Daumen.»
Wortlos öffnete Narcy die andere Tür und stieg aus.
In Sekundenschnelle war Mat ebenfalls ausgestiegen und fragte übers Autodach hinweg: «Was soll das?»
«Ich komme mit», gab sie übers Dach zurück.
«Spinnst du?» Mat sah sie ungläubig an.
«Ich spinne?»
«Das ist viel zu gefährlich.»
«Für dich oder für mich?» Narcys Blick ließ keinen Zweifel daran, dass sie es ernst meinte.
Mat hieb mit der Faust aufs nasse Autodach. «Scheiße!»

Dann drückte er sich den Ohrknopf fester ins Ohr und fragte: «David, hören Sie mich?»
«Ich höre. Sind Sie vor dem Haus?»
«Noch nicht.» Mats Blick fuhr zur Armbanduhr. Der Zeiger sprang auf 22 Uhr 48 sagte der Weißkittel freundlich. «Kriegen Sie uns beide durch?»
«Ja, verdammt nochmal. Jetzt aber los!»
Mat schlug die Autotür zu und sagte, ohne Narcy anzusehen: «Komm.» Und eilte davon. *So eine Scheiße!* Diese sture Ärztin brachte ihn noch um den Verstand. Mat kochte innerlich, aber es hatte keinen Zweck, jetzt zu streiten.
Narcy hetzte hinter Mat her. Dieser sture Reporter! Hatte der wirklich geglaubt, sie würde untätig im Auto sitzen bleiben und warten, bis der große Held triumphierend aus dem Institut zurückkäme? Sie waren zusammen schon so weit gegangen, dass sie sich unter keinen Umständen kurz vor dem Schluss abschütteln lassen wollte. *Eingebildeter Kerl!*

David Evans streckte den verkrampften Rücken durch. Eine letzte Bewegung, bevor er sich ausschließlich auf sein Hirn und seine Hände reduzierte. Bereit, in das Informationsnetz des *Transimmune Institute* einzutauchen. Dort drin würde er seinen Weg finden, so wie er ihn schon einmal gefunden hatte. Und er würde den Reporter bis zum Ziel navigieren.
Eine Minute noch.
Er überprüfte die verschiedenen Fenster, die er sich auf dem Bildschirm eingerichtet hatte. Oben rechts: der Videoplayer. Darauf war eben zu sehen, wie Schicht Nummer zwei im Kommandoraum von *Transimmune* ihre Arbeit abschloss. Zwei Männer in weißen Overalls saßen vor einem Computerterminal mit unzähligen Knöpfen und mehreren Bildschirmen. Die beiden waren damit beschäftigt, ihre Abschlussberichte ins System einzutippen. Ihre Eingaben sah David in

einem kleinen Fenster, das er unten rechts auf seinem Monitor positioniert hatte. Links davon befanden sich zwei weitere Fenster. Im einen erschien eine lange Liste von File-Namen, im anderen tat sich noch nichts. Bald würden hier jedoch Davids eigene Eingaben zu lesen sein.

Die Digitalanzeige in der oberen linken Ecke des Bildschirms sprang auf 22 Uhr 50.

Nichts wies die beiden Wachmänner darauf hin, dass noch jemand ins Computersystem eingeloggt war. Der Eindringling, der das Netzwerk besser kannte als irgendjemand anders, war perfekt getarnt.

David durchsuchte die Liste der Files nach einem bestimmten Videofile, das er bei seinen Erkundungen farbig markiert hatte. Es war eine Datei, die im Zentralrechner von *Transimmune* abgespeichert war und eine Aufzeichnung der Überwachungskamera enthielt, welche den Hof vor dem Institut im Auge hatte. Die Aufnahme stammte von voriger Woche. Das gleiche Regenwetter wie jetzt hatte geherrscht. Der Innenhof war leer gewesen, wie jetzt. Und wie jetzt war der Dienstwagen der Sicherheitsfirma der einzige Wagen gewesen, der auf dem Hof parkte. Einziger Unterschied: um 22 Uhr 50 Uhr letzte Woche war Roger Black über den Hof gegangen.

David wollte den Wachen vorgaukeln, es sei jemand da, den sie gut kannten. Er hoffte, dass sie keinen Verdacht schöpfen würden, wenn sich aufgrund seiner Manipulationen irgendwelche Daten veränderten.

Er wählte das Videofile und spielte es auf einen der Überwachungsmonitore im Kommandoraum. Dann sagte er ins Mikrophon des Freisprechsets: «Gehen Sie jetzt los. Zur Tür in der Mitte des Gebäudes. Melden Sie, wenn Sie dort sind.»

«Verstanden.»

Über den einen der Monitore in der Kommandozentrale zuckte ein Blitz, der den Blick eines der Männer kurz anzog. Doch als er auf dem Bildschirm Roger Black über den Hof gehen sah, brummte er: «Der Chef schiebt schon wieder Schicht.» Dann wandte er sich wieder seinem Rapport zu.

Mat und Narcy gingen über den Innenhof zügig zu dem eingeschossigen Gebäudekomplex aus rotem Backstein hinüber. In einigen Räumen brannte Licht. Sie konnten aber nichts erkennen, denn vor den Fenstern waren Rollos heruntergelassen. Es gab keinen Hinweis darauf, was die unauffälligen Gebäude beherbergen könnten. Es hätte der Lagerkomplex irgendeines Handelsbetriebes oder Kleinunternehmens sein können. Einzig der Umstand, dass oberhalb des Klingelknopfes eine winzige Kameralinse in die Wand eingelassen war, verriet, dass hier etwas Außergewöhnliches untergebracht war.
«Wir sind da», sprach Mat leise ins Mikrophon.
«Sehen Sie die kleine Tastatur neben der Tür?», fragte David.
«Ja.»
«Geben Sie 270903 ein.» David wiederholte die Zahlen langsam, sodass Mat die Kombination eintippen konnte. «Gehen Sie beide zusammen rein.»

Auf dem Videomonitor in der Kommandozentrale wechselte das Bild. Die Schleuse des Haupteinganges war jetzt zu sehen. Wenn jemand am Eingang die Tasten drückte, schalteten die Überwachungskameras automatisch um. Der Bildwechsel erregte erneut die Aufmerksamkeit des Wachmannes. Er blickte hoch und sah auf dem Monitor Roger Black, der sich in der Eingangsschleuse die Feuchtigkeit aus dem Mantel klopfte.
«Hallo, Professor», sagte der Wachmann in die Gegensprechanlage, «alles in Ordnung?» Das fragten die Wachmänner immer, wenn der Institutsleiter eintrat.

Roger Black quittierte die Nachfrage mit einem Blick in die Kamera und Daumen nach oben. Wie immer.

Matthew und Narcy standen aneinander gedrängt in der engen Schleuse der Doppeltür. Als auf der anderen Seite die Tür aufglitt, schlüpften sie sofort hindurch. «Uff», machte Mat befreit durch die zusammengebissenen Zähne.
Sie waren drin.
Und fühlten sich wie in eine andere Welt versetzt. Von außen hatte das Institut unscheinbar, eher schäbig ausgesehen, aber hier drinnen war alles ultramodern. Boden, Wände, Decken waren in verschieden hellen Farbtönen gehalten. Alles war aus Stein, Kunststoff, Glas und Metall, kein Stück Holz. In der lang gestreckten Eingangshalle war kein Mensch, es herrschte Stille. Einzig ein leises Summen verriet, dass eine der Deckenleuchten demnächst ihr Leben aushauchen würde.
«Wann kann ich filmen?», flüsterte Mat.
«Ist das denn schon interessant?», fragte David zurück.
«Ich brauche einfach ein Anfangsbild, damit ich in Stimmung komme.»
«Also los.»
Mat hob die Kamera ans Auge, justierte ein paar Knöpfe und drehte einige Bilder von der Halle. Mit den Bildern dieser Hightech-Architektur ließ sich sehr schön illustrieren, welch lukratives Geschäft die Transplantation von Tierorganen war.
«Vorwärts», kam Davids Stimme über den Kopfhörer. Mat stoppte die Aufnahme, gab Narcy mit dem Kopf ein Zeichen und ging weiter. Beide trugen weiche Tennisschuhe. Narcy hatte das Gefühl, ihr Herzklopfen müsse lauter sein als das Geräusch der Gummisohlen beim Gehen. Sie sah, wie Mat den Knopf im Ohr zurechtrückte und horchte. Dann flüsterte er ihr zu: «In der Mitte der Halle soll eine Tür nach rechts abgehen.»

Sie blickte sich suchend um und deutete auf eine Glastür.
«Gesehen», sagte Mat monoton.
«Gehen Sie da rein», kam Davids Anweisung. «Melden Sie, wenn Sie durch sind.»

Am Computer warf David einen prüfenden Blick auf das Videofenster. Dort sah er immer noch die beiden Männer im weißen Overall am Kontrollpult sitzen. Sie schienen mit ihren Reporten fertig zu sein. Einer stand auf und begann Zeitschriften zusammenzusuchen und fein säuberlich aufzustapeln. Die neuen Wachleute mussten jeden Moment kommen. Dann durften der Reporter und die Ärztin nicht mehr in der Eingangshalle sein.
David schaltete auf die Videokamera in der Eingangsschleuse. Er sah einen Mann in Zivil, der wartete, bis die Tür auf der Innenseite der Schleuse aufglitt.
Warum meldet sich der Reporter nicht?
«Sind Sie durch die Tür?», fragte David enerviert ins Mikrophon.
«Bin noch am Drehen», murmelte Mat konzentriert.
«Ich habe gesagt, Sie sollen so schnell wie möglich durch die Tür. Die neuen Wachen kommen!»

Mat fuhr herum und schaute zur Eingangsschleuse. Noch war sie geschlossen. Aber er hörte bereits das Zischen des Öffnungsmechanismus. Er drehte sich wieder um und blickte zur Glastür. Sie war zu weit weg. Das würden sie nicht schaffen. Blitzschnell packte er Narcy am Arm und riss sie vorwärts. Narcy unterdrückte einen Schrei. Mat zerrte sie hinter ein ledernes Corbusiersofa, das in der Halle neben einer bizarren Kunstinstallation stand. In diesem Moment öffnete sich die Schleuse, und ein breitschultriger Mann betrat die Eingangshalle. Im nächsten Augenblick drehte er sich wieder zur Tür

um. Offenbar wartete er auf jemanden. Narcy blitzte Mat voller Zorn an, der ihr mit dem Finger vor dem Mund bedeutete zu schweigen.
Als auch der zweite Mann durch die Schleuse eingetreten war, gingen die beiden schwatzend quer durch die Halle. Sie kamen direkt auf das Sofa zu, hinter dem Narcy und Mat kauerten. Narcy bemühte sich, ihren schnellen Atem möglichst geräuschlos ein- und ausströmen zu lassen. Mat versuchte seine langen Glieder noch enger zusammenzuklappen, damit er nicht über die Rücklehne des Sofas ragte. Die beiden Männer gingen dicht an ihnen vorbei und verschwanden munter plaudernd um die Ecke.

«Wo zum Teufel stecken Sie?», fragte David nervös ins Mikrophon.
«In der Halle», antwortete der Reporter. «Sie sind vorbei.»
«Das sehe ich. Sie betreten eben die Personalgarderobe. Ich habe gesagt, keinen Schritt ohne meine Anweisung! Auch keine Filmerei, wenn ich Ihnen nicht die Zeit dazu gebe. Halten Sie sich dran, oder wir brechen ab», sagte David scharf.
«Verstanden», bestätigte der Reporter kleinlaut. «Wie viele Leute sind noch im Haus?»
«Keine Bange, die habe ich unter Kontrolle. Machen Sie einfach, was ich sage.» David studierte das File mit den Eingangskontrollen zu den verschiedenen Gebäudeteilen. «Im Haus befinden sich die zwei neuen Wachmänner und die beiden von der alten Schicht. Außerdem arbeiten zwei Personen im Labortrakt. Die stören uns aber nicht. Dann liegen noch ein paar Patienten auf der Bettenstation, und drei Nachtschwestern sind dort im Einsatz. Aber dort kommen wir nicht hin. Und jetzt ab durch die Tür in den Seitentrakt. Aber dalli. Wir gehen ins Tierhaus. Bis die neue Wache in der Kommandozentrale ist, müssen Sie am Ende des Korridors sein.»

«Gibt's da Überwachungskameras?»
«Hören Sie endlich auf zu denken. Das tue ich für Sie. Vorwärts jetzt. Laufen Sie!»

«Los», zischte Mat, packte Narcy an der Hand und spurtete zur Tür. Er hatte eingesehen, dass er blindlings tun musste, was David Evans ihm sagte, wenn er das Unternehmen nicht gefährden wollte. Bei der Glastür hielt er die Schwingen auf und ließ Narcy hindurchschlüpfen. «Bis ganz nach hinten», flüsterte er und rannte hinter ihr her. Die Beleuchtung im Korridor war auf Sparbetrieb geschaltet, doch Mat erkannte im Vorbeirennen, dass von dem gänzlich weiß gestrichenen Korridor etwa alle fünf Meter rechts eine Tür abging. Am Ende meldete er: «Angekommen.» Links und rechts ging je eine Tür ab. Mat lauschte einen kurzen Augenblick in den Ohrhörer und bedeutete Narcy dann: «Linke Tür.»
Narcy drückte die Türklinke hinunter.
Sie betraten einen weiß gekachelten Raum. Hellblaue, metallene schmale Schränke zogen sich die Wände entlang. Davor war über die ganze Länge auf Kniehöhe eine einfache Sitzbank aus poliertem Aluminium angebracht. Offenbar eine Garderobe.
«Zum Terminal», gab Mat weiter, dann fragte er David: «Darf ich filmen?»
Narcy entdeckte gleich neben der Tür einen Computer, der auf einer metallenen Konsole installiert war. Mat schaltete die Kamera ein und führte einen Schwenk durch die Garderobe. Es war darin kein Kleidungsstück, kein Paar Schuhe zu sehen.
«Gib *DEBORAH* ein», befahl Mat. «Und dann überall *NEIN* ankreuzen.»
Fieberhaft arbeitete sich Narcy am Monitor durch den Fragebogen, während Mat weiter die Garderobe filmte und

schließlich eine Nahaufnahme von ihren Händen auf dem Keyboard machte.
David meldete sich im Ohrhörer. «Ich sehe, Sie sind durch mit dem Fragebogen.»
«Bist du fertig?», fragte Mat Narcy.
Sie drückte die letzten paar Tasten und bejahte dann.
«Wir sind durch.»
«Also, dann kommt jetzt eines der schwierigsten Hindernisse: die Schleuse in den Tiertrakt. Ich muss parallel verschiedene Manipulationen vornehmen. Das ist heikel, und deshalb warten wir den Schichtwechsel der Wachen im Kontrollraum ab. Dabei entgeht ihnen am ehesten was. Sehen Sie an der Stirnseite der Garderobe die Panzertür?»
«Ja», sagte Mat und verstummte sogleich. Oberhalb der Tür blickte er direkt in die Linse einer Überwachungskamera. Schlagartig ergriff ihn Panik. Er sah aber, dass Narcy wesentlich ruhiger war, und so riss er sich zusammen. Er musste einfach darauf vertrauen, dass David die Situation im Griff hatte.
«Daneben ist eine Klappe, ähnlich einem Nachttresor», hörte er David sagen.
«Gesehen.»
«Gehen Sie hin.»
Mat bedeutete Narcy, ihm zu folgen. Neben der Tür war etwa auf Hüfthöhe eine Klappe in die Wand eingelassen.
«Sind da», meldete er ins Mikrophon.
«Ich werde Ihnen jetzt sämtliche Anweisungen geben. Sie wiederholen alles, damit wir uns richtig verstehen. Wenn Sie nachher in der Schleuse sind, kann ich Sie für einige Minuten nicht führen, da Sie das Handy nicht mit hineinnehmen können.»
Mats Genick verkrampfte sich. Er hatte ein Gefühl, als würde er geradewegs auf den elektrischen Stuhl geführt. «Und wie wollen wir uns nachher verständigen?», fragte er nervös.

«Keine Bange. Sie kriegen Ihr Handy gleich nach der Schleuse wieder», antwortete David.
«Ich meinte die reine Verbindung nach der Schleuse. In diesem Bunker gibt es doch bestimmt keinen Empfang mehr.»
«Aber, aber», meinte David tadelnd. «Sie sind doch sonst auch technisch versiert. Schon mal was von einem Transponder gehört? Sie können ja auch in einer Tiefgarage telefonieren, oder im Autobahntunnel. Das Signal wird da hineingeleitet. Genauso wird es hier gemacht.»
Mat verzog missmutig das Gesicht. Dass er sich aber auch diese Blöße hatte geben müssen.
Er hatte Angst.
Von wegen Angst! Die Jagdstimmung, die er anfangs gespürt hatte, war einer allumfassenden Panik gewichen, entdeckt zu werden. Er hatte das Gefühl, der kalte Schweiß müsse ihm förmlich aus allen Poren spritzen. Wenn nur Narcy nichts davon merkte. Nervös wischte er die schweißnassen Hände an der Reporterweste ab, bevor er sagte: «Ach so.»
Er horchte einen Moment in den Hörer. «Neben Klappe grünen Knopf drücken», flüsterte er.
Narcy tat es.
«Alles Material und Geräte hineinlegen.»
Er horchte.
«Wir müssen uns ausziehen», Mat warf Narcy einen entschuldigenden Blick zu.
Sie nickte bloß.
«Ja, ich habe verstanden. Splitternackt. Kein Schmuck. Keine Uhr.» Dann lauschte Mat den Duschvorgaben, die ihm David detailliert durchgab. Er wiederholte jeden Punkt langsam und deutlich, damit auch Narcy sich die Instruktionen einprägen konnte. Noch während er alles monoton nachsprach, hatte er Angst, alles fortlaufend gleich wieder zu vergessen. Er hoffte auf Narcys gutes Gedächtnis. Auf ihrer Stirn sah er Per-

len von Angstschweiß, und er versuchte, ihr aufmunternd zuzulächeln. Dann nickten sie einander zu und begannen sich auszuziehen.

Die beiden Wachmänner der alten Schicht waren fertig. Die Reporte waren ausgefüllt und abgespeichert, die Zeitschriften aufgeräumt. Wobei William, der ältere, wie immer ein Magazin, für die Kollegen nicht zugänglich, in seine persönliche Arbeitsmappe versenkt hatte. Das Heft war in einen Umschlag aus braunem Packpapier eingeschlagen, was nicht nötig gewesen wäre, denn sämtliche Kollegen wussten, dass der Junggeselle William für diese Sorte Literatur eine Schwäche hatte. Er stand mit seinem massigen Hintern an das Steuerpult gelehnt und beobachtete mit halbem Auge die Monitore; aber auch das wäre nicht nötig gewesen, denn Sven war sehr gewissenhaft und bis zum letzten Moment voll auf die Arbeit konzentriert.

«Da, schau an», sagte Sven, «den Professor zieht es nochmals zu seinen Lieblingen. Er hat eben den medizinischen Fragebogen ausgefüllt.»

«Das heißt, er geht in den Tiertrakt?», fragte William.

«Aham», sagte Sven, was bei ihm so viel wie *ja* bedeutete.

«Sag ja nie laut, dort seien seine Lieblinge. Ich habe gehört, dass der Professor das gar nicht gern hat. Die Patienten seien ihm viel wichtiger.»

«Das würde ich auch sagen, wenn ich mein Geld mit Patienten verdiente. Aber immerhin geht er mitten in der Nacht zu den Viechern, nicht zu den Menschen – oder?»

Dieser Logik hatte William nichts entgegenzusetzen. Er schwieg.

Die Tür ging auf, und die Kollegen von der Nachtschicht kamen herein.

«Jetzt Handy weg und ab in die Dusche. Ich wiederhole den Code: 270903», rief David ins Mikrophon. Es klang nervös. Die entscheidende Phase begann.

David hörte ein Knirschen und Knacken. *Der Reporter hat also sein Handy in die Geräte-Desinfektionsschleuse gelegt.* Hastig rief David das Kontrollpanel für die Schleuse auf und sah, dass sie sich eben schloss. Während die Menschen in der Dusche standen, würde das Material im Ethylenoxid-Dampf desinfiziert. Genau so wie alle Angestellten sich in der Sterildusche nach einem genau vorgeschriebenen Programm zu reinigen hatten, musste auch sämtliches Material, das in den Tiertrakt gebracht werden wollte, desinfiziert werden. Auch auf dem Weg hinaus gab es für Geräte nur den Weg durch das Desinfektionsgas.

David sah auf dem Monitor, dass sich die hermetisch dichtende Tür der Duschkabine hinter dem Reporter und der Ärztin schloss. Jetzt konnte er nichts mehr für sie tun außer das Duschprogramm etwas schneller ablaufen lassen – und hoffen, dass die Wachmänner, die jetzt zu viert in der Zentrale diskutierten, nichts merkten.

Das warme Wasser strömte in weichem Strahl auf ihre nackten Körper. Das Rauschen füllte Mats Ohren. Er lehnte den Kopf nach hinten an die Wand und schloss die Augen. Dann spürte er, wie er sich entspannte. Er tat einen tiefen, langsamen Atemzug, und warme Behaglichkeit durchströmte seinen Körper. Als er die Augen wieder öffnete, sah er Narcy, die in der engen Kabine dicht vor ihm stand. Plötzlich realisierte er, dass sein wohliges Gefühl nicht allein vom warmen Wasser und der erzwungenen Inaktivität kam. Narcy hielt ihre Augen geschlossen. Das Wasser rann über ihr Gesicht. Rann in feinen Bächlein über ihre Nase, von den Nasenflügeln floss es zu ihren vollen Lippen, kräuselte sich, staute sich einen kurzen

Moment zwischen Ober- und Unterlippe, rann wie Honig zum Kinn und ergoss sich über ihre Brüste.
Diese festen, großen Brüste, deren bronzefarbene Haut nass schimmerte, die Brustwarzen, die nur Zentimeter von ihm entfernt waren. Mat stellte sich vor, diesen Bach von Honig mit seiner Zunge aufzulecken. Erregung durchflutete ihn.
Noch immer hielt Narcy mit geschlossenen Augen das Gesicht dem warmen Duschregen entgegen. Das Wasser verfing sich als silberne Tropfen in ihren Locken, deren tiefem Schwarz das Licht einen bläulichen Schimmer verlieh. Das Haar fiel als schwere blauschwarze Welle hinter ihren Ohren auf die sanft gerundeten Schultern, wo sich ein Teil der Strähnen über die leichte Wölbung des Schlüsselbeins legte und der andere sich nach hinten den Rücken hinunterschmiegte.
In Mats Ohren schwoll das Rauschen der Dusche zum Tosen des Ozeans. Er ließ sich auf den Wogen mittragen. Wollte sich dorthin tragen lassen, wo sich ihre Locken verloren und die Wirbelsäule unter ihrer perfekten Haut in einem sanften Bogen zum Po hin auslief.
Mat sah auf das Wasser, wie es sich aus vielen kleinen Rinnsalen unterhalb ihrer Brüste zu einem großen Fluss vereinigte, der über ihren flachen Bauch rann, sich um die Höhle des Bauchnabels nochmals teilte, um dann erneut zu einem starken Strom vereinigt in ihrem dunklen Dreieck zu verschwinden. Mats Herzschlag stockte einen Moment, um dann gleich in erhöhtem Rhythmus wieder einzusetzen.
Er müsste nur eine winzige Bewegung nach vorn machen. Und er würde sie berühren. Zuerst würde er Narcys Brustwarzen spüren, wie sie vorwitzig an seine Haut stupsten. Dann würde er den prallen Druck ihrer Brüste fühlen, sich an sie drängen, bis zwischen ihrem und seinem Bauch für keinen Wasserstrahl mehr ein Durchkommen war. Bis er und diese wunderbare Frau …

Leise zischend setzte die Dusche aus, und die Tür auf der anderen Seite der Duschkabine glitt auf.

David blickte auf die Digitaluhr: 23.02. Seine Hände huschten blind über die Tastatur, als er aus der Dateiliste eine weitere Videosequenz heraussuchte. Bevor er sie startete, flüsterte er: «Guckt mal, was ich hier habe», und schickte einen harmlosen Alarm in die Klimaanlage des Patiententraktes. Auf dem Videomonitor beobachtete er die Reaktion der Wachmänner.

Als hätten die Sicherheitsbeamten ihn gehört, wandten beide simultan ihren Kopf nach links, wo das rote Alarmlämpchen der Klimasteuerung aufblinkte. Einer beugte sich vor, um auf dem Kontrollpanel abzufragen, was im Air-Conditioning nicht funktionierte. Das war für David der Moment, die Videosequenz zu starten. Die Tür der Duschschleuse glitt auf, und Roger Black trat heraus. Zügig ging er zu einem Gestell und nahm ein Frottiertuch, mit dem er sich abzutrocknen begann.

Der Wachmann hatte den Fehlalarm als solchen erkannt und ihn behoben. Dann lehnte er sich zurück und warf einen Blick auf den Professor in der Garderobe. David schwitzte und presste die zu Fäusten geballten Hände zusammen. Er konnte jetzt nicht auf das echte Kamerabild aus der Garderobe umschalten und wusste deshalb nicht, was dort vor sich ging. Er hatte dem Reporter eingeschärft, dass sie sich keine Sekunde länger mit Ankleiden aufhalten durften, als Roger Black es vor einer Woche getan hatte. Exakt eine Minute, dreiundzwanzig Sekunden. Black war routiniert und wusste, wo die Kleidungsstücke zu finden waren. Der Reporter und die Ärztin waren zu zweit und hatten den Raum nie zuvor gesehen. Und sie mussten noch die Geräte aus der Materialschleuse nehmen.

David zuckte zusammen. «Scheiße! Die Materialschleuse!» Beinahe hätte er dieses Kontrollpanel vergessen. Hoffentlich hatten die Wachmänner während der Ablösung nicht registriert, dass Material in die Schleuse gelegt worden war. Black würde auf dem Video nichts herausnehmen, also durfte jetzt, wo die Leute wieder aufmerksamer waren, auf dem Display keine Aktivität der Materialschleuse angezeigt werden. Fieberhaft suchte David nach dem Steuerelement für dieses Kontrollpanel. Dann schickte er für alle Parameter den Reset-Befehl ab, der sämtliche Werte auf Normal zurückstellen würde. Keine drei Sekunden später knackte es im Kopfhörer. Der Reporter hatte offenbar das Handy wieder eingeschaltet. Davids Blick fuhr zum Videomonitor. Roger Black war eben dabei, in die Laborschuhe zu schlüpfen.

«Hier bin ich wieder», meldete sich der Reporter. Er keuchte atemlos.

«Schon angekleidet?», fragte David.

«Voll ausgerüstet.»

«Also, sofort hinten raus.»

Dann hörte David Rumpelgeräusche und blickte angespannt auf den Videomonitor. Roger Black ging durch die Tür aus der Garderobe.

Narcy und Mat standen in einem langen Korridor, von dem links und rechts unzählige Chromstahltüren abgingen, in die Bullaugen aus Panzerglas eingelassen waren. Narcy schätzte den Flur auf gut vierzig Meter Länge. Auffallend war, dass es nirgendwo Ecken gab, alle Kanten und Winkel waren abgerundet. Alles leuchtete in Weiß und Chromstahl. Sie blickte zu Mat, der es vor Aufregung fast nicht schaffte, die Kamera wieder in Betrieb zu nehmen. Trotz der enormen Anspannung konnte sie sich ein Lächeln nicht verkneifen. Mat sah jämmerlich aus. In der Eile hatte er zu kleine Kleider erwischt.

Die grüne Chirurgenhose reichte ihm bis zur Mitte der Waden, darunter sahen bleich und dünn ein Paar behaarter Beine hervor. Auch das OP-Hemd war mindestens eine Nummer zu klein, und darüber trug er die Reporterweste, deren Taschen von all dem technischen Kram, den er mitschleppte, ausgebeult waren. Das nasse Haar hing ihm wirr ins Gesicht. Narcy musste unwillkürlich an eine Vogelscheuche denken.

«Darfst du filmen?», fragte sie ihn. Sie wollte nicht noch einmal wegen einer Unvorsichtigkeit in eine missliche Lage geraten.

«Hallo, David», fragte Mat und kniff die Augen zusammen, als ob er auf diese Weise besser hören konnte. «David, hören Sie mich?»

Endlich hellte sich sein Gesicht wieder auf. David hatte sich gemeldet.

Mat fragte: «Wir stehen jetzt auf dem Korridor. Ist das der Tiertrakt?»

«Genau, das ist der Tiertrakt. Wir haben einen Moment Ruhe. Hier gibt es keine Kamera. Ich erzähle Ihnen jetzt, was Sie nachher sehen können.»

Mat machte eine beschwichtigende Handbewegung in Narcys Richtung und stieß ein leises Zischen aus, während David weiterredete.

«Hinter all diesen Türen leben Schweine. Alles Tiere, die gezüchtet werden, damit ihre Organe auf Menschen transplantiert werden können. Jedes Tier ist einem bestimmten Menschen angepasst, soll *einem* Menschen das Leben retten.»

«Also dann, Jungs», sagte Sven und klopfte einem Kollegen der neuen Schicht auf die Schulter, was etwas lächerlich aussah, da Sven gut einen Kopf kleiner war. «Eine ruhige Nacht wünsche ich euch.» Nachdem er und William den Kommandoraum verlassen hatten, setzten sich die neuen Wachmänner

ans Steuerpult und kontrollierten die Anzeigen. Die Uhr stand auf 23.05.
«Da, schau mal», sagte Sebastian, der eine der beiden, «unser Professor ist auch noch unterwegs.»
Ben brummte etwas Unverständliches, nachdem er einen flüchtigen Blick auf den Monitor geworfen hatte, wo eben Roger Black die Schleuse zum Tiertrakt verlassen hatte.
«In welchen Stall er wohl geht?», fragte Sebastian.
«Ist doch egal», meinte Ben.
«Sag schon, wo, glaubst du, geht er rein?»
«Egal, sag ich.»
«Ich setze zehn Pfund auf die Nummer vier», forderte ihn Sebastian heraus.
«Warum?»
«Da sind die jüngsten Ferkel drin.»
«Aha.»
«Und du?»
«Und ich was?»
«Auf welche Nummer setzt du?»
Ben holte tief Luft, als hätte er eine lästige Pflicht zu erfüllen. «Zehn auf die sechs.»
«Auf die sechs?», fragte Sebastian ungläubig.
«Schau genau hin», brummte Ben.
«Da ist ja nur eine einzige Sau drin.»
«Aber die ist trächtig, du Neunmalkluger.» Ben legte triumphierend einen Zehner auf den Kommandotisch und fuhr dann mit dem Systemcheck fort.

«Diese Schweine tragen menschliche Gene in sich. Wenn Sie nachher reingehen, werden Sie feststellen, dass sie dadurch überhaupt nicht anders aussehen.» Davids Stimme klang so monoton, als würde er seinen Text ablesen. Doch seine Augen waren wie gebannt auf den Monitor gerichtet, wo er im Videofenster in langsamem Rhythmus eine Kamera aus den Tierställen nach der anderen aufrief. Das Bild sprang von einer trächtigen Sau auf eine ganze Gruppe von Jungtieren zu einer Hand voll halbjähriger Ferkel zu einem leeren Stall und zu einer weiteren Gruppe von Ferkeln. «Die Tiere tragen ein Gen in sich, das ihre Gewebe für den Menschen verträglich macht. Ihr einziger Daseinszweck ist es zu wachsen, bis ihnen eine Niere entnommen und einem Menschen eingesetzt wird. Die Niere ist immer noch ein Schweineorgan, aber sie hat gewisse menschliche Eigenschaften. Darum stößt der Empfänger sie nicht ab. Sein Immunsystem erkennt das Organ nicht als Fremdkörper und bekämpft es deshalb nicht. Somit braucht man nicht mehr menschliche Kadavernieren zu verpflanzen. Genial, nicht?»

David stieß ein heiseres Lachen aus, ohne den Blick von der Schweineparade auf dem Monitor zu nehmen.

«Das dachten die Forscher auch. Doch sie haben nicht an alles gedacht. Mit dem Schweineorgan wird noch einiger anderer Schweinekram in den Menschen verpflanzt. Natürlich haben die schlauen Forscher ihr Bestes gegeben. Das tun sie ja immer. Sie halten die Tiere sauber, sie kontrollieren die Organe auf Erreger, bevor sie sie uns einsetzen. Aber sie haben etwas vergessen.»

Er machte eine Pause und schaltete kurz auf den Videokanal, der die Wachzentrale zeigte. Die beiden Männer waren immer noch mit dem Check beschäftigt.

«Sie haben vergessen, dass das Schwein noch ein paar Gene mehr hat als jene, die sie kennen. Da gibt es Abschnitte im Erbmaterial, von denen die Wissenschaftler nicht wissen, woher sie kommen, was sie bedeuten oder wofür sie gut sind. Genschrott nennen sie das. Und genau dort sitzt der Killer. Versteckt im Erbgut dieser Tierchen hockt der Mörder. Er hat geschlafen, sich verstellt, harmlos getan und die Forscher an

der Nase herumgeführt. Nach der Operation werden nämlich alle Patienten für fünf Jahre genau beobachtet.»
Bitterkeit mischte sich in seine Stimme. Er musste ein paarmal schlucken, bevor er weitersprechen konnte.
«Ich sag ja, die geben ihr Bestes. Aber das ist eben nicht genug. Sie dachten, ein Killer, der fünf Jahre schläft, sei keiner mehr. Aber der wacht auf, wann es *ihm* passt. Einer *ist* aufgewacht aus dem Dornröschenschlaf. Ein Vogelvirus hat ihn wachgeküsst.»
David benetzte sich mit der Zunge die Lippen und sagte dann in feierlichem Ton: «Und jetzt gehen Sie hinein und filmen Sie die sauberen Tierchen, die so schmutzig töten.»

Mat drückte den Hörer in die Ohrmuschel, bis es schmerzte. Als könne er so besser verstehen, was er eben erfahren hatte. Es fiel ihm schwer, alles zu erfassen. Und nun sollte er durch eine dieser gepanzerten Türen gehen, hinter denen Schweine lebten, die unter Umständen eine Gefahr für die ganze Menschheit darstellten. Die geradezu auf ihn lauerten! Mat lief ein kalter Schauer über den Rücken. War es die Angst vor diesen Tieren oder dieser Mann, der ihm eben die Wahrheit so klar dargelegt hatte? Der so deutlich und doch so entrückt sprach?
«Tür Nummer sechs», befahl die Stimme aus dem Ohrhörer.
Mat schluckte leer, seine Kehle fühlte sich an wie Schmirgelpapier. «Ist das nicht zu gefährlich?»
«Zu gefährlich?», wiederholte David aggressiv. «Sind Sie nierenkrank?!»
Mat gab sich einen Ruck, schaltete die Videokamera ein und flüsterte Narcy zu: «Wir können jetzt zu den Tieren rein. Ich erkläre dir alles später.» Als Narcy zögerte, fügte er hinzu: «Ist angeblich nicht gefährlich. Tür Nummer sechs.»
Zögernd ging Narcy zu der entsprechenden Tür aus schwe-

rem Chromstahl. Sie warf einen Blick durch das Bullauge und sah eine große Sau. Narcy packte den mächtigen Chromstahlgriff. Die Tür ließ sich vollkommen mühelos öffnen. Sie trat ein. Mat folgte ihr mit laufender Kamera.

In der Kommandozentrale ertönte ein Piepton, eine Systemmeldung aus der Wasseraufbereitungsanlage. Ben schwang auf dem Stuhl gemächlich nach links zum entsprechenden Kontrolltableau und drückte einige Knöpfe, um zu sehen, woher die Fehlermeldung kam. Sebastian schaute ihm dabei zu.

Keiner von beiden bemerkte, dass in diesem Moment auf einem der Monitore die trächtige Sau in Box Nummer sechs begleitet von einem Videoblitz von der linken Bildhälfte in die rechte sprang. Dann betrat Roger Black den Tierstall.

«Bingo!», rief Ben und patschte mit seiner kräftigen Pranke auf die Pfundnoten. Mit einem zufriedenen Grinsen und theatralischer Siegesgeste steckte er das Geld in die Brusttasche seines weißen Overalls. «Tut mir Leid, Kumpel, ich besorge dafür den Kaffee.» Er stand auf und ging in den hinteren Bereich der Kontrollzentrale.

Mit der Kamera vor dem Auge hatte Mat jegliche Angst verloren. Er sah nur noch das Bild auf dem seitlich ausgeklappten Monitor: gestochen scharf, brillante Farben! Das Rosarot des Schweins kontrastierte herrlich mit den weiß gekachelten Wänden und dem grünlichen Fluoreszenzlicht der Deckenbeleuchtung. Das Schwein drehte ihnen den Kopf zu und streckte die Nase in die Kamera. Mat jubelte innerlich. Er hatte das Tier in der Totalen und in diversen Nahaufnahmen.

Er war so konzentriert, dass er zusammenzuckte, als er wieder Davids Stimme im Ohr vernahm. «Ich weiß, wo das Schwein hockt.»

«Ich habe es direkt vor mir», gab Mat zur Antwort.
«Ich weiß, wo das Schwein hockt, das all die Menschen auf dem Gewissen hat. Das Schwein, das Laura umgebracht hat, die anderen Kinder, Mutter.»
«Wie bitte? Ist das Tier noch hier im Institut?» Mat konnte sich keinen Reim darauf machen, dass ein Tier, das die Krankheit in zahlreichen Städten verbreitet hatte, gleichzeitig in diesen Ställen leben sollte.
«Sie sind ganz nah dran. Bald.» Diese kryptische Antwort klärte Mats Verwirrung nicht im Geringsten auf.
Er kratzte an seinem Mikrophon, damit David nicht hörte, wie er Narcy zuflüsterte: «Bei dem stimmt was nicht.»
«Ihre Zeit ist abgelaufen. Raus auf den Korridor», befahl David.
Mat bedeutete Narcy hinauszugehen. Er folgte ihr. Als er die Tür zuzog, hörte er David krächzen: «Mike wird auch sterben. Darum verdient auch die verdammte Sau den Tod.»
«David, sind Sie okay?», fragte Mat.
«Wir wenden uns dem Nachwuchs zu», kam die nächste Anweisung eiskalt. «Wenn die Herrschaften sich bitte zu Tür Nummer vier begeben wollen.»

«Wie hast du vorhin den Alarm beantwortet?», fragte Sebastian, während er das Signallämpchen ansah, das begleitet von einem durchdringenden Piepton schon wieder blinkte.
«F12», knurrte Ben, der eben mit zwei Tassen Kaffee wieder zum Steuerpult kam. Er stellte sie auf einer Ecke des Pults ab und beugte sich über Sebastian, der begonnen hatte, Befehle in das Keyboard einzutippen. Sofort verstummte der Alarm.
«Bingo!», frohlockte Sebastian.
«Na, na. Keine Aufregung bitte, ist ja bloß ein behobener Alarm.» Ben ließ seine zwei Meter Muskeln in einen der Bürosessel plumpsen.

«Ich meine nicht den Alarm», Sebastian zeigte mit ausgestrecktem Arm auf den Monitor der Überwachungskamera von Tierstall Nummer vier. «Der Professor hat soeben Stall vier betreten, womit der Spielstand ausgeglichen wäre. Her mit der Knete.» Er unterstrich seine Forderung, indem er mit dem Knöchel auf die Stelle des Tisches klopfte, wo er die Scheine gern gesehen hätte.

Stattdessen stellte Ben einen Pappbecher mit Kaffee vor ihn hin. «Dies ist dein Lohn. Wette Nummer eins habe ich gewonnen. Ich rücke dafür aus, wenn es irgendwas zu tun gibt.» Er lehnte sich im Sessel zurück und nahm genüsslich einen Schluck Kaffee. Er wusste, dass er dieses Gegengeschäft getrost anbieten konnte, denn Störfälle, bei denen die Wachmänner persönlich nach dem Rechten sehen mussten, waren im Institut äußerst selten.

David sah im File-Verzeichnis nach, wie lange die Videosequenz von Roger Black in Stall Nummer vier dauerte. Es machte wirklich den Anschein, als sei der Wissenschaftler an jenem Abend bei allen Tieren vorbeigegangen. Vielleicht hatte er ihnen gute Nacht sagen wollen. 1 Minute, 12 Sekunden dauerte die Aufzeichnung. So viel Zeit blieb ihm also, bis er die nächste Waffe in den Cyberspace schicken musste. So lange hatte er Zeit, um ihnen das nächste Scheibchen Wahrheit aufzutischen.

«Ja, die Forscher waren vorsichtig. Damit sie nachvollziehen konnten, was mit dem transplantierten Organ im fremden Körper passierte, haben sie dieses farbig markiert. Sie haben den Schweinchen ein Gen verpasst, dank dem ihre inneren Organe in ultraviolettem Licht grün schimmern. Witzig, was? Die Idee war gut, und zudem gut gemeint. Wenn sich nach der Transplantation irgendwelche Zellen vom Spenderorgan losgerissen hätten, dann hätte man sie im Körper des Empfängers gesehen. Das stammt noch aus der Zeit der Tierversuche. Da hat man den Empfänger einige Zeit nach der Transplantation getötet, in Scheiben geschnitten und bei UV-Licht betrachtet, um zu sehen, ob die Xenotransplantate am richtigen Platz bleiben. Mit uns Menschen hatten sie dergleichen natürlich nie vor.»

David lachte trocken.

«Aber die ersten menschlichen Empfänger bekamen noch Organe, die fluoreszent markiert worden waren. Fragen Sie mich nicht, warum. Nostalgisches Sicherheitsdenken vielleicht. Viel eher aber Profitdenken. Denn die ersten sieben Patienten, die ein Schweineorgan von *Transimmune* erhalten haben, waren nicht viel mehr als Versuchskaninchen. Dabei hatte der Professor es doch so gut gemeint. Aber bei allem guten Willen wollte das Institut wirtschaftlich nicht so recht florieren. Erst als die Pharmaindustrie einstieg, ging es aufwärts, denn die wollten ja schließlich schnell Geld verdienen. *Medinova* drängte auf das Experiment am Menschen. *Vorklinische Studie* nannten sie das. Sogar die Behörden wussten davon. Allerdings nicht, dass die ersten Spendertiere noch Versuchstiere und gar nicht für eine Transplantation am Menschen gedacht waren. Ebenso schlecht informiert waren die auserwählten Patienten. Sieben Nierenkranke im Endstadium durften als Erste ein Schweineorgan empfangen. Die Glücklichen! Am siebenundzwanzigsten September 2003 fand die erste Operation statt. Ich weise nur auf den Code der Eingangstür hin: 270903, eine Unglückszahl. Denn in einem der Patienten verhielt sich das Schweineorgan nicht so, wie die Wissenschaftler es geplant hatten. Die Niere wartete, bis der Patient nicht mehr zur Kontrolle musste, und schickte dann ein Killervirus auf die Reise. Ein so genanntes endogenes Retrovirus. Es ist erst in diesem ersten Menschen erwacht und hat diesen zur Sau gemacht.»

David starrte auf den Monitor, wo immer noch Roger Black zwischen den jungen Ferkeln umherging und eines nach dem anderen hinter den Ohren kraulte.
«Niedlich, was? Ich weiß, wo die Killersau hockt. Und jetzt raus aus dem Stall.»
Mat ließ die Kamera sinken, und Narcy sah, wie er irritiert die Schweinchen anstarrte, die munter um ihre Mutter herumtollten. Seine Miene wirkte, als hätte er nicht ein paar putzige Ferkel vor sich, sondern kleine Monster.
«Mat, was ist los?»
«Die Hölle ist los.» Er ging an Narcy vorbei zur Tür und verließ den Stall. «Ich weiß, woher die Seuche kommt», sagte er draußen zu ihr. «Evans hat alles herausgefunden. Und ich glaube, er wird darüber verrückt. Und ich werde es auch bald.»
«Was hat er dir erzählt?», fragte Narcy und legte Mat die Hand auf die Schulter. Er blieb stehen und fasste ihr in knappen Worten zusammen, was er eben gehört hatte.
«Das ist ja grauenhaft», sagte Narcy tonlos.
«Moment», flüsterte Mat und konzentrierte sich auf Davids Stimme im Ohr. «Ob wir Patientennamen wollen.»
Narcy wunderte sich darüber, dass der Profijournalist sie so etwas fragte. «Natürlich wollen wir.»
«Natürlich wollen wir», gab Mat weiter, der erst jetzt realisierte, dass ihn jemand gefragt hatte, ob er ihm ein goldenes Ei vor die Füße legen sollte. «Er bringt uns ins Rechenzentrum. Sieben Minuten bleiben uns noch. Er meint, das reicht. Los, ganz nach hinten.»
Sie rannten den Korridor entlang, bis sie an eine Tür aus weißem Kunststoff kamen.
Narcy drückte die Türklinke, und sie traten ein.
Der Raum war etwa zwanzig Quadratmeter groß, fensterlos und ebenfalls ganz weiß gestrichen. Links und rechts an den Wänden standen Computerterminals. Hier konnten Wissen-

schaftler, Veterinäre und Tierpfleger arbeiten, ohne den sterilen Tiertrakt zu verlassen. Sie mussten sich so nicht mehrmals am Tag desinfizieren und umziehen. Die Terminals waren direkt an den Zentralrechner des Instituts angeschlossen und ständig eingeschaltet.

Narcy setzte sich vor eine Konsole und bewegte die Maus. Sofort verschwand das als Bildschirmschoner eingesetzte Logo des *Transimmune Institute*, und eine Eingabemaske erschien, die nach dem Passwort fragte.

«Passwort», sagte Mat ins Mikrophon.

«Unser Unglückstag», antwortete die Stimme im Ohr.

«270903», gab Mat an Narcy weiter und schaltete die Videokamera ein.

Narcy tippte die Zahlen ein. Dann warteten sie.

Auf dem Bildschirm erschien eine Abfolge verschiedener Zeichen, dann endlich Schrift: «Willkommen bei Transimmune.» Mat spürte, wie etwas durch seine Eingeweide kroch und ihm die Nervosität als Brechreiz aus dem Körper quetschen wollte. Er würgte und überlegte krampfhaft, ob man Panik hinunterschlucken konnte. Gerade rechtzeitig meldete sich die Stimme im Ohr wieder. «Sehr gut, Sie sind drin. Jetzt besuchen wir die sieben Versuchskaninchen.»

«Ben, schau dir das mal an», sagte der schmächtige Wachmann, ohne den Blick vom Bildschirm zu nehmen.

«Was gibt's?», knurrte Ben, der sich eben gemütlich eingerichtet hatte und sich auf eine ruhige Nachtschicht freute. Viele der jüngeren Wachleute riefen bei jeder Systemmeldung sofort den Notstand aus, vor allem in den ersten Stunden der Schicht. Dieser Übereifer legte sich in der Regel in den Morgenstunden.

«Ich will nicht auf Panik machen, aber das habe ich noch nie gesehen.»

«Was?»
Sebastian zeigte auf eine Reihe von Zahlen auf dem Monitor. «Da ist wer im Zentralrechner.»
«Schiebt halt noch einer Überstunden. Der Professor wünscht ja auch den Tierchen gute Nacht.»
«Der Professor ist im System.»
«Dann wünscht er meinetwegen auch dem Rechner noch eine angenehme Ruhe.»
«Ben, ich sitze mittlerweile nun auch schon über zwei Jahre vor diesen Flimmerkisten. Noch *nie* war der Professor im Zentralrechner. Den interessieren Tiere und Patienten, aber keine Zahlen. Ich sage dir, hier stimmt was nicht.»
«Was tut er denn im Rechner?»
«Hmm.» Sebastian zog das Keyboard am Spiralkabel über das Kontrollpult und tippte einige Befehle ein. «Mal sehen.» Er drückte einige weitere Tasten. «Nichts.»
«Na siehst du», brummte Ben. «Alles in Ordnung.»
«Gar nichts in Ordnung. Er hat ein uraltes Dokument aufgerufen und tut jetzt nichts damit. Ich sage dir, da stimmt was nicht.»

Auf dem Bildschirm, vor dem Narcy saß, baute sich eine Liste mit Namen auf. Mat schnappte sich einen Bürostuhl auf Rollen und glitt an Narcys Seite. Sieben Namen waren auf der ersten Patientenliste zu lesen. Einer davon ließ ihnen das Blut in den Adern gefrieren.

London, Choumert Road

David Evans starrte auf den Bildschirm und flüsterte: «Jetzt wisst ihr's.»
Vier Wochen nach Samuels Beerdigung: Stehe vor der Toilettenschüssel – und kann nicht. Nicht einen Tropfen Urin will meine

Blase hergeben. Wenn ich es mir allerdings genau überlege, ist der Drang zu urinieren so groß auch wieder nicht. Eigentlich bin ich nur zur Toilette gegangen, weil ich bei der Arbeit mit einem Problem nicht weiterkam.
Stehe da, halte mein Glied in der Hand, und die schlimmsten Erinnerungen kriechen in mir hoch.
Ich presse.
In der Blase ist was drin. Wenig nur, aber es ist was drin.
Will nicht wahrhaben, was sich da wieder ankündigt.
Konzentriere mich nur noch auf meine Blase, sie soll mir beweisen, dass es nicht so ist, wie es nicht sein darf.
Und spüre endlich die Erlösung.
Schmerzhaft zwar, aber immerhin. Es beginnt zu laufen.
Dann macht es «plopp», und ein schleimiges, gelblich weißes Etwas fällt in die Schüssel – gefolgt von ein paar wenigen Tropfen Urin.
Und das war's dann auch.
Mein letztes Wasserlösen für einige Jahre.
Mir wird schwindlig, dann speiübel, muss mich übergeben. Blackout.
Erwache im Krankenhaus, als mir ein Arzt einen Katheter in die Schlüsselbeinvene rammt.
Notfalldialyse nennen sie das. Das wird angewendet, wenn ein Patient nach akutem Nierenversagen an der daraus resultierenden Blutvergiftung zu sterben droht. Glaube zuerst, mich verhört zu haben. Doch die Ärzte, die sich um mein Bett geschart haben, wiederholen es: akutes Nierenversagen.
Die Niere hat aufgehört zu arbeiten.
Sie erklären mir, dass das schleimige Etwas, das mich am Wasserlassen gehindert hat, ein Eiterpfropfen aus abgestorbenen Nierenzellen gewesen sei.
Von der Niere, die mir Samuel geschenkt hat.
Natürlich versuchen mir dann alle einzureden, dass ich am Ab-

sterben von Samuels Niere nicht schuld sei, genauso wenig wie ich etwas für seinen Unfalltod könne.
Sie mögen Recht haben.
Ich bin mir aber sicher, dass seine Niere in mir mit seinem Tod abzusterben begann. Einen Monat nach seiner Beerdigung ist nun das letzte Stück von ihm gestorben.
Samuel ist endgültig tot.
Und alles beginnt von vorne.
Die Diät, die aufgeschwemmten Glieder, wenn ich zu viel Wasser trinke. Kein Alkohol. Das endlose Warten auf eine Organtransplantation. Ist mir alles wohl bekannt. Die Müdigkeit, das Nasenbluten, der Juckreiz auf der Haut, das Kribbeln in Armen und Beinen. Die Dialyse. Hasse diese Knolle am Unterarm, die sie mir künstlich angelegt haben, damit die Dialyseschwestern ohne Probleme reinstechen können.
Hasse das Leben als Nierenpatient. Als Organkrüppel.
Will weg. Irgendwohin. Nur nicht zwischen Leben und Tod gefangen sein.
Dann der Anruf von BODY. Die britische Organspender-Gesellschaft lädt mich zu einem Gespräch ein. Treffe Roger Black.
Was der Professor erzählt, ist verrückt, absurd, abartig.
Er habe Schweine genetisch so verändert, dass deren Organe auf den Menschen transplantiert werden könnten. Er suche Patienten, die sich eine Niere einpflanzen ließen. Es kämen nur Menschen infrage, die schon lange auf der Warteliste stünden oder bereits eine erfolglose Transplantation hinter sich hätten. Die Operation sei gratis, da sie zum ersten Mal durchgeführt würde. Es sei aber nicht gefährlich. Man würde nach der Operation über mehrere Jahre unter regelmäßiger medizinischer Kontrolle stehen.
Was der Professor erzählt, ist phantastisch.
Kriege ein neues Leben geschenkt.
Noch eines.

Cambridge, Transimmune Institute

Narcy musste ihre ganze Willenskraft mobilisieren, um den Blick vom Bildschirm zu lösen. Ihre dunklen Augen hefteten sich auf Mat. «David Evans.» Sie brachte kaum mehr als ein Flüstern über die Lippen. «Warum hat er mit uns Verstecken gespielt?»

Mat raufte sich die Haare. «*Er* ist die Zeitbombe! Und er wusste es immer. Warum hat er das alles inszeniert?»

«Ben, wir müssen nachschauen!», rief Sebastian aufgeregt. «Noch immer keine Systemaktivität.»

Lässig stützte Ben seinen massigen Oberkörper mit den Ellbogen auf den Oberschenkeln ab. «Na, dann nehmen wir doch mal mit dem Professor Kontakt auf. Und wenn er dann nicht nur im Netz sitzt und nichts tut, sondern auch im Computerraum hockt und keine Antwort gibt, dann gehen wir nachschauen. Vielleicht ist ihm übel geworden bei seinem nächtlichen Spaziergang. Wirst sehen, das haben wir gleich.» Mit einer betont routinierten Bewegung rückte er ein Mikrophon an einem chromfarbenen Schwanenhals zurecht und drückte auf einen Knopf. «Professor?»

«Professor?»

Nur dieses eine Wort, aus einem Lautsprecher an der Decke. Es hallte nach im beinahe leeren Computerraum, mit der Schwere eines todbringenden Orakels.

«Professor?»

Vor Schreck krallte Narcy ihre Fingernägel in Mats Unterarm. *Beobachtet uns jemand?* Sie blickte hastig um sich, konnte aber keine Kameras entdecken. Aus dem Lautsprecher an der Decke war erneut die Stimme zu hören. «Alles in Ordnung, Professor?»

Narcy und Mat sprangen von den Stühlen auf. Mat packte die Kamera, und sie stürzten aus dem Zimmer, hetzten den langen Korridor entlang, an den Raumschifftüren der Tierställe vorbei. Sie kamen zur Tür der Sterilschleuse.

«Scheiße.» Mat trat mit dem Fuß dagegen. Es gab keine Türklinke, nur die Knöpfe. «Es ist sinnlos, den Code einzugeben. Wenn wir da reingehen, stecken wir fest. Wir kommen erst nach fünf Minuten Duschen wieder raus.»

«Wenn überhaupt», ergänzte Narcy. «Die machen jetzt alle Schotten dicht und brauchen uns dann hier drin nur noch abzuholen.»

«Oder pumpen siedendes Wasser rein.» Mat trat noch einmal gegen die Chromstahltür. «Wir sind längst umzingelt.» Er zeigte an die Decke. Dort drehte gerade eine Überwachungskamera auf sie beide zu. «Was zum Teufel tut eigentlich Evans? Warum meldet er sich nicht?»

«Los!» Narcy packte ihn an der Hand und rannte davon.

«Wohin willst du?», keuchte Mat.

«Ich weiß, wo wir rauskommen.»

Gleich neben dem Computerraum gab es noch eine Tür. NOTAUSGANG stand auf einem Leuchtschild, das Narcy zuvor im Vorbeihetzen gesehen hatte.

An der Tür warf sich Mat gegen den großen Hebel, um sie zu öffnen. Die Tür bewegte sich keinen Millimeter. «Scheiße, Scheiße, Scheiße.» Kalte Wut stieg in ihm auf, und er hämmerte mit beiden Fäusten gegen die Tür.

«Das bringt nichts», rief Narcy. «Ich kenne das aus anderen Sicherheitslabors. Notausgänge gehen hier nicht so einfach auf; sonst würden die Leute, wenn sie keine Lust zum Duschen haben, schnurstracks hier rausspazieren. Wir müssen einen Notfall auslösen.»

«Ist das nicht Notfall genug?», brüllte Mat. «Soll ich noch laut um Hilfe schreien?»

«Da!» Narcy zeigte auf einen runden Knopf an der Decke. «Ein Brandmelder. Wenn der losgeht, kommen wir hier raus.»

«Hervorragend!» Mat lachte zynisch. «Wir zünden uns eine Havanna an und rauchen sie gemütlich unter dem Feuermelder. Und das ohne Streichhölzer!»

«Was tun Sie hier?», rief plötzlich eine Männerstimme hinter ihnen im Korridor.

Abhauen, dachte Mat, noch während er den Kopf herumriss. Der massige Kerl, der auf ihn zu stürzte, trug eine grüne Chirurgenuniform, doch in seinem Gesicht war wenig ärztliches Einfühlungsvermögen zu entdecken.

«Sie gehören nicht zum Institut», rief der Mann und packte Mat am Handgelenk. «Und was soll diese Kamera?»

Mat versuchte, sich dem harten Griff zu entwinden. Doch der Wachmann ließ nicht los. Mit aller Wucht trat ihn Mat gegen das Schienbein, was den Wachmann nur einen kurzen Moment irritierte. Immerhin lange genug, dass Mat sich losreißen konnte. Aber nur Sekundenbruchteile später sauste ein Schlagstock auf seine Schulter nieder. Im selben Moment wurde ihm klar: Selbst eine Schulter kann Sternchen sehen. Benommen vor Schmerz taumelte Mat rückwärts. So konnte er dem nächsten Schlag ausweichen. Aber er hatte nicht mit der Fußfertigkeit des Wachmanns gerechnet. Ein Tritt traf Mat am Unterarm. Er brüllte laut auf vor Schmerz. Seine Videokamera schepperte zu Boden.

Einen Moment lang standen sich die beiden Männer angespannt gegenüber. Mat nutzte die Gunst der Sekunde und blickte um sich. *Wo ist Narcy?*

«Lassen Sie es mich erklären», startete Mat einen Versuch, die Auseinandersetzung auf eine andere Ebene zu lenken.

«Hier gibt's nichts zu erklären», fauchte der Wachmann, wobei die Ader, die auf seiner Stirn vom Ansatz des roten Bürstenhaarschnitts zur Nasenwurzel verlief, beängstigend anschwoll. Gleichzeitig zischte sein Schlagstock durch die Luft. Mat reagierte zu langsam.

Und jetzt sah er nicht nur Sternchen, sondern die ganze Milchstraße. Über das Bild legte sich ein roter Filter. Blut lief ihm über das Gesicht. Er betastete seine Stirn. Eine Augenbraue war aufgeplatzt.

Natürlich hatte der Koloss seinen Vorteil erkannt. Er machte einen Satz und legte dem Journalisten seinen Bodybuilder-Bizeps um den Hals. Erbarmungslos drückte er zu und quetschte ein gurgelndes Röcheln aus Mats Kehle. Verzweifelt rang er nach Luft und schlug mit allen vieren um sich. Es war zwecklos. Die Arme des Wachmanns lagen wie ein Schraubstock um seinen Hals.

Diese stahlharten Muskeln hatten an den Kraftmaschinen im Fitnessstudio gewiss schon manchen Schmerz durchgestanden, aber was sie im nächsten Moment zu spüren bekamen, war jenseits alles bisher Dagewesenen. Der Wachmann brüllte auf. Im gleichen Augenblick flogen seine Arme seitwärts weg, als wollten sie sich von seinem Körper trennen. Auf einmal hatte er Schaum auf den Lippen. Dann fielen die Arme schlaff nach unten und baumelten nutzlos an seinem Körper. Erst jetzt sah der Wächter den Elektroschocker, den Mat in der Hand hielt. Klein wie ein Lippenstift, aber stark wie ein Atomkraftwerk.

Diese Entdeckung machte Wachmann Ben rasend. Mit übermenschlicher Willenskraft hob er die vor Schmerzen glühenden Arme und warf sich auf Mat. Doch der Berg aus Wut und Muskeln bekam abermals den Elektroschocker zu spüren und fiel direkt auf Mat. Während er stürzte, nahm Mat in einem winzigen Fenster seines Bewusstseins einen Bürostuhl wahr, der dem Koloss folgte.

Dann wurde es dunkel vor seinen Augen.

Der Bergsturz hatte ihn begraben.
«Ben, alles in Ordnung?», quäkte es aus dem Lautsprecher.
Ben blieb eine Antwort schuldig.
Als Mat seinen Kopf unter der Schulter des Wachmannes hervorstreckte, war die seltsame Wahrnehmung des Bürostuhls immer noch da. Er kniff die Augen zusammen, doch der Stuhl verschwand nicht. Erst als dahinter Narcys Gesicht erschien, wurde ihm klar, dass der Stuhl auf dem Rücken des Wachmanns lag. Einen Chromstahlstuhl auf den Hinterkopf und eine halbe Million Volt im Bauch waren selbst für Ben zu viel gewesen.
«Lebst du noch?», fragte Narcy, als sie Mat half, unter dem Wachmann hervorzukriechen.
«Ein bisschen vielleicht», stöhnte Mat und deutete auf seine Stirn. «Was meinst du dazu?»
Narcy besah sich die Augenbraue, die stark blutete. «Eine Platzwunde. Das muss genäht werden. Ist es zum Aushalten?»
«Frag nicht.»
«Du hast sicher ein Taschenmesser dabei – oder?»
Wortlos fingerte Mat in einer der Taschen seiner Weste herum, zog dann ein Schweizer Armeemesser heraus und reichte es Narcy. Sie kniete nieder und schnitt unten am Hosenbein ihres Chirurgengewandes ein Stück Stoff ab. Damit betupfte sie Mats aufgeplatzte Augenbraue. Er jaulte auf und drehte den Kopf weg. «Nicht», beschwichtigte Narcy. «Press das fest drauf, dann hört die Blutung auf.» Sie zeigte zu einer der Computerkonsolen. «Ich habe mich da unten versteckt. Deine Kamera schlitterte direkt auf mich zu.»
«Wow, Glück gehabt», meinte Mat, als er die Kamera entgegennahm. «Jetzt aber nichts wie weg hier.»
«Moment, Moment», bremste ihn Narcy und zeigte auf den Wachmann. «Für den garantiere ich keinen tiefen Schlaf.»
«Du hast Recht, sorgen wir dafür, dass er noch ein Weilchen

liegen bleibt.» Eilig zog er eine Rolle derbes, schwarzes Klebeband aus seiner Reporterweste und klebte dem Wachmann den Mund zu.

«Eine praktische Weste», bemerkte Narcy und half ihm, Hand- und Fußgelenke und Fesseln des Ohnmächtigen zu umwickeln.

«Einen Notfall hätten wir hiermit ausgelöst», sagte Mat, «aber weg kommen wir trotzdem nicht.»

«Ich hab dir doch gesagt, wir brauchen Feuer. Jetzt erst recht. Die haben sicher alle Türen komplett verriegelt. Unsere einzige Chance ist ein echter Brandalarm. Wenn es brennt, werden alle Türen nach draußen automatisch entriegelt, egal, welche Knöpfe die in der Zentrale gedrückt haben.»

«Und ich hab dir gesagt, dass ich keine Streichhölzer dabeihabe.»

«Aber was viel Besseres.» Narcy suchte mit den Augen den Fußboden ab. Entnervt raufte sie sich die Haare. «Wo ist nur dieses verdammte Ding hingekommen?» Da sah sie es unter dem Wachmann hervorlugen. Sie schnappte sich den Elektroschocker und sagte zu Mat: «Messer.»

Er reichte ihr das Taschenmesser.

Narcy schnitt ein weiteres Stück Stoff aus ihrer Chirurgenhose und wickelte es um das vordere Ende des Elektroschockers.

Dann drückte auf den Auslöser.

Klick.

Nichts passierte.

Klick.

«Na komm schon!»

Klick, klick.

Narcy entfaltete den Stoff. Er war angesengt.

«Messer», forderte sie nochmals.

Sie führte die Klinge in ihr Haar und schnitt kurzerhand eine

Strähne ab. Dann knüllte sie die Haare in den angesengten Stoff, wickelte das Ganze wieder um die Funkenspitze des Schockers und betätigte wie wild den Auslöser.
Klick, klick, klick.
Sie hielt den Elektroschocker dicht an den Brandmelder.
Klick, klick, klick.
Rauch kam aus dem Stoffknäuel.
Klick, klick, klick.
Dichterer Rauch stieg zum Brandmelder auf. Es stank nach Schwefel.
Plötzlich jaulte eine Sirene los, die Sprinkleranlage begann zu sprühen. Narcy hieb auf den roten Notfallknopf neben der Tür.
Sie sprang sofort auf. Endlich. Der Fluchtweg war frei.
Doch anstatt loszurennen, blieben Narcy und Mat wie angewurzelt stehen. Denn in das Sirenengeheul hatte sich ein Lärm gemischt, den ihre Ohren bestens kannten. Sie sahen einander verdutzt an. Das Geschrei, das durch den Korridor schallte, erinnerte sie an den Einsatz vor vier Tagen. An Glennworth. An die Schlachtaktion in der Schweinemästerei.
Schon rannte eine Horde wild quiekender Schweine auf sie zu. Wie von Geisterhand hatte sich zischend eine Stalltür nach der anderen geöffnet, und immer mehr Schweine stürzten aus den Ställen auf den Korridor, getrieben von den panischen Todesschreien, die aus den Deckenlautsprechern gellten. Narcy starrte wie festgefroren auf die Schweinehorde, die durch den Sprinklerregen auf sie zu raste.
Schlagartig war Mat klar geworden, wer die Tiere ferngesteuert aus ihren Ställen trieb.
«Evans dreht durch», brüllte er Narcy zu, packte ihre Hand und stürmte durch den Notausgang hinaus.
Ihnen dicht auf den Fersen: die Schweine. Schwere Muttersäue, flinke Halbwüchsige, wild kreischende Jungtiere. Im

Notausgang behinderten sie sich gegenseitig. Trampelten aufeinander herum. Blut spritzte auf die aseptischen Wände. Das Gebrüll war ohrenbetäubend.
Mat und Narcy fanden sich auf einem breiten Korridor wieder. Mit Topfpflanzen und Designerstühlen. Sie befanden sich nicht mehr im sterilen Sicherheitstrakt, waren aber noch lange nicht aus dem Institut.
«Da!» Narcy zeigte auf eine Leuchtanzeige, die grün blinkend den Fluchtweg wies. Sie rannten los. Im Laufen fällte Mat mit gezielten Fußtritten mehrere Yuccapalmen, warf einige Stühle hinter sich. Es war ein jämmerlicher Versuch, die heranstürmenden Schweine aufzuhalten. Narcy blickte sich verzweifelt nach ihnen um. Der Brocken, der die Horde anführte, pflügte durch die umgeworfenen Stühle und Pflanzen, als ob da keine Hindernisse wären. Narcy schleuderte die klobigen Laborschuhe von den Füßen und rannte barfuß weiter.
Plötzlich knallte es neben ihr. Ein gleißender Lichtblitz, dann eine feine Rauchwolke, die aus der Wandhalterung einer Lampe quoll.
«Weiter», brüllte Mat.
Mit lautem Knall explodierte die nächste Lampe. Glassplitter regneten auf die beiden herunter. Wie ein Lauffeuer ging eine Lampe nach der anderen in die Luft. Auch hinter den Türen, an denen sie vorbeirannten, waren Explosionen zu hören. Der Korridor füllte sich mit beißendem Rauch, der nach Elektrobrand roch.
«Schneller», rief Mat. «Evans will das Institut lahm legen. Der schlägt ferngesteuert alles kurz und klein.»
Sie kamen an eine Glastür. Durch die Scheibe sah man in die Nacht hinaus.
Ein Ausgang!
Mat drückte die Türklinke runter.
Verriegelt.

Doch fast gleichzeitig hieb Narcy auf den Notfallknopf neben der Tür.
Sie öffnete sich.
Die beiden stürzten ins Freie, die panische Schweinehorde gleich hinterher. Draußen flammte eine Reihe Halogenscheinwerfer auf. Sirenen heulten auf. Im strömenden Regen rannten sie an dem Gebäude entlang. Hinter mehreren Fenstern war Funkenregen von explodierenden Geräten zu sehen. Irgendwie musste es David Evans geschafft haben, im elektrischen System des Instituts Kurzschlüsse zu produzieren. Die Glutvorhänge im Haus hätte man sogar mit Freude genießen können, hätte es sich um eine künstlerische Installation gehandelt und nicht um die rachsüchtige Zerstörungswut eines Todgeweihten.
Plötzlich geriet Narcy ins Straucheln.
Die Leitsau hatte sie eingeholt und suchte den Fluchtweg zwischen ihren Beinen hindurch. Im letzten Moment konnte Narcy sich fangen. Rechts und links preschten Schweine an ihr vorbei. In diesem Moment realisierte sie, dass Mat und sie die eigentlichen Leitsäue gewesen waren. Mitten in der Schweineherde bogen sie um die Ecke und kamen auf den Platz vor dem Hauptgebäude an. Alles war in taghelles Flutlicht getaucht.
Aus dem Notausgang neben der Haupttür kamen Mitarbeiter des Instituts gerannt. Ein Mann mit einem weißen Overall stieß eine Krankenschwester zur Seite und setzte Narcy und Mat nach. Bis zum Haupttor, das auf die Straße führte, waren es knapp sechzig Meter.
«Halt, oder ich schieße!», rief der Mann.
Narcy und Mat blickten nicht zurück.
«Stehen bleiben!»
Sie rannten weiter.
Ein Schuss krachte.

«Stehen bleiben!», rief der Wachmann nochmals, während er hinter ihnen herjagte.
«Lauf!», schrie Mat. «Im Zickzack!» Wie ein tollwütiger Hase wetzte er inmitten der Schweine über den Platz. Narcy folgte ihm. Nach wenigen Schritten auf dem eiskalten Asphalt waren ihre nackten Füße eingefroren. Sie spürte nicht mehr, wo ihre Beine aufhörten, aber sie rannte weiter. In Todesangst blickte Narcy sich um. Neben ihr flitzte eine mächtige Muttersau zum Ausgang. Im Laufen suchte Narcy Deckung hinter ihr. Sie packte das Tier an den Ohren, damit sie sein Tempo mithalten konnte. Das Schwein schüttelte sie quiekend ab. Narcy stolperte weiter. Sie hoffte, der Wachmann würde es nicht mehr wagen, auf sie zu schießen, um nicht eines der wertvollen Tiere zu töten.
Ein Schuss peitschte über den Platz.
Direkt neben Narcy platzte eine blutrote Fontäne aus einem Schweinebauch, und das Tier überschlug sich in einem Purzelbaum, der unter anderen Umständen sogar lustig gewirkt hätte. Nicht aber hier, nicht jetzt. Eine Blutlache breitete sich auf dem Asphalt aus.
Narcy rannte weiter. Der Maschendrahtzaun zur Straße hin kam näher. Wieder krachte ein Schuss. Die Kugel schlug in einen Metallpfosten des Zauns ein und brachte ihn zum Vibrieren.
Noch zehn Meter bis zum Tor.
Die nächste Kugel erzeugte beim Einschlag keinen Ton, sondern rasenden Schmerz. Narcy wurde es schwarz vor Augen.

London, Choumert Road

Gespannt bis zum Äußersten verfolgte David auf dem Monitor, wie sich auf dem Grundrissplan des *Transimmune Institute* rote Punkte aneinander reihten wie glühende Perlen auf einer Schnur. Jeder Punkt stand für einen Kurzschluss. Für einen Stich ins Fleisch. Und jeder Mausklick, den er mit seiner rechten Hand ausführte, fügte der Kette eine Perle hinzu. Sie beschrieb eine Slalomlinie durch die Ställe, die Korridore und die Laboratorien des Instituts. Es gab keinen rationalen Grund dafür, aber David hatte sich entschieden, die Spur der Zerstörung mit System durch die Gebäude zu ziehen. Er war sicher, dass mittlerweile das totale Chaos herrschte. Es erfüllte ihn mit Befriedigung, dass seiner Abrechnung eine gewisse Ästhetik innewohnte.

«Eins, zwei, und drei», zählte er leise und drückte auf die Maustaste. Er sah den Leuchtpunkt, der auf dem Plan im DNS-Analyselabor aufleuchtete.

«… und drei.» *Klick.* Der nächste Kurzschluss glühte auf dem Korridor vor dem Labor auf. David stellte sich vor, wie der heiße Regen aus dem Beleuchtungskanal niederprasselte, den er eben mit einer präzise angesetzten Überspannung gesprengt hatte. «… und drei.» Der nächste Beleuchtungskörper.

Klick.

Und noch einer.

Die Überwachungskamera zeigte ihm das Feuerwerk. Dann erstarb das Bild auf dem Monitor. David schloss die Augen und stellte sich vor, wie sich ein gleißender Vorhang den Korridor entlangzog. Er sah das Schauspiel, ohne dort zu sein. Er brauchte keine Kamera, er hatte das Institut im Kopf. Er orientierte sich nicht mehr an realen Eindrücken, sondern an abstrakten Daten. War abgetaucht in die Informationswelt und glitt mühelos durch sein Universum aus miteinander kommunizierenden Datenröhren.

David kam zügig voran. Das Ziel stand fest, die Computerzentrale. Für die war der Todesschuss vorbehalten, weniger, weil er auf die Rechner angewiesen war, um die Verbindung zum Institut zu halten, als vielmehr, weil David der Rächer seinem Opfer zuerst die Extremitäten abhacken wollte. Der Hieb mitten ins Gehirn sollte der letzte Schlag sein.

Klick.

David stutzte.

War da was?

Er lauschte kurz in die Dunkelheit – und setzte seinen Feuermarsch fort. Die Perlenkette schlängelte sich durchs nächste Labor: BL-3. Hier hatten die Forscher den DNS-Transfer in die Schweinezellen ausgeführt. Ein kleiner Raum, voll gestopft mit teurem, technischem Gerät.

Plopp – ein Leuchtpunkt. Das Elektronenmikroskop. *Es ist nicht mehr.*

Plaff. Der PCR-Multiplikator. *Er ist heimgegangen.*

Peng. Der Sicherheitskühlschrank. *Er ruhe in Frieden.*

David stutzte wieder. Ein Geräusch! Ein reales Geräusch. Er horchte.

Scharf drang die Türglocke in sein Bewusstsein. Noch bevor seine Gänsehaut bis zum Steißbein gelangt war, schrillte sie erneut.

«Mister Evans?»

«Hallo, Mister Evans», rief ein Mann und polterte an die Tür.

Davids Körper verkrampfte sich. Ein mächtiger Adrenalinstoß holte ihn aus der Trance in die Realität zurück.

Er wusste, wer unten stand. Wusste, wer ihn schickte.

Jetzt holen sie mich.

«Mister Evans. Sie sind doch da. Öffnen Sie die Tür. Es ist dringend.»

Ich bin so nah dran. Gebt mir eine Minute.

Seine Finger rasten über die Tastatur.

«Wir müssen unbedingt mit Ihnen reden.» Ein Rütteln unten an der Tür.

David steckte sich ein paar Gegenstände in die Hosentasche und nahm die Jacke von der Stuhllehne.

Eine winzige Minute nur.
Unten flog krachend die Tür auf. Dann ertönten Schritte im Korridor. Es mussten zwei sein. Der eine ging ins Wohnzimmer, der andere in die Küche.
Noch dreißig Sekunden.
David beugte sich vor. Drückte im Stehen eine Taste auf der Tastatur. Und sagte leise: «Die Computerzentrale. Amen.»
Dann wandte er sich zum Fenster. Setzte vorsichtig einen Fuß vor den anderen und hoffte, jene Dielen zu treffen, die nicht knarrten. Sein Herz pochte so laut, dass er dachte, man müsse es unten hören können.
«Mister Evans, sind Sie da oben?»
Zum Glück war die Balkontür nur angelehnt. David zog sie auf. Unten knarrte eine Treppenstufe. Er stieg auf das Balkongeländer und starrte in den Garten hinunter.
Jahre waren verstrichen, seit er sich zum letzten Mal über den Balkon davongeschlichen hatte. Für Samuel und seine Freunde war der Sprung vom Balkon im ersten Stock auf den weichen Rasen hinunter kein Problem gewesen, nicht mal eine Mutprobe. Aber für David hätte er jedes Mal tödlich ausgehen können. Mutter hatte nie davon erfahren.
Wieder knarrte eine Stufe im Treppenhaus.
Seine Hände krallten sich um das kalte Balkongeländer. Die Panik stieß ihn vorwärts, die Angst nagelte ihn ans Geländer. Wenn er es nicht wagte, hätten sie ihn gleich erwischt. Jetzt sah er, dass im Garten Schnee lag.
Die Landung würde weich sein. Er ließ sich fallen.
«Ich habe etwas gehört», rief Roger Black erleichtert und nahm die letzten Stufen. Er hatte schon befürchtet, auch hier zu spät zu kommen. Wilcox kam ebenfalls keuchend oben an.
«Er muss da drin sein», sagte Black und deutete auf eine Tür, die einen Spaltbreit offen stand. Ein Lichtstreifen fiel heraus. Wilcox stieß sie auf.

«Scheiße. Kommen wir denn überall zu spät?»
Die beiden Wissenschaftler hatten einen verzweifelten Wettlauf hinter sich. In den vergangenen achtundvierzig Stunden hatten sie versucht, die sieben Patienten ihrer ersten Operationsserie ausfindig zu machen. Es erwies sich als schwierig, da die Patienten nur bis fünf Jahre nach der Operation betreut worden waren und sich die Spur der meisten danach verlor. Black und Wilcox hatten sie verzweifelt gesucht, denn die Menschen mussten gewarnt werden. Doch bei dreien waren sie bereits zu spät gekommen, und nun standen sie beim vierten im Haus.
Fassungslos ließ Black den Blick durch das Zimmer wandern. «Wie sagte doch Probst: die Beweisstücke sind zu beseitigen.»
«Gründliche Arbeit wurde geleistet.»
«Moment mal», stutzte Black. «Wir haben ein Geräusch gehört, der Computer läuft noch.» Er legte die Hand auf den Bürostuhl. «Die Sitzfläche ist sogar noch warm. Evans muss eben noch da gewesen sein. Er ist geflüchtet.»
«Warum türmt er?»
«Weil er weiß, was geschieht.»
Wilcox nickte. Dann fiel sein Blick auf den Computermonitor. Er erkannte sofort den Grundrissplan des *Transimmune Institute*. Darauf flackerten und blinkten unzählige Lichtpunkte. Der hellste dort, wo die Computerzentrale gewesen war.

Cambridge, Schnellstraße M11

Mit weit aufgerissenen Augen jagte er den Wagen über die M11 in Richtung Süden. In regelmäßigen Abständen huschte das gelbe Licht der Straßenbeleuchtung über sein blutverschmiertes Gesicht. Mat warf einen Blick auf Narcy. Sie war bis auf die Knochen nass und zitterte am ganzen Körper. Unterhalb des kurzen Hemdsärmels klaffte im rechten Oberarm

eine Wunde. Das Geschoss hatte sie nur gestreift, doch die Verletzung blutete stark. Mat lehnte sich vor und schob den Heizungshebel nach rechts. «Ist es schlimm?», fragte er.
Sie presste die Lippen zusammen.
«Unter deinem Sitz müsste Verbandszeug sein.»
Narcy kramte ein Lederetui hervor und begann ihre Wunde zu desinfizieren. Dann klebte sie ein großes Pflaster darauf. Sie sagte dabei kein Wort. Mat schloss daraus, dass sie starke Schmerzen haben musste.
«Dahinten liegt irgendwo noch eine Jacke», sagte er.
Stöhnend wühlte Narcy in dem Durcheinander von Kamerataschen und -zubehörteilen auf der Rückbank herum und fand eine Regenjacke. Sie zerrte sie nach vorne und schlüpfte mit schmerzverzerrtem Gesicht hinein.
«Danke», sagte sie, schloss die Augen und lehnte den Kopf zurück.
«Ich habe dir zu danken. Ohne dich wäre ich tot.»
«Wie umgekehrt.»
«Mist.» Er lehnte sich vor und wischte mit einer Hand ein Sichtloch in die beschlagene Scheibe. Eine Aktion, die Narcy angesichts der horrenden Geschwindigkeit reichlich unpassend fand. Mit einem Stück Verbandsgaze übernahm sie die Wischarbeit vor Mats verkniffenem Gesicht.
«Wo fahren wir eigentlich hin?», fragte sie.
«Zu David.»
«Hast du denn noch nicht genug?» Ihre Stimme klang flehend. «Deine Geschichte steht doch auch so.»
Mat fuhr schneller.
«Vergiss doch deine Story und lass den armen Kerl in Ruhe.»
«Dann vergiss du deine Verantwortung als Ärztin, und der arme Kerl wird in Ruhe sterben.»
Narcy starrte in das blendend helle Scheinwerferlicht eines entgegenkommenden Wagens. «Mat, du fährst zu schnell.»

«Wir können nicht schnell genug sein. Verdammt nochmal. Nicht wegen der Geschichte, sondern um Davids Leben zu retten.»
Sie biss sich auf die Unterlippe. Der Schneematsch lag schon gut fünf Zentimeter hoch auf der Fahrbahn. «Meinst du wirklich, der tut sich was an?», fragte sie.
«Sein letzter Satz ließ alle meine Alarmlämpchen rot aufblinken.» Er löste kurz den Blick von der Straße und schaute zu Narcy hinüber, die wie ein Häufchen Elend zusammengekauert neben ihm saß. «Glaub mir, in meinem Leben als Journalist hat mir schon mancher am Telefon oder sonst wie angekündigt, er würde sich umbringen. Bisher immer leere Drohungen, um die Aufmerksamkeit der Medien auf sich zu ziehen. Wer davon redet, tut es nicht. David hat nicht davon geredet.»
«Fahr schneller, um Himmels willen.»
Geblendet kniff Mat die Augen zusammen. «Such das Telefon in meiner Weste. Rede mit ihm. Lenk ihn ab.»
Narcy tastete nach dem Handy.
«Dort kannst du es an die Freisprechanlage anschließen.» Er zeigte auf eine Buchse. «Seine Nummer ist gespeichert.»
Narcy stöpselte das Gerät ein und wählte die Nummer von Evans' Handy. Es klingelte nur ein einziges Mal, bevor er sich meldete.
Seine Stimme klang verzerrt aus dem kleinen Lautsprecher, aber er war gut zu verstehen. Er sprach sehr langsam.
«Tut mir Leid. Ich habe nicht beachtet, dass der Professor nie am Computer sitzt. Das war eindeutig mein Fehler. Tut mir wirklich Leid.»
«David, machen Sie sich keine Vorwürfe. Wir sind ja nochmal davongekommen», sagte Narcy.
«Stimmt. Sie sind davongekommen. Andere haben es nicht mehr geschafft.»

Narcy warf Mat einen fragenden Blick zu und sprach dann laut ins Mikrophon, das über dem Rückspiegel angebracht war: «Wer hat es nicht mehr geschafft?»
«Drei der sieben leben nicht mehr.»
Mat zeigte hastig auf das Handschuhfach: «Schnell, da drin ist das Aufnahme-Gerät. Nimm alles auf, man weiß ja nie.»
Narcy schaltete das Aufnahmegerät ein und fragte dann: «Was ist denn mit denen geschehen, die es nicht geschafft haben?»
Aus dem Lautsprecher war Verkehrslärm zu hören, David lachte heiser. «Mit ihnen ist dasselbe geschehen wie mit den Kaninchen in Australien.»
«Ich verstehe nicht.»
«In Australien haben die Pioniere Kaninchen ausgesetzt, weil sie dachten, die Tiere böten eine gute Nahrungsquelle. Die Karnickel gediehen prächtig. Sie vermehrten sich, eben wie die Karnickel. Da sie in Australien keine natürlichen Feinde hatten, fraßen sie bald alles kahl und unterhöhlten die Schafweiden. Als die Siedler merkten, dass die Kaninchen nicht in die Fauna des Kontinents passten, haben sie begonnen, die Tiere abzuknallen. Genauso machen es die Pioniere der Xenotransplantation. Sie haben ein paar Versuchskaninchen in die freie Wildbahn gesetzt und merken jetzt, dass in der Biologie was schief läuft. Nun wollen sie uns ausrotten.» David sprach deutlich und wohl überlegt, von Hysterie war keine Spur. Er redete, als würde er jemandem die Funktionsweise eines Computers erklären.
Narcy und Mat schauderten. «Wer will wen ausrotten?», fragte Mat.
«Wer es will? Die Pioniere. Wer es tut? Weiß ich nicht. Wen es getroffen hat, hingegen schon. Ich kenne mehrere, die auf der Abschussliste stehen. Über Drew habe ich in der Zeitung eine kleine Notiz gelesen. Der starb bei einem Verkehrsunfall, hieß es. In seinem Herzen steckte aber eine Kugel. Ist bei einem

Verkehrsunfall gar nicht typisch – oder? Allerdings sollte davon niemand erfahren, wie mir seine Frau erzählt hat. Wer ihm die Kugel verpasst hat? *Who knows!*
Drew war vor Jahren mein einziger verbliebener Freund. Wir fuhren zusammen zu den Sommercamps der Organspender-Gesellschaft. Dort treffen sich alle die Nieren-Krüppel, die sich eine Woche lang normal vorkommen wollen. Ich habe Drew dort von diesen Tierversuchen erzählt. Meinetwegen hat er sich für eine Schweineniere entschieden. Und jetzt haben sie ihn deswegen umgelegt, abgeknallt wie ein Karnickel.»
«David, das ist doch Unsinn!»
«Unsinn!», höhnte es aus dem Lautsprecher. «Ein Verbrechen ist es. Um ihr von Drew zu erzählen, rief ich Martha an. Martha hat in den Sommercamps immer unsere Nierendiät gekocht, hervorragend übrigens. Und sie war für Drew und mich wie eine Mutter. Auch Martha war unter den ersten sieben. Und wissen Sie, wo Martha jetzt ist?»
Man hörte ein Geräusch, das wie das Zuschlagen einer Autotür klang.
«Wo ist er, verdammt nochmal?», fragte Mat leise und betätigte gleichzeitig den Blinker.
Narcy schüttelte den Kopf und drückte beide Fäuste zusammen, als wolle sie David festhalten, ihn daran hindern, etwas Schreckliches zu tun. Sie hatten den Stadtrand von London erreicht. Doch nach Peckham, wo David wohnte, war es noch ein gutes Stück. Immerhin herrschte nachts um eins wenig Verkehr auf den Straßen. Und im Stadtzentrum war der Schnee von der Fahrbahn geräumt. Die Reifen quietschten, als Mat von der M11 abbog.
«Niemand weiß, wo Martha ist, hat mir ihr Mann erzählt. Er hat nur ein Apothekenauto wegfahren sehen. Einen *W.-H.-Smith*-Wagen. Genauso einer hat Drew erwischt. Verdammter Zufall, was? Und ganz zufälligerweise trug auch Richie Tosh

eine Niere der ersten Generation in sich und war Fahrer eines *W.-H.-Smith*-Wagens. Auch er ist verschwunden, zusammen mit seinem Auto. Das weiß ich von Richies Freundin. Richie war ein guter Kerl. In den BODY-Camps war er der Jüngste, den alle liebten. Er war fast noch ein Kind, als er die Schweineniere bekam. Ich glaube, er ist von allen am besten mit der Operation fertig geworden. Ein wirklich guter Kerl.»

Mat nahm den Fuß vom Gas. Eine Ampel stand auf Rot.

«Und ich trage auch so ein Schweineding in mir, verdammt nochmal!»

Der Wagen war vor der Ampel noch nicht zum Stillstand gekommen. Mat sah nach rechts, nach links, rief «Augen zu!» und drückte das Gaspedal voll durch.

«Wissen Sie, wie viel Geld die mit Schweineorganen machen? Das ist ein Riesengeschäft. Meinen Sie, die wollen sich das versauen lassen? Bestimmt nicht! Deswegen darf nicht bekannt werden, dass Xeno-Organe gefährlich sein können. Denn sie wissen jetzt, dass etwas schief gelaufen ist. Sie wissen aber nicht, bei wem. Sie wissen nur: bei einem aus der ersten Serie. Das Marker-Gen, das hübsche grüne, das sie zur Sicherheit eingebaut hatten, ist ihnen jetzt zum Verhängnis geworden. Verdammtes Pech: die Sicherheitsvorkehrung wird zum Sicherheitsrisiko für ihr gesamtes Unternehmen. Und weil sie nicht wissen, bei wem es passiert ist, ziehen sie alle aus der ersten Serie ein.

Ich allein weiß, in wessen Körper der geschäftsschädigende Unfall passiert ist. Ich weiß auch, wann er passiert ist. Damals war ich mir dessen nicht bewusst, als ich in Singapur einen allergischen Kollaps erlitten habe. Fast krepiert bin ich daran. Nur weil ich auf Vogelscheiße allergisch reagiert habe. Ich bin sicher, damals geschah es. Es passt alles genau in das Bild, das euer Schweizer Forscher konstruiert hat. Ja, meine Lieben, ihr habt gerade den Brutreaktor einer neuen Seuche am Draht.»

David legte eine Pause ein. «Ich bin's selber, der die Blumentöpfe runterstößt.» Mat und Narcy starrten blicklos auf die vor ihnen fahrenden Autos.

«Aber mich werden sie nicht kriegen», fuhr David fort. «Zum Versuchskaninchen haben sie mich gemacht, dann zur Sau, und jetzt wollen sie mich wie ein Karnickel abknallen. Lass ich aber nicht zu!»

Ein Knacken in der Leitung. Er hatte aufgelegt.

Entsetzt schauten sich Narcy und Mat an.

Narcy reagierte schnell und drückte die *Repeat*-Taste.

David nahm nicht mehr ab.

«Der meint es ernst!», sagte Narcy tonlos.

Mat drückte aufs Gas.

Sie waren nur noch wenige Straßen von der *Choumert Road* entfernt. In zwei, höchstens drei Minuten würden sie dort sein. Narcy betete, dass es nicht zu spät sein würde. Mat bog mit quietschenden Reifen in die *Queen's Road*, wo es rund um die Uhr jede Menge Verkehr gab. Er drängte den Wagen von Lücke zu Lücke. Die *Queen's Road* ging über in die *Peckham High Street*. Nach zweihundert Metern bog er scharf links ab in die *Rye Lane*. Nochmals das Gaspedal durchgedrückt. Unter der Bahn durch. Dann voll auf die Bremse und rechts rein in die *Choumert Road*. Die Reifen quietschten, der Wagen rutschte, Narcy wurde gegen die Tür geworfen, Mat fluchte. Im letzten Moment bekam er das Auto wieder unter Kontrolle.

Noch bevor sich der Gummigestank von den abgescheuerten Reifen verzogen hatte, stand Narcy vor Davids Haustür. Barfuß, mit abgerissenen Hosenbeinen und nassem Haar. Sie sah aus wie ein Flüchtling.

Im ersten Stock brannte Licht.

«David, wir sind's!»

Mat kam angerannt. «Zur Seite!», rief er und wuchtete mit

der Schulter die Tür auf, die ohne Widerstand gegen die Wand krachte. Mat fand sich im Korridor auf dem Boden wieder und rieb sich verdutzt die Schulter. Sein Blick fiel auf das Schloss, das lose am zersplitterten Türrahmen hing. «Die waren schon hier!», schrie er.

«David!» Narcy rannte an Mat vorbei ins Haus, die Treppe hinauf.

Und versetzte oben der Tür zum Computerraum einen Tritt, dass sie knallend aufflog.

«Er ist nicht da!»

Von der schlimmsten Vorahnung getrieben, rannte Narcy ins Badezimmer.

Die Wanne war leer.

David war auch nicht in der Küche, nicht im Wohnzimmer, nicht im Keller.

«Sie haben ihn geholt.» Erschöpft lehnte sich Mat an die staubige Kellerwand. Sie hatten das Rennen verloren.

«Moment mal.» Narcy gab sich nicht geschlagen. «Wir haben am Telefon Geräusche gehört. Eine Autotür. Wenn sie ihn geholt hätten, dann hätten sie ihn doch sicher nicht noch telefonieren lassen.»

«Stimmt. Dann ist er ihnen also entkommen!»

«Und wohin ist er gegangen? Was hat er vor?»

«Er macht ernst. Er wird sich umbringen.»

«Mat, wir müssen das verhindern. Wo könnte er das tun, und wie?»

«Da gibt's tausend Möglichkeiten.»

«Tausend Möglichkeiten.» Narcys Stimme zitterte. «Nein, nicht für David. Kraft hat er keine, Mut auch nicht, Gewalt lehnt er ab. So einer springt nicht von der Brücke oder wirft sich vor den Zug. Erschießen? Auch nicht.» Narcys Augen schweiften durch den schummrigen Keller. «Aber er hat sein Leben lang Medikamente geschluckt. Etwas Tödliches zu nehmen, das wäre für ihn ein nur kleiner Schritt. Die logische Konsequenz aus seinem Leben.»

«Vielleicht.» Mat klopfte Staub von seinem feuchten Chirurgengewand, als wäre das im Moment das Wichtigste. «Vielleicht auch nicht.»

«Wo würde er es tun?», überlegte Narcy.

Mat blickte auf und erstarrte. Dann drehte er sich um und rannte die hölzerne Kellertreppe hoch. «Komm schon!»

Im Auto drückte er Narcy das Mobiltelefon in die Hand. «Red mit ihm. Halt ihn auf.»

David nahm sofort ab, als hätte er auf den Anruf gewartet, als wüsste er, dass noch nicht alles gesagt war.

«Ich hätte Sie gerne noch etwas gefragt», sagte Narcy, obwohl sie keine Ahnung hatte, was sie ihn fragen oder worüber sie mit ihm reden könnte. Ihre Gedanken überschlugen sich. Es kam ihr nichts in den Sinn. Immerhin hatte sie ihn am Telefon, und so lange konnte nichts passieren. Jetzt bemerkte sie im Hintergrund Musik. «Sie hören gern Musik, wie?»

«Es ist Mikes Lieblingsmusik. Ich selbst habe nie viel Musik gehört.» David sprach ruhig und entspannt.

«Was ist es denn?»

«George Michael.»

«Worüber singt er?»

«Na, über die Liebe.»

Narcy überlegte kurz. «Glückliche Liebe?»

«Nein, unglückliche.»

«Und das hören Sie gern?»

«Ja.»

«Warum?»

«Weil Liebe unglücklich macht.»

«Tut sie das?»

«Ja.»

Narcy war schockiert. Sie sah zu Mat, der mit verbissenem Gesicht durch die Stadt raste und zwischen den Zähnen «mach weiter!» hervorstieß.

«Das Leben lieben Sie aber trotzdem.» Narcy versuchte dem Gespräch eine positive Wendung zu geben.

«Wie kommen Sie denn darauf?», wunderte sich David.

«Sie haben immerhin darum gekämpft.»

«Hab ich das?»

«Sie haben sich zweimal ein fremdes Organ einsetzen lassen, um ihr Leben zu retten.»

«Und damit die Leben anderer zerstört.»

«Das konnten Sie nicht voraussehen, als sie es taten. Es war nicht Ihre Schuld, dass etwas schief gelaufen ist.»

«Wird so sein, wenn Sie's sagen.»

«Wenn Sie nicht am Leben hängen, warum haben Sie sich dann für eine zweite Operation entschieden? Und noch für ein Tierorgan?»

«Es kommt nicht darauf an, ob ich von einem Schweinekotelett esse oder mir eine Schweineniere einpflanzen lasse. Oder? Dem Schwein ist das egal. Einpflanzen ist vielleicht sogar besser als fressen. Das hält länger. Oder sollte zumindest.»

Narcy erschrak über den Zynismus. David schien aggressiv auf diese Frage zu reagieren, vermutlich weil er sie schon häufig hatte beantworten müssen. «Jeder zweite Nierenpatient würde eine akzeptieren. Das zeigen Umfragen.»

Narcy blieb am Ball. «Ich rede nicht von der Statistik, sondern von Ihnen, David. Warum haben Sie die Schweineniere gewollt?»

«Sie war umsonst zu haben.»

Der Mann ist zum Verzweifeln.

«Sie haben es getan, weil Sie das Leben wollten.»

«Wenn Sie's sagen, wird's wohl so sein.»

Narcys Herz raste. Was sollte sie dem noch hinzufügen? Es fiel

ihr beim besten Willen nichts mehr ein. Verzweifelt suchte sie Mats Blick.
«Weiter, weiter», flüsterte der. «Wir sind gleich da.»
Narcy schluckte leer. «Darf ich Sie noch einmal etwas zu dieser Musik fragen?»
«Bitte.» David klang plötzlich müde.
«Was empfinden Sie, wenn Sie diese Musik hören?»
«Mein Leben.»
«Erklären Sie mir das.»
«Das Lied ist wie eine schmerzhafte Suche. Ich habe mein Leben lang nach etwas gesucht. Diese Suche war schmerzhaft, aber trotzdem musste sie weitergehen. Denn nicht zu suchen, schmerzt noch mehr. Und ich wusste auch nie, ob das, was ich finden würde, ebenfalls schmerzt. Das konnte ich nur herausfinden, indem ich suchte, bis ich es gefunden hatte.»
«Und – haben Sie gefunden, was Sie suchten?»
David atmete tief ein. «Jetzt, ja.»
«Schmerzt es?»
«Jetzt nicht mehr. Es hat sich gelohnt.»
Narcys Kehle war wie zugeschnürt.
«Mach weiter», drängte Mat. «Noch fünf Minuten.»
Mit dem Mut der Verzweiflung würgte Narcy die nächste Frage hervor. «David, wie geht es Mike?»
Er atmete bloß.
Im Hintergrund war melancholische Musik zu hören. Narcys verstand sogar den Text. *«The first time ever I saw your face, I thought the sun rose in your eyes. And the moon and the stars were the gifts you gave to the dark and empty skies.»* Narcy lauschte den Worten gebannt. Sie konnte nicht anders.
David sagte nichts mehr.
Narcy riss sich von der Faszination der Musik los und rief: «David!»
Keine Antwort.

«David!», schrie Narcy mit panischer Stimme. «David!»
Nur die Musik antwortete ihr. *«The first time ever I kissed your mouth I felt the earth move in my hand like the trembling heart of a captive bird.»*
Narcy stiegen Tränen in die Augen. «David!»
Der Wagen schlingerte um eine Kurve.
Die Zeit schien stillzustehen.
In der Leitung knackte es.
«David! David, bitte!»
Nasse Schneeflocken klatschten gegen die Windschutzscheibe.
Endlich kam Mikes Haus in Sicht. Noch zweihundert Meter.
Mit quietschenden Reifen brachte Mat den Wagen zum Stehen. Sie sprangen hinaus und hetzten wie von Sinnen die Treppe hoch zu Mikes Wohnung. Die Tür war nicht verschlossen.
Im Korridor umfing sie Musik. Eine Ballade, gesungen von George Michael. Wie verzaubert blieben Mat und Narcy stehen. Sie waren außer Atem, trauten sich aber kaum, Luft zu holen. Hier herrschte eine Stimmung, die aufs stärkste mit ihren pochenden Herzen kontrastierte: Ruhe und Frieden.
Leise traten sie ins Wohnzimmer.
Räucherkerzenduft schwebte im Raum. Im Kamin knisterte ein Feuer.
Auf dem Salontisch standen zwei Gläser mit den Resten einer braunen Flüssigkeit.
Mike trug wie letztes Mal, als sie ihn gesehen hatten, den eleganten Morgenmantel. David war in Jeans und kariertem Freizeithemd. Die beiden Männer lagen auf den Kissen vor dem Kaminfeuer. Sie hielten sich an den Händen. Ihre Augen waren geschlossen. Sie lächelten.
«The first time ever I lay with you
and felt your heart so close to mine

and I knew our joy would fill the earth
and last till the end of time
and it would last till the end of time, my love
the first time ever I saw your face
your face, your face, your face.»

Epilog

Matthew Gallagher stützte den Kopf in die Hände und sah verträumt in Narcys Gesicht, die ihm mit großen dunklen Augen entgegenblickte. In ihren schwarzen Locken spielten im Gegenlicht Tropfen Verstecken. Ihre vollen Lippen waren einen Spalt breit geöffnet, sodass ihre schneeweißen Zähne zu sehen waren. Mat seufzte. Narcys Lächeln war eingefroren, und ein rhythmisches Flimmern zuckte über das Standbild auf dem Monitor. Seit der Nacht, in der er mit ihr zusammen das Rätsel um den neuen Krankheitserreger und David Evans gelüftet hatte, war ein halbes Jahr vergangen. Und endlich war auch der Dokumentarfilm zu dem Fall fertig geworden. Eben hatte die Cutterin den Schnittplatz verlassen. «Ich bleibe noch einen Moment», hatte Mat zu ihr gesagt. Er wollte sich in aller Ruhe nochmals sein Werk anschauen, bevor auch er nach Hause ging. Doch als Narcy auf dem Bildschirm auftauchte, konnte er nicht anders, er musste das Video anhalten. Er sehnte sich nach ihr.

Nachdem der Fall aufgeflogen war, hatte es für Narcy kein Zurück mehr ins St. James Hospital gegeben. Sie hatte ihre Stelle freiwillig gekündigt und fast gleichzeitig ein Angebot vom Kinderkrankenhaus in Mexico City erhalten. Man hatte ihr angeboten, dort die Hygieneabteilung zu leiten. Narcy hatte nicht lange überlegt und das Angebot angenommen. Nur drei Wochen später war sie aus London abgereist.

Mat seufzte noch einmal und spulte das Band im Suchlauf durch. Während er auf die schnell vorbeizuckelnden Bilder schaute, mischte sich in seine Wehmut auch Stolz. Stolz auf sein Werk. Nachdem er bei *Channel Four* das Material vorgeführt hatte, das er in jener Nacht im Institut gedreht hatte,

hatten sie ihm die Chance für diesen Dokumentarfilm gegeben. Er konnte den ganzen Fall sorgfältig nachrecherchieren und viel zusätzliches Material drehen. Im Filmkonzept war auch vorgesehen zu zeigen, was aus den Protagonisten dieses Medizinkrimis geworden war. So hatte Mat mit der Fertigstellung des Films gewartet, bis die Gerichtsverhandlungen vorüber waren, damit er auch die Urteile einbauen konnte.
Über den Bildschirm zuckelte im Schnelllauf das Gesicht von Roger Black. Mat drückte auf *Stop* und *Play*.

Roger Black, der sehr müde aussieht, in Freizeitkleidung auf einem Sofa sitzend. Auf seinem Schoß eine schwarze Katze.
Natürlich bin ich froh, dass das Verfahren gegen mich und Robin Wilcox eingestellt worden ist. Wobei wir eigentlich immer überzeugt waren, dass es so kommen musste. Wir konnten beweisen, dass wir immer nach bestem Wissen und Gewissen gehandelt haben. Und dass wir von dieser schrecklichen Geschichte nichts gewusst hatten. Als wir dann herausgefunden hatten, was Medinova plante, haben wir ja auch sofort versucht, unsere Patienten zu retten. Das ist uns bei vier Menschen leider nicht gelungen. Es tut uns schrecklich Leid.

Schnitt auf Robin Wilcox, im Garten vor seinem Haus.
Die Lust auf weitere Xenotransplantationen ist uns gründlich vergangen. Wir können das nicht mehr mit unserem Gewissen vereinbaren. Das Risiko ist eindeutig zu hoch. Doch unser Institut lebt zum Glück weiter. Wir werden jetzt wieder das machen, was wir vor der Xenotransplantation getan haben: Medikamente entwickeln, welche die Verträglichkeit von menschlichen Spenderorganen verbessern.

Mat schaltete wieder auf den Suchlauf. Erst durch die Bilder war ihm bewusst geworden, was er da im Institut selbst erlebt hatte. Offenbar hatte er die entscheidende Nacht in einer Art Schockzustand verbracht, der ihm die Erinnerung verwischte. Erst nach Sichtung des Videomaterials war ihm vieles bewusst geworden.

Mat drückte wieder auf *Play*.

Stefan Probst kommt aus einem altehrwürdigen Gebäude: dem Gericht. Er versucht sein Gesicht hinter einer dünnen Ledermappe vor den Kameras zu verbergen.

Dieser Mann ist dem Gericht zufolge der Hauptschuldige: Stefan Probst, der für *Medinova* der Verwaltung des *Transimmune Institute* vorstand. Er wurde zu zehn Jahren Gefängnis verurteilt wegen Anstiftung zum Mord, die in drei Fällen erfolgreich ausgeführt wurde, ferner wegen Anstiftung zur Nötigung. Am heftigsten umstritten war in der Gerichtsverhandlung der Anklagepunkt «Übertragung einer ansteckenden Krankheit». Der Staatsanwalt plädierte, dass auch eine Person, die nicht selbst Träger eines Erregers ist, in diesem Punkt schuldig sein kann, wenn sie weiß, dass jemand, der sich dessen nicht bewusst ist, einen Erreger verbreitet, aber nichts dagegen unternimmt. Das Gericht folgte dieser Argumentation.

Earl Albright verlässt niedergeschlagen das Gerichtsgebäude.

Der Direktor des St. James Hospital wurde wegen Nichtverhinderung der Verbreitung einer ansteckenden Krankheit ebenfalls verurteilt. Außerdem wurde er der Urkundenfälschung, der Unterschlagung von Beweismaterial und der Behinderung der Ermittlungsbehörden schuldig gesprochen. Seine Strafe beträgt fünf Jahre.

Donovan McDuff kommt die Treppe des Gerichtsgebäudes herunter und fuchtelt wild mit den Armen gegen die Kamera.
Und sieben Jahre Haft erhielt für die gleichen Straftatbestände Donovan McDuff, Chefvirologe des CCD. Sein Verschulden wertete das Gericht schwerer als das des Klinikdirektors, obwohl auch er in einem gewissen Sinn Opfer des *Medinova*-Geschäftsführers Probst geworden war. Er übernahm hingegen eine aktivere Rolle und wusste mehr als der Klinikdirektor.

Mat hielt das Band an und betrachtete das verkniffene Gesicht des Virologen. Er hatte lange gebraucht, um herauszufinden, woher er ihn kannte. Doch nun würde er dieses Gesicht nie mehr vergessen. Es hatte sich in sein Gehirn gegraben, als sei es in die grauen Zellen eintätowiert worden. Vor seinem geistigen Auge sah Mat nochmals, wie der Bagger auf Narcy zuschoss. Der Anblick dieses Mannes erfüllte ihn mit Abscheu. Mat schluckte sie hinunter, spulte weiter und drückte dann *Play*.

Bilder eines Virus unter dem Elektronenmikroskop.
Xenos heißt dieses Virus. Das Fremde. Es ist einer der schnellsten Killer, mit denen es die Menschheit je zu tun gehabt hat.

Labortotale: Narcy und Alvaro am Mikroskop.
Doktor Narcy Perez Corrales und der Schweizer Molekularbiologe Alvaro Widmer haben das endogene Retrovirus entdeckt, das nach einem Jahrmillionen dauernden Schlaf wieder zu neuem Leben erwacht ist.
Keines der infizierten Opfer überlebte länger als neun Tage.

Narcy Perez Corrales spricht ernsthaft in die Kamera.
Gerade weil dieses Virus so schnell tötet, konnte es sich nicht weiter ausbreiten. Die Leute starben, bevor sie die Krankheit an viele andere weitergeben konnten. Das war unser Glück. Hätten die Infizierten Xenos länger überlebt, wäre es zu einer großen, vielleicht weltweiten Katastrophe gekommen.

Mat hörte nicht, was Narcy sagte. Er bewunderte nur die Anmut ihre Gesten. Als er sie live vor sich gehabt hatte, waren ihm ihre Bewegungen gar nicht so ins Auge gestochen. Natürlich hatte sie ihm gefallen, ihn fasziniert, manchmal auch angezogen. Doch jetzt erschien es ihm, als habe er sie in den hektischen Tagen damals gar nicht wirklich wahrgenommen. Er hatte wohl zu sehr unter Stress gestanden. Aber wenn er sie jetzt so betrachtete…

Narcy sitzt am Schreibtisch und skizziert etwas auf einem Blatt Papier.
Wir konnten den Infektionsweg rekonstruieren: Michael McAvoy, der Leiter der Kinderklinik im St. James Hospital, und die Drogensüchtigen in Mexico City holten sich das Virus durch direkten Blutkontakt mit bereits infizierten Menschen. Alle anderen Opfer wurden durch diesen Mann angesteckt: David Evans.

Schwarzweiß-Fotografie von David Evans.
In seinem Blut fand man bei der Obduktion gewaltige Mengen von Xenos-Viren, aber auch eine hohe Konzentration von Antikörpern. So war David Evans gleichzeitig ansteckend für andere, selbst aber immun gegen die Krankheit. Man kann sich dies nur damit erklären, dass sein Immunsystem bei der Entstehung des Erregers ausreichend Zeit gehabt haben musste, um genügend Antikörper zu entwickeln.

Pause.
Mat starrte auf das Bild, das eingefroren auf dem Monitor stand. Ein Mann mit Stirnfransen wie ein Junge, Pausbacken und einer schief sitzenden Brille. Irgendwie erinnerte ihn dieses Bild an Bill Gates. *Vielleicht sehen alle Computergenies so aus.*
Mat spulte weiter, die Bilder flitzten vorbei. Da war wieder ein vom Schnelllauf verzerrtes Porträt von Narcy, die gerade sprach. Mat suchte eine Stelle, an der sie ihren Mund entspannt geschlossen hielt. Minutenlang betrachtete Mat dieses Gesicht. Er wusste, dass er sie wiedersehen würde. Denn er hatte beschlossen, nach dem Doku-Film einen Monat Auszeit zu nehmen – und nach Mexiko zu fahren. Das hatten sie sich versprochen. *Vielleicht kann ich mich auch noch etwas länger loseisen.* Mat schüttelte den Kopf, als müsse er wieder wach werden. Er spulte zum Schluss des Films vor, den er sich noch einmal ansehen wollte. Danach würde auch für ihn der Feierabend beginnen.

St. James Hospital von außen.
Infolge dieser Ereignisse wurden in der Europäischen Union Xenotransplantationen verboten.
Nicht vergessen wurden all die Menschen, welche bereits ein tierisches Organ in sich tragen. Sie alle wurden dazu verpflichtet, bis an ihr Lebensende jährlich zur Kontrolle zu gehen. Denn die Forscher sind sich einig: was mit David Evans geschehen ist, kann jederzeit wieder passieren. Es ist vollkommen unvorhersehbar.

Langsamer Zoom auf ein Porträt von David Evans, dann Überblendung auf eine Mikroskopaufnahme von Xenos.
Wenn es einmal möglich war, dass sich verschiedenste Umstände so ungünstig verschworen haben, dann kann das auch

ein zweites Mal geschehen. Im Leben irgendeines Patienten.
In irgendeinem Organ.
Xenos wird wiederkommen.
Xenesis ist jederzeit möglich.

Dank

Alle Figuren und Handlungen sind frei erfunden. Doch die Wissenschaft lieferte den Stoff für dieses Buch. Die Geschichte beruht auf Fakten, welche ich nur mit der fachlichen Unterstützung vieler Wissenschaftler und Experten zusammentragen konnte.

Für ihre Hilfe möchte ich als Erstes der Virologin Prof. Karin Mölling vom Institut für Medizinische Mikrobiologie der Universität Zürich danken. Sie hat mir, ohne es zu ahnen, bei einem wissenschaftlichen Kongress die Idee zu *Xenesis* eingegeben. In ihrem viel beachteten Referat wies sie auf die mögliche Gefahr einer Reaktivierung von endogenen Retroviren in Xenotransplantaten hin. Die Idee, dieses Szenario wahr werden zu lassen, hat mich danach nicht mehr losgelassen. Prof. Mölling hat mir zusammen mit ihrem Mitarbeiter Dr. Walter Bossart geholfen, die Virenkombination zu kreieren, und – wie sie sagte – dabei sogar Spaß gehabt.

Danken möchte ich auch Dr. Jörg Seebach, der die Mechanismen der hyperakuten Abstoßung erforscht. Ebenfalls am Schweizer Zentrum für Retroviren in Zürich leisteten mir PD Jörg Schüpbach, Dr. Jürg Böni und Dr. Jon Huder große Hilfe, indem sie mir ihr Labor und ihre Methoden erklärten.

Gute Tipps für die Gestaltung des Hochsicherheitslabors und wie man daraus entkommen kann, gab mir Dr. Peter Mani, ein weltweit gefragter Experte in Fragen der Biosicherheit.

Wie die echten Laboratorien und Ställe aussehen, durfte ich nicht sehen – aus Sicherheitsgründen. Aber Prof. David White von der Firma *Immutran* in Cambridge war sehr auskunftsfreudig und hat mir alles über seine Zucht von transgenen Schweinen zu Zwecken der Xenotransplantation erklärt und im Film vorgeführt. Er hinterfragte meinen Plot wissenschaftlich-kritisch und fand Gefallen daran, als Inspiration für einen Roman zu dienen. Darum weist der fiktive Roger Black in diesem Buch viele Züge des realen David White auf.

In die Arbeit der Infektiologie und der Spitalhygiene hat mich PD Rainer Weber vom Universitätsspital Zürich eingeführt, wofür ich ihm danken möchte.

Am Kantonsspital Winterthur hat mir Dr. Christoph Wahl großzügig erlaubt, einen ganzen Tag auf der Dialyseabteilung zu verbringen und mit Patienten zu sprechen, die mir über ihr Leben als Nierenkranke berichtet haben. Ohne ihre Offenheit hätte ich mich nie in die Figur des David Evans einfühlen können. Dabei geholfen hat mir auch Ken Anderson, der in seinem Büchlein «A small part of me» über die Erfahrung berichtet, seinem Bruder eine Niere gespendet zu haben.

Viele Tipps aus der Welt der Informatik habe ich von Ruedi Frey, einem IBM-Troubleshooter, und Matthias Aebi, dem Inhaber der Firma *Futurelab*, erhalten. Ich danke ihnen für alle Bits und Bytes.

Ein Buch ist nichts ohne Leser. Deshalb war mir das Urteil der ersten Testleser sehr wichtig. Ein jeder hat das Manuskript aus seinem spezifischen Blickwinkel gelesen und Wertvolles zur Überarbeitung beigetragen. Als da waren: Dr. Regula Erb, leitende Ärztin für Anästhesie und Intensivmedizin am Kantonsspital Baden, Steffen Lukesch, Leiter der Medizinredaktion des Schweizer Fernsehens, Catherine Rudolf, Unternehmerin, Felix Schaad, Cartoonist, Beatrix Aeby, Journalistin, Simon Aeby, Filmregisseur, Stephan Roppel von Amazon Deutschland. Schließlich gilt mein Dank René Bill, der mein Manuskript kritisch gegengelesen hat. Ein herzlicher Dank gebührt auch meiner Lektorin Silke Schlawin bei Rowohlt, die mir bis zum Schluss noch gute Tipps gegeben hat.

Der allergrößte Dank gebührt meiner Frau Monika Klötzli. Sie wollte nie, dass ich im Dank schreibe, sie sei meine größte Kritikerin gewesen. Ich tu es trotzdem, weil sie es tatsächlich war. Damit hat sie mir geholfen, den kritischen Abstand zu den eigenen Ideen zu bewahren. Sie hat mir auch sehr geholfen, indem sie während der Zeit des Schreibens die Familie finanziell getragen hat. Viel wichtiger aber noch waren ihre Anregungen zu einzelnen Szenen und Charakteren. Viele Ideen sind in nächtelangen Diskussionen mit ihr entstanden. Über Monate haben wir derart intensiv über die Romanfiguren geredet, dass wir das Gefühl hatten, über reale, gemeinsame Bekannte zu sprechen. Ohne Monika hätte ich dieses Buch nicht geschafft.